白发卡

没姐姐，对男孩来说，是一大遗憾。这如同先天的色盲，世界在他眼里，少了某种色彩。当然，她须是一位好姐姐。

如今年轻的母亲们，其实在同时扮演着那一个男孩的大姐姐的角色。如今的男孩儿们，在对他们的年轻的母亲撒娇任性之时，何尝不包含着稚弟長姐之间尔嗔我谑的亲情呢？人在自己的情感领域内，缺少什么便会代

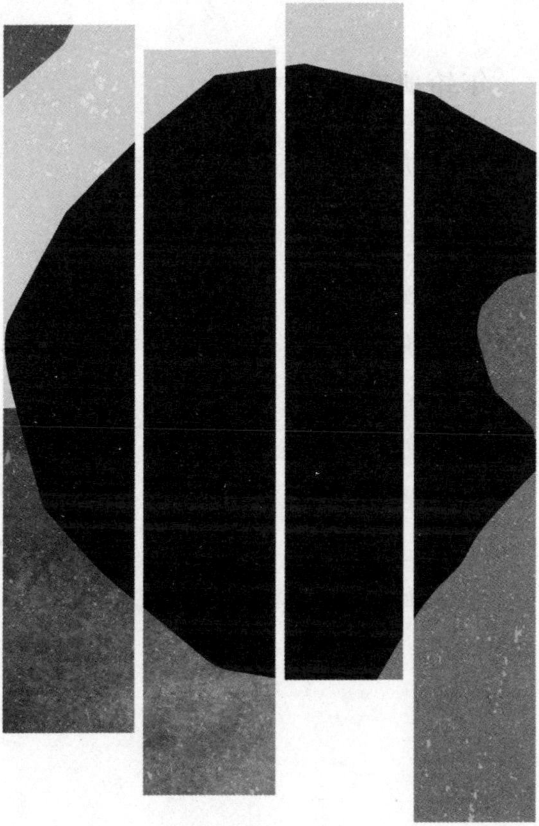

遗失

梁晓声 著

河北出版传媒集团
河北教育出版社

年轮典存丛书

编者荐言

中国当代文学已走过七十多年，每一次文学浪潮的奔腾翻涌，都有彪炳文学史的作家留下优秀作品。

回首20世纪七八十年代，改革开放开启了中国当代文学持续至今的繁盛，由于几百家文学刊物的存在，中短篇小说曾是浩荡文学洪流中的浪尖。然而，以1993年“陕军东征”为分水岭，长篇小说创作成为中国文坛中独立潮头的存在，衡量一个作家的创作成就及一个时期的文学成果，往往要看长篇小说的收获。中短篇小说的创作和读者关注度减弱，似乎文学作品非鸿篇巨制不足以铭记大时代车轮驶过的隆隆巨响。

进入21世纪，特别是党的十八大以来的新时代，我们乘着光纤体验世界的光速变迁，网络文学全面崛起，读图时代、视频时代甚至元宇宙时代的更迭，令人应接不暇，文学创作无论是体裁还是题材都呈现出一种扇面散播效应，中短篇小说创作也再度呈扇面式生长，精彩纷呈。

为此，我们特编辑了这套“年轮典存丛书”，以点带面地梳理生于不同年代的当代优秀作家的中短篇小说精品，呈现不同代际作家年轮般的生长样态。

我们不无感佩地看到，生于1940年前后的文学前辈，青年时已是文坛旗手，在当下依然保持着丰沛的创作力，他们笔耕不辍，使当代文学大树的根扎得更深。

“50后”一代作家已走过一个甲子，笔力越发苍劲。他们不断返回一代人的成长现场，返回村镇故乡、市井街巷；上承“40后”的宏大命运主题，下接烟火漫卷的无边地气；既广受外国文学的影响，又保有中国古典文学的高蹈气质。

在“60后”这一中坚力量的年轮线上，我们能看到在城乡裂变、传统向现代过渡的进程中，一代人的身份确认、自我实现，以及精神成长的喜悦和焦虑。

“70后”作家因人生经验与改革开放四十年紧密相连而被称为“幸运的一代”和“夹缝中壮大的一代”，也是倍受前辈作家的成就影响而焦虑的一代。如今已与前辈并立潮头，表现不俗。

而作为“网生一代”的“80后”和“90后”，他们的写作得到更多赞誉的同时，也承受了更多挑剔和质疑。但经过岁月淘洗，我们欣喜地看到，曾经的文学小将已在文坛扎扎实实立稳脚跟，相继以立身之作进入而立和不惑之年。

六代作家七十年，接力写下人世间。宏阔进程中的21世纪中国当代文学，正在形成新的文学山峰的山脊线。短经典历久弥新，存文脉山高水长。

目　录
CONTENTS

无 琴 的 城

在夏季最后的日子里，有一个人就要死了。

他是一位老制琴师，制作过许多小提琴和大提琴。演奏家们无不以用他制作的小提琴或大提琴演奏为幸；收藏家们无不以拥有他制作的小提琴或大提琴为荣。非因他制作的小提琴或大提琴多么昂贵，而因那都是音质一流的琴。

但这一座城市里却没谁曾用他制作的小提琴或大提琴演奏过——此城一直没产生一流的小提琴家或大提琴家。尽管有些少男和少女都在努力争取。

这是老制琴师感到的大遗憾，既是为他自己感到的，也是为他所热爱的城感到的。

他清楚自己就要死了。

一天傍晚，他让他的徒弟扶他坐起来。窗外有一棵茁壮的白松。他深情地望着那松，自言自语地说："多直的树啊！"接着，他将深情的目光转向徒弟，用父亲般慈祥的口吻问："我唯一的徒弟呀，我是不是将我制琴的技艺，全部无私地传授给你了呢？"

那年轻人在他的病床边跪下了。他用自己的双手握住师傅的一只手，目不转睛地看着师傅说："是的呀师傅，我不知该怎样报答你才好啊！"

徒弟这么说时，眼中就流下泪来了。

老制琴师欣慰地笑了。他说："徒弟呀，我从没想过得到你的报答。"他吃力地抬起手臂，指着窗外又说："那一棵白松，就算我留给你的纪念吧！"

徒弟一听此话便哭了。他吻着师傅的手说："师傅呀，只要有我在，那棵树就不会倒下……"

老制琴师却说："徒弟呀，恰恰相反，我要你在秋季里伐倒它。秋季里它的木质不含有过多的水分了，容易烘干，正可成为制琴的好木材啊！我一直有一个愿望，要用它的下段制一把大提琴，要用它的上段制一把小提琴。我的经验告诉我，这棵白松可以制作两把音质最好的琴。可是现在我已经不能实现此愿了。只有靠你来实现了。当你把琴制成，你就替我把它们赠给我们这一座城市里最有音乐天赋的少年吧！而当这一座城市里响起小提琴与大提琴优美的合奏，那就是对我最好的纪念了！"

徒弟泣不成声地说："我的师傅啊，我发誓，你一定会在天国听到小提琴与大提琴优美的合奏。而那音乐之声，正是从我们这座城市传向天国的！”

斯夜，老制琴师溘然长逝。

徒弟满怀悲痛埋葬了他。

在秋末一个阳光明媚的日子，年轻的制琴师伐倒那一棵茁壮的白松，亲自将它锯成一块块木板。的确，那真是制琴的好材料呢！纹理细密而清晰；木质又是那么白皙坚实；可喜的硬度中具有可贵的柔度；没一处疤结；没一个蛀孔。当他将它们一一刨平，用手抚摸时，感觉像是在抚摸少女润泽的肌肤。当他以指轻弹它们，它们便发出悦耳的敲木鱼般的音响。年轻的制琴师不禁亲吻它们，就像亲吻已经做成了的小提琴或大提琴，也像亲吻所爱的女郎的脸颊。那一时刻他心中充满了对师傅的怀念和感激。他想，自己的师傅是将创造美好事物的机会留给了自己！于是他心中亦同时充满了创造美好事物的圣洁的冲动……

年轻的制琴师废寝忘食，日夜制作，对每一个环节都无比认真。仿佛不是在制琴，而是在绣一件七彩霓裳。他时时觉得，师傅的目光，正从天国充满期望地注视着他……

到了冬季，在圣诞节的前夕，他终于将两把琴制成了。他没立刻宣布消息，背着两把琴，悄悄离开了他的城市。跟随师傅多年，他也认识几位称得上是大师的小提琴或大提琴演奏家，知道他们经常在另外哪些城市里演出。他要一一找到他们，请他们鉴定两把琴的音质。

赞叹！……还是赞叹！……

大师们都欲出高价买下琴。因为他们太为那两把琴的音质所折服了！尤其当两把琴合奏时，大提琴的琴音是那么浑厚、深沉。急骤起来，如江河奔腾直泻，如万壑松涛撼林；倏忽轻缓，又似竹枝声咽，幽泉潺流，不绝若缕。小提琴的琴音是那么曼妙、那么抒情，如一个看不见的精灵在看不见的五线谱上翩翩起舞。正是“弦弦掩抑声声思”“未成曲调先有情”。弓柔便如儿女私语，玉钗击磬，并伴莎草虫吟，榷声呢喃；弦切则似“银瓶乍破水浆迸，铁骑突出刀枪鸣”……

但是年轻的制琴师哪肯卖了那两把琴呢！他向大师们讲述了师傅的遗愿和殷殷嘱托，大师们亦被深深感动了。他们替他请了几位杰出的指挥家帮助校弦。指挥家们的耳是音乐的鉴定器呀！那把大提琴和小提琴，经过指挥家们校弦，其音更加优良纯正了……

年轻的制琴师带着它们，带着大师们和指挥家们由衷的祝语回到了他的城，庄重而又满怀喜悦地向人们公布了师傅的遗愿。

人人奔走相告，全城沸腾，群情激动。

百余名少男和百余名少女参加了大提琴和小提琴两组评选性质的公开演奏。德高望重的音乐专业人士们组成了评委会。新闻界现场报道，一篇篇大块文章相继发于报刊。接连几天里街谈巷议，好生热闹。这是一座不经常有新闻发生的城市。在这一座城市里一天天倍感寂寞的不是别人，是那些因职业而被叫作记者的人们。别人没有新闻也是可以照样生活、照样工作和照样爱着的，而对于那些被叫作记者的人们，天长日久没有新闻，就好比荤食者们渴望腻肉油腥了。现在，他们感觉好多了，对自己存在的价值也自信多了。而且，促使和鼓吹艺术家的产生，是多么崇高的使命呀！

一个星期以后，评选结果终见分晓。两名少年由大提琴和小提琴两组中过关斩将，以优拔萃，水落石出，成了本城的幸运少年。

年轻的制琴师将琴赠予他们时，自然少不了说些勉励的话。

于是他也成了“焦点人物”，无论躲到哪里，总会被记者们寻找到，不厌其烦地要求：“请谈几句，请谈几句……”

他只不过是一个制琴的技艺之人，口拙舌笨，其实早已没什么话好说。该说的，对两名幸运少年说过了。而且，他认为那是他替师傅说的，说是他为师傅尽着的义务，倘无此义务感，他本是什么都不想说的……

不堪滋扰的更是两名少年。

他们无时无处不被记者们追着问：“有何感想？有何感想？……”

其实他们除了觉得幸运、觉得荣耀，以及人们对于他们的期望给他们造成的从未经受过的压迫，无复另有什么感想。他们甚至不知该如何应付才对，也不知究竟该隐匿到何处去，恢复自己从前那种能够潜心习琴的美好时光……

为了他们的前途不受负面影响，他们的父母决定将他们送到别的城市去拜师深造。

于是有商人主动资助，而商人的资助，大抵又有着讳莫如深的商业目的。

于是媒体究诘不休，而商人们闪烁其词，极力用高尚的动机掩饰他们的真正打算……

于是人们又有了茶余饭后的话题。数目不小的资助金在不少人心中搅动起了嫉妒的波澜……

于是两名少年的父母，登报声明他们并非将儿子们当摇钱树的那种不良父母。他们真的也不是那样的父母。他们替儿子们做主接受资助，只不过是为了使儿子们无经济方面的后顾之忧。但那声明，在心生嫉妒的人们看来，难免有“此地无银三百两”的意味。而商人们却自然地觉得名誉受损了，登出了两名少年的父母与他们签订的合同，以正视听。于是两名少年的父母赶紧又登报声明，他们的前一份声明，不是针对高尚的商人们而发的。他们怎么会以怨报恩呢？于是媒体以通栏标题在一版上提出令两对父母难堪的质问——“那么，是针对谁的？”于是引起不少公众的愤怒——是针对我们啰？凭什么针对我们？因我们嫉妒吗？你们的儿子不就是会拉琴吗？不就是由于会拉琴获得了商人们给的一笔钱吗？有什么了不起？有什么值得嫉妒的？……

媒体好不亢奋！

两名少年，却悄悄离开了那一座城。正如年轻的制琴师当初背着琴悄悄离开一样。所不同的是，年轻的制琴师当初一人背着两把琴；而两名少年现如今各背一把。年轻的制琴师当初确信自己将会带给本城的人们一个惊喜；而两名少年彼此发誓，他们以后再也不回到他们的城了！

少年面对自己生于斯长于斯的城对天发誓永不归来。这真是件令人难过的事。

当媒体从业者们寻找不到那两个少年，转而去寻找年轻的制琴师，都打算问他有何感想时，发现琴店的门上挂着一把大锁。

年轻的制琴师也不知去向……

媒体从两把琴所引发的这一件事而能榨取的最后的话题炒作，随着两名音乐少年和年轻的制琴师从本城的消失，渐渐归于平息，归于寂灭……

十年弹指一挥间。

人们渐渐淡忘了两名少年，更无人再提起年轻的制琴师和他的师傅老制琴师。琴店在十年的风风雨雨中颓败着。门上的锁早已锈迹斑斑……

只有两名少年各自的父母和资助着他们的商人们，一直以不同的心态挂记着他们。但也仅仅是挂记着他们，从不打听年轻的制琴师的消息……

十年后少年成长为青年。他们的音乐天赋充分显示。他们在别的城声名鹊起。他们的演奏水平一天天接近着大师们。他们也一天比一天怀念他们家乡那一座城了。但是他们都不流露这一点，更不愿向对方主动承认这一点。

十年后年轻的制琴师已不再年轻。他脸上出现了中年人的沧桑。他一直追随着当年的两名音乐少年。也可以说他一直追随着他所制作的两把琴，追随着他的师傅生前的夙愿和理想。他一直在过着流浪汉的生活。有时制作一把琴廉价而售；有时仅仅能够修琴，而更多的日子里，他只不过是在为人做小工。一个流浪汉自然是没资格恋爱的。他孑然一身，无妻无家。他仿佛陷入了一种单恋，所恋乃是他师傅生前的夙愿和理想，所恋也是他自己的夙愿和理想。

每当两名青年举行演奏会，他总是去倾听，并且总是穿得整洁一些，尽量给别人体面的印象。他有时能买得起票，更多的时候买不起票。即使能买得起票，也往往是最后一排的票。而买不起票的时候，他就只得向把门人提他师傅的名字了。他师傅的名字在某些情况下是无形的通行证，在某些情况下什么作用都不起。那么他就唯有向把门人苦苦恳求了，侥幸允许入场的条件是站在门旁，并在散场后义务打扫场地……

合奏的琴声一曲接一曲，享受音乐的人们在优美的琴声中陶醉时，隐在门幔后面的那一个人，便仰起他的脸久久地望着音乐厅装饰华美的拱顶。那时他眼中泪光闪闪，泪水顺着他的脸颊往下流。制琴师并不同时都是音乐欣赏家。他们制琴的技艺并不顺理成章地与他们欣赏音乐的水平成正比。他的感动缘于他师傅的，也是他自己的夙愿和理想终于得以实现。责任感重的人最容易将自己的责任理想化。而他们一旦这样了，他们本身便往往也变成了他们的理想的一部分。此时某事对人生显得严峻起来。此时人生被对自己的理想的欣赏异化……

然而两名一步步迈向艺术巅峰的青年却从来也没注意过他。有一次他们在音乐厅的台阶上恰巧碰见他恳求把门人让他入场。把门人对他说："只要他们同意……"

他将目光望向他们时，他们脸上竟呈现出了鄙视的表情。因为他们并没能认出他来。事实上连他们也将他这个赠予他们琴的人彻底忘掉了。

那一次他竟没能入场听他们的演奏……

资助他们的商人们认为该是从他们身上获得回报的时候了。他们先向媒体介绍他们在别的城市所受到的尊敬，引起了媒体十年后重新报道他们的极大兴趣。这兴趣不无水分，报道却是热情洋溢的。有一篇报道的文字甚至是这样的："如果我们不将我们这座城市的天才青年迎请回来，我们的后代将无法原谅我们的荒谬！”一切都是严格按照商业策划的步骤进行的。金钱足以将态度包装得特别真诚。于是有报纸呼吁组成一支“迎请队”；于是有不甘寂寞的人士毛遂自荐；于是全城许多人被发动起来，在“盼望书”上签名以表达盼望的心情……

可想而知，当两名青年面对来自家乡城的“迎请队”，聆听着妙龄女郎声情并茂地朗读“盼望书”时，他们是何等激动又是何等感动！他们一一与“迎请队”的成员们亲切拥抱。他们热泪盈眶地诉说十年来他们对家乡城的思念。那些话语一半是真实的，另一半是受当时气氛所影响而得的。

十年前的不愉快冰融雪化。

大提琴家和小提琴家载誉而归！

首场演出无比成功！

鲜花、掌声；掌声、鲜花……

女人们爱慕的眼波……

男人们的奉承和恭维……

孩子们的崇拜……

从音乐厅到本城名流们的家庭宴会；从社交界到新闻界、文艺界；演奏、签名、合影、讲话——几乎到处可见他们为商家做的广告；到处可见他们似乎卓尔不群的身影；到处可见他们矜持的春风得意踌躇满志的微笑……

一场演出接着一场演出——鲜花因他们而涨价了；女人

们因他们而风流了；男人们以是他们的朋友或曾是他们的朋友而自豪；孩子们以获得他们的签名而幸福……

这座城市仿佛在欢度几个世纪才逢一次的什么节！

而这，既是由于人们之寂寞的心终于不再寂寞，也是由于媒体从业者们的推波助澜大显身手……

荣誉乃是这样一种事物——当它达到或快要达到巅峰的时候它绝不会停驻在那儿，正如喷泉的水流绝不会凝止在顶尖的高度。普遍的人们对于成功者们的得意容忍到什么程度，决定着那一过程的短长。几乎每一种荣誉都有不当之点。当它像泡沫一样膨胀得太迅速，它的不当之点也便很快地凸显出来了……

有一双眼睛忧郁地望着这一切——已不再年轻的制琴师跟随回来了。他的样子依然像流浪汉，他依然买不起每一场演出的门票……

当两名青年的父母以他们的经纪人的身份与资助他们的商人握手言欢按合同分享利润时，某报登出了一篇千把字的化名的文章，尖酸地言之凿凿地指出——那名拉小提琴的留长发的风度翩翩的青年，其实一点儿也不配获得人们的敬意——因为他十五岁时偷窥过邻家少女洗浴……

这其实是一个卑鄙小人的谣言。

媒体能够识破是谣言，但媒体有时特别需要谣言，而且特别善于将谣言炒作为“新闻”。在商业的时代，那样一条“新闻”的价值是由其商业性来判定的。

首先提出抗议的是那名拉大提琴的青年。他发表措辞激烈的证言替他的合奏者刷洗清白，并且声明那一种攻击也是对他本人的攻击……

然而另一份报上隔日便登出了另一篇文章，指出那拉大提琴的青年也不是什么好东西，他是少年时曾受家长唆使做伪证陷害别人（这倒是真的，但他已在法庭上忏悔过了）。而且他长得多蠢呀！五短身材，脸胖得像南瓜似的，明明像面包师嘛！而且……而且他十年前从大提琴组脱颖而出，据知情者透露，乃是有评委因他父亲是市政官员的秘书而偏向于他……

两名青年及其父母们愤怒了，他们向法院控告了媒体的恶意诽谤。他们再演奏时手挽着手登台，手挽着手谢幕，以向公众显示他们的合奏关系是牢不可破的；媒体也恼羞成怒了，同仇敌忾，一场离间阴谋在悄悄酝酿……

几天后有报登出一篇文章，揭露拉小提琴的青年曾对记者说：“我们之所以一直在合奏，还不是由于他（拉大提琴的青年）根本没有离开我独奏的水平！”

文章后注明：有录音为证。

这使拉小提琴的青年只有保持尴尬的沉默……

这使拉大提琴的青年单方面取消了当天晚上的演出……

这使人们纷纷在音乐厅外撕毁或燃烧门票……

几天后的几天后又有报登出一篇文章，披露拉大提琴的青年曾说过这样的话——“那个与我合奏的家伙，若把心思多放在琴上，少放在女人们身上，我们早已都是大师了！”而且，也被录了音。不过，这倒也是事实。话是他与他的父亲从音乐厅回家的路上说的，是以玩笑的口吻说的，是被跟踪者偷偷录下音的，录音无表情，文字更无表情，于是玩笑变成了背地里的“中伤”。

结果导致拉小提琴的青年当众扇了拉大提琴的青年一记耳光，骂他“伪君子”。

这一情节使报界何等激动哇！

那一记耳光决定了他们不再能合奏下去，却正中商人们的下怀。商人们认为，他们分开或许更好，或许各自从他们身上抽取的资助回报更多些……

于是他们势不两立了。这个在音乐厅演奏，那个一定在广场上以更大的规模进行对抗式亮相；当有一份报吹捧这个，另一份报——定在贬低和攻击，同时吹捧那个……

他们由势不两立而反目成仇，而相互诟骂，而彼此践踏人格……

他们一旦分开各自单独演奏，水平怎么也无法与他们的合奏相比了。那是两把有“血缘亲情”的琴啊！那是两把“一母所生”的琴啊！即使在他们独奏最欢乐的琴曲时，琴声中也似乎流淌着如丝如缕的伤感。人因人性的弱点和劣点而相互叛离，琴却因它们生命的某种联系而彼此依恋。

对于他们，当然最明智的选择是再度离开那一座城市。但是他们已都不可能做此明智选择。因为，他们同时爱上了本城的一位富家小姐。先自离去者，分明也意味着情场败北……

媒体的鼻子嗅到了荷尔蒙气息。那位小姐正寂寞于闺房，巴不得做一回“墙头草”——她一会儿在报上说爱这个，一会儿又在报上说爱那个；一会儿抛出这个写给她的情书，一会儿兜售那个与她的幽会，不乏细节，私语多多……

那正是本城最寂寞的一年，没有飞机失事，没有列车“亲嘴”，没有官场丑闻，没有商战阴谋，没有抢劫、强奸、杀人放火，甚至也没有小偷小摸，没有绯闻……

寂寞呀，寂寞！

某些人心理上长期蜷伏的阴暗潜念，于难耐的寂寞中总爆发了……

那富家小姐最后在报上登了一份声明，宣布自己厌烦了爱情的三角游戏，与两名青年同道“拜拜”。随后她就嫁给了外省的一位官员……

两名青年一起陷入了可怜兮兮的丑角境地。

那拉大提琴的青年首先精神崩溃。他毁了琴，从六层楼的窗口跳下去一命呜呼……

同一时刻，拉小提琴的青年正在台上演奏着——他的琴弦全都崩断。他的琴也裂开了一道很长的缝，像一道很长的伤口……

嘘声、顿足声、喝倒彩声以及羞辱的话语代替了往日的掌声和鲜花……

他懵懂不知所措地被报幕人扯下台去……

悲剧的发生，使人心趋于冷静。

对死者的同情超过了人心对其他一切的表现。

有同情就有憎恨，有悲剧就有责任。人人都急于找出罪魁祸首。人人都暗受良心谴责，急切地要与那悲剧责任彻底划清界限。活人相对于死人无疑是优胜的。优胜者的同情是慨然的。活人一旦对死人同情起来便显得公正了。于是许多人都开始回忆死者其实是多么好的一个青年。于是那拉小提琴的青年陷于千夫所指，成了众矢之的，沦为罪魁祸首。当为拉大提琴的青年送葬的队伍从他家楼下经过后，他家所有窗子的玻璃全碎了……

沦为罪魁祸首的这青年不久被送入了精神病院。

他主要的病症是揪住人反复地问：“为什么？为什么？……”他的小提琴被典当在了寄卖店里。但是人人都视之为不祥邪物，无人问津，被店主抛于杂货仓，变成了一窝耗子安居其中的家。

冬天到了。

此城来了一批工匠，很神秘地在广场上搭起帆布高棚，说是受一个人所雇，将要在里边雕什么献给这座城。

到了高棚拆除那一天，红绸剪断，布罩滑落呈现出了什么呢？是两把琴啊。一把大提琴，一把小提琴。但那也是一具十字架呀！小提琴琴柄搭在大提琴琴柄上，看上去真的更是一具十字架呀！而且，是冰雕的。在落日殷红余晖的照耀下，仿佛泛着淡淡的血色……

围观的人们无不愕然。

这时从一幢楼里冲出了一个持小提琴的少年。他分开人墙，站在那冰雕下，指着人们，以超越了年龄的一种冷峻的口吻说："你，你，还有你们！我的爸爸妈妈，你们借口想要你们明明都知道根本不存在的所谓神圣的艺术，宣泄的却是你们内心里最阴暗的情绪！结果连本已拥有的也失去了！还失去了我们的！……这将是我最后一次拉琴了！"

他说罢就运弓拉起了他的小提琴。琴声悲怆，如咽如泣。他渐渐地泪涌满眶……

接着有许许多多的少男少女都持琴从家里跑到了冰雕"十字架"下，许许多多把大提琴和小提琴合奏起来。在严寒中，他们手儿冻得通红，他们眼中闪着泪光。而在那一种壮观的合奏的琴声中，奇怪的事发生了——冰雕"十字架"竟不可思议地开始融化……

大人们望着眼前的情形无不为之肃然。

领奏的少年琴声一止，录音话筒从四面八方伸到了他面前：

“请谈谈感想！……”

“孩子，请一定谈谈感想！……”

那少年一言不发，高举起琴，狠砸在“十字架”的底座上……

顷刻间诸琴破碎，“十字架”下遍地琴片……

冰雕不可思议的融化骤然停止，水滴结成一颗颗晶莹的珠子，仿佛也是冻住的泪……

第二天，这些孩子全都离家出走了。他们去向哪里，没人知道。

在春季里，那冰雕“十字架”融为水，渗入土地……

但是许多人都觉得自己心上也插着十字架了，冰的，冷冷的。

失去了那么多曾酷爱音乐的孩子的城，尤其寂寞了。

而这一种痛失所爱的寂寞，却不再是以往用惯的方式所能消的了……

除他们至今仍在寻找他们的孩子，至今也还一个没找到……

山里的花儿

A 君是一位经济学博士，更确切地说，是位经济学“博士后”学位获得者。在北京经济学界，名气已经不小，头衔也不少了。名片上一行行地，赫然印着“理事”“委员”“主笔”“顾问”什么什么的，还是什么“经济研究基金会”的秘书长。据知情人言，那是一笔二三千万元的基金。他对基金有相当大的支配权。

A 君具体供职在某政府部门。职务性质介于国家公务员与学者之间。想行使一下权力的时候，权力就很实；想超脱的时候，就到外地去考察，做报告，或者出国参加学术交流。他几乎每年都出国一次。

A 君享受正局级待遇，当然有专车。起先是桑塔纳，政府部门配的。他觉得自己太年轻，怕影响不好，退了。如果回政府部门办公，他就骑辆旧自行车。如果出席社会活动，他就坐基金会的车。基金会的车是辆崭新的白色本田。他一脚在体制内，一脚在体制外。在体制内他尽量按体制内的一套自律，处处考虑一位年轻局级干部的自身影响。在体制外活动的时候则潇洒多了，很讲“派”，待遇不到位，他每每不高兴。

A君到外省市去考察、开会、做报告，往往受到极度的重视。地方官员们往往将他当成“经济特使”之类的要员看待。尤其是到了那些经济不发达的省市，他的名片似乎就将他的身份证明得更高了。地方官员们每每要单独会晤他一次，每每要虔诚地、虚心地征求他对当地经济发展的宝贵意见。

“最近，我向中央有关领导呈递了一份报告，对国内经济发展的长远策略和现实状况，做了详尽的分析和预测。中央有关领导们非常重视……”

他这么一说，地方官员们就更加虚心，更加虔诚了。他并非信口开河，自吹自擂，事实上他的确频频上呈“奏折”。至于是否每次都非常受重视，那就不一定了。

“要发展第三产业！要加快发展第三产业的步子！要促进私营小企业小商业遍地开花的局面。这一种局面形成了，失业现象就消肿了。失业现象消肿了，社会就安定了。社会安定了，繁荣经济就有保障了。这二者是互为制约又互为利导的关系……”

“要提倡本省产品的广告意识。一个国家，变成了别国商品全面占领的市场不好。一个省市，变成了别省市商品全面占领的市场同样不好。要有几种拳头产品。有了要舍得花钱做广告！经济发达的省市，哪一个没有自己的拳头产品呢？拳头产品，不但是产品本身的广告，也是省市的广告嘛！人们吸红塔山香烟，立刻就想到了云南嘛！茅台酒往那儿一摆，就等于贵州在亮相啊！……”

他很善于从大道理方面说出非常正确的话。那些道理他不说，地方官员们当然也是明白的。但这并不意味着他说的都是废话，起码地方官员们不会如此认为。他们往往点头不止，深感英雄所见略同……

回到北京，他就要赶写调查报告了——“最近，我深入××省，针对该省的经济现状，对该省的经济发展前景，提出了如下建设性意见：……”

打印几十份，速寄给他认为有必要寄去一份的部门和人物，以此加深某些方面某些人物对他的印象。

他也不会忘记给省市的官员们写封信，告知他们——有关方面和有关人物，对他的报告极为重视……

发言中也罢，交谈中也罢，报告中也罢，他口里常出一些最新国际经济学术语，而且是用英语说，于是大多数人不懂了。不懂他也不解释，他情知用英语说出大多数人们必不懂，才偏用英语说。好比“艾滋病”三个字，一用英语说，大多数中国人必不懂一样。当然，如果谁向他请教，他还是会耐心解释一番的。公平论之，他虽然自负，踌躇满志，有些时候有些情况下，甚至会不禁地表现春风得意之状，但并不狂傲，并不使人难以接近，更不拒人于千里之外。与他熟悉起来后，你会觉得他是一个挺真诚的人。也许他内心里是难免经常滋生着狂傲的，但他极善于将它窝藏着。以他的圆熟，大约是最能明白对于一位年轻的“家”，在权威如林的他的领域，狂傲多么不利于进取。

我认识 A 君，是在前年的年底——某报社召集座谈会，研讨下一年的消费大趋势。参加的人当然都是经济学界的学者、教授。我这个卖文为生的人，其实是作为消费者受邀请的。作家很多，不邀请别人，偏偏一再地邀请我，分明是因为我爱面子，拒绝乏术。可能还因为我曾发表过一篇短文——《低消费也潇洒》，在当年的各报应景地转来转去，被误觉是在向需要刺激起强烈的消费冲动的时代抛掷反调。而我写那篇短文非成心和时代作对，只不过是还一篇文债罢了。凡座谈会，没个对立面，便没争论。没争论，便没热闹。没热闹的事，便是不怎么来劲儿之事。也分明地，我是一个“内定了的”对立面人物才受到邀请的，而我竟傻兮兮地准时到会……

A 君一开始就引起了我的注意，因为他在众学者和教授之间委实显得太年轻了。他头发又黑又浓，从正中向后分背过去。一张白净无须的瘦削脸上，戴着一副黑框子的新式眼镜。镜腿儿由宽而猝窄，镜片儿较一般的眼镜要大，超薄型的。他穿一套深蓝色的西服，系一条红底儿黑花的领带。最初我以为他是记者。我不时地从旁观察他，暗想这小伙子干吗要留中分头呢？五十岁以上的男人才留老派的中分头啊！莫非他希望人们对他的年龄估计得大些？他那眼镜，使他看去又斯文又理智，给人一种心有卓识却锁口不宣的印象。谁在发言，他就将目光投注过去，聚精会神地倾听。但我却认为他其实听得并不那么聚精会神，甚至听得并不那么耐心。因为我发现他的双脚总在桌子底下躁动不安地变化着踏姿。一只手也躁动不安，一会儿揣入兜里，一会儿从兜里抽出来，刚抽出来又揣入兜里。在开会的时候，谁的手脚如果这么躁动着，不外乎三种可能——或者急于上厕所，或者对别人的发言毫无兴趣，或者自己已按捺不住性子渴望轮到发言的时机。他的手脚的躁动，被桌子挡着，别人是看不见的，只有从我坐的角度才看得见，而我当时以为他急于上厕所，又怕在别人发言时起身离开不礼貌。暗想活人别让尿憋着啊，这小伙子，顾忌太多了哇！

一位老教授发言后，主持会议的人望着他，口吻很是敬重地问："咱们最年轻有为的经济学家，是不是该您发表意见了啊？"

我这才知道他不是记者，也是一位"家"。不由得刮目相视，也肃然起敬了。

他却脸红了，似乎挺窘地说："别这么称呼、别这么称呼，我是来往头脑里装思想的。前辈们优先，前辈们优先……"

主持人以为他谦虚，一味地坚持着让他发言。

他却更加扭捏，非等前辈们都发过言了再说。于是哑声片刻。

我替他暗急——快去厕所啊！

他却不起身。我终于明白，原来他并没憋着尿。

我想，那么他的前辈们发言时，他是真的不感兴趣了！是真的按捺不住性子渴望轮到自己发言了！但请他发言却又谦虚，却又能真的脸红，好本事！我看得出，对主持人的话，他表面上装得挺窘，其实内心里非常受用。

哑场是任何座谈会必不可少的“情节”，仿佛一本书中的白页。坏处是间离了气氛，好处也恰在这一点，使继后的发言者仿佛千呼万唤始出来，起到众目所归的效果。

会场大约沉闷了五六分钟。也许时间还长一点儿，A君将一只手空攥成拳，护着口干咳了两声。这大概是他发言前的习惯，于是主持会议的人赶紧起身走到他身旁，将话筒替他摆摆正。

“诸位，我本是不想发言的，”——A君从容不迫地说，“我刚才已经声明过了，其实我是带着头脑来往里边装思想、装观点、装见解的。方才几位的发言，思考得都很成熟，观点阐述得也很清楚，使我受益匪浅。我认为，消费好比打喷嚏，的确是需要刺激的。而喷嚏是具有感染性的。一个人的一次大喷嚏，有时是足以感染得很多人鼻孔发痒的。我们聚在这里，谈明年的消费大趋势，不谈必须刺激消费这个大前提，不谈如何刺激消费的商业谋略，那就好比不谈气象，而只谈天气。正是在这一点上，诸位方才谈得不够，我觉得有必要再深入地谈一谈……”

所有人的目光都注视他。有人默默点头。我感到，那些年纪比他长得多的前辈们，在倾听他发言时，要比他听他们发言时心思集中专一得多。有的甚至倾斜着身子，以手拢一边的耳朵……

“我们中国人，有藏富传统。我不懂建筑学，斗胆提出一个疑问——中国人为什么喜欢住四合院？四合院的格局为什么大院套小院，院中有院？标准的四合院为什么都迎门立一堵墙？那墙为什么又叫‘迎门挡’？我们都知道，富人才住得起四合院。富人要靠‘迎门挡’挡住什么呢？而事实是，绕过‘迎门挡’，才可见内中柳暗花明，曲径通幽，楼台雕栋，亭阁飞檐。这是否与中国人的藏富心理有关呢？举一个例子，在历史上，山西是出过大商人的地方。据史料记载，山西的大商人们，金子多得没法儿了，银子多得没法儿了，就在卧室地下挖出密洞，将金银熔化了，浇铸到密洞里。金银就是钱嘛，而且是硬通货币嘛！世界上有哪一个国家的富人，会想出这种方式藏钱呢？再比如旧时的乡绅地主，不是都习惯于将元宝、金条、珍珠、玛瑙、大洋什么的装入坛子里，一坛子一坛子埋入地下吗？鲁迅的小说《白光》，写的就是落魄了的富人的儿子，认定自己的先人曾往宅基里砌过金银财宝，整天抡镐东刨西刨，几乎刨得房倒屋塌，没刨出金银财宝，自己却落了个精神错乱的下场。虽然先生在这篇小说中并未写明宅基里究竟有没有金银财宝，但是我们知道，在中国的某些地方，的确埋着许多金银财宝，有些被挖出来了，有些仍未被发现，至今仍埋在那儿。这实在是只尚聚敛不知消费的中国富人们的一个悲哀。富人们尚且如此，再说中国的百姓们，更普遍地固守着拒绝消费的心理防线。有了钱，东藏西藏。马槽底下，磨盘底下，房檐底下，墙缝，炕洞，树洞，专往一般人的头脑认为绝不应该藏钱的地方藏。结果不是被一把火烧了，被牲口吃了，被老鼠啃碎了，鸟儿絮窝了，就是一命哀哉，来不及告诉儿女子孙。不要以为这都是从前的事，现在这种事也不少……”

他正说着，进来了一拨电视台的摄像记者。于是照明灯举在他头顶上了，亮亮地照着他。于是摄像机镜头对准他了，带盒发出沙沙的旋转之声。于是会场一片肃静，正走动着的人驻足了，想咳嗽的人忍住了，精力不够集中的人装出精力集中的样子，大睁两眼瞪着他了……

于是，他说得更字斟句酌了，口齿更清楚了。当然，声音也相应地大了些。起码我觉得是那样。他脸上更富有表情了，双目神采奕奕了，开始做一些辅助语气的手势了。他很会做手势。每一个手势都恰到好处，绝不夸张，绝不多余。

有的人，包括口才很好一开口滔滔不绝雄才善辩的人，一旦对着摄像机镜头，就语言木讷，表达笨拙，思维紊乱，吞吐不知所云了。而有的人，一旦有摄像机在拍自己的镜头，立刻本能地换了个人似的，表达能力发挥得空前有吸引力。他显然属于后一种人。

“诸位，不知大家是否经常读报。不知大家读报时，是否只对经济版或经济报道感兴趣？而我认为，我们经济学家、经济学教授们，读报时也应关注其他版或其他报道。有闲的情况下，甚至连花边报道也不妨扫几眼。外省某报登载了这样一件事：一个农民，辛辛苦苦积攒了一万多元钱，舍不得消费，藏在牛槽的一个木板窟窿里，结果被牛用舌头舔出来，吃了。农民哭得昏天暗地，在别人的劝说下，他忍痛将牛杀了。从牛胃里扒出了钱，到银行去换。可是哪儿的银行都不给他换。最后到了一家银行，进门就跪下了，磕头不止。那家银行的职员不错，听他讲述完，不顾从牛胃里扒出的那堆东西的腥臭，冲洗，一张一张将残的钱对齐整，用了三天的时间，总算是抢救出了八千多元。这是不足千字的报道，意在表扬那家银行的职员急农民之所急的可贵精神。但是我读过却另有一番感想。我心说你这农民啊，你干吗不将那一万多元消费了啊？干吗不买一台大彩电呀？买一台大彩电富富有余嘛！剩下的钱还够给全家人都买几套新衣服嘛！消费了，此事不就发生不了啦？这农民是很典型的例子。中国的老百姓，差不多都患有他这种消费拒绝症。现在银行储蓄利率挺高，于是有了钱都往银行里存。这一存，就存出了一个可怕的数字，两万多亿呀！现在我们都承认了，这两万多亿如一只关在笼子里的老虎，一旦出笼，凶猛得很。现在我们才开始提倡消费，鼓励消费，为时已经有些晚矣。虎崽子长成吊睛白额大虫了，不那么好对付了。我认为，我们仅仅聚在这里预测明年的消费大趋势是不够的。我们还要急当局之所急，急国家之所急，就像我方才谈到的那银行的职员们急农民之所急一样。我们要替当局、替国家研讨怎样才能行之有效地刺激起民众的消费心理的问题，这才是当前的大命题，更有进行研讨价值的命题！我们都是经济智囊人物嘛！我们对国家有这个责任有这个义务嘛！国家需要我们，也恰恰是需要在此一点上嘛！我们不出主意，不想办法，不献计献策，国家养着我们又为哪般……”

他终于结束了他的发言。他的发言是所有发言者中占用时间最久的，简直可谓长篇大论。尽管他也没献出什么具体之计、具体之策，但是听来是那么的真诚，那么的发自肺腑，也是那么的感染人。我暗想，对于那些经济学家、经济学教授们，他的发言无疑是非常独特的，是令他们耳目一新的。因为他思维纵横驰骋，仿佛信口而出的一些生动例子，显然是他们之所短，想举也举不出来的。比如鲁迅的小说《白光》，比如山西从前的大商人往地下浇铸金银，比如那名一万多元被牛吃了的农民。这些生动而又有意思的例子，使他的发言旁征博引，理性而又不理念，具有使人极易接受甚至极愿接受的说服性和劝导性。我见几位老经济学家老教授，分明地，似乎是在以一种自愧弗如、心悦诚服、敬爱人才的目光望着他。

他发言后，照明灯息了，摄像机停了。又是一阵沉默。沉闷得有点儿接近肃穆。主持人再三动员，竟无人继之开口了。也许，预测明年的消费趋势易，替当局、替国家献计献策难。起码不像预测那么易。易的他不屑于谈，难的他似乎不太打算在这儿谈。似乎只有他自己能超于沉默之外。因为那沉默形成在他的发言之后。恰证明了他发言的精彩。尤其他最后那些话——那些极端真诚的、发自肺腑的、对国家充满了责任感使命感的话，不是任何人都能说得那么到位、那么有分寸的。

大部分人都发过言了。剩下几个没发言的人，在他发过言之后，似乎什么都不想说了。也似乎没什么可说的了。研讨会开到这种阶段，按常规也就该宣布结束了。

主持会议的人的目光，环视了大家一遍，不经意地落在了我身上。我看得出，他是本想宣布结束的。可目光已落在我身上了，已经和我的目光对视着了，不礼节性地问问我发言不发言便宣布结束，觉得对我仿佛有什么不敬似的。

他说："差点儿忽视过去了。咱们还邀请了一位作家呢！

现在隆重推出，让咱们听听作家关于消费趋势和刺激消费的问题有什么见解……”

有人走到他跟前低声提醒了几句，于是他郑重地介绍我的姓名，介绍我写过的某些作品。于是众人都将友好的目光注视向我。A君朝我点头微笑，他的目光使我感到格外友好。他从西服上衣兜取下笔，在一页纸上匆匆写了些字，揉成一团抛给我。我展开一看，见写的是——读过你一些作品，喜爱。认识你真高兴！希望以后多交往。并写着他家的电话号码。会议分发的到会者名单上，已经打印着他的通信地址和电话号码了。不过都是单位的。他将他家的电话号码也写给我了，足见他的友好是由衷的，真诚的。他的字写得漂亮极了，肯定练过钢笔书法。

于是照明灯也朝我举着了。于是摄像机也对准着我了。一时静悄悄的。众人都在期待着我开口说话。

瞬间我额头冒汗了。我与A君不同。我是那类一旦有摄像机对准着就会张口结舌、语无伦次的人。而更使我感到左右为难的是——我一点儿也不赞同A君的发言。他说到后来，我心里已经有些生气。我觉得他的观点是不实事求是的，立论的荒谬是不堪一驳的。我已经开始暗自怀疑他是哗众取宠，专擅削方圆的家伙了。但如果我未被指名发言，我当然会揣着怀疑一走了之。而我已被逼到了不发言就过不了关的地步。而我正满脑子反对他的话的思想在不断滋生着，根本没丝毫作别种发言的精神准备。而他望着我的目光又是那么的友好，他抛给我的纸上的话，又是那么的令我感到亲和……

“我……我没什么可说的。我才真的是……带着脑袋来装别人的观点的……诸位的发言都对我很有启发，以后，争取做一名自觉的消费者，以爱国的热忱，以忧国的责任感提高自己的消费水平……”我嗫嗫嚅嚅地说了几句，实在说不下去了。

主持人问：“完了？”

我说：“完了。”

主持人笑了：“咱们开的是研讨会，又不是表态会！你这怎么算发过言了呢？不行不行！快抓紧时间作郑重的发言！别耽误大家的宝贵时间，你发过言咱们就吃饭！……”

于是众人都微笑了。有人朝我指点手表。于是A君善意地、活跃气氛地轻拍其掌。我看出举着照明灯的、守着摄像机的，都沉着脸，显出了极不耐烦的样子。

“好！非逼着我说，我就说。”——我自扫尽心中的一切顾虑，破釜沉舟了，“我……A君方才的发言，我听得很认真。我觉得是水平很高的发言。不过……我的意思是……”

A君一直以友好的目光望着我，亲和地微笑着……“不过我的意思是，我并不完全苟同A君的发言。不，这么说不够坦率。让我直话直说吧，我……我是完全地不同意A君的发言……”A君那种亲和的微笑，还没来得及收敛便僵住在他脸上了。他的表情一时有些尴尬。他的目光中顿时充满了困惑。气氛凝重了。摄像机带盘沙沙作响……众人面面相觑。只有主持人还在微笑，却笑得那么不自然……我暗骂自己——梁晓声，你这个浑蛋王八蛋！你这又是何苦？你多么讨人厌啊！

我觉得主持人分明和我有相同的想法。我看出他虽然是将我内定为一个对立面人物邀请的，但我真不由自主地进入了角色，他心惶惶如坐针毡了。

而我几句话既出，已然自绝了退路。

我只剩竹筒倒豆子这一种选择了。

我内疚地侧转脸避开 A 君的目光……

“首先，我认为，全人类都有藏富的心理障碍。这是自从私有制起源以来就产生了的人类心理。这一种心理将一直伴随着人类。好比某些疾病将一直伴随着人类一样。这就是为什么，人类虽然很早很早以前就制定了私有财产保护法，却仍对自己私有财产的安全性不放心的原因。我们国家不是也在银行存储窗口前标出了距离线吗？那距离线是为什么标出的？不就怕排在身后的人瞥见了自己存折上的数字吗？美国富不富？可美国的许多百万富翁，隐居在平民社区，和平民住一样的房子，私车老旧，一点儿也看不出是百万富翁的迹象。其次，我认为，普遍的中国人，改革开放以来，生活水平虽有提高，但还远谈不上‘富’字。既谈不上富，在今天，针对普遍的中国人而言，藏富指责是夸张的，是无的放矢之说，是强加在普遍的中国人身上的。A 君举到的那名农民的例子，我也从报上读到过。报上写得清清楚楚，一万多元，是全家积攒了两年、准备给儿子盖新房娶媳妇的钱。他又怎么肯用这笔血汗钱去买什么大彩电呢？刀架在他脖子上，枪口对着他的胸膛，被逼无奈，他当然只得去买大彩电。可他内心里一定是一百个不情愿的。一定对逼他去买大彩电的人恨得咬牙切齿。至于那农民为什么将钱藏在牛槽的木板窟窿里，而没存入银行，报上也写得很清楚了：第一，那几乎是一元一元，靠老伴儿卖鸡蛋，靠自己编筐编篓卖才积攒的。一元一元积攒下一些了，再与别人换成十元十元的。十元十元凑够一百元了，再用牛皮纸包了藏起来。第二，那个村子离镇很远，来回一次差不多得一天。农民何尝不知道存入银行比藏在牛槽板的窟窿里更放心呢？何尝不知道存入银行还有利息呢？但他又没时间经常到镇上去。试想，就算每积攒够五百元存一次，一万多元，他还至少要往镇上去二十几次吧？所以他将钱藏在牛槽窟窿里，实在也是很无奈的事。因而据此例批判中国的农民缺乏消费意识，富了也偏不消费，是不贴切的，对那农民也是很不公正的。我认为，中国人的消费意识，并不需要谁苦口婆心地去劝说，去引导。外国昂贵的名酒，居然在发展中国家的中国销量第一，便是根据。一百多万一桌的宴席，连消费能力比中国人高得多的外国人都觉得穷奢极欲，某些富了的中国人买单时不是面不改色心不跳，挥霍于谈笑之间吗？富了的，不但自然而然地就有了消费需求，而且会有高消费的需求。豪宅、别墅、名车、几万美金一套的进口浴盆、百万元一架的黄金床，不都是他们所争购的吗？而没富的，仍穷困着的，就是再批判他们缺乏消费意识，也无异于对牛弹琴。消费水平是以普遍收入水平为前提的，难道我们这些头脑并不愚蠢的人，竟连此一点都糊涂着吗？……”

我说以上的话时，一直仰着脸，望着屋顶。我不愿看大家。我怕看到大家脸上佯装怔呆的表情。你说出一种真实的情况，在许多场合是大煞风景的。而大煞风景的人，是不懂事的人，是十分讨嫌的人。因为一种真实的情况，当然并不是你一个人知道，大家都知道。大家都知道而都绕开去，都只字不提，乃是非常明智地照顾着场合的要求。许多诸如此类的场合，其实一开始便已暗示了大家该说什么，不该说什么，话题该向什么方面去尽量发挥，不该向什么方面牵扯。因而许多诸如此类的场合，其实是一种公开的，人们心领神会了某种原则，共同遵守某种默契的游戏。这类游戏是一种郑重的操练和排演。这类操练和排演又是顺应某种需要的。不少的人早已在这类操练和排演中谙熟自己应扮演的角色和游戏规则了。不少的人早已极善于游刃有余在两种分寸之间了。破坏原则和默契的家伙，不但是大煞风景的，不但是讨嫌的，而且，有时几乎是可恶可憎的，意味着是在以自己的不懂事、自己的口舌痛快出卖别人的成熟的懂事和强奸别人的“克己复礼”的可敬风范。

是的，我挺怕从别人脸上看到厌恶我的表情。我本是被迫发言的啊！我内心矛盾极了。就此收场吧，话没说完。将一个问号掷给众人，太冒犯了。甚而有挑刺之嫌。继续说下去吧，头脑中想到的话更煞风景。

我乱了方寸，掩饰地吸起烟来。

“请别吸烟，发言可以，研讨嘛！但这是禁烟会议室，所以只能委屈您忍着点儿了！”

我朝主持会议的人扭头看了一眼，见他也正像我刚才一样，仰望屋顶。他面有愠色，分明已对我心怀恼火。我理解他为什么感到恼火。一个发言者不懂事的，大煞风景破坏原则的发言，首先意味着对主持会议的人的冒犯啊！但我心里暗想了——邀我来，不就是希望我能唱点儿反调，使研讨似乎显得热闹些吗？我并不情愿参加这个鸟研讨会的呀！是您的下属央求我来的呀！其实我还没说什么太煞风景的话呢，你怎么就那般嘴脸了呢？你不是叶公好龙吗？

他的嘴脸有些激怒了我。

我默默地按灭烟，端起茶杯喝了一口茶。放下杯时，瞟见 A 君灵犀在胸大智若愚的眼睛，正从他那黑框子的削方为圆的超薄型镜片后充满讥讽地瞪着我。仿佛在对我说——你竟如此地爱自我表现吗？你以为众人皆醉你独醒啊？你反驳我一通又能证明你些什么呢？而我却根本不打算反驳你，也不屑于反驳你。你再看看大家，看大家脸上都是什么表情！跟大家比起来你多像一个专扫大人兴的愚顽儿童！

他的目光也激怒了我。

我环视众人，见众人有的在像主持人一样仰望屋顶，有的垂着眼皮，将目光投注在桌面上。而且似乎只投注在巴掌大的桌面上。仿佛他们面前那巴掌大的桌面上，将会渐渐钻出一条虫或猝然伸出一只手似的。他们都显出在听一个自以为是而又毫无克己能力的儿童喋喋不休的神态，嗤之以鼻而又耐心可嘉。

他们那种不与儿童论短长的耐心，同样激怒了我。

主持会议的人又问我："你还说什么不？"

我悻悻道："说！当然说！毛主席教导我们——要知无不言，言无不尽嘛！毛主席还教导我们——言者无罪，闻者足戒嘛！现在让我来谈谈 A 君比喻的那只猛虎。诸位是从事经济学研究的专家们、教授们，难道诸位竟不清楚，民间储蓄存款的百分之八十，占有在百分之二十八不到的人名下。而百分之八十以上的中国人，其实只占有民间储蓄存款的百分之二十左右。这个比例是很耐人寻味的。我感到遗憾的是，据我们所知，这个比例还不是什么经济学家调查统计出来的，而是另外一些有心人调查统计出来的，被记者们获知了，冒天下之大不韪地发表在报上了，我们才得以了解的。百分之八十和百分之二十两个百分数说明了什么呢？说明平均下来，每个中国人其实仅有九千元不到的存款。这还是一个平均下来的结果。还是百分之八十的中国人在平均算式中沾了百分之二十中国人的光的结果！我也看报，仅以北京为例，从报上我知道，百分之六十七还多的北京人其实只有工资收入。月工资收入五百元至九百元的家庭占百分之十八。月收入一千元至两千元的家庭占百分之五十二。两类家庭加起来占百分之七十多。这些家庭中的百分之五十还多要靠这些钱来养活三口人。在今天，在如此这般的实际经济收入情况之下，普遍的中国人究竟能富到哪儿去？批判他们，挖苦他们，嘲弄他们缺乏消费意识、藏富、有了钱守财奴似的守着，是否太装糊涂了？不是大瞪着两眼在说昏话吗？现在夸夸其谈什么加大刺激消费的力度，为时是否太早了点儿？普遍脆弱的消费能力，无论怎么刺激，毕竟还是脆弱的。高消费的风景，不过是百分之二十几的中国人才玩儿得起的潇洒！而他们又是不需要什么人去刺激早已在那儿高消费着了！其消费水平之高，风度之潇洒，早已令百分之八十以上的中国人目瞪口呆了……”

“梁作家，”——A 君很客气地打断了我的话，“请您看看会标，咱们是在开经济学研讨会。提醒您，话题还是回到经济学范围来的好。”

我说他很客气地打断了我的话，是指他的用词。比如他说“请您”“提醒您”“还是怎样怎样的好”。但他的口吻是不客气的，相当不客气的。他脸上呈现着轻蔑的冷笑。他的双眼微眯着，朝我投射过来两束反击性的目光。那似乎是一种以目光传达出的，不得已而为之的，尽量隐敛起锋芒的反击。甚至，只不过意味着是一种警告。那意思是——我不在意你的攻击，真的不在意。大家也都在默默包涵你的浅薄，但你的确该收场了。这儿谁都不比你傻，谁的智商都不比你低。冲动可笑的不是别人，正是你自己……

我冷冷地反问：“难道我不是在谈经济？”

他说：“你别问我，问问他们，问问他们为什么突然停了摄像机？”他朝电视台的三个人翘了翘下巴。

我转脸看他们，他们一个个低着头沉着脸在收箱。

我问主持会议的人：“那么，您也认为，我已经扭转话题了？”

主持会议的人严肃地说：“你何必呢？你清楚的，我们召集的，是一次纯经济现象的研讨会。更具体地说，是消费现象研讨会。”

A 君也站了起来，打圆场地说：“算啦算啦！都别太认真了。我理解，梁作家也是在谈经济，不过是在以政治经济学的观点谈经济。也是在谈消费，不过是在以庸俗阶层分析法的观点在谈消费，而这些观点都过时了。真的梁兄，都过时了。您这儿，该换换思维的方式了……”

他用手指点点自己脑袋。那意思仿佛是——您这儿成问题。

有几个人忽然都七言八语地说——到点儿了！早过点儿啦！饿了饿了，该吃饭啦！下午我还有会呢！……于是主持会议的人霍地站了起来，当机立断地大声宣布：“散会！”他一宣布完，率先离开座位便往外走。于是众人纷纷起身，跟随着他往外走。似乎没有一个人愿在离开会议室前再看我一眼，似乎我是一个品格上很丑陋的中国人，根本不值得我的有学识的同胞多加理睬。

我被抛弃了似的冷落在原地。我愣了片刻，想对主持会议的人提出抗议，可主持会议的人早已走到会议室外去了。我感到被侮辱与被伤害了。正如 A 君感到被攻击了。正如主持会议的人感到他所主持的会议被利用了，因而他的某种立场被冒犯了。正如众人感到他们一致自觉自愿地恪守的某种原则和默契被破坏了，因而他们良好的克己意识被亵渎了被出卖了被强奸了……

我推开椅子，几步跨到了门口，手臂拦住 A 君，红着脸想要“请教”他——什么叫“庸俗的阶层分析的观点”？

不待我开口，他却抢先说话了：“质问我什么叫庸俗的阶层分析的观点，对不对？”

我生气地说：“对！就算是质问吧！”

他笑了，回头看被我同时拦住去路的几个人，意思是——瞧他，纠缠上我了。他们一个个皆佯笑，或摇头，仿佛在对他表示同情，仿佛在暗自庆幸被纠缠不休的不是他们自己。

“梁兄，您先别急。先别急。研讨嘛，何必这么急赤白脸的，显出点儿涵养嘛！先把我的名片还我一下。名片上的邮编印错了……”他笑呵呵地朝我伸出只手，期待着……

我只得先从兜里掏出他的名片还给他。

“还有那个字条儿，字条儿上的电话号码也写错了。我忘了我新搬家，写的是旧址的电话号码……”我又从兜里掏出字条儿还给他。不料他一接在手，就一并揣入自己兜里了。

“梁兄，我下午还要赶到大学去讲课。关于您提出的质问，容我以后有机会再从容答复吧！幸会，幸会得很！今日认识了您，真是三生有幸啊！”

他一边说，一边回头向身后的人挤眼睛。说罢，对我很绅士地鞠了一躬。直起身，见我的手臂仍怔怔地拦着他，将他自己的手臂伸到我的手臂之下，往上一挡，扬长而过。

我完全没想到他会当众收回已经给予我的名片，和写有他家电话号码的字条儿。

我的手臂僵在半空，竟没能立刻垂落下来。

于是他身后的人，也都从我面前鱼贯而过。

而我斜着手臂，宛如一名士兵，在向长官们敬礼。

待我从呆状之中省过神儿，会议室已仅剩我一个人了。

我没去吃饭。满腹膨胀着自惹的晦气，愤愤地回家。

我一连生了几天气。最后不生任何别人的气，只生自己的气了。

别人说得对。我何苦呢？我为什么要那般认真呢？又不是没开过什么研讨会、座谈会！这类研讨会，那类座谈会，情愿不情愿的，我参加的还少吗？有几次不是走过场的会？不是搞形式的会？有几人不是在那里扮演被要求的角色？说被暗示了或被定调儿了的话？这已经该是司空见惯之事了嘛！这已经该是习以为常之事了嘛！许许多多的人，每年还不能不接到开几次这样的会的请柬或通知嘛！一次这样的会都不开，不少的人又该觉得多么的寂寞多么的失落啊！又该滋生出多么难以安慰的被忽略被忘却的悲哀和苦闷啊！再者说了，实事求是能怎样？不实事求是又怎样？什么又叫实事求是呢？中国太大,任何话题,任何现象,都是可以从多侧面，甚至截然对立的两个方面，两种看问题的立场，以两种不同的观点去论说嘛！凭什么你就非认为唯有你自己是实事求是的，而别人就是歪曲事实文过饰非的呢？如果我开过的那一次研讨会上的人，真的都做和我内容相同的发言，那将是一次什么性质的研讨会了呢？内容还能见报吗？主持会议之人以后还能有资格主持什么研讨会吗？

这么一想，连我自己也有点儿讨厌我自己了。连我自己也有点儿憎恶我自己了。我发誓以后一定改邪归正，一定要变得懂事起来。发誓以后再也不做煞风景扫人兴的人了……

不久我从报上接连读到了 A 君的几篇文章，都是引导人们消费的文章，都发表在类似“学者言论”的专栏。《论消费爱国》《反思雷锋的袜子》《论中国人的守财陋习和西方人的贷款消费》《中国人，你为什么拒绝消费》《取出你的存款花个痛快》《揣鼓钱包高档商厦走一回》《生命授权予你消费》，等等等等，不一而足。

据说有关人士非常赏识他的文章，认为专家学者著文引导公众消费，比广告刺激更能助长公众消费的心理。又据说某电视台还要在黄金时间为他开辟“劝您消费”之类的专题节目。我依稀记得，在几年前，他也曾发表过系列文章，引导公众踊跃储蓄存款。其中一篇的题目，似乎是《论储蓄爱国》。翻剪报册子查证，自己记得果然不错。几年前国情急需公众将钱存入银行里去，以供给如火如荼的房地产开发热和特区开发热。银行为了鼓励储户，利息几次调高。由《论储蓄爱国》到《论消费爱国》，我不禁对 A 君的爱国之心生出几分敬意，自愧弗如。我想，他的《论消费爱国》可能是一个信号，也许银行储蓄利息要下降了。后来事实证明我的预见也是准的，银行储蓄利息连降两次。降归降，我并没有赶紧就将我的储蓄取出来，潇潇洒洒地花个痛快。我是打定了主意，哪怕储蓄利息降到零，也还是不取出存款。只要刀不架在脖子上，枪口不对着胸膛，就任谁怎么劝说怎么引导怎么刺激报道都不取！我那一笔存款，是防老的钱。将来我不能指望儿子的钱养老。因为我断定我的儿子将来不可能富到哪儿去。在我的社区内，我也没发现谁家在那一时期忽然抽风似的猛消费起来。与几个知交谈起消费问题，他们也都说："存款是多少有点儿的，不敢花！那点儿存款都花光了，以后的日子就过不踏实了！"我找出从报上剪下的A君的文章给他们看。他们都说："不看！甭听报上和电视里那一套！他们有千条妙计，咱们得有一定之规！任他们侃得天花乱坠，咱们只当自己是牛，只当他们是在对牛弹琴！对牛弹琴，可笑的不是牛，而是弹琴的人！牛嘛，牛耳朵听不懂他们的弦音，很正常！"我那几个知交，都是普通劳动者，都是月收入五百元左右的工薪阶层。他们对我说"咱们"，道出的更是一种感情上的同属关系。而非"经济基础"方面的，以A君所言之"庸俗的阶层分析法"区分，我当归在"中国式"的中产阶层的中下层，经济收入比他们要富裕得多。听了他们的话，我深感A君"消费爱国"论，从他们身上是没法儿充分体现的。他们虽心向往之，却没法儿以身作则。他们乃是心有余而力不足的一大批中国人，属于百分之八十以内。

所以他们也只能自认是"牛"，任凭A君们对他们乱弹琴而"牛"耳不软。我很同情他们，很体恤他们。据我想来，他们的爱国，恐怕只能做另外的体现——低消费、克制消费，理智地默默地承受百分之二十的自己的同胞们高消费、随心所欲的消费对自己的精神压迫。我也有点儿同情A君们，体恤A君们，他们的用心固然良苦，爱国论调固然可敬，但首先已在百分之八十的中国人那儿破产，又是多么的令人懊丧。至于我自己，尽管有点儿财不多，却秉承了似乎来自遗传基因的守财意识，也是不愿不敢以消费热情的高低证明自己爱国之程度的。财唯其不多，固须拗守之。不够爱国的话，也就不够爱国而已了，读了A君的系列文章，我每每的因自己是一个比较丑陋的中国人而羞愧，而内疚于国，而觉得怪对不起A君们似的……

我不同于我的那些是工薪族的知交们。我明明具有比他们高得多的消费实力，壮壮胆儿是蛮可以潇潇洒洒地高消费一阵子的，是蛮可以积极踊跃地促进国家的货币回笼的，却冥顽不化，花岗岩脑袋死不开窍，既不为五花八门的广告所诱，亦不为A君们苦心孤诣循循善劝的引导感动，我真是多么丑陋多么不爱国啊！

然而我虽愧对A君们却又并不打算改悔……

三个月后，我和A君又碰在一起了。

某行业策划了一次"职工职业道德辩论赛"，邀我做评委。我本不愿，也没时间和精力，但经不住已经做了评委的朋友们再三再四游说，最终还是答应了。

我是最后一个报到的，出现在服务组已是晚上九点半多了。我被引入一个房间，服务组的人说："您来了，评委们就到齐了。您就住这儿吧！"

对方刚离去，我刚开了电视机，正欲躺在我那张还未扯下床罩的床上舒舒服服地看一会儿电视，洗浴间的门突然开了，踱出一个只着短裤的小子。

我一眼认出——是A君。

不是冤家不聚头，我没想到他也是评委，更没想到我俩被安排在了一个房间。

我瞧着他一时发愣。他瞧着我也一时发愣。我浑身的不自在。他满脸的始料不及。

我们互相瞧着瞧着，几乎同时笑了。毕竟都是有起码性情修养的人，不至于"仇人相见，分外眼红"起来。恰恰相反，在短短的几秒钟内，我们"相逢一笑泯恩仇"了。

我说："快穿上衣服，别感冒了！"并将他的衬衣衬裤从他床上抓起，抛给他。

他一边穿，一边问："你吃香蕉不？"

我说不吃。

他的手臂刚伸入衣袖，便指着桌上的香蕉又说："不是我带来的，是服务组送给咱们评委的。"

我说："那也不吃，不怎么爱吃。"

他说："吃吧吃吧！送给咱俩的嘛！"——走到桌前，劈下一个香蕉，剥了皮递向我。

看得出，由于我们曾短兵相接过，由于他以当众收回他已给予我的名片的方式羞辱过我，他在我面前显得挺不好意思的。他分明希望尽快从我们之间彻底消除上次留下的梗介。他分明在表示主动的亲和。

其实我也挺不好意思的，心中也有着和他同样的愿望。我接过香蕉，再次催他快穿好衣服，以防感冒。

他却笑道："我没事儿，长这么大很少感冒。你洗不洗？"

我说不洗。

他说："洗吧洗吧！睡前洗个澡是最佳健身法。水温我调得正好。我去冲干净池子！……"说着便要重新进入洗浴室里。

我起身拦他，说我真不想洗。

他一味地说："洗吧洗吧！听我的！"

我说："行，听你的。我自己冲池子，你别管了！"

他说："那怎么行那怎么行！我刚洗过，当然要由我来冲干净！"

我没拦住他，只好由他。泡在热水中，我心想——七八位评委，服务组怎么就单单将我和他安排在一个房间了呢？也许我和他之间有着某种交友之缘吧？这不是生活为我们提供了一次化干戈为玉帛的机会吗？他原来是个非常好相处的人嘛！

我开始喜欢这位年轻的经济学家了。

第二天就要当评委了，我们没敢聊得太晚。我只知道他结婚才三年，妻子是位副部长的女儿，舞蹈演员，婚后已不登台演出，自己办了一家文化公司，经常筹办晚会，或为各地的电视台制作文艺节目。夫妻二人的收入加在一起，每年自是很可观，非是我这位作家的年收入所能相比的。所以他们能住上自己买的三室一厅的商品房，且地段在三环以内的市中心，没五六十万是绝对买不下来的。他们的儿子才一岁多，舍不得入托，雇了个小保姆在家中带着。他当然非常爱他的妻子也非常爱他的儿子，将妻子和儿子的照片夹在照片夹中，贴身揣着。

他问我："你说舞蹈演员气质好，还是影视演员气质好？"

我说："这就很难讲了。有的影视演员气质好些，有的没什么气质可言，有的挺俗，有的简直俗不可耐。普遍地比较而言，我觉得舞蹈演员们比影视演员们气质好。正如我认为，电台节目主持人的素质，不知为什么普遍比电视台节目主持人素质好。"

其实我没接触过舞蹈演员，更没接触过女舞蹈演员。我也不清楚普遍的她们气质究竟如何，但已明知他的妻子原是舞蹈演员了，已经看出他有多么爱他的妻子了，难道我还会傻兮兮地说舞蹈演员气质不如影视演员好吗？我的话中，不无取悦他的成分。我们已经"相逢一笑泯恩仇"了，已经"对榻亲谈两无忌”了，充分利用生活提供的机会和条件，彼此了解一些对方的情况是必要的。在这种彼此了解的过程中，首先从自己内心剔除谁年长谁年轻的障碍，取悦对方一点儿也不是什么下贱的动机。人嘛，在许多时候，在许多情况下，谁没讨好过取悦过别人呢！

我因自己居然能这么想而对自己感到满意，觉得自己真的开始变得懂事起来了似的。

“你看，这就是我妻。”

他将照片夹递给我。他说他的妻子是“我妻”，而不说“我妻子”，使我听出了一种发自内心深处的柔情蜜意，想象到了一种你恩我爱、举案齐眉的诗般的妻子关系。现而今，某些个男人，似乎只有提到情人或“小蜜”时，才会有那么一种甜丝丝的口吻。他表现出的柔情蜜意使我深深感动。一个丈夫能这么地温爱自己的妻子，多好啊！隔着两床间的距离，我探臂接过端详，见照片上的她果然有几分姿色。但也就是有几分姿色而已，谈不上多么的漂亮。至于气质嘛，似乎也不大谈得上有什么特殊的气质。我便尤其感动于他的赏妻自爱了。

“怎么样？”

他双手撑着床头柜，从他的床上向我的床俯过身。我听出他的潜台词是——我有美貌的妻子多么幸福啊！难道你不这样认为吗？

我随口回答："嗯。不错。"

"不错？……"

他乜斜着我，语调怏怏的。不戴眼镜，他一双深陷的近视眼不那么机智不那么有神了。他的意思很明显，对我简短而概括的评语不太以为然。

我不禁笑了。

我推了他一下，亲昵地说："你给我钻被窝去，别冷着！"

他顺从地从床头柜上退下，缩入被窝，但却趴在床上，仍望着我，期待我发表进一步的评语。

我也觉得自己对他妻子的评语有点儿用词不当。"不错"——什么话呀！像评价一件东西似的。于是我又对我的评语进行补充："先生，我说不错，意思就是很好。我这个人，用评论之词时，总是习惯于有所保留。再者，我也不便对你的妻子的容貌做过于具体的评论，那太无礼了！"

他却说："没关系没关系！你具体点儿具体点儿！"——一个劲儿地鼓励和怂恿我。

我无奈，只得相面者似的，一边再次端详他妻子的照片，一边煞有介事字斟句酌地说："你的妻子嘛，脸型像林青霞。林青霞美，首先美在脸型上。中国古人形容女子容貌姣好，惯用标致二字。标致就可以理解为标准精致嘛，标准就是指脸型的端庄周正嘛，精致就是指五官的匀称妩媚嘛。她的眉眼也像林青霞，清秀朗丽。你自己以为呢？"

他连答："对对，对对。"

"她的鼻子像嘉宝，在嘉宝、赫本、费雯丽三位丽人中，我认为嘉宝的鼻子是显得最高贵的。希腊神话中的诸女神，为什么一个个都给人那么高贵的印象呢？因她们的鼻子也都显出某种脱俗的典雅。鼻梁如同人脸的中轴线。没有鼻梁，眉眼再美，也是美中不足。鼻梁太高，又未免喧宾夺主。不高不低，恰到好处，人脸的美就被稳定住了。嘉宝的鼻子就属于这种鼻子……"

"有道理，有道理！"

"你妻子的嘴唇也美。像张曼玉的嘴唇。不很丰润，却很俊俏。显出种调皮淘气的意味儿。而且，不失……"

"你说你说，不失什么？快说呀！"

"我说了你可不许恼，也不许误以为我心思轻佻。"

"我绝不会那么以为，你就放心大胆地说吧！"

"不失……性感的韵味儿。总之你妻子容貌好，气质也好。她的气质中仿佛有种说不清道不明的诗性，一种书卷气和女强人的非凡能力相得益彰的动人之处……"

"不愧是作家，真不愧是作家！尽管我比这世界上的任何一个男人都爱恋我的妻子，但我却不太能讲得清她的种种美点……"

他满足地笑了，显出对我佩服起来的样子。而我心里却暗骂自己荒唐，暗骂自己厚颜无耻。只不过想取悦于人一下，不承想结果却是有点儿被迫地胡说八道了！当着别人的面细说别人妻子的脸，在我是有生以来头一次！我的细说，其实在很大程度上是戏说。我认为他是不难明白我其实只不过是在戏说的。但是我的话又使他听了心里那么愉悦，那么甜蜜，那么幸福和得意。既然他高兴，我也就原谅自己的胡说八道了。

“你再看反面儿！反面儿是我宝贝儿子的照片，也评论评论！”那的确是一个长得极可爱的，看上去生性活泼的小孩儿。于是我又胡说八道了一通，当然说的都是赞美之词。于是他更加高兴了。接下来他就对我言无不尽了。说他妻子对他的体贴温爱，说他的儿子的聪明伶俐，说他家庭的幸福美满。

满则溢，看来这句话是不无道理的。不管什么，太满了装盛不下了，必然外溢。幸福的感觉也是这样。他当时给我的印象是，心中充满幸福，装盛不下了，不对别人说说，就幸福得不知拿自己怎么办才好了。

而我，就扮演个耐心的听者。我也结交过几位在我看来是很幸福的男人和女人。但他们并不像他似的。他们或她们的幸福，往往是由于掩饰不住被别人看出来的，而不是主动向别人说出来的。正如他在三个月前的研讨会上批判中国人有藏富的陋习一样，其实在财富和幸福感之间，人类更愿包裹和隐藏起来的尤其是后者。将财富显示给别人看，将幸福感仅仅保留给自己和自己的至亲之人分享。不知为什么，这位年轻的经济学家倒愿将自己的幸福感慷慨地施舍给别人。尤其是我这个仅仅和他见过两面，初次见面时还闹过不愉快的人。是不是除了他的妻子，和她的一家，他周围太少至亲之人可与倾谈呢？

我觉得那一天晚上的他，与研讨会上的他判若两人。研讨会上的他显得多么的有身份，多么的成熟老练又多么的锋芒毕露语不惊人死不休啊！而那天晚上的他，却似乎像一个大儿童，像一个被幸福浸泡得舒服极了，忍不住要哼哼出声的大儿童；像一个自我感觉优越得不得了，磨着别人一定得说出几句羡慕的话的大儿童。当然，研讨会上的他自我感觉也是很优越的。只不过有同行中的长者们的权威逼射着，自己较抑制较收敛罢了。只不过那一种优越，是发自自己的博士学位和初尝乍品的社会地位罢了。而那天晚上的优越感，却是发自自己家庭的美满幸福，发自是娇妻爱子的“法人”的身份。相比而言，我更喜欢那天晚上的那个大儿童似的他。幸福得可笑，优越得可爱，对人信赖得有点儿发傻，喜欢听好话到了天真无邪的程度。

不知为什么，我觉得他身上有某种与一位年轻的前程似锦的经济学家的桂冠不和谐的东西，一种似乎只有在山野少年身上才会有的先天性的拙朴，以及不设防于人的轻率的坦挚。在大都市中人，尤其在北京的几代并存而又个个城府很深表里不一相互防范唯恐不慎戒备唯恐不谨的知识者们身上，是极少有的。尽管已经快被他的后天学到的成熟老练甚至可能是狡黠圆滑腐蚀光了，但毕竟如春光乍露似的，较真切地显示给我看了。

我觉得他对我来说有点儿像一个谜。凭小说家的职业本能，我判定他的经历中有与众不同的故事。那会是怎样的故事呢？……

他是我们的评委主席。

在评判过程中，他充分地显出了他的另一种可爱，那就是善良。

“啊，啊，太让人为难了！我觉得双方的辩论都很精彩，都很有水平。淘汰任何一方都太令人扼腕叹息令人遗憾了呀！一定要评出个高低上下孰胜孰负吗？……”

“要不，咱们评个双胜如何？世界性的电影大奖中，还有双星并列呢！咱们为什么非这么教条呢？……”

“别催促我。诸位体谅我一下，让我再冷静地比较一下。这一落笔，或钩或叉，一方过五关斩六将的前功就尽弃了呀！我不忍心，我真的不忍心！我觉得一会儿没法去做评述。我这个评委主席辞职了！你们另推高人吧！这也太难为我了！下次再也不当这类评委了！……”

遇到二队胜负难分的局面，他总是搓着双手皱着眉头，一脸的苦相。他总是企图让大家接受折中的建议。他总是怕评判结果做出得太草率了，对某一方打击太大太不公平了。总是要求大家议得充分些再充分些，然后再落笔行施“生杀大权”……

那时的他，真是一个又善良又认真的人，一个一点儿的都硬不起心肠的东郭先生似的。他那时的善良、那时的认真，在我看来是分外动人的。只有我每每对他表示一点儿理解。只有我不忍嘲笑他、调侃他。

他在宣布每场辩论结果前的十分钟讲评时，对已经注定了将被淘汰的一方的心理和情绪，总是表现出非常大的爱护之心。总是由衷地肯定他们的优点和长处，由衷地说些勉励的话。宣布结果之后，他还要到他们的房间去征求意见，以“胜固可喜，败亦欣然”“参与必有所得，虽败精神可嘉”类的话进一步安慰。有一组在决赛一轮遭淘汰，全组委屈沮丧，他竟陪了他们大半夜，劝了他们大半夜，仿佛他们是他高考落榜的弟弟妹妹一样。若不是我去找他，他不知何时才回房间睡觉。

在他的提议之下，后来增设了荣誉奖和最佳辩手奖，平衡来平衡去，最终各组皆大欢喜。“职业道德辩论赛的目的不是决出胜负，而是促进企事业精神文明嘛。如果我们不明白这一点，我们评委的认识首先就狭隘了、偏颇了。”

他如是坚持他的观点。

而我极力支持他的观点。

我已是担任过几次辩论赛评委的人。在他的影响下，那一次我担任得最认真。

我认为选他当评委主席，真是选对了。

赛事结束的前一天晚上，我正看电视，他一手背在身后站到我面前，微微红着脸说："梁兄，我想……尽管我们彼此已经很友好了，我想，我还是要郑重地向你道歉，在那一次研讨会上，我对你太过分了，我当时的做法太无礼了……"

我知道他的一只手为什么背在身后。我看电视时，瞥见他在整理名片，并且瞥见他在一张名片上写什么。

我笑着说："你怎么还提那事儿？当时我表现得也不好。不过是一次漫谈式的研讨会，而我却抬起杠来。不必认真的时候和场合，谁偏认真谁就愚蠢。"

他赶紧表白："不不，也不能这么说。当时和过后，我都没这么想过你。真的。其实你的发言自有你的道理。现在，凡事除了与自己的切身利益相关，讲认真二字的中国人太少了。我自己从前也是一个研讨问题时发言很认真的人，后来渐渐地就变了……"

我说："你没变。这次你给我留下的最深的印象之一，就是认真啊。这叫江山易改，本性难移嘛！"

他也笑了。看得出他很在乎别人对他的本质的评价。

我又说："我仍希望得到你的名片。"

他这才将他背在身后那只手伸向我，持的果然是他的名片。上面不但写了他家的电话号码，还写了呼机号码。我接过名片，当即也将我家的电话号码抄给他。我笑问："我们可以算作朋友了吗？"

他庄重地回答："那当然！那当然！"我们睡前，熄了灯东一句西一句地闲聊。

我说："哎，我怎么觉得你身上有种山野少年的成长痕迹呢？"

他不禁地"噢"了一声，反问："是吗？"

我说："是的。"

他却并不主动地向我讲什么，只不过说了这么一句耐人寻味的话："你的眼光可……真有意思……"

他不讲，我也不便深问，引开话题聊别的。

他突然单刀直入地问："你家肯定有存款吧？"

这话问得我大费寻思。沉默了片刻，我含糊其词地说："是丈夫，是父亲，是儿子，上有老，下有小，对家庭担负着经济责任，不可以没有点儿存款啊！"

我回答了之后，他也沉默起来。

我揶揄道："怎么，仍要诲人不倦？继续动员我进行爱国消费？"

他说："那倒不是。这次储蓄利息下降了两个多百分点呢！"

我说："是啊！那我也没办法啊！"

他开了灯，翻起身趴在被窝里对我说："梁兄，我知道你们作家的稿费挣得不容易，都是一个字一个字爬格子的心血钱。我教你一种储蓄的方法吧！以我教你的方法储蓄，你能获得到比前几年储蓄还高点儿的利息。"

尽管此话出自经济学家之口，我还是认为他在假装正经和我开玩笑。他却从床头柜上拿起笔和纸，从他的床上跨到我的床上，挤入我被窝，辅导似的认认真真地给我讲起他的储蓄方法来："你看，假设你有一笔钱，暂且算是一万元吧，你要这样储蓄——存活期，按月取息。将息金另存，存到一个整数，也按月取息，再另存。整存整取的利息是不生息的。而按照我这种方法储蓄，息能生息。计算下来，银行的储蓄利息虽然下降了，可你获得到的利息，实际上比下降之前还高点儿呢！"

我说："我以为是多么深奥的方法呢，这么简单啊！"

他说："对，就这么简单。在经济学中，这就叫滚动升值。"看着我又说："你内心里不会取笑我吧？"

我说："为什么？"

他说："这是不是有点儿过分精明了？"

我说："这世界上没有一个人甘愿自己的钱贬值，我以后一定照你教给我的方法储蓄！"

他说："你内心里不取笑我就好。不是将你当好朋友了，我也犯不着教你，对吧？"

我说："当然！"

从那时起，我觉得他更可爱了，也更可交了。但是我却没按他教我的方法去储蓄过。我将他的储蓄方法讲解给我的妻子听。她听懂了，却也没实践过。她和我一样有点儿嫌麻烦。因为我们的储蓄并不多，所持的是一种比较消极的想法——存在银行里最保险，丢不了就行啊！

自那次分手后，半年里我们没再见过。京城太大，隔行如隔山。只是偶尔从报上见到他的名字——某某经济学家参加了什么什么研讨会或座谈会，就什么什么经济问题、经济现象发表了什么什么经济观点……

有几次我手拿着报，指着他的名字说："这位经济学家我认识，和我是好朋友！"很有点儿引以为荣的心理。

一天我收到了他的信，是从医院寄来的。信中说他被怀疑患了癌症，正在医院接受进一步的检查和会诊，希望我有空儿去看看他……信中流露出了对人生的极度的悲观和感伤。他的信使我受到了强烈的震动。近十年间，我参加过多次追悼会，对生生死死，已经有点儿司空见惯了。就是哪一天自己被检查出来患了癌症，也似乎会觉得是件寻常之事。

但他才三十几岁啊！他以三十几岁而成为经济学家，是用了二十几岁的生命由学士而硕士而博士而博士后才熬成了"家"的啊！他的锦绣前程才刚刚开始啊！他的幸福生活才刚刚开始啊！他才结婚三年啊！他的可爱的儿子还不到两岁啊！

我替我的年轻的朋友忧心忡忡。是的，在我的朋友中，他是最年轻的一个人，也是最有前途、生活得最幸福的一个人。

第二天我便捧了一束鲜花到医院去探望他。他脸色还好，容颜滋润。我觉得他甚至还胖了些，也分明地白了些。但是他的情绪糟透了。一见到我双眼就红了，泪就淌下来了。他说："我估计你一接到我的信就会来。谢谢！"

我动情地说："我怎么能不来呢？咱们是朋友啊！否则人还要友情干什么？"

他住单间病房。因为他享受局级干部和年轻的专家双重待遇。病房里的条件是非常好的。人如果不患癌，又是局级干部和专家，在条件良好的单间病房住几天院，不啻是另一种享受，另一种幸福。

窗台上已摆着一只漂亮的花瓶了。花瓶里已插满着美丽的鲜花了。病房内弥散着淡淡的芬芳。明媚的阳光照射进来，遍洒在洁白的被子上。

我的花束已插不进花瓶，我犹犹豫豫地不知该往啊儿放。他轻声说："给我。"接过花束闻了闻，又说："很香。"他将花束斜卡在床栏间，力弱难支似的将上身往床头一靠，又侧脸闻了闻，闭上了眼睛。我同情地望着他，如同望着一个将不久于世之人，心为其悲，一时不知该说什么好。他缓缓睁开眼睛，见我有点儿局促，凄然一笑："我很喜欢。真的。"仿佛以为，不说这么一句，我会替那束花感到失落似的。他告诉我，花瓶里的花，是他妻子带来的。而能住进这条件比较好的医院，是通过他岳父的关系。院长是他岳父当年的老下级。他妻子每天都来陪他几小时。而他让她今天下午再来，上午的时间是属于我的……

我轻轻握住他一只手，问他已经住院几天了。

"算今天，整一个星期。"

"什么……我的意思是……"

"胃癌……"

"已经确诊了？"

"化验单上的结果是在另一家医院化验的。可我的感觉却不太明显，只不过有时发生轻微的恶心。所以这儿的医生要对我进行全身系统的复查，然后专家们才能进行会诊……"

我拍拍他那只手说："这就等于还没最后确诊嘛！"

他说："你别安慰我了。一个星期以来，我几乎夜夜做噩梦。梦见自己被往火葬炉里送，我妻哭得死去活来……"

我说："你太悲观了可不好。胃癌并不等于说是判死刑了嘛。胃癌是最有根除可能的。有人切掉了三分之二个胃，还活得没事儿似的呢！"

"如果是晚期了呢？如果已经扩散了呢？"

安慰癌症患者往往是一件最使安慰者自己陷于尴尬的

事。因为大多数情况下，我们自己首先并不真的相信我们的安慰之言。我们劝患者不要过于悲观时，我们自己的乐观，无论是伪作的还是确实的，其实都有点儿站着说话不腰疼的意味儿。

“别这么想，别这么想……”我只有反复轻说这几个字。怕话劝多了，哪一句说得不当，好心引起反感。

“你去把门插上。”于是我就起身去把门插上了。

“你把窗子打开一扇。”我也照办了——转身时，见他不知从哪儿变出了一盒烟。还有一个当烟灰缸的小铁盒。

我说：“你怎么可以吸烟呢！”

他说：“我一向吸烟的。为什么不可以？”

我说：“可你是在病房里啊！”

他说：“所以我让你插上门，打开窗嘛！已经到这份儿上了，我还约制自己干吗？”听他的口吻，似有点儿破罐子破摔了。

“给！”

“我不能……”

“就算我请求你陪我吸几支行不行？”

“这……护士来了，闻出烟味儿会训我们的……”

“我保证她不敢。这儿对待我这个患者比较特殊……”他固执地朝我递烟。

无奈之下，我只得陪他吸。

“你曾经说过，你觉得，我身上有某种山野少年的成长痕迹，对不对？”

“对。我说过。”

“你没说错。我小时候，的确是一个山野少年。你看人的目光挺敏锐。”

“其实，我那是毫无根据的想象。你一口地道的北京话，我一直以为你是北京四合院里长大的书香子弟……”

“四合院儿？……书香子弟？……我一口地道的北京话是后学的！我讨厌北京话。京味儿电视剧尤其使我讨厌北京话。越地道的北京话越令我讨厌，使我怀疑社会又倒退回了《茶馆》的年代。如果你觉得周围的人都以《茶馆》里的‘老刘麻子’‘小刘麻子’那种腔调而自得其意，多让人受不了啊！我学北京话是出于虚荣心理。我愿意别人想象我是北京四合院里长大的。当然，更愿意别人错上加错，想象我是什么书香子弟……”

我怔怔地困惑着，不知他为什么要对我说这些，而且说得如此坦率……

他目不转睛地看着我，口吻忽然一变，以一种方言味儿极浓的语调，抑扬顿挫地高声朗诵了四句诗：

高高山上有青松，
青松枝头有雏鹰。

雏鹰展翅欲飞腾，

声声鸣，

母鹰噙泪自伫伶……

那不知是什么地区的语调，仿佛是在大山的褶皱里一代代形成的，听来带着太多的天然的惆怅和悲凉。那语调具有一种忧郁的品质，似乎它正是以它的这一品质，宣布着与虚浮骚躁的京城文明不妥协的距离，以及不肯融为一体的抵抗……

“你能听得懂吗？”

“能。”

“那么好，现在我就用我的家乡话，将一个山野少年怎样挤进京城上层社会的故事，原原本本地讲给你听。想听吗？”

“想。”

“其实我知道你早就想听我讲。我写信给你，主要并不是希望你来看我，而是太想对你讲。你想听，我又太想对一个人讲，咱们各自都能获得一种满足是不是？……”

于是，他就用他的家乡话——那种品质忧郁的，仿佛在大山的褶皱里一代代形成的语言，向我娓娓道来……

不错。正如我刚才已经承认的那样，我小时候是一个山野少年。我们那个几十户人家的小村，在一座大山的山坡上，但却不是在朝阳的山坡上，而是在背阳的山坡上。这是由于村人们当初相信了一个据说会看风水的外地人的话。他说那山形像佛头，而朝阳的一面坡像佛脸。在佛脸上建村，一代代在佛脸上吃喝拉撒，还要在佛脸上行房事，生儿育女，佛心里肯定生气。佛生人们的气，人们还有好日子过吗？住到背阳的那一面坡上去就不同了，等于在佛脑后。正应了那么一句话——居佛前者遭佛谴，居佛后者受佛庇。村人们的日子都很穷，却又不明白怎么才能过上不愁吃穿的日子，早就巴望着有个人指点迷津。便都信了他的话，先后将家迁到背阳的山坡了。其实那外地人是个逃亡到山里的通缉犯。他胡说八道一通，不过是为了使村人们供他几顿饭，留他在村里住些日子。一年后听说他被逮捕了、枪毙了，人们才意识到上了当。但已都搬迁了，没能力也没心思再搬迁一次了，也就只有干后悔。

我小时候没见过我父亲。我母亲说他死了。长到六七岁，懂些事了，渐感到村人们对我们母子是很歧视的。那种歧视中分明包含着憎恨。问我母亲为什么，我母亲只是流泪，训斥我小小孩儿别学得那么多心……

我十岁上学。村里以前没有小学校，以前的孩子们都不上学。人们都习惯了是文盲，并不觉得有太大的不方便。一九七〇年，县里决定给我们村派一名小学教师。起初村人们不愿接受。吃在谁家？住在谁家？还得现盖小学校。大人们都觉得，为十几个孩子盖一所小学不太值得。将来那小学校缺这要那，还不是个得扔钱的洞呀？但是县里说不接受不行。必须得接受。于是村里的大人，就赶了驴车到县里去接。天黑了才回来。大人们打着火把，孩子们相跟着到山口迎。迎到了驴车，有大人就将火把凑近驴车，照那教师是个什么样儿的人。火把一凑过去，教师就在火光中扭过头去。扎着头巾，是个女的。

有男人就调笑地说："女先生，别害羞哇！让咱们熟悉熟悉您的脸嘛！"

那女教师扭过去的头，就低垂了，恨不能将头扎进自己怀里似的。

我们十几个孩子当然是高兴从此有学可以上的。我们凑在一起议论过，无论男孩儿女孩儿，一致希望教师是女的。见果然是女的，我们心里高兴加高兴。我们已从她偏腿扭头坐在驴车上的身态看出，她肯定是个姑娘。是个比村里某些我们该叫姐姐的丫头大不了几岁的姑娘。我当时心里暗暗祈祷她是个脸子好看的女教师。

她越不抬头转过脸，男人们越不甘心，越急于想看到她模样儿。其实我觉得女人们也是的。要不她们为什么围着驴车不肯离去呢？山路的那一侧是山壁，人们实际上只能围住驴车的这一侧。三四支火把照着她。她双手捂上了脸。

赶驴车接她来的男人不耐烦了，跺了下脚，气呼呼地冲人们吼："闹什么闹什么！谁用你们接了？我不认道儿了，这驴也不认道儿了吗？都没见过山外的女人呀！"

他还说对了。村里的大人孩子们，很多年没见到一个山外的男人了，更是很多年没见到过一个山外的女人了。我第一次见到山外人是六岁那一年。见到的是个头发胡子都很长的老头儿。我放猪，猪拱他，我才发现他仰躺在草丛中，大睁两眼瞪着天。我吓得魂飞魄散，飞跑回村告诉大人们。大人们赶到，说他已经死了。我见到的第一个山外人是一个死人。那一年，每有走投无路的山外人逃亡到山里，使我们倍感还是山里人好，起码不必往山外逃。

我们几个孩子都认为山外的女人肯定和我们山里的女人极为不同。因为大人们常说山外人心眼儿多。那山外的女人肯定也比山里的女人心眼儿多了！心眼儿多的女人会是什么模样的女人呢？我们会从她们的脸上看出她们心眼儿多吗？……

赶驴车的男人又对女教师大声说："你也是！也不思量思量自己是个什么情况，还非要当教师！都已经来了，就别怕人看脸了！以后你不能总把脸掖怀里吧？……"

扎着红头巾的头扭转向人们了……

A 君指间的烟没吸几口，烟灰很长了。我将盛烟灰的小盒递向他，他也不弹。他目光呆呆地望着窗台上的花。

我从他指间取下烟，想替他掐灭。

“别，我吸！我还吸！……”

他这才收回目光，从我手中索回那支自燃掉了半截的烟，猛吸起来。一口接一口，一直吸到手指夹不住的程度才罢休。

他又叼上一支烟猛吸。

我见他内心激动得不行，分明是企图通过吸烟稳定情绪，也就不便制止他。

“我……我讲到哪儿了？……”

“那女教师的头，扭转向人们了……”

“对……她的头……终于扭转向人们了……一支火把从一个男人手中掉在地上了。几个胆小的女人失声尖叫。几个孩子，有的将脸扎进了娘怀里，有的见了鬼似的，撒腿就跑。女教师的脸上戴着面具。我们那儿有地方土戏流传着，演戏的男人戴男角儿面具，女人戴女角儿面具，那种面具很夸张，类似驴皮影儿人物。几乎任何一个县的文化馆和乡的文化站，当年都有些那种面具。她脸上戴的是青衣的面具。眉细、眼长、唇小。但是染得血红。除了眉黑唇红，腮窝浅粉，整个面具的其他部分就是白色的了。按说倒也没什么可怕的，但实在是太出乎大人孩子们的预料了，再加上天又黑，在几支火把光明的照耀之下，总之她使迎她的大人孩子极度惊骇……”

那就是教我读书识字的第一位老师。一位戴着演地方土戏的面具的老师。她当年的年龄，和如今高二高三学生的年龄差不多。她是个下乡女知青，因为嗓音特别好，从一个村抽到乡委会当上了广播站的播音员。县广播站正打算调她，一场山火彻底烧毁了她的面容。作为广播员，她不参加扑火也是有正当理由的。可是她参加了。结果是那个豆蔻年华芳心清纯的她死在火里了。活下来的，戴假面的她，怎么讲呢，也可以这么讲吧——是一个“没脸见人”的姑娘了。据说，她曾企图自杀。但是没自杀成，被救活后，受到了批评。因为她已经是典型和榜样了。自杀那就是给典型和榜样抹黑了。于是她要求到我们这个藏在大山深处几乎与外界隔绝的小村里来。我想，在她，那是一种逃避于世的选择。而既活着，就得做份于人民有益之事。用毛主席的话讲，总得“为人民服务”。那么，当小学教师，又成了她唯一的选择。设身处地想一想，除了当小学教师，她还能做什么呢？

起初村里没有一户人家愿意让孩子当她的学生。父母们都认为，让一个戴假面的山外来的姑娘教自己的孩子读书识字，实在是太荒唐的事。荒唐横阻在假面和教师之间，使人们对她缺乏起码的信任。孩子们也不愿让一个戴假面的教师教自己读书识字，都有点儿害怕她。我也是。尽管她的假面在白天看来并不可怕，只不过使她显得可笑，显得滑稽。但我们孩子们的心理上，难免会觉得她的假面在遮掩着某种狰狞恐怖。这一种本能的，对狰狞恐怖的想象，类似城里的孩子听过《画皮》的故事后所常常产生的那一种想象。

有一天我在山上捡柴时，爬到一棵树上去摘野果。我们那儿的山很荒。没什么结大果子的野果树。只有一种很高、结的野果却小得可怜的树，指甲盖儿似的果酸中有一丝丝甜。那乃是大自然赐给我们山里孩子们的口福。上树容易下树难。我摘了两兜果子后，却够不着下树垫脚的树杈了。越够不着心里越急，越急越够不着。太高，不敢往下跳。正在树半身没奈何，听到树下有一个女性的声音说："千万别慌，看掉下来摔着。手脚按我的话做，你就能下来了！"那声音悦耳极了，温柔极了。那是一种从本质上讲很甜很悦耳的声音。一个人只有亲耳听到过那种女性说话的声音，才能领悟究竟什么算是"银铃般的声音"。我敢肯定，无论是一个男人，还是一个男孩儿，对能以那么甜那么悦耳的声音说话的女性，都无疑地会产生一种亲切之感。

我低头一瞧，看到了那张假面。我一惊，反而迅速向上爬，爬到更高处了。四野无人，我心里怕极了。竟暗想，她是不是企图用她的声音诱惑我下树，进而逮住我吃我呢？

她仰望着我说："你别怕我。我将来还要教你读书识字，做你的老师呢！"

我俯视着她说："你走！你走远远的！你不走，我就不下树！"

她不走。她说她怕我一脚踩空，摔了，说只有她在下边指点着我，我才会顺利从树上下来。我说用不着她管！摔断了腿残废的是我自己，又不是她。她仍不走。向上高举双手，让我踩着她的手下树。我就从兜里掏山野果，一把把地用野果打她仰着的脸。野果落在她的面具上，发出豆子抛向竹篾似的响声。那种面具，是竹篾糊纸后做的。她还是不走，只不过从树下退开了。

她远远地仰望着我说："不管你多么讨厌我，我也不会生你的气。我并不是鬼呀小石头儿。大人们能从山外接回一个鬼来教你们读书识字吗？老师是不会生一个学生的气的……"

我很奇怪，问她怎么会知道我的小名叫小石头。她说是我母亲告诉她的。我说她骗人。她说她已经去过我家了。说我母亲已经同意让她教我读书识字了。说她是替我母亲来找我的，我母亲正等着我捡回的柴熬猪食……

我终于信她的话了。我离家时，猪的确饿得哼哼叫。我母亲因为害眼病，也的确不能亲自出门找我。本来，我经她的帮助，是可以较顺利地下树的。但，连我自己也不明白，小小年纪的我，究竟是出于一种什么心理，非要刁难她。我说，我要从树下蹦下。她如果真有心帮助我，就应该为我拔些草垫在树下。

她仰望着我沉吟片刻，大声说行。说完就拔起草来。那时已是秋末。山上的野草枯干了。又多是一种带刺的野草，拔起来非常扎手。大人们用镰刀割草时，也都要将手心用布条缠上。她拔了许多草，垫得面积很大，也很厚。我却蹦偏了，崴了脚，一时没站起来，坐在地上抱着脚哎哟不止。她立刻跑过来，替我揉脚腕。我本想推开她，但伸出的双手尚未推在她身上，不由得缩回了。因为，从假面后，我望见了她那双眼睛。那是一双无比善良的眼睛，也是一双好看的眼睛。真是黑白分明啊！眼珠像黑宝石一样的黑。眼白呢，白得微微发蓝似的。总之那是一双秋水般明澈的眼睛。那双眼睛也正望着我，又亲切又温柔。亲切和温柔之中，还有几分恳求的意味。我也看到，她那双同样好看的，十指尖尖的绵软白皙的手，被野草刺划出了道道血痕。

我顿时内疚极了，羞愧极了，喃喃地说："我……我没想推你……"她笑了。我看不见她的嘴，只能看见她的眼睛。是她那双眼睛告诉我，她笑了。她说："我信……"我的脚腕经她揉了许久，不疼了。她扶我站起后，用她那种很温柔很甜的声音问我能不能自己回家，我说："能。"她将双手放在我肩上，将她戴着假面的脸凑近我的脸，声音更温柔地说："小石头，你看着我的眼睛！"

我就只瞪着她的眼睛。尽量忽视她那在我看来滑稽可笑的假面的存在，仿佛要从一幅荒诞不经的三维图画中，瞪出隐含在表象之后的一道美好的风景。

我见她那双善良的眼里，渐渐地，渐渐地盈满了泪水。那一时刻，我觉得我内心里也顿时充满了善良。

“小石头，我求求你，带头做我的学生吧！我一定要当成你们的老师！这可是我唯一能做的，对别人有点儿益的事了。求求你了！……”她声音发颤。

而我，终于低声吐出一个字：“行……”

于是她就将我捡的柴，和她拨的草捆起来，帮我背在背上。我走了十几步，回头望她，她朝我摆手，我也不禁地朝她摆手……

第二天，我就成了她的学生。我是她的第一个学生，也是全村的第一个学生。是我母亲拉着我的手亲自将我领到她面前的。母亲说：“今后，你要好好跟老师学文化！”

我点了一下头。

母亲说：“一定要尊敬老师！”

我再点一下头。

母亲又说：“那么，就叫老师！”

我没叫。不是不想叫。心里想叫，嘴上偏叫不出“老师”两个字来。从小长到十岁，就没叫过老师，也从没听大人们提到过“老师”两个字。更没料到过，有一天自己得对一个陌生人叫“老师”。何况不是和许多孩子一起叫。我怎么也不好意思叫。再说她戴着假面。我认为戴着假面的老师，名不正，言不顺。和我们说村里要来一位老师后，自己想象之中的老师似乎区别太大了，完全两码事儿。

我不叫她“老师”，母亲就拧我的耳朵，拧得我直咧嘴。

她急忙拨开母亲的手，将我扯到一边，用身体护着我说：“算啦算啦，孩子不习惯呀。以后叫不叫我老师也都没关系，只要肯跟我认真地读书识字就行……”

村里哪有学校呢！所谓学校，不过是驴棚。将一边儿的地面扫干净了，驴待在另一边儿，她在这一边儿给我上课。黑板是我家的面板。母亲将背面儿用染衣染料染黑了，借给她先用着。

她教我的第一个字是——“人”。

她教给我的第一个词是——“人民”。

作业本是她给我的。她说以后来上学的孩子，每人都可以得到两本。我是第一个学生，值得她优待，所以给我三本。

她反复教我读准“人民”一词的发音。她拖着长音的教读声真是好听啊！我爱听极了，觉得像春天里某种鸟儿在婉转地叫。连驴都瞪大眼睛瞧着她，竖起长耳朵听着。我一遍又一遍地成心发音不准，为的是一遍又一遍听她好听的声音。她还握着我的手，一遍又一遍教我将“人民”二字写得笔画端正。我喜欢我的手被她绵软白皙的手握着，成心一遍一遍将笔画往歪了写……

驴棚潮、冷、光线不足。第二天她将我带到向阳坡，将面板挂在树丫上，在露天旷地给我上课。阳光很慷慨，晒得我身上暖暖的……

人——人……

人——生……

人——心……

她的好听的声音像歌唱。

不知何时，几乎全村的孩子都被吸引到向阳坡这边儿来了，围坐在我身后，跟着她的声音拖腔拖调地读……

村里的大人们见她坚定不移，且永世不悔似的，见我们这些孩子渐渐地接受了她这个戴假面的老师，都被感动了。一合计，就抢在入冬前，将遗留在向阳坡的一座小破庙修缮了一番，正式作为教室。

她要求在教室中隔出一间几平方米的小屋供她住。大人们都摇头说不妥。说她姑娘家家的，怎么可以单独一个人住在山这边儿呢？多叫人不放心啊！

她说没关系的，说她这种戴着假面的样子，只有别人怕她，哪有她怕别人的道理啊！说自己戴着假面不像人，不戴假面活像鬼。说坏人来了，她就摘了假面吓走坏人。鬼来了，她正好摘了假面冒充鬼，交几个鬼朋友，也省得一个朋友都没有，心里忧闷……

她跟人们说这番话时，我们几个年龄大点儿的孩子也在场。她似乎说得很无所谓，似乎是在打趣自己。可我们几个孩子，从她似玩笑的话中，听出了她胸怀中极深极大的悲哀。我们互相望着，心里都难受得不行，一个个直想落泪。

大人们见她想法已定，便照她的要求做了。而我们几个孩子，那一天曾在一起议论过她。

有的说：“咱们的老师，可真是个苦人儿啊！”

有的说：“就是，谁愿和一个戴假面的人交朋友呢？连个朋友都没有，心里孤零零的，多可怜呀！”

我说：“那，咱们就和咱们的老师交朋友吧！”

大家听了我的话，面面相觑一阵，纷纷摇头。

有的说，她毕竟算是大人，小孩子是没法儿和大人交朋友的。

有的说，何况她还是我们的老师，学生也是没法儿和老师交朋友的……

但最终大家还是被我说服了。我们都愿意暗中做我们的戴假面的老师的朋友。我们相信她会渐渐感受到这一点。感受到了，她内心里也许就不会那么凄苦那么孤零零的了……

我们一有空就结伴儿打柴供教室烧炉子。下雪了，山上的柴草被雪覆盖了。我们就从各自家里往学校背柴。有的家长小气，觉得吃亏，他们的孩子就偷着往学校背。我们轮流每天提前到学校去，帮老师生炉子，打扫教室……

春天又来了。老师经常带我们到山上去挖草药。挖回后，洗净，晒干，让村里到镇上办事的大人捎去卖。再用卖草药的钱，替我们买回铅笔和作业本，替老师买回粉笔和教学尺……

有一天，我们又跟着她在山上挖草药。不知怎么的，老师系假面的松紧绳儿断了。偏巧那时刮来一阵大风，将老师掉在地上的假面刮走了……

“同学们，快替我捡回来！……”等我们听到老师惊慌的话时，老师已背对我们蹲在地上，用衣襟兜住了头。

一个学生怯怯地说：“老师，刮山下去了……”

老师大声叫道：“那你们还不快去找！都快去找哇！……”老师很急，也很生气，话里带着哭音。那是她第一次在我们面前又急又气。

我赶紧说：“老师你放心，我们一定找回来！”说罢，第一个拔脚就往山下跑。同学们也立刻分散开来往山下跑。我们找了很久才找到。回到老师身旁，见老师仍蹲在原地，仍用衣襟兜着头。我感到，老师她如果失去了假面，似乎就打算永远地改用衣襟兜着头了……

老师听到脚步声，急切地问：“找到了吗？”

我轻声说：“老师，找到了。”唯恐大声说，惊吓着我的老师……我将假面送在老师手里。

“坏了没有？”

“没坏……”

“那，你们都背过身去！都闭上眼睛！谁也不许偷看我！谁偷看我，我以后就不教谁了！……”

于是我们都听话地，乖乖地背过身去，闭上了眼睛……

“现在，都可以转过身来了，都可以睁开眼睛了……”

于是，我们又看见老师站在我们面前，戴着我们早已习惯了、稔熟了的假面……

“你们……都怎么了？……都哭什么啊？……”是的，我们都在默默地流泪不止。

“因为老师刚才对你们发急，你们都觉得委屈了是不是？……”

我们都流着泪摇头。

我完全能理解老师刚才对我们发急的心情。我一点儿也不觉得委屈。我想其他的孩子也和我一样。我们实在都是没法儿让我们的眼睛别流泪。我们的眼泪都是为我们的老师而流的啊！我们恨她那假面！尽管我们已习惯了它，已稔熟了它，已不觉得老师戴着它滑稽可笑了，但还是恨它！恨它遮挡住了我们的老师的脸使我们难见到！我们那一时刻其实都在想，哪怕老师的脸真像一张鬼脸，我们也是不怕，也是希望见到的！我们既然能接受、能习惯一位天天戴着假面教我们读书识字的老师的脸，我们也一定能接受、能习惯老师的真脸啊！哪怕是无比丑陋骇人的……

忽然我们都真觉得委屈了，都放声大哭起来。哭声惊得草里的、树上的鸟儿呼啦啦飞起一片。

老师最初被我们哭得张皇失措。接着，她就将我们都拉扯到她身边，用她修长的双臂揽住我们，温柔地、充满爱意地说：“好啦好啦，都别哭了。老师明白你们了……”

她在那小学校，一住就是六年。六年中，一次也没出过山。而我们这些山里的性情粗野的孩子，一个个不但被她教成了能读书写字的孩子，也教成了非常懂事理的孩子。村里的大人们都对我们的老师极其尊敬起来。但是她却很少到村里去。逢年过节，村人们派代表请她回村，她才偶尔回去。那时老师被请到谁家，谁家人就倍感荣耀，而且热闹极了。几乎全村的大人都会到那一家去看望老师，陪老师聊天，由衷地说些对老师教他们的孩子文化和事理表示感激的话。不过老师从不在任何一家吃饭，更不留宿。村人们都理解那是假面给她带来的不方便，也从不为难她。

她非常爱唱歌儿，唱起来动听极了。她跟我们学唱山里的野歌儿，也教我们唱山外的文明歌儿。是的，我们将山外人的歌儿叫“文明歌儿”……

我们该小学毕业了。

老师为我们举行了毕业典礼，为我们每个孩子都发了毕业证。毕业证是她自己亲手制作的，郑重地签了她的名字。

我们也准备好了送给老师的礼物。我们也要求她背转过身去，不许偷看。待她面向我们，讲桌上摆放了十几具假面。那是由我们中手最巧的孩子分工做的，有专门画的，有专门涂颜色的，有专门裱糊成形的。我们为老师做的，都是看去美丽善良的仙女的脸，我们想象之中的仙女的脸。我们都没有什么更好的礼物送给我们的老师。因为我们家里都太穷。

那是我们多次商议，久经策划，能送给她的最好的礼物了。我们做的仙女的脸，下颌是能活动的。老师的假面已经旧了，也有些破损了，快戴不住了。我们自认为我们亲手替老师做的，比那个好多了。我们都以充满感激和尊敬的目光望着她。那一时刻教室肃静极了，我们都希望老师满意，希望她眼中流露出惊喜……

却不料她又缓缓地将背转向我们，她用她的双手捂住了她的假面……

她哭了……

她双肩剧烈地耸动，哭得伤感极了，哭得令我们心碎……

但是我们都并不后悔我们偏偏送她那样的礼物反而惹她哭了。我们那时心里都觉得，我们确是她在这世界上最好的朋友。也都觉得，老师那时心里最理解也最明白了这一点……

那一年已经是一九七六年了。我们山里人家的日子，一如既往地静如死水。老师和我们之间的关系，在静如死水的日子里，醇厚得如同酿了六年的米酒，成了她感情中顶顶重要的部分，也成了我们感情中顶顶重要的部分。

六年后的我，十六岁了。年龄比我小的同学也十四五岁了，而年龄比我大的同学都十七八了。从前没老师，我们上学都太晚了。

对于山里的孩子，十五六就是小大人了，十七八就不可能再被当孩子看待了。男的要理所当然地充当家里的劳力了，女的该考虑嫁人了。

老师在毕业典礼那一天曾对我们说："同学们，我能教你们到小学毕业，已经是你们的幸事，也是我的幸事了。因为老师实际上才学到初二啊。你们的家长如果支持你们中的谁继续跟我上学，我一定为教好你们先刻苦复习学好初中文化。如果你们都不跟我学了，老师就将向你们告别了，再到别的没有过老师的村去……"

我母亲支持我继续学。母亲对我的支持，也包含有对老师的体恤的成分。甚至可以说，这种成分也许更大些。因为我的母亲已经跟我的老师关系处得像姐妹一般亲了。她是很舍不得我的老师离开我们村的。她分明是希望用她的儿子再将老师牵在我们村几年。我也非常舍不得与我的老师分离。我愿意扮演母亲希望我扮演的角色，愿意起到母亲希望我起到的作用。

她的全体学生们，和村里的几乎全体大人们，都舍不得她离开我们村。便仍有几名学生和我一样，表示非继续当她的学生不可。而村里的小孩子们，也到了该上学的年龄了。我的老师教书的负担重了。她上午教小学，下午教我们几个所谓中学生。晚上备课，复习和自学初中课程。她小屋里那盏油灯，几乎总是亮到深夜，成了我们的学校，也成了那座山的那一面坡的标志……

有一天我和村里的一个二流子打了一架。此前我从没和谁动手打过架。此后也没有。因为那比我大五六岁的二流子，嬉皮笑脸地在路上拦住我，下流无耻地对我说："都大小伙子了，还给那戴假脸儿的女人当学生啊？是舍不得她离开吧？她还手把手教你写字吗？"

我啐了他一口，他就骂我是"枪毙犯的杂种"。

我猫下腰，一头朝他撞去，于是我俩便打起来。我哪里是他的对手，眼眶被他打肿了，鼻子被他打出了血。

我前边已经讲过，小时候总觉得村人们挺歧视我们母子的，也因此逼问过我母亲，而母亲一被我问就哭，或训斥我小小孩儿太多心。长了六岁，心里爱寻思事儿了，也常常发觉，村里的某些大人们，在我从他们面前经过时，皆以心怀奥妙的眼光瞧我，甚至交头接耳。平心而论，我们那个山里荒村，普遍的人心还是很善良的，并没谁太过分地歧视我们母子。我母亲说的也对，我的确从小就是个太敏感的孩子。我受了二流子一顿欺负，回到家里，又一次逼问我的母亲。十六岁的我，几乎比十岁的我长高了一头，比母亲都稍高一些了。母亲似乎不再容忍一个长大了的儿子就最使她难堪之事对她进行逼问了。母亲不再哭，也不再训斥我太多心。她为了维护自己在一个十六岁的儿子面前的自尊，狠狠扇了我一耳光。我赌气跑到学校去住，发誓从此不再回家……

老师问我为什么住在学校，起初我不肯告诉她实情。经她再三追问，我终于将埋在我心中多年的疑惑，毫无保留地对她倾吐了。

在油灯昏黄的光晕里，老师一手压另一只手，小臂水平地放在桌上。她那双好看的善良的眼睛，从假面后眈眈地注视着我，使我从她的目光中获得了很大的慰藉。

她以一种极其平静而又极其庄重的语调说："那件事，你的母亲告诉过我。是真的。"

"什么？老师……什么是真的？……"

我的声音不禁有些发抖。

"你已经十六岁了，应该能够经历起一些事了。你的确是那个山外男人的儿子。更确切地说，是那个城里男人的儿子。他并没用佛脸之类的胡说八道骗你们村里的人，这一点是你们村里的某些人强加在他身上的。事实上迁村的起因，是由于你们村某些讲迷信的人怂恿的。人们做了什么愚蠢的决定，总是要相互推卸责任。而将这一责任推卸给一个山外来人，是顺乎村里人心的。因为这可以避免本村人互相推卸，互相追究，产生纠纷，闹起不和。大多数人信了某些人的话，所以你们母子成了这件事的名誉牺牲者。但你却真是那个人的儿子，他是一位大学里的老师……"

你可以想象得到，我当时呆成了什么模样！我原来是一个罪犯的儿子啊！我觉得周围的空气凝固了似的，我也被空气紧紧地凝固住了似的，一动也动不了，连眼都不会眨了……

"你母亲心地善良，她也不知那山外的男人是犯了罪的人。当年你的姥爷还活着，你母亲仅仅是出于善良，说服你姥爷将他留住在家里的。他被留住了二十多天。他有文化，又是个正当年、一身儒气的男人。你母亲就对他有了好感……所以……所以也就怀上了你……可是有一天，他不告而辞地从你家消失了，只将一个工作证压在了你母亲的枕下。你母亲怀上了你渐渐被人看出来了，你姥爷觉得没脸见人，一气身亡……是你母亲将这些往事告诉我的。她希望由我有一天告诉你。我想，早一些告诉你，也许对你反而好……”

老师说完，就起身走入她的小屋，默默取出一个旧红皮的工作证，双手交给我。那是西南某大学的教员证。我翻开看，见照片上的我父亲，是个样子很斯文的男人，怎么看都不像那种应该枪毙的罪犯。工作证上写着，他是教历史的……

我的老师又对我说：“母亲就是母亲。任何一个儿女，都不可以因为自己的母亲当年怀上了自己而谴责她。任何一个女人，只要她是情愿的，那么，她怀上了她的儿女，首先便是她的儿女的幸运。没有母亲们的情愿，哪有儿女们的出生？所以母亲和儿女们的这一种亲缘，是最宝贵的亲缘。山里人懂不少打胎的土法子，你的母亲如果当年不想要你，你现在也就不会坐在我面前，更不会成为我的学生跟我读书识字。你自己考虑，究竟该不该对你的母亲说那些罪过的话？究竟该不该撇下她一个人在家里，自己夹床被子想要从此住到学校来？究竟要不要立刻回家去向你的母亲认错儿？你考虑好了，你对我说……”

老师起身时，目光从假面后深深地看了我一眼。那目光中所包含着的责备如同掸子，轻轻地从我心灵上掸去了一层有害的东西。而那层有害的东西仿佛是酸碱，将我的心腐蚀得剧烈疼痛而且一阵阵紧缩抽搐。她的目光使我心里好受了许多。我虽然已经十六岁了，但对山外人表达思想的话语方式仍不很习惯。我的意思是，我似乎明白了老师的话，又似乎并没完全明白。我当时只不过是在这样想，既然连老师都认为我错了，那么我肯定是错了。老师说得对，没有母亲，哪有我呢？一想到这世界上也许根本就没有我，一想到如果不是母亲非要生下我，我早已被山里人打胎的土法子处理掉了，我不寒而栗，心中充满莫大的恐惧。我并不像某些小说里、电影里和戏剧里的人物似的，荒谬地认为自己的出生本身就是什么大不幸。不，我认为我当年能出生毕竟是我最大的幸运。不管我的父亲是什么人，我都认为我的出生是我最大的幸运。我只不过是由于受了二流子的侮辱和欺负而感到愤怒罢了，无处发泄当然只能变本加厉地发泄在我母亲身上。说实在的，我们那个藏在大山褶皱里的小村虽然很穷很穷，但是我们一些从小生活在穷困之中的孩子，却从未因穷而感到自己的命运有多么不幸。相反，我们一个个天生的都很快乐。因为我们从没窥见过别人们的不穷困的另一种生活，究竟是一种什么样的生活，根本形不成比照，我们则就连想象也想象不出来，而且根本不可能产生那样的想象。我们都认为人生全都是我们那样子的人生，生活全都是我们所过的那一种月复一月、年复一年的无止境似的日子。我们也曾问过老师，山外的人们，尤其城里的人们，过的究竟是一种什么样的生活。而她，却总是从假面后以批评的目光望着我们，口吻严肃地说："记住，以后再不许问此类没意思的话了。"于是我们暗暗得出这样的结论：山外的人们，城里的人们，过的肯定是一种很没意思的生活……

我的老师进入她的小屋之后，我独自陷入了深深的自责。想到我的母亲往昔对我的温爱，想到她为了抚养我长大所付出的种种辛劳，想到我们母子相依为命共同品尝的一切苦乐，我内疚了，不安了，再也坐不住了……

我走到老师的小屋前，隔着门请求地说："老师，我不在学校住了，我要回家，我娘一定还在家里伤心哭泣呢，你快陪我回家吧！……"

于是老师就陪我冒雨回家。我和老师合披着一块破雨布，踏着泥泞，相搀相扶，心情同样急切地绕山而行。可是……我母亲……一向对我温爱倍至的母亲，却不肯原谅我那一次对她的无礼发泄，上吊身死……

A 君讲到此伤心处，泪流满面。

这时护士敲门，说要打扫病房卫生。

A 君大喊一句："待会儿！"

护士却并不离开，隔了片刻，又敲门。

"聋啦？"——他发怒了。

我赶紧走到门前，将门打开一条缝，对护士赔着笑脸说："请多包涵，他这会儿情绪不好……"

护士说："我以为他是将自己一个人锁在病房里呢，有人陪着我就放心了。院长嘱咐，他情绪越不好，越要对他加倍看护，唯恐他一时想不开……"

我说："不会的不会的……"

护士走后，我重新将门插上，走到窗前，望着外面的一株老垂柳。柳叶儿间伏着些知了，被晒得自在了，一阵阵叫得人心烦意乱。我不知该以怎样的一种表情面对 A 君才好。他竟将他三十多岁的人生中最具有隐私性的那一部分讲给我听了，使我困惑得不知所措……

在村人们的帮助下，埋葬了我母亲，我真的没有胆量独自住在家里了。我怕夜里做噩梦，梦见我母亲以上吊死时那种吓人的样子出现。尽管我因母亲的死而心伤欲碎。

老师看出了我心中有所怕，主动让我搬到学校去住。在教室里，在老师那小屋的板壁外，同学们帮我搭了一张简陋的床。从此我心头蒙上了一种罪过感。为了从心头摘除罪过感我整天埋头看书学习。看书学习成了我医疗心头创伤唯一有效的良方。仅仅一年半以后，我就将初三的课程全部学完了，开始学高中的课程了。那个过程，与其说是老师在教我，莫如说是我和老师共同自学。那时我并没产生上大学的念头，老师也从没跟我提过上大学的事。我只不过是对学习无形之中着了迷。而老师大概是为了维护住仍是我的老师的身份，不得不学，不得不暗暗要求自己学得比我更超前、更好。

我和老师共同在学校旁开垦了一片菜地，每年秋季收获的储备一冬也吃不完，就分给同学们带回家去。家长们为了表示回谢，则让同学们带来粮食油盐什么的。渐渐地，我对我的老师产生了一种特殊的心理依恋。

我觉得我母亲对我的那一种母爱，似乎有很大一部分复合在老师身上了。我觉得她宛如我的另一位母亲。有时甚至觉得，某一天她一旦对我摘下假面，我看到的将肯定是我母亲的脸。但我从没进入过老师那几平方米空间的小屋。它对我无异于禁地，也无异于圣地。我们常常一块儿动手做饭。但却从没一块儿吃过饭。老师单独在她的小屋里吃饭。因为她吃饭时必得摘下她的面具。我甚至不清楚她那烧伤的脸需不需要洗，是怎么洗的。她每天都比我起得早，睡得晚。每天我们看到的她，一如既往地戴着假面。只不过她原先的假面坏了，不能戴了。她早已开始戴我们在小学毕业典礼上作为最佳礼物送给她的那些假面了……

有一天，我因为有道几何题想急问她个明白，忘了敲就推开了她那小屋的门。她当时没戴假面，正喝水。但是我并没看清她的脸，我看到的是对我侧身而坐的她。她的头发垂下来，遮住她的脸。她听到门响，迅速地将头扭转了过去，接着霍地站了起来。厉声说：“把门关上！”

我自知莽撞了，立刻关上门。

一会儿，她从小屋里出来了，恼怒地训斥我：“以后再这样，你就从学校搬回家去住吧！”

我怯怯地连声认错。

但是我却从此对她那小屋充满了好奇心。又有一天，趁她到河边洗澡去了，我鼓足勇气，贼似的进入了她的小屋。恰巧桌上放着一册影集。我翻开看，见内中夹的全是同一个姑娘的照片，那是非常俊秀的一个姑娘，和歌碟《小芳》中那个姑娘几乎一模一样。也正如小芳那首歌里所唱的——“一双美丽的大眼睛，辫子粗又长……”

我想那一定就是我的老师的照片无疑了。

我也弄不明白自己当时究竟出于一种什么心理，揭下一张照片，又贼似的离开了那小屋。

老师洗澡回来之后，我见到她时心中有鬼，很不自然。夏季里，老师常到一处河湾去洗澡。村人们和同学们都从内心里情愿地关照着她，从不涉足那一处河湾的两岸。唯恐撞见她洗澡，惊吓了她。

她问我：“你怎么了？为什么这样看着我？”

是的，我是在呆呆地看着我的老师。我似乎第一次发现，我的老师的身材，是那么的苗条又是那么的丰满。村里没有一个女人的身材能与我的老师的身材比美。我真希望她摘下假面，显示一张如照片上的她那么俊秀的脸来啊！

而我自己的脸一红，转身跑远了。

后来老师曾问我：“你偷偷地拿了老师的什么东西没有？”

我一言不发，却坚决否认地摇头。

老师以后再没问过我。我想，其实她当时已看出了我在撒谎。也许她愿意变相地送给我她那一张照片……

一九八一年，我离开了我的学校，我的家乡，当然，也离开了我的第二个母亲一样的老师。实际上，那时我自己也成为老师了，帮我的老师教几名小学一二年级学生……

A 君讲到这里，拿起杯子喝了一口水，身体往下一缩，仰躺在床上，闭上了双眼。仿佛不想再开口说什么了。

我犹豫再三，还是将我心中一直难释难解的疑团低问了出来：“你……究竟怎么考上大学的？”

他的双眼顿时睁开，受了侮辱似的回答：“奇怪。如果我不对你讲那么多，你肯定就不会这么问我是不是？城里人家的子弟考上了大学，最终成了博士，成了‘家’，似乎便天经地义，顺理成章。而如我似的一个山野少年成了博士，成了‘家’，就应该被问个为什么了？倒好像我当年反而会走后门儿或花钱买的大学入门券似的？”

我笑了笑，辩白地说：“我没这个意思。你明明知道我没这个意思嘛！”

他又撑起身靠床坐着了，注视着我用轻描淡写的口吻继续说下去……

一九八一年高考已经恢复了，但我哪里关心什么高考不高考的。山外世界当年发生的沧桑骤转，是不入我的头脑的。而我的老师，却一直从假面后关注着山外的变化。

有一天她郑重地对我说：“石头，改变你命运的机会来临了。”

我说：“老师，什么机会啊？我的命运有什么值得改变的啊？”

她就展开一份从山外寄给她的报让我看，报上登着有关那一年高考的新闻。

我说：“老师，这和我有什么关系？”

她说：“你应该去考大学。我对你已经有这个信心了，你也应该对自己有这个信心。”

我说：“我不去！”又说：“老师，我觉得我的命运已经很好了，根本不需要改变什么了！”

我当时心里的确是这么想的。我由一个目不识丁的山野少年，变成了一位山乡教师，得以陪伴着母亲似的老师充充实实地度日，我真的觉得我的命运已经很好了。

我是在老师的鼓励、劝说和逼迫之下才报考的。老师为我凑足了食宿费，老师替我整理的行装。老师伫立在学校门口，目送我下山，一直目送我踏上出山的路途。因为毫无负担，我考得很轻松。我的志愿填的全是西南某大学，就是使我母亲怀上我的那个男人当教员的大学。这是一种说不太清的心理，随你怎么分析怎么想都可以。几天后我回到山里，回到学校。

老师一见到我就问："考得怎么样？"

我说："考题比我预想的简单多了！"

老师听了就笑了。我看出老师那双眼睛在假面后眯了起来，分明是笑了。

日子又恢复了原先的状态。我教几个小学的孩子，老师教中学的孩子。而在生活方面，就像《天仙配》里唱的——我担水，她浇园。我当年真觉得厮守着敬爱的老师像厮守着慈爱的母亲一样，就那么相依相伴地过一辈子也挺好。山外的人给老师寄来了那一年的高考题。老师要求我监考她。我觉得好玩儿，也愿使老师高兴，就板起面孔，规定的时间一过，夺卷不留情面。一天考一科，一个星期内，几科全考完了。我给老师判卷，成心往严里判。结果老师的总分还是超过了那一年的高考录取线三十几分。以那样优良的成绩，我的老师当年考入北京的什么重点大学也是不成问题的。

我说："老师，您还在我之上。我继续当您的学生不就行了吗？"

老师那双眼睛又在假面后眯了起来，分明地又是笑了。

她说："没你这么个学生，我也不会自修高中课程啊！"

后来，我收到了录取通知书。我以全县第三名的优异成绩，考上了西南某大学。

我差点儿当着老师的面将录取通知书撕毁。我哭了。我央求老师别逼我去上什么大学，就像央求母亲一样。老师却不为我的眼泪所动，开始为我做动身前的种种准备。消息当天在全村传开，村人们轰动得仿佛都看到真神下凡了。我告别家乡的前一天夜晚，躺在自己的床上，隔着老师那小屋薄薄的板壁，向老师承认——她的一张照片是被我偷走了……

老师的声音很低很低地传过板壁。她温柔地说："就算老师送给你了吧！"

我忍不住放声大哭。事到临头，非去上大学不可了，我还是一百个不情愿离开我的老师。

老师却隔着板壁严厉地说："你要是哭肿了眼睛，我明天就不起来给你做早饭，更不送你！"

第二天，许多村人陪着老师送我。送了一程又一程，一直送我到山路口。

我转身望我的老师，猛然间发现我的老师已经有了白头发。我不由自主地双膝一弯，扑通给我的老师跪下了。

我流着泪发誓地说：“老师，上完了大学，我一定还回来陪伴您教咱们的山里孩子……”

我一步三回头，走出很远回头看时，见村人们都已回村了，只有我的老师那熟悉的身影，仍伫立在原地。我望见她为我从她的脸上摘下了假面。但离得太远，我当然看不清老师烧伤后的脸。在我的幻觉中，她的脸如同照片上一样俊秀……

那个是我父亲的男人，当年并没被枪毙，只不过判了长刑，后来释放了，还升了副教授。我听过他的大课。各系学生都很爱听他的大课。他在学校里是个颇受器重和尊敬的人物。但是我却一次也没产生过怎样使他认下我这个儿子的念头。我非常思念我的老师，经常给她写信。她却回过我几封信，就再也不回信了。

她在一封信中说，会有人定期按照她的要求寄钱给我，希望我刻苦学习。

在另一封信中说，既已上了大学，就应立大志，将来做一名报国效民之人。

一九八五年，我以优异的成绩大学毕业，二十五岁。接着考硕士，考博士，考博士后，最终成了现在的我，在京城被视为前程似锦的最年轻的经济学家……

“你一直没回去看望过你的老师？”

“考上博士以后，我回过家乡一次。而我的老师，已经在我回去的前一年病故了。村人们告诉我，大家将她安葬得很体面。每至鬼节，都有人做了假面到她的坟上去烧。有曾是她学生的人，也有不是她学生、完全出于敬意怀念她的人。你知道是什么目的支持我一直读到博士吗？”

“什么目的？”

“当年，博士被派出国的机会多。我常想，我一旦出国了，就要把我的老师接出国。我将到处打工，挣尽可能多的钱，尽可能请高明的整容医生，为我的老师整容。在家乡的日子，我几乎天天到老师的坟前凭吊她。我想，我只有按照老师生前对我的大希望，做一个报国效民之人，才能对得起我的老师，也算不辜负我的老师。可现在，我的想法早已改变了……”

“改变……怎样的想法了？……”

“现在的我，只为我自己已经取得的社会地位和今后的个人前途着想了……”

他苦笑了。那苦笑中，明显地包含有嫌恶自己的意味儿，却也明显地包含有宽大和原谅自己的意味儿。这两种意味儿相互掺杂着，彼此抵克而又渗透，使我竟觉得他那苦笑，看去很有点儿像是另一种的冷笑了。

我一时有些狐疑，不理解他何以在从头至尾原原本本地向我讲述了他年轻有为的人生中最隐私的历程后，又那么坦白地承认他头脑之中最应讳言的极端个人主义的现在时的思想。大多数人不愿公开宣布自己是一个彻底的纯粹的个人主义者，我甚至对他“招引”我来看望他的目的产生大的怀疑了。

我愣怔片刻，以不解的口吻说：“A君，你干吗要对自己进行刻毒的诽谤呢？”

他却极其严肃地说：“难道你不认为，一种利己之风气正在改变中国当代知识分子的灵魂、迷幻我们的心智吗？”

我说：“你这话锋一转，扯到哪儿去了？这不扯得太远了吗？”

他说：“话锋一转？我们这才刚刚切入正题。你以为我仅仅是需要安慰才请你来看望我的吗？我这个人，即使在人命危短之际，其实也不需要太多的感情安慰。有我老婆对我的感情安慰，本人于愿足矣。我请你来，将我这位年轻有为的‘家’的经历毫无隐瞒地讲给你听，是希望能借你的笔，把我以前看得一清二楚又佯装糊涂而又扮演其中的感受，原汁原味儿地写出来。我算不算一个知识分子？算的吧？岂止算，还算较高级的一个吧？享受有突出贡献的年轻学者和专家的政府津贴，谁敢说我不算较高级的一个？可正是我要对你坦言——我们中相当多数的一些人，其实活得都很伪作。我现在还怕些什么呢？还有什么可顾虑的呢？人之将死，知无不言，言无不尽，不亦快哉？我们很善于翘起鼻子闻嗅风向，我们很善于打探内幕调整自己的观点，我们很善于以‘家’的面孔和理论去阐述官的思想，不论那思想是多么的脱离实际。我们都变得空前的聪明，知道自己在什么时候该说什么，不该说什么。知道自己在什么时候该鼓吹什么观点不该鼓吹什么观点。知道自己鼓吹了该鼓吹的会获得什么好处，唱了反调则会失去什么利益。全不顾忌自己其实离经济的品质、离经济学家的时代使命和社会责任越来越远……”

“等等，等等！好朋友请你等等！”我忍不住打断他，反驳道，“你冷静一下。你别说得那么快！你太激动也太偏激了！我们怎么谈起这些来了呢？……”

他却涨红了脸，截住我的话说：“我正是要和你谈这些！我刚被承认是一位年轻的‘家’的时候，我想，作为一个中国人，一位‘家’，我终于有实事求是的资本和资格了，我终于有可以不看某些人的脸色，可以不管今天这个风向明天那个风向坦诚发表观点的资本和资格了。像我的老师希望于我的，报国效民，不是首先要做一个敢于实事求是的知识分子吗？可是我很快就陷入了一种黏糊糊的、触手牵丝似的氛围！那时的我因不愿从众而多次碰壁、多次被视为大煞风景甚至不受欢迎的人！正如你自己在那一次研讨会上所扮演的尴尬的角色。当时别人并不尴尬。我也不尴尬。你知道的，我们都知道，比你清楚。可我们都很巧妙地绕开，只字不提。只有你偏要死认真，偏可以绕开而不绕开。所以尴尬的是你！

可笑的也是你！不受欢迎的还是你！你当时的感受，我以前何止十次八次地感受过。到后来连有些会都根本不通知我参加了！我这个山野少年出身的‘家’，头脑再简单，再不谙世故，也不至于傻到总也不明白怎么样对自己有好处、怎么样对自己没好处的地步吧？所以我变了。所以我聪明了。所以我世故了。我一开始嫌恶自己的变，后来渐渐欣赏自己的变。变对我好处多多，我为什么不变？为什么不变！我变了，我承认我辜负了我的老师。可我要不辜负我的老师，我就必得辜负我自己！必得对不起我自己了！……”

他手臂如矛，直指向我。仿佛我正是在那种黏糊糊的、伪作氤氲的氛围之中左右逢源如鱼得水的一个人，仿佛我正是一个善于明哲保身、世故圆滑的人。仿佛他的变，责任全在我这个坏榜样似的。仿佛他终于觉悟了一位经济学家对时代的责任感，义正词严地宣布与我的决裂，同时对我进行无情的批判似的……

我的脸也不禁涨红了。我想我并不是来聆听他的训导的。他是经济学家，我是写小说的。我俩的存在意义和证明自己存在价值的方式风马牛不相及啊！他的变不是我教唆的啊！

然而一考虑到他是一个癌症患者，我又不忍心和他理论了。

我笑笑，以一种受了不白之冤而又不甚计较的口吻说：“老弟呀，中国很大啊！不是哪一位经济学家实事求是了，就能对中国的经济发展起什么了不起的作用嘛！正如不是哪一位作家写了一本或几本所谓好书，就足以改变整个中国的‘精神文明’现状。搞清楚了这一点，实事求是又怎样？不实事求是又怎样？为了个人的功名利禄的追求，伪作了点儿，心口不一了点儿，察言观色了点儿，见风使舵了点儿，虚与奉迎了点儿，都是可以理解的嘛！也无可厚非嘛！商业时代呀老弟，谁真能淡泊了功名利禄的向往和追求？既向往之，既追求之，过程便是次要的了，目的便是主要的了嘛！这也是符合现在流行的一种经济学观点的嘛……”

他眨了眨眼睛，手臂垂下了，瞪着我说：“你这番话，是当今最无耻的话之一种。是当今许多人的原则。不过许多人只这么想，从不这么说。我正是从也这么想那一天起开始变的。你刚才还将写小说的和经济学家相提并论，你太抬举你们自己了吧？中国死一百个二百个当代作家又怎么样？但中国至少得有十个权威经济学家吧？远离经济学的品质，而将自己变成一撮毛，为了功名利禄，东附着一阵子，西附着一阵子，总在思量着怎样才能附着于一张上等的皮，那和些个‘傍姐儿’有什么不同？那能成权威吗？又何谈报国效民？……”

他说时，一只手不停地拍着被子。我待他不说话了，活活地抢白了他一句：“别人当权威，你当嘛！报国效民，今后看你的嘛！……”

他愣了。

我自知失言，赶紧又说："我的意思是，等你出院了，你完全可以按照你现在对自己的要求……"

他竖起一只手掌制止道："你用不着解释。你明白我这一住进来，也许就不能活着出去了。我自己更明白。我们不必争论了。不管你怎么看我，我都想求你一件事……"

我深悔不及地说："只要我能办到的，我一定答应你。"

"你能办到。我希望借助你的笔，将我——一个山野少年出身的'家'，对京城知识界的伪作风气的感受，一吐为快地写出来！"

"这……"

"你先别皱眉头，你可以注明，是我口述，你记录的嘛！"

"可……你这样做，是要伤害很多人的自尊的呀！……"

"这我就管不了那么多了。是我的自尊先被伤害了。我变聪明了，我变世故了，我变圆滑了，我变得善于奉迎和投机了，我变得哪里还有什么自尊可言了？我就是要在离开这个世界之前，往那一种黏糊糊的、伪作虚假的氛围中撒一把盐，撒一把碱，再撒一把石灰。我到这地步了，还有什么可顾虑的？还有什么可怕的？过几天你再来一次，我要向你提供一些详细而又丑陋的事例。这些事例足以说明当代中国知识分子心理分裂现象到了何种地步……"

我嗫嚅地说："我们作家也是这样，我们作家也是这样……”

他却立刻顶了我一句：“别提你们作家！你们作家究竟算不算当代中国知识分子，我认为还有待讨论呢！……”

他已经当着我的面第二次对作家口出不逊了。显然，他对我这类写小说的人，内心里是满怀着鄙视的。我想起了我们在那次研讨会上初识之时，他掷给我的字条。字条上，他写的可是对我相当敬仰的话啊！难道也不过是一种社交场上虚与奉迎伪作之态？内心满怀着对你的鄙视，可能嘴上还会说“久慕大名”之类的言语，倘你竟信了，竟看不透其中的伪作，你说你可不多么可笑亦处处可悲吗？我觉得，他先就已经将盐、将碱、将石灰什么的揉搓在我那点儿可怜的自尊心上了。

但他是一名患了癌症的人啊，我能没涵养到当面跟他计较的地步吗？何况，对我自己这个写小说的人，以及我的同行们究竟配不配算是中国当代知识分子，我的自信是日渐少了。倘竟配竟算，中国当代知识分子们，似也就更没多少值得故作斯文故作矜持故作清高的了……

我羞颜难掩。

“你……答应，还是不答应？”

“容我……考虑考虑……”

“你究竟还有什么顾虑？注明我口述，你记录，你究竟还有什么顾虑？”

“我没什么顾虑。有什么顾虑的呢？”

“那么，算你答应了？……”

“姑且，先这么算了吧……”我回答得极为勉强。对一个患了癌症的人，又是朋友，你忍心拒绝他信任于你的请求吗？

那一天回到家里，我唉声叹气不止。妻问我怎么了，我没好气地说：“烦！”

妻又问：“你烦个什么劲呀？”

我更加没好气地说：“我被一种黏糊糊的东西粘住了！”

妻瞪着我，目光从我的头看到我的脚，又从我的脚看到我的头，似想从我身上发现什么不洁而讨厌的东西似的……

一个星期后的一天晚上，我接到A君打到家里的电话。

“晓声吗？”

我说：“是我。”

“听出我是谁了吗？”

我说：“听出了。”

他的声音极低，极细小，我心情一沉，以为他没几天活头了。

我问：“你……你怎么样？……”

不料他说：“我很好。”

我还听到他在电话那一端轻轻笑了。

“那，你声音怎么这么小？”

“我怀抱着儿子呢。儿子睡在我怀里了。我妻在洗澡。我告诉你，我前天出院了。”

“出院了？”

“虚惊一场。现在有些医院，真不像话！把我的化验单和另一个人的化验单搞混了！不过也好，住院期间，我接受了种种仔细可靠的身体检查。除了有点儿轻微的胃病，健康状况可以说是非常良好！……”

“我太替你高兴了！你就算从心理上接受了一次生死考验吧！……”

“哎，梁兄……那个……我希望你写的那篇东西，我又考虑了一番，觉得你还是对的。就不写了吧！何苦的呢，对不对？……”

我说：“对对，对对，你能这样想，证明你又成熟了许多……”

他说：“古人云——八面玲珑得月多嘛！……”电话那端又传来了他幸福的笑声……

以后，我又开始从报上见到他的诸多文章。那都是些四平八稳的文章，有所言有所讳言。有所讳而又不露有所讳的马脚。能在避讳如毒的前提之下，将人人在任何场合都可以自由言论一番的话题写成文章，而且写得似乎还很有真知灼见，是一种当代内功。看来他在修炼这种内功方面，已经达到相当之高的境界了。

我也在一些会上几次见到过他。他还是那么善于发言。发言的水平，比写文章的水平，又显示出另一番文明。年轻有为的他这一位“家”一开口，人们又是种种肃听不厌之状……

我却总由他而联想到他那位戴着假面死去的可敬的老师。

有天早晨，我照镜子时，吃惊地发现自己脸上也戴着古怪的假面了。是谁给我戴上的呢？我想我也不曾自己往脸上戴过呀！我摘，竟摘不下来！那假面竟与我自己的脸皮合而为一了！我由吃惊而恐怖了！我撕，我扯，我挠，我想从脸上揭下一层本不属于我自己的脸的东西，却徒劳无益！我自己将自己异变了的脸弄得伤痕道道，血迹淋淋，镜子里却仍是一张根本不愿接受的假面！……

我狂喊大叫，一拳砸碎了镜子——却是一个梦……

我冷汗淋漓，仿佛虚脱一般……

黑　帆

你在遥望什么？你？你看到月亮已经出现了吗？像锡纸剪的一个扁圆裱在半天空，又像慵倦而苍白的少女的脸。你看到那血红的落日了吗？它仍依恋着地平线上的一座孤丘。日轮和丘廓若即若离的亲吻是何等深情！你受感动了吗？你看那又是什么？那上下盘旋于落日和孤丘周围的？那是一只苍鹰。这孤傲的猛禽，它似乎永远不需要伴侣。你也是孤独的。你需要一个伴侣吗？你？难道你不是在遥望，而是在幻想？你又在幻想什么呢？幻想爱情？爱神的弓矢绝不会再瞄准你。这是你的命。你知道。荒原上只有你一个人。这么广袤的荒原！这么孤傲的你！还有那只孤独的苍鹰。你的孤独在地上，它的孤独在天上。

陪伴你的只有那台二百五十马力的、从美国引进的大型拖拉机，可它不施舍温情。虽然它也有一颗心，但那是钢铁的；虽然它也有不沉默的时候，但它的语言，是发动机震耳欲聋的轰响。它的语言无法安慰你的灵魂。

在天空由明入暗的这个朦胧的过渡时期，荒原又是多么寂寥！你的内心也是一个寂寥的世界？你注意到了吗？天空的冥茫和荒原的冥茫，是怎样在渐渐地互相渗透着，形成无边无际的氤氲，逼向那苍穹的绝顶？你内心里的冥茫却是无处渗透的。不能升向天空，也不能溢向大地。荒原上只有你一个人。你究竟在想什么？你究竟在遥望什么？夕阳终于沉没到孤丘后面去了。这宇宙之子啊，仿佛无声地爆炸了，熊熊地燃烧了。它用它全部的余晖，温存地笼罩着宁静的孤丘。半边天空也被它殉情的光焰辐射得通红！几朵絮状的瓦灰色的云，极有层次地镀上了环环灿烂的流苏。爱的牺牲，在大自然中也是美的，也是诗。

夕阳的余晖透过拖拉机驾驶室的玻璃，也照耀在你脸上。难道你这么久久凝视的，是你自己的脸？你的脸映在玻璃上，很模糊，但你却并不想看得更清楚，是吗？长久凝视自己烧伤过的脸，是需要勇气的。玻璃上，你那乌黑的头发和驼色的绒衣领口之间，你的脸像被蚀的浮雕，像锈损的铁面具。疤痕占领了你的脸，却没有改变你这张脸的轮廓。你的五官仍然线条分明，呈现着粗糙的英气。美与丑那么鲜明那么对立地凝固在你脸上。在一百个脸被严重烧伤的人中，也许只能有一个人的脸还会遗留下美的痕迹。

这是你的不幸，也是你的幸运。你凝视着自己，心中就是在想这一点吗？不，不对，你想的不是这一点。当一个人想到幸与不幸时，眼睛里必定会流露出茫然的目光。幸与不幸，这是人类为自己的命运创造的词汇。人想到与命运有关的一切，茫然就会弥漫整个内心。而你的眸子里此时此刻却闪耀着多么奇特的光彩！你心灵深处究竟产生了什么样的幻想呢？你在神往，你在憧憬，正是这样！难道你面对广袤的荒原，在这黄昏与暗夜交替的宇宙最神秘的时刻，孤独地体验着大自然静谧而无限的诗意吗？孤独也是诗。你也是诗。你，你这荒原的孤独的守夜者，你是一首长诗中的一个短句，你甚至只是一句诗中的一个符号。你那干燥的双唇微动了一下，从你口中吐出了一个字：

“帆……”你为什么要想到这个字呢？帆——一个充满诗意的字。只有你自己知道，这个字也是一首长诗。从童年到少年到你现在——三十五岁的年龄，从会说这个字，到会写这个字，到你此时此刻情不自禁说出这个字，你的岁月中贯穿着以这个字为注脚的诗韵。如同蚌含着一颗珠。

你从小就向往大海，如今你的命运之舟搁浅在荒原上。你读过凡尔纳的小说《格兰特船长的女儿》之后，曾多么幻想在现代的世纪驾驶古老的帆船独自航行于大海，可是你如今坐在一台二百五十马力的拖拉机驾驶室里。

那“船长”将你抛弃了。“他”是你的命。这台拖拉机却无疑是世界最先进的，第一流的。可你却仍然没有忘掉那个字——帆。杨帆——多么豪迈的名字。你的名字。全连一百二十七名知识青年都返城了，只有一份知识青年的档案留在场部档案室。这份档案上写着你的名字。如今人们谈到你的名字，也就是谈到了他们。那一百二十七个，那四十余万。你的名字成了历史一章的“序”。土地承包了。农机具也承包了。兵团战士——你的历史。农场职工——你的昨天。承包户——你的今天。你也是一户。一个人一户。你今后将是这片荒原的主人。你今后将是这台拖拉机的主人。你可以选择一片被开垦了的土地。你没有。既然有选择的权利，你就不愿在别人开垦了的土地上播种和收获。你更希望拥有自己的土地。既然所有的中国人都被推到一个历史直角的顶点，你认为你也该充满自信地大声说：从这里开始吧，让我的生活，让我的一切！

几年前那场火灾烧毁了你的面容，却没烧尽你的自信。自信在心里。心在胸膛里。你的胸膛也曾像你的面容一样被烧伤。你的自信也曾被火焰烤焦，变得萎缩。但是如今，它又像生命力最强的细胞一样，复生了。因为在你的动脉和静脉里，流动着的是一个人最强壮的生命时期的血液！三十五岁的人的血液，能够医治一切。

你的血液养育你的心。

你的心滋润你的自信。

你的血型——AB。

你的性格非常执拗。这也是你的命。

“跟哪一户合包吧！”好心的人们这么劝你。

你回答：“不。”

于是你的命运就和这一片荒原和这一台拖拉机从此紧紧连在了一起。

……

黑暗彻底笼罩了大地。

月亮呢？那锡纸剪的扁圆呢？那慵倦而苍白的少女的脸呢？

夜空上悬着一个明洁的银盘。在高远的墨蓝色天幕的衬托之下，月亮才是动人的、妩媚的。太阳和月亮，各有各的早晨。好比蓝天如果有自己的语言，定会对大地说：“你是我的蓝天！”你却对大地说：“帆……”荒野是死一般的寂静。从远处村子里传来一阵狗叫。你就住在那个村子里，住在当年的机务队长王宝坤家。他是四川人，十万官兵中的一个。北大荒的第二代开发者。如今他已不是机务队长，是承包户户主。和你一样，在历史直角的顶点。他为人忠厚，富有同情心。他比别人更加关心你这个知青大返城浪潮后遗留下来的孤鸟。你尊重他，所以你才住到了他家里。

他老婆也是四川人。四川女人都那么不怕吃苦，那么能劳作，像水牛那么温良，也像水牛那么经得起生活的鞭子的驱使。难怪人们都说：“北大荒三件宝：人参、貂皮、乌拉草，抵不上一个四川老婆好。”

你想到过自己也应该找一个四川女人做老婆吗？人总得有个伴啊！村子里又传来一阵狗叫。狗叫声过后，荒野显得愈加寂静。就连狗的叫声，听来也使人体会到一种动物的孤独。狗叫声是谁从村里走过引起的呢？这个夜晚，这个时刻，正是小伙子偷偷将姑娘诱惑到麦草垛后面或粮囤后面的时候，正是丈夫们喝过几口解乏酒后躲在被窝里搂着妻子欲睡未睡的时候。虽然不少人家都有了电视机，却根本收不到中央台和北京台的节目，连哈尔滨台的节目也收不到，只能收到苏联的电视节目。人们听不懂叽里咕噜的俄语，就索性将音量拧小到听不见，像看无声的苏联影片。最初还能引起点儿特殊的兴趣。后来就看腻了。在北大荒的这一最偏远的地域，一个男人是不能没有自己的女人的。女人不但是他们的伴侣，也是他们的精神世界。对于他们来说，一个所爱的女人，是比一台二百五十马力乃至更大马力的拖拉机还重要的。如果你也有一个所爱的姑娘，你绝不会将她引到麦草垛后面或粮囤后面。你会将她带到这里，你会对她说：“看，我们的土地……”可你驾驶你的拖拉机来到这里，分明不是为了在这里孤独地思考关于女人的问题。那你在思考什么呢？你在思考二百五十马力究竟等于多大的功率吗？一马力等于每秒钟将七十五公斤重的物体提高一米所做的功。二百五十马力等于……你已经计算出来了吗？只要你的手轻轻一推离合器，这台拖拉机就会一往无前地冲向荒原，用闪亮的犁头劈开荒原的胸膛。一个人驾驶着这样一台巨大马力的拖拉机，肯定会感到自己是荒原的主宰，肯定不会相信世界上有人所征服不了的荒原。

“你打算种什么？”队长曾这么关心地问过你。“还没想好。”到今天，也没想好。这需要很好地想一想。任何有利和不利的情况都要充分估计到。

一切与这片土地的播种和收获有关的问题，也都是直接与你个人的命运有关的问题。一个人如果将自己的命运和一片土地联系在一起了，这片土地就会变得异常严峻。从这片土地划归给你那一天起，你就意识到了这种严峻性。在你和它之间，存在着两种可能：征服或被征服的可能，成功或失败的可能。你将和这片属于你的土地，进行一番艰苦的较量。

你的自信中蛰伏着一种迷茫和不愿向任何人流露的对自己的怀疑。你能不承认吗？人有时会惧怕已经属于自己的东西。它太广大了。从东长安街到西长安街，那么长，那么宽。它是北大荒土地的微小的一部分。对于一个人来说，它却太广大了。你为拥有如此广大的土地而自豪，同时又感到那么茫然。所以你想到并低声说出了那个字——帆……它将是我的帆——当你说出这个字时，你心里一定就是这样想的。

如果我愿意，我能够将它耙成一片如沙的细粉——你心里一定就是这样想的。

二百五十马力，会使我成为一个荒原的征服者——你心里一定就是这样想的。

我的土地，我的黑帆，我要将你高高扬起，让我的勇气作飓风，将我向自己命运挑战的宣言写在这黑色的帆上——你心里一定就是这样想的。

你竟被自己的思考激动！你的眸子在燃烧。

你跳下了拖拉机。

要烧荒。草木灰能使这片属于你的土地更加肥沃。要翻耕。今年冬天的雪，来春融化时，能使属于你的这片土地水分充足。

你拔了几把荒草，搓成一根草绳，点燃了。草绳一扔下去。荒草便烧了起来。火，也许是这片土地上的第一次火，是我亲手在我的土地上点燃的。你这么想。你注视着火，火光映照着你的脸。起初，每一束火焰，都像一面小旗，在黑暗中随意招摇。而那更细微更细微的火的触角，则像一条条赤红的小蛇。从低处昂起头，顺着一棵棵蒿草的茎梗迅速向上爬。或者从这一棵蒿草的叶尖上攀缘到另一棵蒿草的叶尖上，然后朝四面游去。顷刻，火势扩大了。那一条条赤红的小蛇，转眼变成了千百万火的精灵，在这片土地上跳起了圆舞。没有风，也不需要风。不需要风的扇动。火的情绪是激烈的。这是一场荒原上的自由之火。那些火的精灵啊，它们已不是在跳圆舞，而是在跳迪斯科。瞧它们的红裙子，舞动得多么热情！旋转得多么迅速！多么壮丽的场面啊！千百万，真是千百万火的精灵，在这开阔无边的荒原上被卷入了无音乐的迪斯科的疯狂旋律！它们如醉如痴，它们相互吸引着、迷诱着、席卷着。一会儿拥抱在一起，聚集在一起，一会儿又分散开来，跳跃着、旋转着、扭摆着，向四面八方扩展。火的精灵呀，它们的激情是人的激情所无法比拟的！它们的激情在这片属于你的土地上空汇集成热流。这热流溢向荒野的深远处，逼退了秋末夜晚的凉意，将夜空映得无比辉煌。

你笑了。

你被火的激情鼓动，真想跃进这“舞场”的中心，与火的精灵拥抱在一起，旋转在一起，如醉如痴在一起！

突然你双手捂住了眼睛，不，捂住了整个面容，连连向后退去。

你的脸感到了被火焰所烤的轻微的灼痛。

你那种惧怕火的心理又产生了。六年了，整整六年了，你时时处处被“火”这个字惊扰，你听不得人们谈到这个字，你见不得与火相近的光和色。甚至别人吸烟时划着的一根火柴，也会造成你心灵的一阵悸颤……

你耳边仿佛又听到了令人紧张的呼喊：

“救火啊！……”

“救火啊！……”

“女宿舍着火了！……”

还有钟声：当！当！当！……

为了救别人，包括你所深深爱着的姑娘，你奋不顾身地冲入了火海……为此，你付出了你曾使许多姑娘钟情的美好容貌。你成了舍己救人的英雄。你失去了爱情，连同追求爱情的起码资本……她，那个你深深爱着的姑娘，在你出院的那一天，手捧着一束五彩缤纷的野花前去迎接你。她一见到你，就骇然惊叫一声，晕倒了。她不敢再见到你一次，你也不敢再见到她一次。她那一声惊叫，在你心灵中留下了难以消失的回音。这声音从此开始折磨你的灵魂。

你终于离开了你的老连队，要求调到了现在这个僻远的地方。为了不使你心爱的姑娘害怕会再一次见到你。也许，还为了你自己灵魂的安宁。

你没有向任何人告别。你孤独地走了。在冬季的一个清晨，搭的是团部的卡车。只有连长和指导员知道你那一天将离开连队，他们早早地起来送你。连长对你说："小杨，既然你已经成了一个英雄，就得像英雄那样活下去，是不是？"指导员对你说："你就这么走了，全连的人都会因此而咒骂我的！按道理，应该给你开个送别会……"你什么也没回答。你知道，你只是在某些人的心目中成了"英雄"，你的名字只是在《农垦报》上成了一个英雄的名字。和从前的你所不同的，只不过是你的面容变得那么丑那么可怕了。在从前的你和一座哪怕是金子铸成的英雄纪念碑之间任你选择，你会毫不犹豫地选择前者。恢复到那个高傲的、目中无人的、爱出风头的、太喜欢衣着整洁的、太喜欢参与各种无意义而又无休止的争论的你。

这些话，你能对连长和指导员说吗？英雄也有不回答的权利。你就那么一句话也没说地走了。在冬季里的那个清晨，天空纷纷扬扬地飘着鹅毛般的雪花……你并不怨恨她。因为你在最初的几个月中，也像她一样害怕见到自己的面容。

你第一次见到自己被烧伤了的脸，虽然没有晕过去，可是你的心被一种从未体验过的恐惧窒息了。面容是一个人的灵魂的说明书。一个人照镜子的时候，其实也是在照自己的灵魂。谁也不害怕自己，乃是因为他或她对自己太习惯了。人一旦发现不是自己习惯了的脸，即使一个满脸皱纹的老太婆变成了如花似玉的少女，即使一个面貌丑陋的老头子变成了一个美少年，这个人也一定会骇然至极的。反过来，那恐惧强大于对鬼怪的恐惧。

“医生，请给我一面镜子……”去掉了脸上的纱布那一天，你这样请求医生。医生望着你，摇摇头，说：“你现在不能照镜子。”“我的脸……变得很可怕吗？”你的声音低得几乎只有你自己能听到。医生沉默片刻，回答你：“以后会比现在好一些。”说完，马上转身走开了。你如同被一个无法破译的密码蛊惑，希望立刻看到自己的脸究竟变成了什么样子。一个人的正常想象，是无法将自己的面容勾勒到多么具体多么可怕的程度的。

吃饭的时候，你借助钢精勺达到了你的想象所不能达到的目的。

从那小小的锃亮的金属凹镜中，你发现了那对你来说非常可怕的谜底。一个人在照镜子时从镜中看到了骷髅，内心所感到的恐怖也无非就像你当时所感到的那样。只有一双眼睛还是你所熟悉的，你自己的……钢精勺从你手中当的一声掉在地上。“还不如被烧死好……”你想。你的心就在产生这一想法后，窒息了足有半分钟。当医生第二天又巡视到你病床前时，你一把拽住医生的手，用发抖的声音问：“医生，你还能给予我一些帮助吗？我已经知道了……我的脸如今是什么样子……”

医生盯着你的眼睛说：“你要开始学会如何忍受你自己，如何忍受生活。你若能忍受自己，便能忍受一切。记住我这句话，这是我对你的最大帮助。”

你慢慢放开了医生的手，慢慢拉上被子，蒙住了你的脸。是谁将你的被子从脸上拉下来？是同病房的一个老头，他的床位在你的床位对面，你一定还记得他的。他对你说：“孩子，别哭了，哭也没用，医生的话是对的。一个人只有一条命。你没烧死，够幸运的了。你总还得活下去……”全病房的人都围到了你身旁，同情地瞧着你。你这才意识到，你在哭，哭得那么绝望，哭得使他们感到不安……你至今铭记着那位五十多岁的、身材瘦小的秃顶的医生说的话。医生曾提出建议，送你到北京或上海整容，但场部党委经过严肃的讨论，否定了这一建议。理由很简单——你是英雄。他们认为，一个英雄如果失去了一只手臂，可以为他安假臂；如果失去了一条腿，可以为他安假腿；而如果失去的不过是面容，那是没有必要花国家许多钱的。钱当然还在其次，更主要的是，那会使英雄的事迹本身失去宣传的意义和光辉。

总之，他们认为，脸，对一个人来说，毕竟不如手臂、不如腿那么重要。脸不过是脸，何况不算“失去”。

但你却宁愿失去的是一只手臂或一条腿，而不是你年轻的、英俊的脸。你没有回城。你永远打消了回城的念头。你宁肯死，也不愿让你的老父亲和老母亲看到你烧伤后的脸。你像无桨无帆的小船，在回城的浪潮过后，搁浅荒原……一代人的历史，它的最后的一页，就是你的脸。

你当年爱过的那个姑娘，她重返北方看过你。这是不久前的事。她已经成了一个小有名气的女作家。不是一“个”，是一“位”，谈到作家的时候，应用尊敬的字眼。对不？

“我从来也没有忘记过你。”你们一见面，她便对你这么说。

她与当年相比，面容没有什么明显的变化。她还是那么漂亮，脸色更白皙，皮肤更细嫩了。城市里目前各种润肤霜畅销不滞，电视和报刊大登特登这类广告。她变得更年轻是符合时代趋势的。

“我相信。”你平静地回答。你已经能够平静地面对她了。以前你却不能。你们并肩走在白桦林中，黄昏的阳光，在每一片桦树叶子上闪耀。你们从白桦林中默默无言地走到了小河旁。小河慌慌张张地朝远处流去，仿佛追赶着什么，也仿佛被什么追赶着。你想到了那句格言——一个人不能够第二次涉过同一条河流。因为当人第二次涉过这条河流时，第一次碰疼了脚的那河底的卵石也许还在，而第一次湿人腿足的河水，早已流向远方去了。它是无法追上的。“你知道我为什么重返北方吗？”“不知道。”“是为了你。”“这很蠢。”“你还爱我吗？”“……”你还爱她。因为你只爱过她。更准确地说，你内心里还渴望着获得爱情，因为你爱过。即使受到上帝严厉惩罚的夏娃，如果有机会，也还会再偷一次禁果的。但是你却对她摇了摇头。

“不，你撒谎！”她哭了，“你恨我，对不？你爱过我，你为救我烧伤了脸，可是在你伤好出院后，我却像躲避瘟神一样躲避你，在回城的浪潮中，我走了，和所有你熟悉的人一块儿走了，将你抛弃在这里……可当时，我太害怕见到你……”

你抬头望望天空，说：“好像要下雨，我们往回走吧……”往回走，却并不是想追上流走的河水。

与其说她是来寻找你的，毋宁说她是来寻找某种解脱的。

你体谅她。虽然她哭了，但你使她满足了。因为你对她摇了头，而没有点头。如果说这两年你学会了忍受生活，那么你也同时学会了体谅别人。理解就意味着在某些时候，将心灵获得解脱的“救生圈”抛给别人。

第二天，你交给她一封信，你自己上山采木耳去了。

你在信里写道：“我不能成为女作家的好丈夫，你也不能成为我的好妻子。人的感情是需要培育在现实的土壤中的。农场就要实行承包了——这就是我面对的现实。我需要的是一个能和我一块儿征服土地的妻子，而你需要的是一个能给你灵感的丈夫……请求你今后不要再来打扰我，别破坏我心灵的安宁。它安宁下来，花费了整整六年的时间……”

你纯粹是为了她的心灵从此获得安宁才这么写的。

因为你“请求”了，她便能够忘掉你了。

你站在山顶上，俯瞰着村子，望见她坐在一辆马车上离开了村子。直至那辆马车在公路上变成了一只小甲虫。

“愿你幸福……”你心中默默地祝愿她，木耳从小篮子里撒到了绿草中……

火，又一片火，在你的土地的那一头燃烧起来了。

火光中，一个纤小的身影东奔西跑。

你点燃的火，已将近处的荒草烧光，露出了黑色的土地。它像一条巨蟒，朝那纤小的身影缠绕过去。空气中弥漫着草木灰味。

那纤小的身影还在东奔西跑，手中拿着带火的树枝，继续四处点燃起一片片荒火。好像一个漫不经心的玩火的孩子。这身影一会儿被火焰吞噬，一会儿被火焰吐出。你认出了这纤小的身影是谁，她仿佛在对火的精灵进行挑逗。

她会被烧死的！你想。

你朝她冲去，穿过一片片荒火，完全不顾火焰舔着了你的衣服，烧疼了你的脸和手，烧焦了你的头发。你跑到她跟前，觉得你和她四周全是火。火将你和她包围了。于是你紧紧搂住她，将她的头保护在你的双臂之中，使她的脸贴着你的胸膛，使她在你怀中一动也不能动。绝不让火烧伤她的脸，即使我被烧死。你在心里对自己说。她就那么一动不动地被你搂在怀里。过了多久？是几分钟？还是十几分钟？也许更长的时间？你忽然意识到，火根本烧不着你们。你和她原来是站在被火烧过的地方，站在一小片绝对安全的沃土上。你轻轻推开了她。

“你到这里来干什么？”你生气地问。“我从村里望见了火光，知道一准是你在这里烧荒，就跑来了。我最爱烧荒了……好玩儿……”她说完缓缓低下了头。“好玩儿……”简直是孩子的话！如果别人对你说这种话，你会气得咬牙切齿。但她是个孩子，你原谅了她。她在你眼中是个孩子。你第一次见到她，也在深夜。那是去年的事，还没有实行承包呢。你开着一台拖拉机秋翻，两束灯光中突然出现了她纤小的身影。你停住拖拉机，从驾驶室探出头，对她吼："不要命啦？"她却大声问你："你知道我爸爸在哪台拖拉机上吗？我是来给他送饭的。""你爸爸是谁？""你连我爸爸都不认识？王宝坤呀！"你这才知道她是谁的女儿。搬到王师傅家住时，她在场部中学读书。"上来吧，你爸爸在地东头呢，我的拖拉机一会儿准能跟他的拖拉机会上。"

她就像一只小松鼠似的跃上了履带，坐进了驾驶室，坐在了你身旁，和你挨得很近很近。你甚至感到了她那少女的内心里荡漾着青春朝气的呼吸。

你很想转过脸去看她一眼。她在灯光中时，你未看清她的面容。想必她也未看清你的面容。但你没有朝她转过脸去，却熄灭了驾驶室内的小灯。"你为什么关上灯？亮着也不影响你翻地呀！"她奇怪地问。"我……怕我的脸使你受惊吓。"你感觉到了她的目光盯在你脸上。"是你？"她的语调说明她非常意外。"你要下去吗？那我就将拖拉机停住。"你低声说。"不！"她说，"我不怕你的脸。我知道你的脸是为救别人被烧伤的。我在《农垦报》上读到过你的事迹……""谢谢你，你真是个好孩子！""我不是孩子。我已经十七岁了，我已经在场部中学读高中了。"你如今已在王师傅家住了六年了。她也已在三年前就高中毕业，参加劳动了。

可她至今在你眼里仍是个孩子。好像她在你眼里只能永远是个孩子。每当你看着她的时候，你的心就会提醒你的眼睛——她是个孩子。

她对待你却像对待一位兄长。王师傅全家对待你都像对待他们的一个家庭成员。也许只有在北大荒才会遇到这样一家人。六年的时间，这是不短的时间。北大荒夏季的烈日和冬季的严寒，可以使一张皮肤细嫩的脸变得粗糙，也可以使一张脸上的烧伤变得“统一”。北大荒的西北风是一把“整容手术刀”，对不同的脸实行不同的手术。

也许正因为是这样，你才对自己的脸逐渐习惯起来？她才并不觉得你的脸有多么可怕？

“你刚才怎么了？为什么抱住我？抱得那么紧。”她问，一点儿也不觉得难为情，一点儿也没有做作之态。那神情好像是一个孩子在向一个大人郑重发问。

“我……我怕你被火烧伤……”你喃喃地说。“傻瓜！……”她笑了。“瞧你，衣服都烧坏了……”她的手轻轻捻着你绒衣上被火烧的洞，一副很为它惋惜的样子。“我给你补。”她又说。“你回去吧！”你说。

“我不回去！”她拉着你的手朝拖拉机走去。走到拖拉机前，她望着你说：“我送给你一样东西，你猜是什么？”你这才发现，她身上还背着书包。“我猜不着。”“那你闭上眼睛。”你顺从地闭上了眼睛。“睁开眼睛吧。”你慢慢睁开眼睛，见她双手捧着一台小小的收录机。“这是我托人从哈尔滨买来的，喜欢吗？”“多少钱？”“不贵，才一百二十多元。”“谢谢你，明天我就给你钱。”“谁要你的钱！”她有些生气地噘起了嘴，又扑哧笑了，说，“是我自己的钱，平时攒的。我早就想送你这么个东西。还为你录了一盘磁带呢！”她说着，将收录机放在拖拉机盖上，按了一下按键，“你听！”几秒钟后，从那台微型收录机中，传出了某种极不寻常的声音：唰、唰、唰……“这是镰刀割麦子的声音。”你奇怪她为什么将这种声音录了下来，而且怀着那么得意的神情放给你听。“不对，”她瞧着你摇了摇头，“你仔细听！”说着，将音量放大了些。你还是不能判断那究竟是什么声音。在那有节奏的声音之中，伴随着仿佛低音效果的鼓点般的另一种声音，像许多人的整齐的步伐声。为什么不录一盘交响乐呢？你更加不解了。她索性将声量放到了最大限度，目不转睛地瞪着你，问：“还没听出来？”

是步伐声。是的，是千万人的整齐的步伐声。它立刻使你联想到了一个团甚至可能一个师的士兵在进行操练。这声音对你对她有什么特殊的意义呢？你不能明白。

“……现在通过天安门广场的，是英雄的人民解放军的装甲部队……”

“今年国庆典礼的录音？！”你不再迷惑了。你立刻将那小小的收录机捧了起来，仿佛将天安门，将整个北京城捧在了自己双手中！北京，天安门，天安门！你已经整整六年没回过北京了啊！你已经整整六年没见到过天安门了呀！你这首都的儿子，你梦中曾多少次回到了北京哦！你眼前顿时出现了天安门广场、金水桥、华表、英雄纪念碑、人民大会堂……

你的眼睛湿润了。

“‘十一’那天，你不是为老张头的大儿媳妇赶到场部输血去了吗？我想你一定没有听到国庆典礼的实况广播，就为你录了下来，可惜没录全……”她非常遗憾地说，声音很低很低，仿佛因此而对你感到很内疚。

“谢谢你，太谢谢你了……”除了“谢谢”两个字，你激动得不知再对她说什么好。

你凭着你的想象，为自己在头脑中描绘着国庆典礼的雄壮场面。装甲部队从天安门广场驶过所发出的巨大声音，震动着你的双手，震动着你的心。这声音从你的身体传导到大地上，仿佛整个大地也随之震动了起来！

你此时此刻才对自己承认，六年来，你是多么想回到北京一次！

你的眼泪从你的眼中涌了出来，顺着你的面颊往下淌，淌入你的口中，咸咸的，你将它咽了下去，将一种深深的感情咽下去。

你和她就那样长久地、默默地、面对面地站立着。你捧着小小的收录机，她痴痴地呆呆地望着你。

荒野是那么宁静。

在这宁静之中，除了小小的收录机里传出的声音，别无任何声音。

那声音牢牢地吸引着你，也牢牢地吸引着她。

直至收录机发出咔的一声微响，一盘磁带放完了，你都没有动一动。她也是。

“你哭了？……”她问。

“我哭了……”你回答。你并没有因为自己的眼泪感到羞窘。

荒火，你和她点起的荒火，已经熄灭了。火的精灵们终于在你的土地上舞乏了，不知躲到什么地方喘息去了。微风吹过，未泯的火星在你的土地上一闪一闪，像谁播下了一片红宝石。

……

你们一起坐进拖拉机驾驶室。

“我的帆……”

“什么？……”

“你以后会明白的。”

你开动了拖拉机。这二百五十马力的驯服的钢铁巨兽，颤动了一下，仿佛迫不及待地冲向了你的土地。是的，我的土地。这不是诗句，也不是歌词。你想。从东长安街至西长安街，那么长，那么宽。它是我的帆。我的黑色帆。这不是诗句，也不是歌词。这是你的现实，使你感到严峻又使你感到自豪的现实。你的帆是你的命运，使你充满着希望也同样充满了忧郁的命运。在这个夜晚，我的帆是黑色的。在明年的秋季，我的帆将变成金黄色的。你继续想。如果你有勇气爱，就把你的爱升到我的帆上吧！你心中默默地这样对她说。铧犁在你的土地上，耕出了一道深深的沟——它是你的命运之舟的桅杆。“将来，我要走遍全中国，也许还要走遍全世界，去寻找。”“寻找什么？”“寻找最出色的整容师。”“将来，哪一年呢？”“三年五年之后，也许，时间再长些。”“那需要很多很多经费呀！”“经费会有的。”“还需要很多很多手术费呢！”“手术费也会有的。”“那……你带我一起去吗？……”“只要你愿意。”“之后，你想回北京一次吗？”“一定回北京一次。”“我还没亲眼看见过天安门呢。”

“你会亲眼看到的。”

二百五十马力的拖拉机，发出震耳欲聋的吼声，在这片刚刚烧过荒的处女地上，用铧犁深耕出你的帆……

喷　壶

在北方的这座城市，在一条老街的街角，有一间俄式小房子。它从前曾是美观的。也许，还曾有白色的或绿色的栅栏围着的吧。夏季，栅栏上曾攀缠过紫色的喇叭花吗？小院儿里曾有黄色的夜来香和粉色的扫帚梅赏心悦目吗？当栅栏被霏雨淋湿的时候，窗内曾有少女因怜花而捧腮凝睇吗？冬季，曾有孩子在小院儿里堆雪人吗？……

是的。它从前确曾是美观的。但是现在它像人一样地老了。从前中国人承认自己老了，常说这样一句话：“土埋半截了。”

这一间俄式小房子，几乎也被“土埋半截了”，沉陷至窗台那儿了。从前的铁瓦差不多快锈透了，这儿那儿打了许多处“补丁”。那些“补丁”是用亮铮铮的新铁皮“补”上去的，或圆形，或方形，或三角形和菱形，使房顶成为小房子现在最美观的部分，一种童话意味的美观。房檐下的接雨沿儿，也是用亮铮铮的新铁皮打做的。相对于未经镀亮的铁皮，那叫“白铁皮”，还叫“熟铁皮”。亮铮铮的接雨沿儿，仿佛那“土埋半截了”的“老”了的小房子扎在额上的一条银缎带。一年又一年的雨季，使小房子一侧的地面变成了赭红色。房顶的雨水通过接雨沿儿再通过垂直的流水管儿引向那儿的地面，是雨水带下来的铁锈将那儿的地面染成赭红色了……

小房子门口有一棵树，树已经死了多年了，像一只长长的手臂从地底下伸出来，叉着短而粗的“五指”，其中一“指”上挂着一串亮铮铮的铁皮葫芦。风吹即动，发出悦耳的响声，风铃的响声似的。

那小房子是一间黑白铁匠铺。那一串亮铮铮的铁皮葫芦是它的标志，也是铁匠手艺的广告。

铁匠年近五十了。按从前的说法，他正是一个“土埋半截了”的人；按现在的说法，他已走在通往火葬场的半路上。一个年近五十的人，无论男女，无论贫富，无论身份高低，无论健康与否，无论是仍充满着种种野心雄心还是与世无争守穷认命地活着——有一点是完全相同的，都是“土埋半截了”的人。

这铁匠却并不守穷认命。当然他也没什么野心和雄心了。不过他仍有一个热切的、可以理解的愿望——在那条老街被推平之前，能凑足一笔钱，在别的街上租一间面积稍微大一点儿的房子，继续以铁匠手艺挣钱糊口，度日维生。

铁匠明白，这条老街总有一天是要被推平的，或两年后，或三年后，也可能一年后。那条老街已老得如同城市的一道丑陋的疤。

铁匠歇手吸烟时，便从小房子里出来，靠着枯树，以忧郁的目光望向街的另一端。他并不眷恋这条街，但这条老街倘被推平了，自己可怎么办呢？小房子的产权是别人的。确切地说，它不是那幢俄式小房子本身，而只不过是背阴的一小间；朝阳的三间住着人家，门开在另一条街上……

现在城市里少见铁匠铺了，正如已少见游走木匠一样。这铁匠的另一个老同行不久前一觉不醒地死了。他是这座城市里唯一的没竞争对手的铁匠了。他的生意谈不上怎样的兴隆，终日做一些小撮子、小铲子、小桶、喷壶之类而已。在塑料品比比皆是的今天，这座城市的不少人家，居然以一种怀旧似的心情青睐起他做的那些寻常东西来。他的生意的前景，很有一天好过一天的可能。

但他的目光却是更加忧郁了。因为总有消息传来，说这条老街就要被推平了，就要被推平了……

他却至今还没积蓄。要想在这座城市里租一间门面房，手中没几万元根本别打算……

某日，又有人出现在他的铁匠铺门前，是位七十多岁的老者。

“老人家，您做什么？”铁匠自然是一向主动问的。因那样一位老者来他的铁匠铺前而奇怪。

“桶。”老者西服革履，头发皆已银白，精神矍铄，气质儒雅。说时，他伸手轻轻拨动了一下那串铁皮葫芦，于是铁皮葫芦发出一阵悦耳的响声。

“多大的呢？”老者默默用手比量出了他所要的规格。“得先交十元钱押金。”

“不，我得先看看你的手艺如何。”

“您不是已经看见了这几件样品吗？还说明不了我的手艺吗？”

“样品是样品，不能代表你没给我做出来的桶。”

“要是我做出来了，您又不要了，我不白做了吗？”

“那还有机会卖给别人。可你要做得不合我意，又不退押金给我，我能把你怎么样呢？”

铁匠不禁笑了。他自信地说：“好吧。那我就破一回例，依您老人家。”

是的，铁匠很自信。不过就是一只桶嘛。他怎么会打做出使顾主觉得不合意的桶呢？望着老者离去的背影，铁匠困惑地想——他要我为他做一只白铁皮的桶干什么用呢？他望见老者在街尽头上了一辆分明是等在那儿的黑色轿车……

几天后，老者又来了。铁匠指着已做好的桶让老者看。不料老者说：“小了。”

“小了？”——铁匠顿时一急。他强调，自己是按老者当时双手比量出的大小做的。

“反正是小了。”——老者的双手比量在桶的外周说：“我要的是这么大的。”

“可……”

“别急，你用的铁皮，费的工时，我一总付给你钱就是了。”

“那，先付一半吧老人家……”老者摇头，表情很固执。看上去显然没有商讨的余地，但也显然是一言九鼎，值得信任的态度。铁匠又依了老者。

老者再来时，对第二只桶频频点头。

“这儿，要有个洞。”

“为什么？老人家。”

“你别管，按我的要求做就是。”

铁匠吸取了教训，塞给老人一截白粉笔。老者在桶的底部画了一个圆，没说什么就走了。

老者第四次来时，“指示”铁匠为那出现了一个洞的桶做上拎手、盖和水嘴儿。铁匠这才明白，老者要他做的是一只大壶，他心里纳闷儿，一开始说清楚不就得了吗？如果一开始说清楚，那洞可以直接在铁皮上就先做好呀，那不是省事儿多了吗？

但他已不问什么了。他想这件事儿非要这样不可，对那老者来说，是一定有其理由的。铁匠错了。老者最终要他做的，也不是一只大壶，而是一只喷壶。喷壶做成以后，老者很久没来。而铁匠常一边吸烟，一边望着那只大喷壶发呆发愣。往日，铁匠每每手里敲打着，口中哼唱着。自从他做成那只大喷壶以后，铁匠铺里再也没传出过他的哼唱声。却有一个十七八岁的姑娘替老者来过一次，她将那只大喷壶仔仔细细验看了一遍。分明的，想要有所挑剔，但那大喷壶做得确实无可挑剔。姑娘最后不得不说了两个字——“挺好”。

“还要做九只一模一样的，一只比一只小，你肯做吗？”

铁匠目光定定地望着姑娘的脸，似乎在辨认从前的熟人，他知道那样望着对方有失礼貌，但他不由得不那样。

“你肯做还是不肯做？”姑娘并不回避他的目光。恰恰相反，她迎视着他的目光，仿佛要和他进行一番目光与目光的较量。“你说话呀！”姑娘皱起眉，表情显得不耐烦了。

“我……肯做。当然肯……”铁匠一时有点儿不知所措……

“一年后来取，你承诺一只也不卖给别人吗？”

姑娘的口吻冷冷的。

“我……承诺……”铁匠回答时，似乎自感卑贱地低下了他的头，一副目光不知望向哪里的样子……

“钱，也要一年以后才付。”

“行，怎么都行。怎么我都愿意。”

“那么，记住今天吧。我们一年以后的今天见。”姑娘说完，转身就走。

铁匠跟出了门……他的步声使姑娘回头看他。她发现他是个瘸子。她想说什么，却只张了一下嘴，什么话都没说，一扭头快步而去。铁匠的目光也一直将姑娘的背影送至街的那一端。他也看见她坐进了轿车里，对那辆黑色的轿车他已熟悉。

铁匠的目光不但忧郁，而且竟很有些伤感了。他转身时，碰了那串铁皮葫芦，悦耳的声音刚一响，他便用双手轻轻捂住最下面的一个，仿佛捂住一只蜻蜓或一只蝴蝶，于是整串葫芦被稳住了，悦耳的声音也就停止了……

铁匠并不放开双手。他仰起脸，望向天空。斯时正值中午，五月的太阳光芒柔和，并不耀眼。他的样子，看上去像在祈雨……

后来，这铁匠就开始打做另外九只喷壶。他是那么认真，仿佛工艺家在进行工艺创造。为此他婉拒了不少主动上门的活儿。世上有些人没结过婚，但世上每一个人都是爱过的。铁匠由于自己是瘸子至今没结婚，但在他是一名初二男生时就爱过了。那时的他眉清目秀，爱上了同班一名沉默寡言、性情特别内向的女生。其实她的容貌算不上出众，也许她吸引他的美点，只不过是她那红润的双唇，像樱桃那么红润。主观的老师曾在班上不点名地批评过她才是初二女生，不该涂口红，她委屈得哭了。而事实证明她没涂过口红。但从此她更沉默寡言了。因为几乎全班的男生都开始注意她了，由于她像樱桃那么红润的唇。初二下学期他和她分在了同桌。起初他连看都不敢看她，他觉得她的红唇对自己具有不可抗拒的诱惑力，并且开始以审美的眼光暗自评价她的眼睛，认为她有一双会说话的眼睛。其实大多数少女的眼睛都会说话，她们眼睛的这一种“功能”要等到恋爱几次以后才渐渐“退化”，初二的男生不懂得这一点罢了。不久他又被她那双白皙的小手诱惑，那倒的确是一双秀美的小手，白皙得近乎透明，唯有十个迷人的指尖儿微微泛着粉红……

某一天，他终于鼓起一百二十分的勇气塞给她一张字条，上面写满了他“少年维特之烦恼”。三十几年前中学生的早恋方式与今天没什么不同，也都是以相互塞纸条开始的。但结果却往往与今天很不一样。

他首先被与自己的同桌分开了。

接着字条被在全校大会上宣读了。再接着是找家长谈话。他的父亲——三十几年前的铁匠从学校回到家里，怒冲冲将他毒打了一顿。而后是写检查和保证书……

这初二男生的耻辱，直至一个冬季方得以雪洗。他命他的同桌拎着一只大喷壶，在校园中浇出一片滑冰场来！已经没哪个学生还有心思滑冰了，在那一个凛冽的冬季。但那么多人成为他的拥护者。人性的恶被调动得天经地义，理直气壮。那个冬季真是特别寒冷啊，而他不许她戴着手套拎那把校工用来浇花的大喷壶。看着她那双秀美的白皙的小手怎样一触碰到水湿了的喷壶即被冻住，他觉得为报复而狂热是多么值得。谁叫她的老父亲在国外，而且是资本家呢！整个冬季她也没浇出一片足以滑冰的冰场来。

春风吹化了她浇出的那一片冰的时候，她从学校里，也从他的注意力中消失了。

艰苦劳动的代价是他成了瘸子。

回城后的一次同学聚会中，一名女同学忏悔地告诉他，其实当年不是他的同桌“出卖”了他，是那名和她特别亲密无间的女同学。他听了并不觉得内疚。他认为都是时代的过错。

但是当他又听说，三十几年前，为了浇出一片滑冰场她严重冻伤的双手被齐腕锯掉了，他没法再认为都是时代的过错了。他的忏悔远远大于那名当年“出卖”了她，也“出卖”了他的女同学。

他顶怕的事就是有一天，一个没了双手的女人来到他的铁匠铺，欣赏着他的手艺，说：“有一双手多好哇！请给我打做一只喷壶，我要用它在冬季浇出一片滑冰场。”

现在，他知道，他顶怕的事终于发生了。尽管不是一个没了双手的女人亲自来……

每一只喷壶的打做过程，都是人心的审判过程。

而在打做第十只，也就是最小的那一只喷壶时，铁锤和木槌几次敲砸在他手上。他那颗心的疤疤瘌瘌的数层外壳，也终于一层层地被彻底敲砸开了。他看到了他不愿承认更不愿看到的景观。自己灵魂之核的内容，人性丑陋而又邪恶的实证干瘪着，像一具打开了石棺盖因而呈现出来的木乃伊。他自己最清楚，它并非来自外界，像是在自己灵魂里自生出的东西。原因是他的灵魂里自幼便缺少一种美好的养分——人性教育的养分。虽忏悔并不能抵消他所感到的战栗……

他非常想把那一只最小的喷壶打做得最美观，但是他的愿望没达到。

曾有人要买走那十只喷壶中的某几只，他不卖。

他一天天等待着他的“赎罪日”的到来……

那条老街却在年底就被提前推平了。

他十分幸运地得到了一处门面房。而且是里外两间，而且是在一条市场街上。动迁部门告知他，因为有“贵人”关照着他。否则，他凭什么呢？休想。

他几回回暗问自己——我的命中也配有“贵人”吗？

猜不出个结果，就不猜了。

这铁匠做好了一切心理准备，专执一念等待着被羞辱、被报复。最后，竟连这一种惴惴不安的等待着的心理，也渐渐地趋于平静了。

一切事情总有个了结，他想，不至于也斩掉我的双手吧？

这么一想，他又觉得自己未免庸人自扰。

他所等待的日子终于等到了。那老者却没来，那姑娘也没来。一个认识他的孩子将一封信送给了他，是他当年的同桌写给他的。她在信中这样写着：

我的老父亲一直盼望有机会见到你这个使他的女儿失去双手的人！我的女儿懂事后也一直有同样的想法。他们的目的都达到了。他们都曾打算替女儿和母亲惩罚你。他们有报复你的足够的能力，但我们这一家人都是反对报复的人，所以他们反而在我的劝说之下帮助了你。因为，对我在少女时期爱过的那个少年，我怎么也狠不下心来……

信封中还有一样东西——她当年看过他塞给她的字条后，本打算塞给他的“复信”。两页作文本上扯下来的纸，记载着一个少女当年被爱所唤起的种种惊喜和幸福感。

那两页纸已发黄变脆……它们一下子被他的双手捂在了他脸上，片刻湿透了。

在五月的阳光下，在五月的微风中，铁匠铺外那串亮铮铮的铁皮葫芦响声悦耳……

一只风筝的一生

这是春季里一个明媚的日子。阳光温柔，风儿和煦，鸟儿的歌唱此起彼伏。

一丛年轻的竹，在一户人家后院愉快地交谈。它们都正感觉一种生命蓬勃生长的喜悦，也都在预想和憧憬着它们的将来。有的希望做排，有的希望做桅杆，有的希望做家具，有的希望做工艺品……

还有一棵说："我才不希望被做成另外的任何东西呢！我只想永永远远地是我自己，永永远远地是一棵竹！但愿我的根上不断长出笋，让我由一而十，而百，而生发成一片竹林……"

它的话音刚落，有一个男人握着砍刀走来。他是一个专做风筝卖风筝的男人。他这一天又要做一只风筝。

他上下打量那一丛年轻的竹。它们在他那种审视的目光之下，顿时都紧张得叶子瑟瑟发抖。

此刻，对那一丛年轻的竹而言，那个瘦小黧黑其貌不扬的男人，乃是决定他们命运的上帝。他使它们感到无比的怵畏。

他的目光终于只瞧着那棵“不希望被做成另外的任何东西”的竹了。他缓缓地举起了砍刀……

不待那棵竹做出哀求的表示，他已一刀砍下——在一阵如同呻吟的折断声中，它的枝叶似乎想要拽住另外那些竹的枝叶，然而它们都屏息敛气，尽量收缩起自己的枝叶避免受它的牵连……

它无助地倒下了……

被拖走了……

做风筝的男人将它剁为几段，选取了其中最满意的一段。接着将那一段劈开，砍成了无数篾子。

他只用几条篾子就熟练地扎成了一只风筝的骨架。其余的篾子都收入柜格中去了。而剩下的几段，已对他没什么用处了，被他的女人抱出去，散乱地扔在院子里，只等着晒干后当柴烧。

美丽的、蝶形的风筝很快做好了。它是用兜风性很好的彩绸裱糊成的。当做风筝的人欣赏着它的时候，风筝得意地畅想着——啊，我诞生了！我是多么漂亮多么轻盈啊！我要高高地飞翔……

后来那风筝就被一位父亲替自己六七岁的儿子买去。在另一个明媚的日子里，父亲带着儿子将风筝放起来了。它越飞越高，越飞越高，飞到了一只真的蝴蝶所根本不能达到的高度。他们还用彩纸叠了几只小花篮，一只接一只套在风筝线上，让风送向风筝……许多行人都不由得驻足仰头观望那只美丽的风筝。风筝也自高空朝地面俯瞰着。它更加得意了。它对另一只风筝喊："瞧，多少人被我的美丽和我达到的高度所吸引呀！我比你飞得高！""我比你飞得高！那些人是被我的美丽和我达到的高度吸引的……"另一只风筝不服气起来。"我飞得高！""我飞得高！""我美丽！""我比你美丽！我像蝴蝶，而你像什么呀！不过像一只普通的毛色单一的鸟儿罢了……"

于是它们在空中争吵。于是它们都不顾风筝线的松紧，各自拼命往更高处升，都一心想超过对方的高度……不幸得很，蝶形的风筝，首先挣断了控制它高度和操纵它方向的线，从空中翻着筋斗坠落着……一阵突起的大风将它刮走了……

翌日，一个女人站在自家窗前，若有所思地凝视着它——它被缠在电线上了……

几只麻雀——城市里司空见惯的、最普通、毛色最单一的小东西也落在电线上。它们对那只美丽的、蝶形的风筝感到十分好奇，叽叽喳喳地评论它，不久开始啄它，还大不敬地往它上面拉屎……

第一场雨下起来了……

然后风开始刮得尘土飞扬令人讨厌了……

被缠在电线上的风筝，湿了又干了，干了又湿了。它粘满尘土，肮脏了……

最初它还能吸引一些人的目光。他们一旦发现它，都不禁驻足望它一会儿，都会说出一两句惋惜的话，或内心里产生一些惋惜的想法。

风筝不但肮脏了，而且破了。它的竹篾编扎成的骨架暴露了，像鱼刺从一条烂鱼的皮下穿出来一样。

一旦发现它的人都赶紧低下头。它容易使人产生不好的联想了。只有麻雀们仍愿落近它，仍喜欢啄它。当然，更加肆无忌惮地往它上面拉屎。仿佛它变得越狼狈不堪，越使它们感到高兴似的。

还有那个女人，也一直在天天隔窗关注着它由美变丑的过程。

她是一位女散文家。那风筝触发了她的某种文思，于是不久她写成了一篇充满伤感意味的叹物散文发在报上。于是此篇散文一时被四处转载，被收入什么什么“散文精品文丛”。不久获奖。

女散文家用三千元奖金买了一套时装。

她的亲朋好友都说她穿上那一套时装显得气质特别的端庄，特别的高贵，总之是特别的超凡脱俗。她穿着它出现在文化活动中的社交场合，甚至行走在路上时，常会招来刮目相看的目光。她也十分需要这个，这也能使她那颗女人的心获得极大的满足。她因此暗暗感激那只被电线缠住的风筝……不，更真实更准确地说，是暗暗感激“俘虏”了那只风筝的电线……

有一位摄影家，从报上读到了女散文家那篇散文。并且，也从报上知道她那篇散文获奖了。

于是有一天，他挎着照相机，提着三脚架，按照她那篇散文所提供的线索，来到了她家住的那一条街。男摄影家被女散文家以感伤的文字所描写的一只风筝由美变丑的过程所影响，来为那只不幸的风筝拍一张艺术照片。他的初念并没什么功利目的，只不过受一种中年人常常会产生的感事伤怀的心绪的驱使，想以摄影的方式，抒发凭吊某一事物的忧郁情怀罢了。

他选好了角度，支牢三脚架，耐心地期待着光线的变化，连拍了一卷儿才离去。

他将胶卷冲洗出来惊喜地发现，有一张的意境拍得格外好。他在暗房中又进行了几次艺术处理，使那一张成了很独特的艺术照片。后来他举办了一次个人摄影展。那一张照片当然也放大了悬置其中，取题为《一只风筝的弥留之际》。他是位颇有名气的摄影家，参观的人不少。许多人都在《一只风筝的弥留之际》前沉思冥想，或故作沉思冥想状。其实那也算不上是一张怎样出色的照片，只不过令人看了觉得感伤忧郁罢了。

但当代人的问题是物质生活水平越提高了心情越忧郁，精神生活内容越丰富了精神越空虚，越没多少值得感伤的事了越空前地感伤。这是一种时尚，一种时髦；一种病，一种互相传染而且没什么特效药可治的病。人们都觉得自己也处在弥留之际了似的，包括正年轻着的男女。

替摄影家操办摄影展的经纪人，从人们的神情中预测到了这一艺术照片的商业价值。他起先估计得太低了。他让手下人暗中将出售标价牌儿为他偷来了，打算再加一个零，或再加两个零……

突然响起了一个孩子的哭叫声——“这是我的风筝！我到处找过它！我能认出这就是我那只风筝……”这孩子曾因失去了那只风筝而非常难过。他和它之间似乎已存在着一种感情了。他央求他父亲替他将那摄影作品买下……当父亲的不忍拒绝儿子，领着儿子找到了那经纪人。经纪人伸出了一根指头。“一千？”经纪人摇摇头，向那当父亲的出示标价牌儿——一千后已被加上一个零了。孩子很懂事，知道这完全超出了父亲的经济实力，噙着泪，一步三回头地跟着父亲走了……

那摄影作品立即被一位“大款”买定。“大款”倒不太喜欢它。他喜欢的是当众在别人买不起时，自己一掷万金买下任何东西的那份儿好感觉。

那摄影作品被一位“大款”以万金买定的事见了报，并且，此消息报道配有那摄影作品。

女散文家那天一看报，当即给自己的代理律师拨通了电话——指出这是公然的侵权，甚至是公然的剽窃。因为摄影作品的构思，分明来自她那篇不但获奖还被收入“散文精品文丛”的散文……

于是一场“版权”官司又见报。寂寞的报界大喜过望，“炒”得个天翻地覆。那当父亲的看到了有关报道，心想若说“版权”，“原始版权”是属于我的呀！

他向女散文家和男摄影家同时进行了起诉，使得报界更加大喜过望。电台、电视台也不甘落后，分头进行采访。由于案例独特，律师界终于被诱上钩，自觉不自觉地卷入了大讨论。媒体推波助澜，使讨论发展成了辩论。于是有经济头脑的人，不失时机地就此事组织了一场法律系大学生们的辩论大赛。于是学生们在电视里唇枪舌剑，势不两立。于是有人从中大发广告效益之财。于是引起一位杂文家对此现象的批评。于是引起另一位杂文家的措辞激烈的“商榷”。于是有人支持前者，有人支持后者，掀起了一场杂文大战，使各报战火弥漫，硝烟滚滚。于是引起一部分社会学家的忧患，而另一部分社会学家认为这一切其实很正常，大可不必杞人忧天……

第二年的春天里的一个日子，在那一户人家后院，那一从都长高了几节的年轻的竹子，又在愉快地交谈着……

“还记得咱那个不希望被做成另外的任何东西的兄弟吗？可怜的家伙，结果落了个尸骨不全的下场！”

“嘿，你不提，我们早把它忘了！我一点儿也不同情它，谁叫它那么狂妄呢……”

那用完了竹篾的男人，又握着砍刀走来了。竹们顿时全吓得悄无声息，连一片最小的叶子也不敢抖动一下……

又一只美丽的风筝将诞生了。又一根竹四分五裂了。

许多种美的诞生是以另外许多种美的毁灭为代价的。而在这过程和其后，更会有许多无聊的没意思的事伴随着……

冰　坝

“爹，你看！”

“我的天……”

翟老松呆住了——在黎明湿漉漉的雾障中，在左盔山和右盔山之间的峡谷里，巍巍然呈现一道银色大堤，宛若飞来绝壁，落地城垛，将世界向翟村人朝朝挂出太阳的那一条垂空给挡严了。

“爹，是啥呀？”

“冰……坝……”

“爹，冰坝又是啥呀？”

“……”

“昨儿晚上咱们入山还没有啊！”

“……”

翟老松被惊慑在那儿，想扯儿子转身跑，却两腿发软。四周是出奇地静。冰坝闪耀着幽蓝的神秘的光。最初的奇诧猛抽搐一下，瞬间变为巨大的恐怖，从来不知害怕什么的翟老松心悸地打了个哆嗦。他下意识地从肩上取下了猎枪，好像迎面碰到一头熊。吊在枪筒的两只野兔，落在松软的雪地上。

“爹，你……”

“快去找你姐夫来！”说时，他那双被狐皮帽子齐眉压住的老眼，异常警觉地凝视着仿佛坚不可摧的岩峣陡耸的冰坝。他那战栗的语调向儿子传递了他内心巨大的恐惧。忠实的猎狗的黑鼻尖，在空气中吸吸地嗅着，似乎也嗅到了某种威慑之物近在咫尺，竖起耳朵，呜呜低吠。

“爹……它，了得吗？……”

“快去！”

儿子撒腿便跑。恐惧如同遮天巨手，以泰山压顶之势彻底将老猎人压垮了。他一屁股坐在雪地上。

林子里濡出更浓的雾，悠悠荡来，冰坝幻象般渐渐逸去。他揉揉眼睛，侧耳聆听，四周并非那么静。从奶汁似的浓雾中隐隐传来断续的声音——咔……咔……咔嚓……咔……好像一座百丈大厦缓缓坍塌时壁倾基裂的闷响。那种声音使翟老松惊心动魄。

猎狗突然发出暴躁的吼叫，携着股桀骜不驯的狂怒之飙冲向凶险的雾障。“赛虎回来！……”它不回来。翟老松迅速往枪膛里压了一颗子弹，连瞄也没瞄，砰的一枪就将心爱的猎狗撂倒了。他眼见它在疾奔之中向上一蹿，紧接着头颈耷拉下来，身体在半空一卷，两条后腿不可思议地甩到前面去，黑皮领子似的掉在地上，随即伸展开来，一动不动了。

“赛虎……”他难过得想死。他不能任由猎狗向那冰坝挑战——一只蛤蟆的撞击，也兴许会使那巍峨的冰坝崩溃于一瞬。他这么认为。这亦正是冰坝一旦形成的可怕之处。恐怖在他内心里无边无际地扩散。浓雾飘去，冰坝又现。他将它看得更清楚了——一层压一层的冰排，重重叠叠，龇出一列列獠牙般的望去锋利无比的锐角，白森森上下参错。初看那么壮观，细看那么狰狞。翟老松感到，枪响后整个冰坝震了一下，颤巍巍的。其实它岿然不动。

朝暾的深晕如橘红色美酒，徐徐从冰坝乃至两山后漫染上来，将冰坝映得金碧辉煌，折射彩虹般光芒。死亡之虹巍峨而险恶，壮观而虚伪。两山峡口上游，大河浮载万千冰舸，无时无刻不在聚集着一股股报复性的、摧毁性的力量，势在冲垮它。冰河一泻十几里碾过的地方，还会留存下点儿什么呢？……

十几里远的事翟老松操不了那份儿心啦！但翟村就在他背后啊！

男女老少一千多口子人啊！冰坝它还能撑持多久？也许不等儿子跑回村里，转眼之间便会崩溃了吧？老天爷保佑啊！地藏菩萨显灵啊！一辈子没信过神没信过鬼的翟老松，虔诚地为每一个翟村人，也为他自己和他的儿子祈祷。

他想站起来，不仅两腿不听使，全身都瘫了。他曾听上辈人讲过冰坝的厉害。那还是光绪年间，冰坝在峡谷间形成，河床被堵断，上游的冰块越积越多，太阳一出，冰坝崩融，将大小四五个村子从这片土地上铲掉了。好比拾粪人冬天从雪壳上铲起一摊摊牛屎那么彻底。互相冲撞的冰排切割人的身体如同用铡刀铡一样！铡断再碾，磨盘碾豆似的。

过后连截儿有形有状的胳膊大腿也找不见。一群群乌鸦只得费事地从泥浆中东一爪子西一爪子拨拉出人肉块叼食……

可怜的赛虎，你死得好冤枉好糊涂，你千万别恨我翟老松啊！……赛虎，赛虎，翟老松也许比你死得更惨，一千多口子人也许都比你这条狗死得更惨啊！……

咔……咔……咔嚓……咔……令人毛骨悚然的声音，现在是听得更为真切了。仿佛有万千张嘴在冰坝后面一时比一时更加紧张地啃……咔嚓……咔……咔……冰坝最上层，一块突出着锐角的巨大冰排，受到一种力量的撞击，猝然滑动，结果一半悬空，一半担在冰坝的边缘，跷跷板似的扇悠着。又被撞击了一下，终于翻转着骤落。轰的一声，摔成四块八瓣，碎琼乱玉飞溅。空中一片美丽的闪闪烁烁的珠玑。

翟老松那颗心跳到了嗓子眼儿。哗……哗……被阻的料峭早春的河水，一阵阵倔强地涌出冰坝。顺着陡耸的冰坝流淌，洗刷着冰坝一排排尖牙利齿。好像洗刷干净是为了饕餮人肉。

那壮观而狰狞的冰坝这时看去如同庞然鲨腭。哗……哗……翟老松眼见齐坝之水，又轻而易举将几块巨大冰排垒到坝上。他呆似泥俑。我的娘……他的灵魂亦开始打哆嗦了。他回头望一眼，十四岁的儿子也正呆呆伫立在村前那座小木桥上望他——显然由于他开枪打死赛虎。儿子的兴奋大大多于恐惧。儿子没听说过冰坝的残忍和厉害。它大概是儿子连在梦中都不曾见过的奇观。

而翟村仍静谧地安睡在一片洼地之内，尚没有一户人家的烟囱冒起炊烟。一个月后才是农忙季节，眼下是男子汉们在被窝里早早晚晚恋女人的大好日子。他们正搂着女人在黎明时分的慵懒中睡回笼觉。

翟老松朝儿子挥手。儿子反而往回走。他被激怒了。

“快去找你姐夫来！要不老子也一枪撂倒你！……”

他恫吓地朝儿子举起了枪。儿子不怕，往回跑。

“你个孽种！”

他嘟哝着，又往枪膛里压了一颗子弹。砰！……

儿子站住了，害怕了，一转身跟头把式地蹚着深雪奔向村里。其实他朝半空开枪。

他从自己内心驱除一些恐惧，挣扎了起来。

他望着冰坝犹豫一阵，提着猎枪，缓缓地一步步地走向壮观而狰狞的银色大堤。好像那支猎枪，是一根能够使他在冰坝骤然崩溃之际得以自救的魔杖。

他想要知道那银色大堤是否果真如他所猜测的那么脆弱？抑或坚固得很？——翟村的千把口子人可就来得及逃命了！老天爷保佑啊，但愿如此……

走到猎狗跟前，他不由得站住了。昨夜入山他本是为结果一头老狼，那狡猾的畜生却未出现。两只野兔是猎狗逮住的。一条好猎狗哇！有人曾想出四百元高价买去，他没卖，还骂了那人。

他蹲下去。猎狗那双死后的眼睛，困惑而悲戚地瞪着他。子弹从猎狗左前肋射入，脖子右边穿出。一颗填足了黑色炸药的“炸子”，为屡次犯村的老狼预备的。它几乎将猎狗脖子炸断，仅剩破碎的皮将头和身子连在一起。白皑皑雪地上一摊殷红的血，业已凝固。他罪过地抚摸着猎狗尸体，还温乎乎的。

我的好赛虎，也许我不该打死你……

他那一枪是在被巨大的恐怖压垮了理智的情况下开的。在他看来，那巍峨岿峣的冰坝，的的确确是一根手指都会触塌的，危若累卵。

他匆匆扒个雪窝，将心爱的猎狗埋了，还掉一滴老泪。

他又提着枪，小心翼翼地继续朝那银色大堤走去。每一步都踩得格外轻。雪在他脚下吱吱作响。他情知自己是一步步接近一种被壮观所虚饰的凶险，一种极可能突如其来粉身碎骨的死亡。他并没止步不前。因他内心里同时又涌升起一种庄严一种神圣一种义不容辞责无旁贷的使命感，一种对于同类的大慈大悲，一种对于生命的怜悯。还未曾有过某一时刻，他翟老松深切地体验过这样一种情操。那乃是一种超人意志的力量，一种使他身不由己的力量。一旦在他胸膛内萌发，他便只有听由它摆布。

尽管他鄙夷翟村的很多人，厌恶他们像厌恶耗子。是的，他不但鄙夷他们而且厌恶他们。他甚至认为，在这个世界上，在一切高等的包括较高等的活物之中，比如鸡狗鹅牛马羊之类——再也没有比愚劣的人更能引起人厌恶的东西了！

他是翟村的老村长、老党支部书记。他的一多半岁数，是在为翟村人做名副其实的公仆中度过的。如果说翟村中的某些人受了伤害，完全不是他翟老松的罪过，而是因为他不管多么想保护他们却终归没能保护得了他们。可他们非但不知飨恩报德，去年秋上反而哄抢了他承包的一片果林。当时那情形就像“胡子”打家劫舍，使他三年来育林的辛勤劳作付之东流，一无所获，欠下两千多元贷款。幸亏女儿秀梅已靠养兔发家致富，替他还上了那笔债，否则他翟老松只有上吊或抹脖子的份儿……

那场事件惊动县法院和县公安局。公安局开来吉普车，逮捕了为首的几个人。县法院认为他应该起诉。他没起诉。

他和所有翟村人的血管里，据说流的都是同一位祖宗的血液。这一点原本是有辈辈传下来的族谱以供查证的。可惜那厚厚的发黄的册子“失传”了，至今没谁知道是他烧的。他烧了发黄的族谱依然相信全村人无一不是他的族人。事实上许多人确实是他无须查证族谱也毫无疑问的本家。可他们参与哄抢他的果林时，如同受压迫被剥削的穷汉们对付地主老财一样，丝毫不留情面。那片果林现在荒着，继他之后没人再承包。大部分果树因无人侍弄而病死枯死。他们的目的仿佛并不在于哄抢果子，而更在于毁树。倘说是出于报复吧，他不曾得罪过他们，更不曾坑害过他们。倘说是出于嫉妒吧，似乎也不尽然。这几年翟村人一半以上盖起了新房，正开始过好日子的并不止他翟老松啊！

法院的人讯问一些哄抢者，他们坦坦地说：“别人抢，我在一旁眼睁睁看着？我是傻蛋吗？不抢白不抢！”

都这么说。说时都坦坦的样子，并不觉得羞耻。

法院审那几个为首的人，他们反问：“是翟老松告我们吗？这六亲不认的老家伙！”法院如实讲，他还没告他们呢。他们便一个个笑将起来，甚至对法院的人有几分嗤之以鼻了。

他们说：“翟老松并未告我们，你们凭什么逮我们？凭什么审我们？”

他们说：“那片果林原本是村里公有的。公有的时候，不结果，他翟老松承包去，只侍弄了两三年，就结果了，还不该抢吗？”

他们说：“谁占了大便宜——就算是占了老天爷的大便宜——我们抢谁！要不这世上没道理啦！何况我们抢的是本家人！”他们振振有词。他们说时也都坦坦的样子，也都并不觉得羞耻。法院认为他们是一群“法盲”。他们却一个个感到受了奇耻大辱，愤愤地自辩他们根本不是什么“法盲”。抢犯法，这起码的法律常识他们说他们懂得的。“懂得你们还抢？”法院的人十分光火。“懂得就不抢了吗？我们不是已经讲得明明白白了吗？我们也为那片果林流过汗，出过力，可我们却什么回报也没得着过！果林的好处当然不能尽让他翟老松得了去！没那个理！”他们也十分光火。法院不认为他们是一些“法盲”了，而认为他们是一些刁民了。

督促翟老松写“状子”。有了“状子”，法院就重判刁民。“放他们。放他们了事。”翟老松翻来覆去只这一句淡淡的话。法院的人以为他胆小，不敢写，劝他拿出点儿胆子，什么也别怕。

法院给他做主，还有什么可怕的呢？他却瞪起了眼：“你们咋知道我胆小？你们咋知道我不敢写？我怕谁？这村里我翟老松怕过谁？！”法院的人大惑不解。他不起诉，法院也就只好放了那些逮去的人，事情不了了之。

在这件事上，翟老松自有他的一套思想逻辑。他若起诉，法院必重判他那些本家弟兄和族人。他们的老婆孩子脸面上必蒙耻辱。他们的家庭失去了主要劳力，将怎么过日子呢？放了他们，他则可以从此具有鄙夷他们、蔑视他们、厌恶他们的特权了。这也许对他们更是一种惩罚，更是一次教训，对他自己亦更是一种补偿。被他翟老松，啊哈，为翟村人鞠躬尽瘁、呕心沥血的人物所鄙夷，所蔑视，所厌恶，更主要是被他所宽恕的人，倘不引咎思过，还算个人吗？……

然而他大错特错。逮去了又放回来的那些本家弟兄和族人，当天又在那片遭劫遭难的果林里肆无忌惮地发泄了一番，毁了几十株果树，末了还将他们的猪撵到果林中去，让猪尽情享用那些地上的没被抢尽的果子，并结伙找到他，当面对他说："老松，你别生气。我们不冲你，我们冲一个理！"

"老松，我们一天天富了，你也可以一天天富，但得一天天的！像你这么富起来不行！我们不抢你，万把元眼瞅你到手了！你自己想想，你比我们也富得太顺当了吧？照你这么富，几年后你成财主了！我们倒成富起来的穷人了！如今不是讲共同富裕的吗？何年何月，抢要成为财主的人也总归没错吧？再者说了，我们不过就是抢你的果林，没到你家去抢呀！我们心里是念着族分和辈分的！"他们说得率真，说得虔诚，说得推心置腹，说得理直气壮。

他一把从墙上摘下猎枪，恨不得一枪枪崩了他们。

"老松，你干什么你？！……"

"老松，你可是党员！你！当过村长的人！这么一次便宜都不肯顺心顺气地让大家伙占吗?!……”

他怔怔地望着他们，完全气糊涂了，一时反倒不甚明白，究竟他翟老松有理，还是他们有理。

他们却趁他糊涂的那当儿，扬长而去。

以后更加反了过来——被鄙夷、被蔑视、被厌恶的，不是他们，竟是他自己。他至今也不能明白他们凭什么。而他们认为他心里当然应该明白。事情是秃子头上的虱子——明摆着的。他那糊涂不过是装糊涂。

于是从那以后他渐渐从情感上抛弃了这个村子。或者反过来说这个村子抛弃了他也可以。他再也不愿为这个村子效什么劳了！他再也不听广播里“物质文明是精神文明的基础”那套话了。彻底不相信了！他原本是抱着极大的乐观，期待翟村人日子一天天好起来之后，变得更仁义、更友善、更有人情味儿的。而翟村的现实给了他一个大的失望。翟村的人们之间已经没有了过去那种亲近关系。一些人并不仅仅满足于自己富起来，还时时诅咒别人仍在穷着。因别人的倒运或公开、或暗地里幸灾乐祸。

他在山林中搭了一个小木屋。更多的日子他远远躲避开翟村，和他的狗孤独地生活在那山林中的小木屋里。渐渐地他觉得自己成了一个与翟村不相干的人，并且渐渐地习惯了这一点。翟村的人也似乎渐渐地将他遗忘掉了。只有偶尔听到他的枪声，才想到翟村还曾有过翟老松这么个人。

翟村人人都在富。富了的许多翟村人，以狼那种歹毒的目光觊觎着本家人和血脉相连的族人们，算计他们是不是比自己更富了。如果是，他们就很痛苦，心里就很不是滋味儿，甚至恨得牙根疼。翟老松常常独自回忆起十几年前、二十几年前，或者更久远的三十几年前的许多往事。他认为那些年的翟村人差不多都是好人，又穷又好的人，善良，富有同情心，肯于互助。而如今是差不多不同程度地都变坏了，变得使他感到陌生使他憎恨了。

他那女婿，翟村的现任党支部书记兼村长茂生，断然不能接受他这种观点。照茂生看来，翟村人过去也好不到哪去。仇视文化因而仇视文化人，自以为能在众人眼里竖立起个老实巴交的农民形象，就算是天底下最优秀、最完美的一个人了。并且呢，极端的驯服，奴性十足。这要归根于一种与族传统关联紧密的深远影响。倘一个五十多岁的人见了一个二十多岁的人，后者在辈分上长于他，他那并不由衷然而低眉顺眼的毕恭毕敬，是做得很恶心人的。用茂生的话说，翟村人目前正在钻一截由穷到富的竹筒，因而就不能责怪他们在某些方面变得太像蛇。翁婿俩观点如此相左，翟老松跟女婿也就没什么共同语言。他极少踏入女儿家门槛……

冰坝自上而下向内倾斜。仿佛倒置的礼帽。翟老松仰起脸，竟看不到它的顶端。獠牙也似的冰排的利棱锐角，如一层层嶙峋的峣岩镇压在他头上。冷水从一层层冰排的缝隙之间渗出。那种令他惊心动魄的咔咔的声响，在冰坝后混成隐约的轰鸣，如同万千巨石在一口大锅内煮开着，翻滚着，互相碰撞着。冰坝绝顶一阵阵涌出的河水，似滂沱大雨，转瞬淋透了他的棉袄。置身在冰坝之下，他却对它不那么感到恐惧了。他甚至敢于用枪托捣它。

尽管它势如险壁，却纹丝不动。

一块两间屋子那么大的冰排，又被冰坝后汹涌的河水推了下来。在半空砸断无数龇出的冰排，轰然坠落，底部粉碎，上部倒向冰坝，如一扇门，将他掩在了凹处。碎琼乱玉堆成一座小山，仿佛要将他埋葬。他像一只被堵住了洞口的獾似的爬出来，腿伤了，猎枪却没丢掉。冷水从他领口浇入衣内，他冻得浑身瑟瑟发抖。他没法儿估计冰坝会在十分钟或者二十分钟，半个小时或者一个小时后崩溃。看来那是听天由命的事儿了！

“爹……爹你干啥？……”儿子站在河床边的一块大青石上喊着问他。

“你姐夫呢？你姐夫呢？”他急迫地，一瘸一拐地朝儿子走来。

“不在家里！”儿子答着，从那块大青石上蹦下，咄咄地质问，“你为啥打死赛虎？你说！”

“他怎么不在家？！”

“不在家就是不在家呗！门虚掩着，炕上连被褥都没铺，鬼知道他上哪儿去了！你说你说你为什么打死赛虎？！”

翟老松不再多问，鬼知道的事他也早就知道。他恨恨地骂了一句：“这混账东西！”

“你无缘无故打死赛虎，我再也不跟你入山打猎啦！”儿子愤怒地说，永远不屑于理睬他了似的，气咻咻地跑向冰坝。

“你要干什么？”

“爬上去玩玩！”

“作死呀？给老子滚过来！”

“不听你的话！”儿子回头顶撞了他一句，猿猴似的，灵活地登着一层层寒森森的冰的尖牙利齿往上攀爬。翟老松奔将过去，拽住儿子一只脚，将儿子从一人多高处扯了下来，爷俩一起摔倒。他爬起来就扇了儿子一耳光。“死到临头，你还玩！”他拖着儿子，一瘸一拐地向村里猛跑……

“你得走了……”

“别动……”他将她丰腴的身子更紧地搂在怀里，用嘴衔弄着她的耳垂儿，喁喁地说：“想撵我走？我要搂着你睡到天白大亮呢！”

“你没听到枪声？”

“听到了。”

“那是他回村了呀！”

“他回村了又怎样？他有他的家，我有我的家，井水不犯河水！”

“你就不怕他晓得了？”

“不怕。”她便将身子往下一缩，头拱在他怀里，哧哧地笑一阵，随后娇嗔地说，“我才舍不得放你走哇，怕你走时被人瞅见……”

“被人瞅见又怎样？”

“我倒不在乎。”

“那谁在乎？”

“你。”

“我？哼！”

“你嘛，大村长，党支部书记，县妇女代表的男人，就这些还不够你怕的吗？你怕你那厉害又出了名的老婆，你怕村人们戳你的脊梁，你怕被处分，你还怕丢了你自己的名誉……”女人一边说，一边用小手指点他心窝。他本欲跟她再火热地温存一番，她的话使他大扫其兴。

“行啦行啦，就算我怕！我走！”他将她从怀里推出去，一掀被子坐了起来，抓过衣服闷声不响地就穿。

“你生气了？”女人惴惴地问，一双俊俏的凤眼情意缱绻地瞅着他的脸。

“没……我凭什么生你气！”

“你是生气了！我不让你带着气走……”女人几乎哀求地说。

他苦笑一下，脱去刚穿上的内衣，又钻入被窝，将她那柔软的热乎乎的身子复搂在怀中，恣意抚爱。女人猫似的偎在他怀里，秀眼惺忪，双目迷醉，脉脉含情，芳心舒泰地享受着他的抚爱，娓娓地拣些使他轻飘的话尽说尽说……于是两个又忘乎所以地百般风流万种温存起来。翟茂生这一辈子最大的惋惜，恐怕莫过于怀抱中这个叫芊子的女人没成为他的妻子。他对她说过，这于他翟茂生是千年垂恨、万载垂伤的事。而她当时听了泪潸潸如雨，又感动又绝望，哭得喘不过气儿来。

他很情愿为这个女人冒翟村之大不韪。在翟村的历史上，还没有过男女间苟苟且且的丑闻发生过。起码不曾被发现过。而他轻蔑它这一纯洁的历史。他对此怀着一种埋藏在内心深处的憎恨。尽管他还没有勇气公开宣布或流露出他的憎恨，但能趁个机会暗地里偷偷摸摸地对它进行亵渎，也使他多多少少获得某种类乎报复了的满足。

他爱怀抱中这个女人是他自己没法了断的事。这位翟村年轻的书记对自己的不道德行为既谴责又放纵，却并不内疚。因为芊子作为一个小寡妇是那么需要他。而他受用这个女人有如一头骆驼受用一片葳蕤的绿草。他被她那饥渴的旺盛的情欲所包裹、溶化、燃烧着的时候，才真实地感到自己是一个男人，并且不枉是一个男人。别的时候不是。别的时候他是村长，是党支部书记，是县妇女代表的丈夫，是被翟村人们普遍的敬意所冷淡所抛弃了的翟老松的女婿。如此而已。仅此而已。

二十九岁的茂生和二十七岁的芊子曾是县一中的高中同学。那是县内唯一的“高等学府”。毕业生通通被公认是知识分子。不是小知识分子，不是什么所谓“知识青年”，而是神圣含义上的大知识分子。而现任县领导，除了年富力强，更主要和重要的，都正是因为有一中的高中文凭，才被作为知识型的干部推上领导岗位的。而据说他们当学生的时候，不过都是学业平平的中等生。县里如今又办起了两所开设高中班的中学，一中却仍是梦寐以求想考上大学的男女儒家弟子的跳板。如今一中的毕业证书是加压塑料薄膜的了，但若不能进而以它博取到大学入学通知书，比起前两个十年它那种简朴的厚纸皮儿的毕业证书，就一钱不值了。希望得到它的人，可以花六百元进它办的“各届高中速成班”，不需要考试。

当年茂生和芊子放寒暑假的日子双双从县一中回村的时候，村人们无不以看待才子和才女的眼光看待他们。连长辈们也无不向他们表现出几分对未来的学究的讨好和敬意。

“茂生哇，预备考大学吗？”

“那是当然！”

“考哪家大学哇？”

“清华！或者北大！”

“那又是什么地方的大学呀？”

“北京呗！”

“北京……嚯嚯！好，好，有志向！那是天子脚下的地盘儿啊！”于是村人们对踌躇满志的翟茂生愈加刮目相看。

“芊子，你呢？”逢被问，芊子总是充满自信但又有几分不好意思地回答：“和茂生一样呗！”

“也考清华、北大呀？”

“茂生他考清华、北大，我还能考别处吗？”

她凤眼天真眨动的样子，似觉人们问得奇怪。“往一块儿考好，往一块儿考好，往一块儿考多好哇！”村人们对他们共同的志向慷慨地给予大大的赞成和鼓励。

他们的父母更是殷切地盼望那样一天早日成为现实，倍加体贴和关怀他们。农忙季节也不让他们出力，唯恐劳累坏了他们的龙凤之躯。他们自己呢，他们自己都没考虑过万一考不上怎么打算。好像对于他们“万一”的后顾之忧是根本不存在的。当年他们的心怀简直盛不下他们那份儿天大的自负和自信。他们是高中班里数一数二的学习“尖子”，是他们的老师的骄傲。就算全县只有两名学生考上大学吧，除了他们还会有谁呢？

当年他们吃着村里打下的新粮时，端着饭碗满心间都涌动着一股股眷眷的乡情，都已然认为他们实际上不再是翟村的人了，只怕今后想再吃一口家乡的新粮也没得机会吃上了。

他们在翟村虽说不上浪漫却不乏野趣的花前月下，共同编织着他们美妙的前程。那前程是真正的鹏程万里，远大得不可限量，绝对超出于最富有想象力的翟村人的想象。

“芋子……”

“嗯？……”

“为什么我报考哪儿，你也报考哪儿啊？”

“你坏，明知故问！”

“你说嘛！”

“偏不说，问你自己去！”

在河水绕过翟村的甩弯处，在一个静悄悄的晚上，在那像一幢河上阁楼的小木桥下，他第一次抛弃了高中生的矜持和彬彬有礼，大胆地对她进行亲狎的挑逗。

翟村人的道德是不允许小伙子和大姑娘如此这般在一块儿的。亲兄妹之间也是有所忌讳的。然而对于他们，顽固的严厉的翟村道德睁一只眼闭一只眼，网开一面，甚至可以说已经宽容到了所谓“姑息养奸”的没原则地步。

月光洒满河面，河面映出芋子的倩影。他心猿意马地从明晃晃的水平如镜的河面上欣赏她那张俊秀的脸。她不吭声，羞赧地勾下头。他便放肆地将她轻轻放倒在河边茵茵的草地上。

若非她首先从乍惊还喜的迷乱中好歹挣扎出了狼狈不堪的理性，那一次两厢情浓真不知该如何收场。她推开他，一边掩着襟怀，一边嗔道：“你怎么就急成这样啊？早晚芊子还不是你的人吗？馋猫！……”

然而那一年他名落孙山。她也是。第一堂数学考下来，一对答案，各错了两道大题，他们的心自然是都惶惶乱了方寸。接下来的几门，更是考得一败涂地。分数莫说远远挨不上清华、北大的边儿，离本省分数线最低的师范还都差着十几分哪！……

普遍的翟村人们的心态很古怪，很难琢磨，变化无常。他们的名落孙山使很多村人觉得是件喜庆之事。他们的可悲可叹的下场使某些村人连续高兴了不少日子。他们为他们的自负和自信所付出的代价使某些村人乐不可支。尤其那些曾以为他们将来必是在天子脚下做高深学问的学究无疑，对他们讨好过流露过敬意的人，更是恨不得用挖苦、讥笑和嘲讽逼他们去死。仿佛他们是一对儿无耻的骗子。仿佛往昔对他们的讨好和敬意是无端的损失。老天有眼，大大地报应了他们，活该得很！

“茂生，还不去吗？”

“往哪儿去啊，叔？”

“进北京哇！上大学哇！咋，不想去啰？”

翟茂生只有掉头便走。

“你们家祖坟的那股青烟，刚要冒，可惜又被土地爷一把黄土闷住啦！哈哈……”背后掷来这么一句话，和解气的朗声大笑。那位与他姓同一个“翟”字的叔，似乎忘了他们原本极可能是埋在一个坟冢的祖宗。

“芊子！”

“嗯？”

“过来，让我瞅你手！”

“婶，我手有啥瞅的？”

“瞅瞅，瞅瞅嘛！哟，瞧这双手，细皮嫩肉的，真胜似小葱白！十指尖尖如笋呢！你这可不天生是那捏笔杆子的手嘛，往后却得做庄稼活了，多让人心疼劲儿的！”

“婶，瞧你说的……”芊子想缩回双手，无奈被婶牢牢握住手腕不放。

“芊子，你呀，你天生是小姐的心，丫鬟的命，你说你那么想考上大学，咋就偏给你来个考不上呢？不服命行吗？”

听来似是同情。婶脸上也大写意地浮现着同情。同情的后面却分明暴露着刻薄尖酸的马脚。鼻翼旁的那一条脸纹勾勒出的一丝极含蓄的冷笑，没逃过敏感的芊子的眼睛。

“婶，松了我手吧！……”芊子窘得面红如血，要哭，使劲挣脱双手，一扭身赶紧往家走……

“哭啥？哭啥咧！考不上怨谁？是谁咒你才没考上的吗？”又遭了娘一顿数落。

……

翟村人有种普遍的心照不宣的担忧，都生怕从他们这些祖祖辈辈和土地打交道的庄稼人中，大爆冷门儿蹦出个什么人物。仿佛这种事对他们来说绝对是桩祸事，是种危害，是种危险。他们顶容忍不得这样的事发生。而谁一旦真被公认是个人物了，他们是预备并且可以将谁视为神圣恭恭敬敬地、虔虔诚诚地供起来的。若谁差点儿成个什么人物，终归没能成个什么人物，在他们心目中，便连个平常的人都不是了。他们践踏这样的人的自尊，是不觉得良心不安的。谁叫你差点儿成了个什么人物却终归没能成了个什么人物呢？这你的自尊还不该被大伙儿践踏践踏吗？他们并不坏。庄稼人难得有多少机会羞辱别人。一旦有了这样的机会他们舍不得错过，并且感谢老天爷没忘了也给予自己一次这样的机会，因而认为天经地义。

他们原本是更希望彼此彼此的。同在一个村住着，同姓一个“翟”，俗话说“低头不见抬头见”的，若彼此竟不太一样了，则他们觉得他们自己的自尊倒是受到伤害、受到侵犯了。

他们真的并不坏。撇开这些而公平论之，差不多也都还算是好人。

随着时代的进展，他们倒很能见容于那些发家致富了的人。但前提是别太顺当了。太顺当了他们仍是见容不得的。比如翟老松。发得很担风险、富得艰难坎坷之人，他们还是服气的，不怎么嫉妒。他们也学得很能见容于那些挂了各种荣誉头衔的人了，比如当了县妇女代表的茂生媳妇。但前提是挂的空头衔。倘同时获得实实惠惠的好处，诸如居然拿上了什么国家干部的工资，坐上了小汽车，等等，那是他们心里所不许可的。

但他们几乎是出于本能地仍对墨水喝得太多的人怀有敌意。他们表面上有时可以佯装出敬重这样的人，其实隐藏在他们内心里的是真真实实的憎恨。前些年，实行所谓“工农兵”上大学，县里连续几年给村里名额，推荐来推荐去，都被翟村的贫下中农搅黄了。翟村的贫下中农占百分之九十九点九，推荐出一个有资格上大学的就难于上青天，而搅黄是何其容易的事！你家的后生或者闺女去上大学，让我家也觉得光荣吗？胡扯！尽管都是贫下中农，可贫下中农也各长各的脸啊！尽管都姓一个“翟”，据说都是一个祖宗，若不都姓同一个“翟”并不都相信是同一个祖宗，这种事情还好商量点儿呢！因而偌大一个翟村，一千多口子人，却连个所谓“工农兵大学生”也没出过。翟村的某些人，甚至认为如今的教育制度不好。那年月他们完全可以做到不让翟村出有知识有文化的人。如今他们似乎杌陧地感到未必还能做得到了。如今凭分数，没谁征求他们的意见了。说不定哪天又会蹦出两个当年的茂生和芊子吧？他们精神上的平等意识正受到严峻的威胁。一个远离县城的千把人的翟村，将不但要分出穷人和富人来，进而还要分出受过高等教育的人和没受过高等教育的人，有文化知识和没有文化知识的人，再进而连他们的子孙后代也可能区别为尊者或卑者，这种情形光想一想就够令他们忧心忡忡、令他们愤愤不平的了！这乃是翟村人当年的心态，也未必不是现今的心态……

两家父母开始密切监视茂生和芊子，不允许他们再寻找机会接近。翟村的道德，也不再对他们睁一只眼闭一只眼网开一面了。

压抑的青年有天在村口碰见了挎着小篮到自家菜地去的芊子。

他说："芊子，咱们明年还考！"

芊子侧转身不瞧他，颓丧地说："明年我不考了，要考你自己考吧。"

"那不行，那咱俩在村里没法做人了！"

"再考不上，那咱俩还能活吗？"

"再考，准能考上！"

"不，我不考了。我怕了……"

芊子说完，不管他还有话没话，低垂着头慌慌地就走……

次年正月，芊子嫁人了，嫁的是她远房表兄翟广玉。广玉那年刚买了辆手扶拖拉机，在县城里跑私人运输，钱来得又多又便当。芊子不情愿，寻死觅活哭闹了十几天，最终还是拗不过父母，成了广玉的老婆……

茂生恨了她一阵子，后来不恨了。后来恨的是芊子的父母和村里的人。再后来谁也不恨了。再后来他就成了翟老松的女婿。翟老松曾很为自己的女婿是翟村唯一的高中生而感到荣耀过。翟茂生对他的女儿秀梅没什么情爱。

茂生刚完婚三个月，翟广玉死了。撞车撞死的。翟茂生也后悔得多次想死——晚成亲三个月就好了啊！芊子由大姑娘而小寡妇，兴许她的父母便同意他娶她了。全村的女子挨个儿比，唯有芊子是他心上人！

芊子更恨自己的命。嫁了茂生她才能如愿以偿。和广玉她没法儿过到一块儿去。广玉是个烟鬼和酒鬼，认识的字不够写便条，只知大把大把挣钱，大把大把花钱，还结交了些不三不四的朋友，动辄请到家里山吃海喝一顿……

他怎么不早死三个月呢？

如今茂生的儿子已经五岁了。

如今芊子已经守寡六年了。

翟村的男人，除了茂生，再没一个她看上眼的……

他亲她一阵，又将头在她富有弹性的胸脯上静静地枕了一会儿，之后放开她，低声说："我真得走了，还是别叫人发现的好……"

她却将他紧紧搂住："你媳妇到县里开几天会？"

"六七天吧。"

"今夜里你还来不来？"

“你愿意我还来？”

“嗯。”她眸子亮晶晶的，“这六七天我要你天天夜里都来！”

“那我就来。”

“有次我见了你媳妇，上赶着跟她说话，她对我一副带搭不理的样子，她是不是知道什么了？”

“她什么都知道了！”

“什么都知道了？”

“对。除了咱俩这会儿的事她不知道，其余什么都知道了！”

“这可怎么好呢？”

“要叫人不知，除非己莫为啊！有天夜里我梦见了你，叫你名，自己把自己叫醒了，她在我身旁哭……我就将咱俩一次次的事都向她坦白了……”

“她呢？”

“她光哭，这次她临走，我问她几天回，她反问我：‘你盼我早回还是晚回啊？’我说：‘当然盼你早回了！’她撇撇嘴：‘骗小鬼儿去吧，我一走，又给你创造了好机会！这次我带儿子去，免得儿子妨碍你们美事！’出门前，她又对我说：‘你想芊子，芊子想你，人想人，想死人。我不愿你死。你一死，我不也成年轻寡妇了吗？’……”

“她是真话？”

“谁知她！”

“我觉得自个儿怪对不起她的。”

“我觉得怪对不起你的。我不能跟她离婚……我怕上法院。我怕法院的人当面问我——‘你媳妇哪方面不好？’我答不上来；还怕儿子将来恨我……”

她用手捂他嘴：“我不怪你。我跟你提过要你离婚吗？我不是从来没提过吗？……”

他将她的手从嘴上拿下，握着：“可你……我……总不能长久这样下去啊……”

她叹了口气，沉默一会儿，低声说：“只要你明里是你媳妇的人，暗里是我的人，一半儿，不，一小半儿是我的人，我就不抱怨什么……”

听她说出这样的话，他也叹了口气。他从被窝里伸出条胳膊，抓过上衣，掏烟吸。烟的质量太差，简直难以吸透。他不得不使足了劲儿嘬。她将两条白皙的赤臂平放在枕上，垫着下颌，睨视着他那模样哧哧笑。

他一边使劲吸烟，一边内疚地想到他媳妇秀梅。秀梅一点儿不秀，也不像梅花那么瘦俏。而芊子的身体却如同美人鱼般诱他爱欲。秀梅五大三粗，腿比他的腿还粗一匝。不愧是翟老松播下的人种。除了模样，他真是说不出秀梅半个不字。而模样，在如今男人闹离婚的时候，又是最最说不出口的理由。那不成当代陈世美了吗？翟村以外的大千世界，越来越能容得了万把个陈世美了，翟村却是至今仍难容的。秀梅很能。几年前开始养兔，如今已养得有七百多只。家里全靠那些兔子富起来，盖了新瓦房。他不能忘恩负义啊！……

他又想他自己，居然入了党。入党前，翟老松找他谈话，极严肃地对他说："茂生，你入党吧！你是全村唯一的知识分子，你一定得入党。党眼下需要知识分子入党！"当时他还没成为翟老松的女婿。翟老松的态度那么严肃，又是他的长辈，又代表着党主动找到他头上，话又说得恳切之至，使他除了写一份入党申请书没别的选择。其后不久，翟老松退位，表现开明和让贤，并且提名他当支书。十几名党员还是完全同意。现今支书只管党内事。偌大个村，党外的事也不少，也总得有个人管管。比如谁家汉子打老婆，谁家媳妇虐待公婆，谁借了谁的钱不还，得有个人出头评评理，主持公道。于是翟村人又大方地将实际上早已名存实亡的村长的高帽扣在了他翟茂生头上。翟村的人认为，他身兼二职，是很吃亏的事儿，于是公议决定，每年补贴给他一百元"操心费"。这一点上，又足见翟村人的厚道。他自己亦觉得他扮演的确是很吃亏的角色，并不认为一百元的"操心费"多，受之无愧。

芊子欠身从他衣兜掏出那盒烟，弹出一支，双手轻轻搓着。他以为她也要吸，递给她火柴。她摇头，将那支搓松了的烟，塞入烟盒，弹出另一支，继续搓。瞧着她那么认真地替他做这件事，他心里又涌起一阵柔情蜜意。

她问：“你猜我已经存下多少钱了？”

“你还能存下多少钱！”

“别小瞧我，你猜嘛！”

“猜不着。多少？”

“六千！”她十分骄傲地说，“三千在存折上，三千在家里，还没工夫去存。”

“不多。”

“也不少哇！”

“比起翟大麻子，少多啦！”

“谁跟他比。他和县里的一伙人勾结到一块堆，倒卖假烟假酒！他那是麻子不叫麻子——叫坑人……”

翟村人这几年富得不慢。农民一旦摆脱土地束缚，猪往前拱，鸡往后刨，赚钱发财，各有一套。村中十字交叉的两条路，小酒馆、理发铺、修鞋的、烤烧饼的、磨豆汁的……形形色色的小铺面应有尽有，俨然小镇似的。翟村人，在瞅准行情，绞尽脑汁赚外人钱的同时，也不放过本村人身上的毛。不过有人拔得手狠一点，有人拔得手轻一点。芊子卖了丈夫留下的那台手扶拖拉机，在村里开了个门脸挺体面的杂货铺，供应全村的日常杂品。她买卖方面讲仁义，村人全是她的主顾。她，大富是富不起来的，所以倒也没谁暗中存着坏心眼，想要像对付翟老松那般调教她，整治她。何况，她给予人们诸多方便。

芊子又说：“我想扩大门脸，设几张桌子，从县城请个大师傅来，你看怎么样？”

“想干啥就干啥！”

“我可是说干就干啊。”

“那你早下决心就是，到时候需要我帮什么忙，只管告诉我！”

两人正说着，猛听得有人咚咚擂门。“茂生！茂生！……”分明是翟老松那洪钟般的嗓音。两人互相瞪着，屏息敛气，一时都呆了。“茂生你赶快给老子滚出来！”翟茂生手忙脚乱，两条腿硬往衣袖里伸。

“别慌！”芊子夺下他衣服，将他裤子塞给他，镇定了一下，慢声问：“谁呀？”“我！老松！耳朵聋了听不出来？快快开门！”翟老松在外面吼。“我还没起哪，什么事儿呀？”芊子异常镇定地穿着衣服。她看了慌作一团的茂生一眼，悄说：“他翟老松是鬼？你别那么怕，有我呢！”

“快快让茂生出来！”咚！咚！咚！翟老松又在外面用枪托捣门，像电影里“皇军”搜查“八路”。

芊子在屋里提高了嗓门儿：“你怎么一大清早上我这儿找女婿？我看你八成喝醉了酒，想寡妇门前耍酒疯吧。告诉你，我这寡妇可不是好惹的！”

“少废话，再不开门，我砸窗啦！”翟老松从门外转移到窗外。

这时，外面响起钟声。当！当！当！……

敲得那个急！翟茂生脸都吓白了。他以为翟老松要召集全村来捉奸。

“芊子，我从后窗跳出去吧？好汉不吃眼前亏呀！”

“……”

“后窗让我钉死啦！”

“嘿！……”

茂生连连跺脚。

“你我都穿好了衣服，还慌什么？你给我端端正正坐在桌子旁！”芊子说着，找出算盘和一本账簿，一些单据往桌上一放，呼着茂生又道，“你就讲我找你帮我算了一夜的账！”随即迅速叠被，同时没忘了应答窗外的翟老松：“你有胆量，你就砸我的窗！”

芊子也以为翟老松要召集全村人来捉奸。到了这时刻，她反倒更镇定。爹娘前年都死了，上无老，下无小，她什么事情都不惧怕了。

“你到底是开不开门？”

“不开！”她豁出去，硬碰硬。

“既然我帮你算了一夜账，还是开门好……”茂生也较刚才镇定许多。他暗暗打定主意，谁敢触芊子一指头，他就跟谁拼命，包括他老丈人，他也打算豁出去。

芊子听茂生的话不无道理，正欲去开门，窗外翟老松已等不及，火冒三丈了，只听哗啦一声，一块玻璃被捣碎了。接着窗扇被枪托砸开，翟老松像头被激怒的猛狮，从外面跃入屋中，站立在炕上，一双又脏又湿的大号靰鞡踩着红绸被子。

“我……我帮芊子算账……”茂生倏地站起，将芊子护在身后，嘴上说着话，一手防范地将铁框子算盘操起，准备当武器使。翟老松虎着脸跳下地，跨到茂生面前，恶狠狠地给他一耳光，扇得他晃了一下身子才站稳。

芊子将翟村的党支部书记轻推向一旁，上前一步，站定在往昔威严的老村长对面，双手往腰中一叉，冷笑道：“别打你女婿，打我。是我勾引他的。”

翟老松气得腮帮子直抖，说不出话。

“怎么？不敢碰我？你手里不是有枪吗？”她解开了衣襟，暴露出贴身的绣着花的紫红色兜胸：“开枪吧！怎么？也不敢开枪？怕偿命！没那胆量你趁早给我滚！告诉你，我恨你！当初是你替翟广玉保的媒！收翟广玉的烟酒钱了吧？是你对我父母说的，从辈分上算，我该是茂生他姑，所以我无论如何不能嫁给他！你凭什么说我是茂生他姑？你拿出那族谱来给我们看！兴许那上面还排着我该是你姑奶奶哪！……”

守了好几年寡又当了好几年杂货铺女主人的芊子，做姑娘时的文气早已大大减少，生活使她增添了许多泼辣。

“你这女人！……”

翟老松扬起大巴掌想扇她，芊子没躲闪，连眼皮儿也没眨一下，那双乌眸中凝聚着无畏的目光，直射在他脸上，使他倏忽间感到，这女人大概是轻易扇不得的。他扯着她胳膊将她抡开了，指着自己女婿厉声吼道：“听着！山口那儿垒起了冰坝，你快给我召集全村人，往山上逃命要紧！”

听他说的完全是另外一件事，翟茂生略略定了心，不明白地问：“冰坝？什么冰坝？”

钟声还在响：当！当当！当当当当！……“冰排在山口那儿把河道堵了，六七层楼高的一道坝！河水已经拦得齐坝高了！那坝一塌，全村就完了！我只怕人们听见钟声也不理会，你和我，分头挨家挨户去告诉人们上山逃命！迟了就惨啦！……”

翟老松急急地说着，见女婿似信非信的样子，不再说下去，干脆将女婿拖出屋外。

院墙那边，一张女人的茄子脸“隔岸观火”。是翟大麻子老婆。

“你！”翟老松一指她，“看什么？快回屋去喊醒你一家人，上山逃命！”

那婆娘无动于衷。

翟老松顾不上多理睬她，扯着女婿，踏着芊子家的鸡窝，登上了芊子家房顶。

翟茂生终于亲眼看到了那矗立在山口巍峨的银色大堤。火红的一轮大太阳，刚从冰坝后露出一半脸。晨雾已经完全散尽。冰坝在阳光的映照之下，仿佛涂了一层鲜血。

芊子也跟随到了院里，仰头望着房顶上的翟老松和翟茂生。“芊子！”翟大麻子老婆皮笑肉不笑地搭讪着问，“是不是茂生媳妇又到县里去了呀？”芊子不回答，捉住一只惊出窝的母鸡，往院墙头使足劲一抛，骂道：“讨厌的东西，回窝去待着！”

母鸡差点落那女人头上。那女人尖叫一声，茄子脸立刻从墙头消失。翟老松和翟茂生同时跳下了屋顶。茂生说：“我去村部广播！”说罢拔腿便跑。只剩下翟老松和芊子，两人不禁眈眈相视。

翟老松压住心中对芊子的憎恨，命令道：“东边的人家你负责，西边的人家我负责！”芊子不动，抱着手臂道：“你倒是叫我负什么责呀？”“芊子，人命关天！那是会鸡犬不留的呀！今天你和茂生，我只当不知道还不行吗？……”翟老松的语调放缓和了些。芊子终于开口说出两个字：“好吧……”

翟大麻子老婆肋下夹一抱柴火回到屋里，生起灶火之后，轻移两只肥厚的大脚走入东房，一屁股坐在炕沿上，盘起一条腿，垂着另一条腿，捅醒丈夫，诡秘地说：“哎，刚才我可亲眼看到场好戏！”翟大麻子受了她带近身边的凉气，打了两个大喷嚏，也不睁眼，只用被子裹严肩膀，懒洋洋地问："什么好戏啊？"

"老松从芋子屋里把茂生给拖出来了，咱那大村长连裤子都没穿好！"那女人绘声绘色，并且因为目睹的事实是翟茂生不但裤子穿得好好的，连棉袄扣子也没少扣一颗而感到深深的遗憾。

"唔？……"她男人分明精神为之一振，立即睁大了双眼。

"翟老松那张脸，铁青铁青的，真怕死个人，一手还提着枪呢！"

翟大麻子一翻身趴在被窝里，连连追问："后来怎样？后来怎样？"

"后来嘛，后来没怎样。"

"没怎样？你不是说他手里还提着枪吗！老松没想对他们开枪？"

"没……"那男人失望又扫兴地复将头落在枕上，又闭了眼睛，"村里敲钟啥事？"

"不知道……"

"哼，你！一问三不知！那你还进屋来瞎叨叨啥？"

他原以为村里谁家失火了。前些年，不去救火，起码是要在全村大会上挨批评的。如今，救火得情愿，是人缘。如今谁家着火了他也不情愿去救。他才不白施那份人缘给谁呢！再说现今因为不去救火又轮得到谁批评谁呢？所以虽然一阵阵急促的钟声搅扰了他的晨梦，却未将他惊起。

“怪了，”他闭着眼睛嘟哝，“女婿跟芊子那小骚妇勾搭成奸，老松干吗不教训教训他俩呢……”

他女人忽嗅到一股焦味儿，急忙离开，扑入灶间，是忘了往锅中倒水，烧着干锅，险些连锅盖也烤着。赶紧地泼水入锅，造成一片异响一阵蒸气，又回到男人身边，继续说道：“后来他们上了芊子家房顶……”

翟大麻子精神又为之一振，又立刻睁大双眼，又一翻身趴在被窝里，怀着强烈的兴趣追问：“唔？他们竟打到芊子家房顶上去了吗？”

前年他家盖新房时，侵占了芊子一块院地，芊子不依，吵闹起来，结果是茂生出面，替芊子主持了一回公道，责令他家出了三百元钱，并当众向芊子赔礼。他仍耿耿于怀。

“没到房顶上去打……”

老婆的话又扫了他一大兴。

“他们站在房顶上看。翟老松说山口那儿堵了一道什么冰坝，还说分头告诉大伙儿快往山上逃……”

那女人正喋喋不休地说着，翟老松闯了进来，一把将那被子从那男人身上扯下地，怒吼：“你们等死啊？还不带领儿孙们往山上奔命！”吼罢，踏着那条被子冲了出去。

冰坝？……

翟大麻子心中一悸。他毕竟是个听说过一些世事的男人，对翟老松的话不像他那长舌妇那般麻木。

他匆匆穿了衣服，趿着双鞋，半信半疑地走出屋，攀着梯子也上了自家房顶，登高一望，可就一眼望见了那巍峨狰狞的冰筑大堤。他明白了那意味着什么。

“我的娘……”他霎时变了脸色，两腿一软，险些从房顶一头栽下来。

他惶恐万状地溜下梯子，一扑入家门便大声叫嚷：“不得了！快往山上逃！……”接着是一连串麻利的动作——从裤腰带上取下钥匙，爬到炕上打开一口箱子，再从箱子里捧出一个小漆匣，紧抱在怀里蹦下炕，往外便跑。那小漆匣里锁着他的全部存折和现钱三万余元。是他的命。

“你哪儿去啊？……”老婆吃惊地嚷着问。

他因自己在危难临头之际，竟由于惶恐忘记了他这位一家之主对家庭成员们的责任和义务而羞红了麻脸。

“逃命！”他已一脚家门里，一脚门外，倏忽间想到了什么，缩回迈出家门的那只脚，又返身冲入儿子屋去，顾不得犯忌，一下子掀开儿媳妇的被子，将酣睡的孙子拖离儿媳妇怀，用被子一卷，说：“你们抱上彩电什么的！……”将卷在被中的孙子往肩上一扛，一手捧着小漆匣，一股龙卷风似的卷出了家门。

钱是命，孙子则是命根子。

他女人追至院中嚷:“老东西,不管他们小两口啦!……”

“你看我这样，还能顾上啥！咱们先逃！他俩年轻，逃得快！……”

他不得不站住等待老婆几秒钟。那女人犹豫了一下，从缸里舀水，一下下泼灶中熊熊的火。弄得一大团一大团的青烟白气从敞开的家门涌到院里。“我说你那是干啥！……”

“不泼灭，失了火咋办？”

“嗨！你！……”

翟大麻子急得原地直转圈儿，气恼之下，决定不等上他那大祸临头还死不开窍的老婆一块儿逃命了！

“千万带着我那件狐皮大衣！”那是他花一千多元高价买的。一色的银狐皮毛。他大声叮嘱一句，惶惶如丧家之犬，奔出院子……

他一口气跑到小木桥上，听身后并无人跟着逃将过来，气喘吁吁站住了，也是实在跑累了，跑不动了。打出娘胎，没这么扛着抱着地跑过。

钟声已经不响了。他觉得似乎也减少了许多奔逃的紧迫感。他转过身朝村里望去，见一些人蹲着的，站着的，袖着双手的，蒙头蒙脑地聚在一起。

他又朝山口那边望去。变换了一个角度，并且不是站在高处，则望不到冰坝的全貌了，只能望到基部的一角，其余部分被山势挡住了。于是乎那冰坝的存在，也就仿佛不那么险恶不那么狰狞了。

他呆望了一会儿冰坝，再次向村里望去，向家院望去——前年盖起的四间半砖瓦房，沐浴在美好的早春的明澈晨光中。看家狗卧在院门口，刚下完蛋的鸡在院子里劳苦功高地咯嗒，四间半砖瓦房是不可能驮到山上去的，还有花了许多钱置下的一切家具……

尽管那冰坝明明是一种存在，他也有些开始怀疑，它的威胁性究竟是不是像他听说过的那么惊然，究竟是不是像翟老松预言的那么可怕了。光绪年间的事儿翟老松也是没有经历过的啊！还不也是听别人讲的！再说全村的人，除了他自己，并没有第二个谁撇家舍业地逃出村来呀！翟老松是想趁机蛊惑人心，充当全村人的救命菩萨吧？很有点儿说不定的呢！他继而认为老婆灭了灶火是绝对正确的了。否则，果真失火，没淹入汪洋，倒被火烧了个一光二净，翟老松是不会赔的！谅他也赔不起！……

当他的头脑中进行过以上可以称之为思想的活动之后，连接他的颈骨和锁骨的那一根神经提醒他——该查看查看命根子是否还是活的！

于是他缓缓地以太极般的动作蹲下了身，先将装有存折和现钱的小漆匣子轻轻放在桥板上，后将煎饼卷葱一样卷着命根子的被卷轻轻放在桥板上。那小木桥已年久失修，桥桩已摇晃，桥板已残缺。幸而河水被冰坝挡住，河里几乎无水。

使他不必担心命和命根子都有不慎掉下桥被河水冲走的不堪设想之后果。

被子打开，三岁的孙子满脸鼻涕满脸泪，窒息得脸色发青，唇已发紫。神灵保佑，吉星高照，没死。

“噢，噢，乖孙，爷爷委屈你啦，没法子的事儿，咱爷们儿是在预备逃命哇……”

他自言自语着，将赤身裸体的命根子用被重新包裹了一番。这一次的方式方法文明了些也科学了些，不连头卷起来了，既露在被外能够正常呼吸，又以一个被角护头防止伤风感冒得急性肺炎。

乖孙，莫哭！爷是绝不会抛弃你的！任啥情况下爷也是绝不会抛弃你的！你是爷的命根子，没有了你，爷千方百计挣下的这一份儿家业将来靠谁继承着？……

他心里这么想，鼻子竟相应地有点儿发酸。一种唇亡齿寒的骨血之怜，一种近乎悲壮苍凉的人类的情愫，在他那自以为家业博大的农民的胸膛里翻涌。他觉得在这么一个大祸即将临头又似乎不见得果真临头的扑朔迷离的时刻，自己仿佛很英雄起来，值得赞美和称颂起来。

而在他那种骨血之怜和那种本能的情愫下面，蠕蠕活动着的是他那农民式的永远冷静永远直面现实的潜意识——他就这么一个孙子！不错，儿子倒是年轻力壮，儿媳妇倒是生育的热情极高，但谁又能保证这一个孙子若没了，儿媳妇还会再替他生下一个孙子呢！倘一连串生下几个孙女来岂不是又白搭又沮丧的事吗？何况无论花费多少钱，如今的政策也是绝不允许一连串地往下生的！没了孙子，到了儿子那一辈子以后，家业再兴旺不是也白落给了别姓人家吗？当然，那时也极可能还是会落在某个姓翟的人名下，但姓翟的可并不都是他翟大麻子的子孙啊！……

他解下两根鞋带接在一起，系于腰间，替换下腰带，将孙子万无一失地紧紧地扎负在背上，这才又双手捧着小漆匣站起来。

村里，聚集在一起的人更多了。却仅仅是聚集在一起而已。

他想回村去听听人们对冰坝是怎么个看法，对究竟需不需要撇家舍业往山上逃是怎么个主张，怎么个观点。于是他走下了小木桥。刚走几步，他又站住了。寻思了一阵，他复到小木桥上。

他想，在这种关头，自己可不能冒险，不能犯错误。万一走着走着，冰坝突然塌了呢？那村里的人就会立刻都朝小桥这儿夺路而逃。被夹裹在人群中的话，自己又背着又抱着，绝不会再首先逃上这桥了……

他两脚稳稳踏在桥上，晃了一下身子，小桥也随之微微晃起来。毫无疑问，众人奔跑而过，它是承受不住的……

他决定不回村。他在桥头坐了下去。摸摸衣兜，嘿，还装着半盒烟，还装着火柴。于是他望着村中聚在一起的人，吸起烟来。

家人竟未紧紧相随。他吸着烟又扭头朝冰坝那儿望了一眼，既替家人们着急，亦觉似乎更可心安理得地坐在这儿了——也好，反正顶顶重要的东西是都在自己一人身上了，家人们“留守”村中，倘一场虚惊，家庭也不至于落得村人耻笑……

芊子急急地挨家挨户敲窗擂门，聚集在村中的许多男人是被她从炕上喊叫起来的。他们揉着眼睛，打着哈欠，嘟哝着，甚至骂着娘，相当不情愿地、懒洋洋地踱出家门。

冰坝？……

逃命？……

在这个静谧、感觉不到任何凶兆的黎明，让他们相信“确确实实大祸临头了”，并不是件很容易的事。

又没失火，敲他娘的什么钟呢？

曾经，钟是一种权威，一种神圣。钟声一响，人们顷刻集合钟下，谁也不敢迟到。迟到了扣工分。那年月工分才是养家糊口的命根子。现今翟村没有工分这一说了。翟村的土地本就少，承包给十几户人家了。现今翟村大多数人学会并且善于挣现钱了。靠跑县城卖鲜菜，靠做小买卖，靠搞家庭副业什么的。现今往昔那种种严峻的“问题”早已不存在了，已从人们的生活字典中消失。好几年内没听到钟声响过了！

那口残破的古钟早已成了撒谎的孩子“狼来了”那句话的翻版之证！早已失去了它的权威性和神圣性。没谁仍将钟声当成回事儿……

太阳不还是从老地方正升起来着吗？多晴朗的一天！男人们集合到一块儿去，完完全全是出于一种早已大大退化了的责任感的淡薄意识。好比需要全村人商议一件什么鸟事，户主代表全家。现今他们觉得，与自家利益无关之事，大凡都是些不值得商议的鸟事……

芊子没惊动翟老根一家人。她虽然并不太记仇，却怎么也忘不了翟老根的女人当年如何攥住她的双手尖酸刻薄地嘲讽她。那女人至今没对她有过什么忏悔的表示。那女人现今还居然自称起“仙姑”来，成了替村人们“求神问卦”的个体户。倚老卖老，装神弄鬼骗人钱财。她曾希望茂生加以制止，身为村长和党支部书记的茂生却说：“不信的，强迫也是个不信。信的，强迫不信也不行，不就是骗点儿钱财吗？周瑜打黄盖，愿打愿挨的事儿，管那么多，我这书记也当得太累了！”

广玉死后，那女人满村散布芊子是九尾狐狸精转世，专克好色之徒。芊子气得又去找茂生，在他面前哭。他却笑，说：“甭理她，让她红嘴白牙瞎咧咧去。你若真是九尾狐狸精转世就好了！别人信了她的话，离你远远的，光剩下我这好色之徒不怕你克我，有什么不好？《聊斋》里的狐狸精，不都是又美丽又痴情的女性？我早年读《聊斋》入迷，夜夜巴望忽然有个姿色绰约的狐姐狸妹与我幽会，欣喜纳之。你我这不是被‘仙姑’言中了吗？……”说得她破涕为笑……

但她内心里却没法儿消除对那女人的憎恨。

她但愿那女人今朝罹祸才好！

她将村西头人家的门挨户都擂过一遍之后，觉得翟老松交给自己的任务，业已问心无愧地完成了，便往家跑。旁人不相信大祸临头，她这会儿却是相信了的。无须亲眼看到冰坝，听了翟老松对茂生那么一说，她就已然明白，一种险恶在山口真是形成了。再说，如果情况不是那般万分危急，翟老松何至于破窗而入到她家里呢？茂生会慌慌地从她房顶上跳下，只说了一句话拔脚就往村部奔吗？……

她在擂人们的家门时，差不多是将翟老松的原话重复一遍，而且传达出更为紧急的色彩。她十分惊异于人们为什么都那么懒于出家门，而她却又不能只顾一家，舍了百家。

跑着跑着，她放慢了脚步，终于不跑了，站住了。后来她反身往回跑，跑了挺长一段路，跑入翟老根家院子。他家的大黄狗，对她陌生，见她慌慌张张跑入院子，汪汪狂吠，就扑咬她，逼得她退出了院子。腿上已经被咬一口，幸亏还没换季，穿的仍是棉裤，倒没咬疼她，狗牙只将她棉裤撕破了。那狗欺人太甚，堵在院门口，张牙舞爪的，继续对她狂吠不止。

芊子急了，一时性起，从院墙根搬起一块大石头，举得高高的，朝它砸去，准准地砸在狗头上。那狗哀号着，夹紧尾巴，窜到窝旁趴下了。她抽下顶门杠操在手中，盯着那狗，走向窗前，不曾想那恶狗第二次扑上来，又欲撕咬她。芊子怒不可遏，狠狠一杠子横劈过去。那狗在地上打了个滚，号得更惨，拖着一条腿怯缩进了窝里，不敢再出来。显然，她一杠子打断了它那一条腿。

“哪个杂种打我家狗?！”屋里传出翟老根怒冲冲的喝问。

“我！芊子！老根伯，快起来！快让你们全家都起来！冰排在山口那儿垒起了一道大坝，说不定一时半会儿就会塌！……”

“就这事儿？”

“就这事儿，你没听见钟声啊？”

“知道了！那你也犯不着打我家狗！”

“我不打它，它咬我！”芊子这才撇下手中的顶门杠，转身快步往院外走。

翟老根并不老，还不到五十呢。耳朵也不聋。刚才钟声一阵阵敲得那么急，他哪能没听见？他是本想要出门看个究竟的，可“仙姑”纠缠着跟他犯腻，不肯让他起身。靠着“仙姑”装神弄鬼骗钱，翟老根家也从县城里搬回了一台二十英寸的大彩电。“仙姑”托时代的福，日子是开始过得舒心、过得红火了，只一件事儿她觉得是个女人老大的委屈——自从为老根生了第三个闺女之后，老根就不亲热她了。有时她主动俯就他，他倒显出厌烦的样子，还说：“弄你也是白弄，再弄出个闺女来，四个闺女加一块儿，得赔多少钱才能嫁出去？”并且经常瞧着三个待嫁的女儿愁眉不展，唉声叹气。天长日久，他行房本事很不行了，把个四十三岁如狼似虎的“仙姑”心里苦透了。电视里大做一种补药广告，灵验之词说得神乎其神，天花乱坠。她托翟大麻子求县城里的朋友，从外地为老根买回了整整十盒。翟大麻子还好意思地开口向她索要了二十元人情钱。翟老根已经服了两盒，却还是那个坐怀不乱的翟老根。问他那药到底觉得怎样，他说怪甜的、像糖水。“仙姑”昨夜又逼老根加了量。老根服下之后，终于说药劲体验到了。问他体验到了什么，他只回答一个字，“困”，任她百般旖旎也不顶用，鼾声震耳地说睡便睡了……

“别起！别听那小狐狸精的！要真像她说的那么凶险，村里还这么静？还不早鸡飞狗跳乱成一锅粥啦？她还不早光顾自己个儿逃命要紧，会来菩萨心肠叫咱们？不定就是找人到山口那儿义务劳动，疏河什么的！……”那女人赖在他怀里。

“我起来去看看咱狗给打成什么样了！……”

“狗不是不叫了嘛！”

“那也该起了啊！居家过日子，咱做父母的不能领头睡懒觉哇！让女儿们学的啥榜样嘛！……”

“我就不让你起！你不再想要儿子啦……”

"……"

"你死心了，我还没死心哪！你甭绝了念头，说不定我真怀上了，就是个儿子！我掐算过，今天这个日子，这个时候最好……"翟老根被纠缠不过，只有依她……

芊子离开他家院儿，回头望了一眼，见他家门还没开，就又走到了他家窗前。"老根伯！老根伯！……"屋里毫无动静，翟老根连应一声也不应了。"老根伯！你可千万别不起呀！我说的是真话！我没来由一大清早骗你呀！再不起我砸窗了啊！……"屋里还是毫无动静。芊子重新操起顶门杠，学翟老松的榜样，哗啦啦啦，一阵砸，砸得翟老根家一扇大窗破碎不堪。在那一阵砸中，她觉得自己的义务是彻底尽到了，同时感到终于对那女人进行了公开的报复，心怀里很是畅快。住手后，将顶门杠也从窗口顺进了屋……

"芊子你个不得好死的骚狐狸精！你偷汉子的丑事儿当老娘不知道哇？老娘饶不了你，非给你张扬个全村人都当面啐你不可……"芊子复往院外跑时，听翟老根那女人在屋里破口大骂。她奔跑在半路，碰到了茂生。

"你怎么还在村里啊！"他一见她，火了，"你以为这都是在闹着玩儿吗？连我也不信吗？"

"信，信！"芊子不得不解释，"你老丈人命令我把村西头的人家都叫醒，他那凶神恶煞似的样子，我敢不从吗？"

"都叫过了？"

“都叫过了。”

“那村里怎么不见多少人？”

“都不信！最可恨的是翟老根家，我一急砸了他家窗子，惹得他女人破口大骂……”

“那你快往山上跑吧，你的任务算完成啦！”

“怎么没听见你广播？”

“嗨！那一套东西多年派不上用场，谁知早坏了！我鼓捣半天没修好！你快往山上跑吧！”

“你呢？你不跑还干什么？跟那些人一样等死哇？”

“别管我！我是村长，是党支部书记，每年一百元操心费白拿的啊！这关头，我死了是应该活该的！”

茂生不再多说，奔向村中央悬挂着那口破古钟的地方……敲钟的是翟老松的儿子金锁。“我说你们，我一阵阵敲钟，也不是要把你们召集起来，一块儿在这等死的呀！你们蹲在这儿站在这儿干什么呀……”

那少年大声嚷嚷着，虔诚地尽着自己对同姓人最无私的义务。一个人说：“我们等你爹！”

“等我爹干吗？不用等我爹！你们先逃吧！我的爹我知道，这时刻他还会逃在你们前面！”

“不等你爹来问明白，光听了你一个小孩子的话，我们就带着全家老少没头羊群似的往山上跑？笑话，翟村从没发生过这等事儿！”

“哎呀！哎呀！还有啥不明白的？你们不信我可先逃了啊！……”

“小子，你逃吧！你逃吧！……”男人们哄笑起来。那少年干瞪着众人不知再说什么好。他内心里其实是早已开始恐惧。然而他不逃。他不愿抛下他爹。又一个人说：“金锁，你见着那冰坝了？多高？”

“我当然亲眼见着了！是我指给我爹看的，不骗你们！老高老高的！你们谁不信爬上这棵树自己看！”

真有人爬上树。“看到了，看到了，像一堵城墙！”

“你下来，我上去看看！”于是这一个下了树，那一个又上了树。“嘿，好景观！银光耀眼的，可不真像一堵城墙啥的呢！”

“哎呀！谁家失火啦！”树下忽然有人叫起来。树上的人便不看冰坝了，在树上向村中瞭望道：“是翟老松家！老松家失火了！”金锁一听，撒腿便往家中跑。没跑多远，被翟老松拦住。“站住，哪去！”

“爹，咱家失火了！”

“我放的火。”

“……”

金锁不认识爹了似的望着爹。

“不烧，也明摆着是保不住的。”翟老松望着冲天大火异常平静地说。他摸了摸儿子的头，又说，“听爹的话，现在爹就看着你往山上跑！别停，你要一口气儿跑到山上去！”

“爹，我跟你在一块儿，寸步不离！要活，我和爹一块儿活！要死，我和爹一块儿死……”

“混账！快跑！不跑老子揍你！”

“……”儿子倔强地站着不动。

“给我跑！……”翟老松用枪托狠狠捣了儿子屁股一下。儿子仆倒了。爬起来，无声地哭了。眼泪汪汪地望了望爹，跑了。“不许停下！不许回头！你敢停下，老子开枪打死你！……”翟老松粗暴地吼。儿子头也不回地，飞快地向村外跑。在这一个黎明，翟老松终于明白，他这个现今已不被尊敬的人，要将一千多口子人在短短的时间内召集到一起，谈何容易！

他要用大火来警示人们。村中又有一处着起大火来。那是村长茂生的家。翟老松明白了的事，也是他明白了的事。所以他也只能采取同样的方式来警示人们，放火之前，他没忘了将养兔棚所有的笼子一一打开……瞧着那许多喂得极肥的肉兔不跑，他心中不免有些凄凉——妻子回来时，家将不存在。如果自己也不存在了，妻今后的日子可怎么过呢？七百多只兔子会使她背上一万多元的债呀！……

这一时刻，他才觉得，共同生活这么多年来，他没真心实意地爱过她，简直是种罪过……

翟老松急急走到聚集在一起的男人们那儿去，对他们说：

“你们看到了吧？我已经把家烧了！为啥烧？不烧也是一干二净，也是个没！冰坝一塌，这村毛也剩不下一根！……”

有人望着大火，有人望着山口那边儿，有人怔怔地听着他的话，有人面面相觑……

茂生走来，对人们说：“我也把家烧了。你们选我当村长，我现在以村长的名义要求你们，往山上逃！逃得快算命大，逃得晚谁也别怨！就这话！……”他的话音刚落，但听山口那边儿一阵轰响！人们一齐朝山口那边儿望去。

只见一股汹涌的河水载浮着冰排泻下，一眨眼河床就满了。小木桥被冰排撞塌，桥骸顺流而去……

不必翟老松和翟茂生再多说一个字，众人顿时四散而去，却没有往村外跑，全都往家里跑。一跑回家，便喝五吆六，插院门，顶屋门，堵窗口，爬树，上房顶……想要他们撇下富起了的家业，两手空空逃到山上去，那看来将是更难的了！

富了的家里都有电视机、录音机、值钱的家具、一件件置下的好衣服啊！几年当中增添的代表一个“富”字的一切的一切啊！人们仿佛要与他们的家业共存亡。仿佛自信他们采取的种种措施，是可以避免灾难临头的。

冰坝只不过从绝顶坍塌了一小角。负载着冰排的河水不多时又浅了，以湍急的流速奔泻向远方，渐渐地河床内又干了，只将无数巨大的冰排遗弃，如同无数涧滩的银筏子。它除了摧垮那座小木桥，并未造成什么毁灭。

翟村发出了一片片庆幸的欢呼。人们以为灾难已经过去，欢呼他们自己和他们富裕了的家业安然无恙。翟老松和翟茂生翁婿二人的家却已烧成了一片废墟，仍冒着弥空的青烟。满村飘散着呛人肺腑的烟味。“老天爷慈悲，老天爷慈悲啊！”翟老松扑通跪在村当中，朝山口那边连连叩头，虔诚地为翟村人祈祷：“山神、河神、土地，诸位神爷，救救翟村的人们吧！在这关头，你们若肯帮我翟老松一把，我死后变犬马为你们效劳！……”

“爹，起来吧！这不是求神的事！”从不轻易叫他一声“爹”的女婿，给了他一次与之亲近的机会。

“不求神求谁？你说！求谁?！”翟老松极度愤怒了，似乎受到了女婿的侮辱。他起身后，将双筒猎枪从肩头取下，压入膛两颗子弹，咬牙切齿地说：“烧！放火烧！你烧，我给你助威！就是用鞭子抽，用棍子打，也要把人们撵出村子，撵上山！……”

“我也这么想。”女婿坚定地表示赞同。火！火！火……村中各处燃起了冲天大火。大火将不情愿离开家院的人们从各自的家院中驱赶出来了。女人哭，孩子叫，男人骂，老人发抖，鸡飞狗跳……翟村一片混乱。天空不那么晴朗了。黎明不那么静谧了。

“翟茂生，我 × 你十八辈祖宗！”

“你个千刀万剐的，不得好死！你个偷寡妇的淫棍，老子们非到法院告你不可！……”

“翟老松！我和你拼了！……”

然而翟老松手中有枪，看他那恶鬼附体般可怕的样子，是绝不怕开枪打死人要偿命的，就没有哪一个真敢跟他拼。

翁婿两个任凭人们一蹦八丈高地骂，都像聋了，都不吭声。一个双手握着猎枪护驾，一个双手各持火把，在村中来来回回奔跑，东一家西一户放火，对谁家也不“恩典”，哪一户也不放过……

芊子跑到河边时，正欲踏着冰排过河，猛地发现翟大麻子仰面朝天躺在一块冰排上，一双死鱼般的眼睛瞪着太阳，吓得她尖叫一声。他仍将小漆匣子紧紧抱在胸前，背底下压着他的孙子，双腿钳在两块冰排之间。她壮起胆量接近他，蹲下身，将一只手放在他口鼻上，已是毫无生息，死死的一个人了。在离他两米远的另一块冰排上，是他被冰排切掉的一截带袖子的手臂。他孙子的头发，露出在他的右肩后。

芊子赶快将他身上的皮带解开，费了很大的力气，才拥起他的身体，松手一推，他的脸朝下砸在一块卵石上。她觉得什么东西溅了她自己满脸。她顾不得擦，急忙连被抱起那孩子，却感到被中是空的。打开一看，毛骨悚然，又尖叫一声，捂着脸坐在冰排上，浑身瑟瑟发抖地哭了。

被中一团肉酱……那孩子只一颗头是完整的……翟村已成火海。

第一批人被翟老松挥舞着猎枪大吼大叫像赶牲口似的驱赶过来了。

芊子一见，立刻就不哭了，掰开翟大麻子双手，捧着他那小漆匣子，跃起身，迎着人们奔去。她一心要接应那些抱孩子的女人。她连连被阻路的冰排绊倒滑倒……人们一伙一伙，一群一群，一批一批被翟老松和翟茂生驱赶而来。男人们牵着牛马驴骡，女人们携带着形形色色的东西，要让人们什么东西都撇下舍下，是根本不可能的。孩子们被老人们扯得跟头把式的。狗们寻找着主人在人群中乱窜……

火海般的村子里终于是再也见不到个人影了。鸡鸭鹅被火烤得扑着翅膀乱飞，不知该往哪儿躲哪儿钻。十几只猫爬上了一棵大树，喵喵惊叫。

翟老松双手仍紧握着猎枪，叉开两腿站立在两条村路十字交叉的中心点。他的獾皮帽子早已不知失落何处了，满脸唾沫的痕迹，是些个女人们啐在他脸上的。

“还有人没逃命去吗？”他高喊了一嗓子。

一头猪不知从哪儿冒出，哼哼着跑到他跟前，站住后，眨着猪眼研究似的瞅了他一会儿，又哼哼着跑开了。

做事要做到底。他想。一种仿佛受谁控制受谁操纵的使他感到非常之高贵的使命感，在他心里继续对他发号施令，督促他再在村里转一圈儿，帮助可能仍没有逃命去的人逃走。

结果在翟老根家作粮仓的一间小偏房里，他发现翟老根八十九岁的老娘盘腿坐在铺着条脏毯子的炕上，闭着两眼，双手合十，口中念念有词地诵经。

她的儿子儿媳和孙女们，在仓皇的逃奔之中顾不上她，将她撇下了。幸亏那小偏房紧把院门，与主宅并不毗连，其间有二十几米的距离，没被主宅的火势引着。否则，她已化灰了。

许多猫，许多鸡鸭鹅和她家那条被芋子一顶门杠打断了腿的狗，炕上地上，也挤在那间小偏房里。

"三奶！"论辈数，翟老松该屈尊叫她三奶。老妪缓缓睁开眼，只漠然地看了他一眼，就又闭上了，口中却仍念念有词。

"三奶，全村老少都走光了，我背你走！"他跃上炕，俯身欲背那老妪。她不念念有词了，说："别碰我。"声音很小，但翟老松听得出来，那口气是相当之严厉的。

"三奶，我是您小辈人，我应该背您走哇！三奶，来，来，让我好好背起您……"他一边劝说，一边要强背起她。那老妪枯槁的双手攥成小小的拳头，鼓槌似的擂他背，接着拧他脸，拧他脖子，咬他耳朵。

"三奶，别咬我耳朵！……"他没法儿背起她来。"儿子不孝，媳妇打骂，孙女们不把我当人看，我这么大岁数了，早该死了，还逃命干什么？今天不是阎王爷给我个机会吗？……"翟老松愀然了。他低问："三奶，还……要我替您老人家做什么事不？”老妪又睁开眼看了他一次，说：“帮我打开地下那口箱子，里面有我早年为自己做下的妆老衣，你就帮三奶穿在身上吧……”翟老松闻此言毫不犹豫，迅速跳下地，打开一口破箱子，从箱底儿翻出一套压得像纸板一样的，浆过染过的旧蓝布裤褂，复跃到炕上，急不得快不得地将那套二十几年前的衣服穿到了老妪身上。

“你……再替三奶把窗帘拉上……我怕见着什么情形……”翟老松拉上了窗帘。

他一时不禁地回忆起小时候的事——惯常偷三奶鸡窝里的生鸡蛋喝，有一次被三奶抓住，却没骂他，也没扯着他找他爹娘告状，而是说，吃生鸡蛋闹肚子，若以后再口馋了，就来对她讲，她一定给他煮熟的吃……

“三奶，您老人家还有什么事儿要我做吗？”老妪微微摇头，不再睁眼。“三奶，您放心，逢您的祭日，我一定给您老人家烧纸……”老妪微微点头，表示听到了并且信任他的话。“三奶，那……我这小辈人，给您磕送终头了！……”他说罢跪下，给翟老根的老娘连磕了三个响头。鸡、鸭、鹅、猫、狗以类人的眼神儿安安静静地瞧着他。他缓缓站起，抹了一下眼角，低着头一步跨了出去……村长倒是没有放火烧村部。因为村部没有任何个人财物，所以也就没谁冒死守着它不肯离去。

此时它的门四敞大开，播音器摔散在门口。翟老松经过时，听到电话响个不停。他略略犹豫了一下，大步走过去了。这种生死都在不可料测的关头，他不愿接。可那一阵比一阵急促的电话声追着他响，仿佛一个人在乞乞地召唤他。鬼使神差地，他站住了，终于不再犹豫，跑入村部一把从桌上抓起了听筒。

“喂，喂！翟村吗？”

“是翟村。你哪儿？”

“我县委！你们村人发现冰坝没有？”

“早就发现了，人都撤到山上去了！”

“好！我命令，立即将冰坝炸开！河水在上游泛洪了，三个村子都淹了，一百多口人在房顶上待着呢。听明白没有？”

“……”

“听明白没有？！”

“听明白了！”

“你是谁？”

“翟老松！”

“翟老松，我这里记下了你的名字！误了救人，我定拿你是问！”那边挂了电话。他也缓缓放下了电话。

这会儿，只有这会儿，当他明白了自己仍不能离开村子时，他才感到一种死难关头对孤独的恐惧。那是甚于对冰坝的恐惧的。

打电话的是谁？县长？还是县委书记？抑或一般的工作人员？不管是谁，代表县委，是命令。似乎执行也得执行，不执行也得执行。似乎那命令就是对他翟老松下达的。老县长老县委书记，他认得。他们也认得他。不会对他的名字感到那么陌生，不会用那么一种严厉的口气跟他说话。如今县里领导已换了三届。他认得的官极少了，知道他翟老松是何许人的官也极少了。

但他分明已等于接受了命令。“他娘的，还要拿老子是问！”他一枪托将电话机砸毁了。

翟老松跨出村部便往村北面废弃了的碾坊跑——在那儿，在被半人多高的蒿草掩蔽了的石磨底下，藏有足够炸塌冰坝的黑炸药，一米多长一截导火索和几个雷管。那本是他当村长时村里采石所剩的公物。后来实行承包，分配公产时被他藏在那里，占为己有。他打猎的子弹，就是用那种烈性的黑炸药自己填装的。雷管他曾带到河上游很远的地方炸鱼用掉了几个，还剩下一些。

这是他为翟村人效劳三十多年中唯一的一次贪污行径。除他自己，没第二个人知道。毕竟是上了年岁的人了，在冰坝那儿一条腿还受了伤，刚才混乱时他并不觉疼，现在很疼起来，就有些跑不动了。

你跑什么？他放慢脚步，心里对自己说，你向县里的人接受了炸冰坝的任务，你就等于是向县里的人表示你心甘情愿去死！你以为你能既炸了冰坝又活下条命吗？翟老松、翟老松、你个倒霉到家的老东西，你干吗非接那电话不成啊！你还慌慌地跑什么？嫌自己死得迟吗？……

于是他不跑了，肩扛着枪，一步步，慢慢腾腾地走。他居然仍舍不得丢掉猎枪，以为在自己死前，它兴许还能对他有点儿什么用。

忽然他又咬着牙，忍着疼痛跑起来了。他想到了河上游那些被水淹的村子，那些栖在汪洋之中的房顶上盼条生路的人们。

他想，他们的命是全通过县里的人托付给我翟老松了，还是跑几步吧！

四周一片火。有的宅屋火势已颓，烧落了架子。有的宅屋火势正熊。一个活物的影子也见不着了。烟却很浓，呛得他咳嗽不止，眼泪鼻涕并流。

村里的人们该是都上到山坡安全的地方了吧？

他感到委屈，感到孤独，感到憋气，感到天大的不公平！然而他却继续咬着牙，忍着腿疼，督促着自己快些再快些地向碾坊奔跑。他被什么东西绊了一跤，迅速爬起又跑……

上了山的人们，从山顶望到了冰坝狰狞凶险的全貌，不再咒骂翟老松和翟茂生了，只是望着村中的大火，惋惜他们的巨大损失，忧虑他们今后的一无所有。

白天扯破了黎明锡箔色胎衣，雾气散尽之前，揩去了大自然最后一抹玫瑰色的宫血。旭日从冰坝后两山峡谷之间的“湖”中轻盈一跃，庄重而辉煌地整个升起来了。那“湖”面浮满了冰排，在灿烂的日照下银光熠熠，且在仍然上涨的河水的作用下互相压迫着，重叠着，垒砌着，形成一座座小冰山，景象壮观无比，乃翟村人见所未见。

巍峨陡耸的冰坝愈加显得宏伟。凶险在它那脆弱的荒诞的虚伪的结构之中继续以十倍百倍的速度和力量暗增着。

“那是谁？那是谁还往村里跑？！”

“呀，那不是芊子吗？”

“她疯啦！快喊住她！”

于是一些男人和女人呼喊：

“芊子！……”

“芊子快跑回来！”

“芊子！冰坝就要塌了！……”

芊子耳闻人们的呼喊跑过河去，拼命往村里跑。她边跑边呼喊：“茂生！茂生！……”翟茂生却在村里到处寻找翟老松。“爹！爹！爹你在哪儿？……”

芊子循声找见茂生，上气儿不接下气儿地说：“茂生，我回来找你来了！人都上了山了！你还在村里转悠什么啊，快跟我跑吧！……”

“你浑蛋！谁叫你回来找我的？”他恨不得揍她一顿。见她要落泪，他朝山上一指，又喝道：“别哭！你休要扮演生死冤家，走！立刻走！……”

她却说：“哪个想回来跟你一块儿死？我不过是担心你……”

“你呀，别说了！”他打断她的话，“那快跟我一块儿找我爹，找到他一块儿逃！”

“爹！爹！……”

“老松叔！老松叔！……”于是他们合力喊。

“别喊了！我没死哪！”翟老松却猛地从他们身后出现，只穿着内褂和坎肩，用棉袄兜着什么拎在手里，仍枪不离肩。

“爹，咱们快走！人都安全了！……”

“你俩走吧，我不上山了！”

“爹你……”翟老松将县里的命令说了一遍，茂生和芊子怔住。翟老松望着两只手握在一起的女婿和芊子，眉头皱了起来。茂生却什么也没意识到，自告奋勇地说：“那你和芊子快走，我去炸冰坝！”

“我接的命令，用得着你逞能吗?！”翟老松怒道，“你走！芊子留下和我一块儿炸冰坝！”芊子和茂生互相看一眼，而后都定定地望着翟老松那张毫无表情的脸，仿佛一时没能完全明白他的话。“你还不松开她手走！”翟老松冷峻的目光盯着女婿，似乎同样站在他面前的芊子是根本不存在的，是他所看不见的，语气粗暴。茂生立刻放开芊子的手，讷讷地说：“爹，这不妥！这怎么行！让芊子走，我和你完成县里交给的任务！……”

“少啰唆！你走！你赶快给老子走！”一个念头在翟老松心里已经固定了，好比铁水在沙漠中成形了。

他并不认为他自私，更不认为自己狠毒。哪一个当了老丈人的人，不替自己女儿排难解忧？他理直气壮地想着，一把牢牢抓住芊子手腕，拖她走。

“爹！爹你不能这样！”茂生伸开双臂拦他去路。

他放开了芊子。芊子刚要扑到茂生身边去，他已从肩上顺下了双筒猎枪，将枪柄夹在腋下，一手平端枪身，食指勾扳机，枪筒逼在芊子胸口。

“你不听我的，坐地打死你！”他那森冷的语调，如同一个毫无心肝的人。芊子一双好看的眼睛注视着枪筒，惧怕地被翟老松逼迫着一步步倒退而行。

“爹！”茂生步步跟随他们身后，苦苦哀求，“爹你如果想让我们两个今天非死一人不可的话，我愿陪你死！别这么逼芊子啊！”

“你是村长！全村人今后还有依赖你的地方，芊子死，是她的光荣！”翟老松恨恨地说，看也不看女婿一眼。

“爹！……”

“你再敢跟一步，我就开枪！”翟老松怒吼起来。他那仿佛说一不二的跋扈，将他的女婿定在原地了。

“大叔！老松叔！你接的任务，不关我芊子的事儿呀！

我不干！我不和你去炸冰坝呀！……”芊子哭了，簌簌落泪。然而乌黑的枪口紧逼在她胸口，使她不得不继续倒退向山口，向冰坝……

“爹！……”

翟老松倏然转过身——砰！一颗子弹擦着女婿身体飞过。“听着，这一枪是警告你！第二颗子弹就是她的！我喊三个数，你小子仍不往山上跑，她就不用想走到山口那儿！……”

“芊子，快逃！……”

芊子猛省地刚要逃，翟老松的枪口已掉转，又对着她胸口了，几乎触她胸上。翟老松侧着身子，一边用枪逼着芊子继续走，一边扭头望向女婿，高喊：“一、二……”

翟茂生跑了起来。“芊子，芊子啊！芊子你真不该回来找我啊！翟老松你不是人！我做了你女婿后悔一百辈子！……”他边跑，边望着他们，喊着，骂着。

芊子终于明白了翟老松此刻心里是怎么个想法。一旦明白，不哭了，不落泪了，不怕死了，不对翟老松说可怜话了。一种高贵的自尊使她强硬。

她两眼咄咄地瞪着翟老松冷笑道：“你把枪放下，不用逼我。我陪你死。不就是个死吗？你翟老松不怕，我也不怕！我该死。我死了，不正好除了你女儿一块心病吗！……”

芊子的自尊和强硬，他的真正动机之被识破，使翟老松因自己的行为而内心感到羞愧，逼在芊子胸口的枪筒垂落了。芊子并未趁机而逃。

她说：“我来拎炸药吧。你也歇歇手！”就伸出只手来接炸药。翟老松竟不由得将兜在棉袄中的沉甸甸的一大捆炸药递给了她。

他的双手也确实都累了。一接一递之际，有什么东西从芊子衣襟里掉在雪地上——三捆钱。芊子对茂生说的还没工夫存的那三千元钱。两人都瞅着钱发了一会儿呆。芊子先说：“快走吧！”不捡钱，领先大步走。

翟老松却没动。他望着芊子，又低头瞧地上的钱，一时间，他刚才那被一个狠毒的念头所侵蚀的心肠，变得极度的仁慈极度的软化了。他仿佛看到芊子心里去了。他理解那年轻寡妇本是多么爱生命多么爱生活的了。唉唉，她才二十七岁个女人！她怎么能比得自己没了青春也没了什么生活的强烈愿望的老头子啊！翟老松翟老松，你不对啊！……你缺德啊！……

“站下！”芊子站下了，回过头来，似乎有些奇怪。“炸那冰坝，我一人也行。你……快追上茂生跑吧！我等你们跑上山再点炸药……”芊子愣愣地站在那儿，有几分不相信他的话。“把炸药放下！”芊子乖乖把炸药放下。“还不跑！愣在那儿干什么？！”芊子眼望着他，脚下在移动，提防着他背后开枪。“我不暗算你，快跑！”芊子一转身撒腿就朝茂生跑去。“站住！”芋子又站住了。“接着！”翟老松弯腰捡起那三捆钱，一捆捆抛给她。芋子三捆钱都接住后，翟老松说：“你告诉茂生，不许他不要我秀梅！也不许他欺负我秀梅！你俩！今后不许再有那种事！……”说罢，他拎起炸药，扔掉猎枪，迈着大步向前走……山上的人们能望到仍处在凶险之中的三个人的情形，却无法知道他们三人之间发生了什么事。当然更听不到他们互相喊些什么，说些什么。见翟老松走向山口，走向冰坝，他们大惑，猜测不已。

“爹！爹！爹呀！……”翟老松也听不见儿子焦急的呼唤。他依恋地朝山上的人们望了一眼。这一时刻他觉得，他并不像自己认为的那么憎恶翟村的人，包括那些他往昔认为不是人的人，他们的大安大危却仍怀在他心里。他望到了儿子。儿子立在一块显眼的山石上。儿子不停地向他招手。他站住了一会儿，也向儿子招了招手。他眼湿了。他心里对儿子说：唉，金锁，你爹不是甘愿去找死啊！这是你爹命该如此，谁叫你爹贱手贱脚走入村部接了那么一个电话呢！……

翟大麻子的女人捧着芋子交给她的小漆匣子，号啕着丈夫死得惨。而她的儿子和媳妇在为失去了他们自己的儿子而痛哭。哭声中夹杂着对父亲、对公公的诅咒。

当儿子的哭一阵，不哭了，走到娘跟前说：“娘，这匣子还是给我吧！你捧着我不放心，万一……”

坐在山坡上的那女人叱骂道：“你爹死了，你就想从我手里夺钱匣子吗？一准儿又是你那小妖妇教唆的你！我还没死哩！你休想休想休想！……”

她儿媳妇像只猞猁似的扑将过来抓挠她。那女人见儿媳妇来势甚凶，跃起身边在人群中东钻西窜，边嚷叫：“儿媳妇想要婆婆的命啰！好人们呀，主持个公道呀！……”

于是几个男人逮住了那当儿媳妇的。她拼力挣扎，还咬人手。一个男人劈面给了她一耳光，她才老实了，又哭她那死于非命的儿子……

翟老根的女人则在给二十多个女人看手相。她们团团包围她。她神乎其神地说：“这场灾，是咱翟村的劫数！咱们翟村人姓的这个姓不好，村名起得也不吉祥！翟——说溜嘴就说成个灾字！天天挂在嘴边上，能不降灾吗？这场灾我八天前就知道了！……”

“闭住你的臭嘴！八天前就知道了你不早说！”翟老根横眉竖目朝她一指。望着烟火腾腾的村子，他忽然可怜起被自己撇下不顾的老娘来。他暗怕自己因这一罪过遭天谴，或到了阴间遭报应。他几欲奔下山救老娘，又不敢冒死。想对谁忏悔自己的罪过，亦恐人唾弃。他心里便如同有一百条毛毛虫在啮咬着一般。

“我想说，不是神灵不许吗！你懂什么，滚一边待着去！我能算出你们谁谁家的财物这场灾过后还能找回多少！粗算五毛，细算一块！没现钱？没现钱的先等会儿！等会儿我让我闺女记账。有现钱的优先！哎呀大妹子，你的手相可不咋样呀！……”

她很想得开——天塌下来众人的头顶着。一无所有了家家都一样。反正能带在身上的值钱物，逃出家门前都让三个女儿携着了，眼下抓几个零花钱也是有必要的。

翟老根顶不信他女人那一套，哼了一声，走一旁去躲耳根清净……

冰坝，冰坝，怕你塌时，你让人望着心惊胆战地好像一眨眼就要塌；要你塌时，你怎么就不塌了？偏偏等着我走你跟前来炸你！莫非翟村一千多口子人，今天你单单非要我翟老松一个人的命不可？……

翟老松这样想着，已走到了冰坝基下。现在从山上望不到他了。他也望不到山上的人们了。冰坝礼帽檐儿似的突出的顶部，遮住了他头上方的天空。坝基下寒气袭人，他不由得打了个冷战。他想再看一眼太阳，可是看不到。在冰坝的巨大的阴影以外，阳光却很明媚。

他心里对自己说：老松，你别磨蹭了，磨蹭也没用。生死有命，你逃不过命……

翟老松刚刚放下炸药，坝顶骤然坠落一块冰排，在他毫无察觉的情况下，将他严严实实地埋葬在一堆碎冰中，那堆碎冰如同为他而变成一座水晶的大坟。

刚跑到山脚的翟茂生和芋子将这一切清清楚楚地望在

眼中。

两人同时站住了。翟茂生说："他交待啦。"芊子说："真惨。"他又低声说："芊子，轮到我了。如果他没对我讲电话的事儿，我不知道，我不去情有可原。但他对我讲了，我知道了。谁叫我是村长呢？谁叫我入了党呢？……你今后凡事多珍重吧，我去了！"

不待她回答，他已朝冰坝飞跑而去。他一跑到埋葬着翟老松那堆冰前，连气儿也不喘匀，就凭着一双手搬大大小小的冰块。远望冰堆不过像坟堆，近了才知比十座坟堆还大。他越想更直接更快地扒出炸药来，越觉得浑身劲儿使不到双手上。

半天，他才十指鲜血满头大汗地扒出了炸药。幸亏炸药和导火索、雷管包在棉袄中，一点儿没受湿。他采过石，当过点炮手，一切做来迅速而正确。

他从翟老松袄兜里翻出了火柴。双手搬过冰，水淋淋的，不慎将火柴盒的磷纸弄湿，划断好几根火柴都划不着火。刚划着一根，却被风吹灭了。这山口地带，风太大，尽是冰，看着刮不动什么，耳边却风声呼啸。

"我来了……"他吃惊地一抬头，又是芊子，蹲在他对面。"你！芊子……你不能这样爱一个男人啊！你犯不着陪我死……"

"我不是为了陪你死。老松叔的话，不只是对你一人说的，是对咱俩说的。望着你点不着炸药，我能不跑来帮你吗？……你划吧，我双手替你拢着……”

翟茂生痴痴呆呆地瞧着这跟自己没缘分而又与自己真心相爱的女子，犹豫不决。芊子却在一声不响地脱棉袄。脱了棉袄，又脱线衣……脱得上身只剩一件小花布衫和里面的紫红兜胸。

“你干什么？……”

“我急跑向你，忘了该把钱放在山上水淹不着的地方……”她将三捆钱紧紧裹在线衣内，又学翟老松兜炸药的方式，将线衣卷在棉袄中，两只袄袖打成个死结，之后瞧着他问：“这样……过后兴许能让谁捡到吧！……”

“能……”他低声回答，完全是为了安慰她的煞费苦心。

“能就好。”她淡淡一笑，“谁捡去了也比被大水冲得无影无踪强，都是我舍不得吃舍不得穿积攒的。现在你划火柴吧！划呀！我替你拢着……”她更凑近他。他手抖得厉害，又划断了几根火柴。

“我来划？”

“不，还是我来……”

嚓……终于划着一根。她立即用双手拢住。他点燃了导火索。

导火索才一米多长，刺刺地冒着火星儿。他们定定地瞧着它越缩越短。他自言自语：“跑也白跑……”

她说："我知道……这么死会是个啥感觉呢？"

"啥感觉也没有……"

"我冷……"他就将她紧紧搂在怀里。

"闭上眼，不看，就不怕……"

她早已闭上了双眼。他也想闭上双眼，但没来得及。他们什么也没听到。紧紧搂抱一起的人的身体，瞬间崩为无数躯块，放射般飞上天，与满空碎琼乱玉混杂，随即纷落在咆天哮地的仿佛世纪末日的硬性狂澜中……感知那省略了死痛之恐怖的，也许唯他们恋生的灵魂——它们翱翔在冰涛浪谷的上苍，顷刻泯灭。

翟村消失了……

县长到曾有过翟村的这个地方来了。没灾情可视察。因为什么都没有，什么都不见。大地也被严重改变了容貌，如同沤烂的皮子。县长掉泪，说了一大番抚慰翟村人的话，鼓励他们重建家园，接着问："你们村有个翟老松吧？"他们都回答有的。"快找他来见我。""他死了！""死了？……""为炸冰坝死的！"县长默然，心想：我只命令他炸冰坝，可没命令他死啊！当时也真顾不上考虑他死活……县长心情沉重地又说："翟老松死得其所，你们要为他立碑，给翟村的后人树个光荣榜样！"

翟老根说："我们一穷二白了，要立碑教育后人，得县里出钱啊！"

县长说："县里不会不管大家的！要拨款救济大家。立碑的钱，县里当然更舍得出。"

翟老根连忙又说："另外还死了两个哪，一个是村长。也立碑吗？"

县长沉吟地说："那要看怎么死的了。"

"当然也是为炸冰坝死的……"翟村人异口同声证明这一点。

"立碑！我们要和怀念翟老松一样永远怀念他们！"

翟老根紧叮一句："那除了救济款，县里要再多拨立三座碑的钱！砖坟，青石碑，加工棺木，人工，搞得体体面面的，没三四千元下不来！"

"要这么多钱！"县长考虑了一会儿，坚定地说，"给！鸟无头不飞，人无头不走，你们再选个村长吧！"

翟村人见翟老根会讲话，会办事儿，一致推选翟老根。

他们说："选他！选他！他是党员！……"

在下游四十多里的地方，某村人捡到了芊子的棉袄包儿，打开一瞧，惊喜得没法儿形容。三千元湿透了。为烘干，铺满了他家两张炕面。他女人笑得合不拢嘴。他警告他的俩孩子："不许说出去！"俩孩子严严肃肃地点头。非常懂事的孩子。

"金锁，你望到爹死时的情形了？"

"嗯……"

“你讲。”

“没啥讲的……”

“你撒谎，你什么都没望见！”

“我望见了！”那少年固执地对他的姐姐大声嚷，“我什么都望见了！……”

“那你讲！讲你姐夫怎么死的？讲……你芊子姨又是怎么死的？……”

那少年一句话也不再说，就跑到山口那儿，对着空旷的山谷喊：“爹！……要给你们立碑！立三座体体面面的碑！……爹你听到我的话了吗？……”

县里的救济款不久就拨给了翟村人。翟老根对大家说：“这地方不吉祥，保不定哪一年又来一遭，莫如把款分了，都别处找安身之地去吧！”翟村人认为他说得有理，遂将救济款分了，包括为三个死者立碑的四千元钱。从此翟村存在过的那个地方没有姓翟的人家了。翟村人各奔东西南北。他们心里怀着点儿感激的，不是翟老松，也不是翟茂生和芊子，而是翟老根。他们什么地方偶尔碰到，便互相问：“老根在哪儿？那人，行！平时看不出，关键时候敢出头！县长面前也不打怵！行！……”“是啊，是啊，不亏他，哪能户户多分几十元钱啊……”翟老根不知去向，反正在我们的大千世界无疑。秀梅不要应分给她那份钱。她带着弟弟也远走高飞了。翟老根没对任何人说过她不要那份钱的话……

冬天里，一只乌鸦啄一只挂在树梢上的尖尖翘翘十分窄小的鞋。那是翟老根老娘的。鞋里仍有点儿冻了的东西，使那只无聊的乌鸦颇感兴趣，不厌其烦地啄，啄……忽然它被什么所吸引，俯视过去，见山口那儿，不知是谁草草垒起三个土坟，有一个女人和一个少年行祭。雪地上，两行脚印，来自遥远而又遥远的方向……

黑 纽 扣

今年五月，我完全是被长久萦绕心间的乡思所驱使，回到了哈尔滨。七年没回去了。七年没见老母亲了。

弟弟、妹妹、弟媳和妹夫们都还未下班，家中只母亲一人。母亲正做晚饭。狭小的厨房没窗子，一盏度数很低的灯卑微地忽闪着——电压不稳。灶烟和锅汽形成厚重的昏暗。昏暗中，母亲双手抖抖地端着米盆，像烟汽中的一个虚影，木然地望着我。显然，母亲一时看不清我的脸。

我大声说：“妈，是我回来了！”心中竟很激动。

“是……绍生吗？”母亲从来只叫我小学时的名，这名是户籍警在我诞生的时候按照氏族辈字给我起的。母亲从来也没叫过我上中学后自己改的名——晓声。仿佛她不喜欢这个名，不认可她的儿子叫这个名。我不知这是为什么，也没诘问过。

“妈，是我！”一回到家中，自己说话的语调就很自然地恢复了东北口音，连我自己都感到奇怪。

“哦，哦……”母亲转过身去，想找个放盆的地方。

我走进屋，刚搁下提包，母亲便跟入了，双手仍端着米盆。厨房极乱，母亲大概是没处放盆。

我赶紧从母亲手中接过米盆。里屋并不比厨房大多少，也不比厨房光明多少。只有一张桌子可放东西，桌子上同样杂乱地堆放了许多杯、碗、小孩儿玩具。三对夫妻，三辈人，十一口，生活在仅二十余平方米的低矮而阴暗的空间，有条不紊和清洁就只能成为一种奢望了。我原地转了三百六十度，最后将米盆暂放在床上。

“你……怎么也不预先来封信，我们也好把家收拾干净点儿……”母亲歉疚地说，目不转睛地端详着我。

母亲是更瘦小、更憔悴、更苍老了，脸色很不好，蜡黄里泛着青灰。眼病分明没治愈过，眼边红红的。衣服也挺肮脏，衣襟上一片锅底灰。整个看去母亲像一截枯槁的树根，从泥土中抠出来不久。

我又叫了一声“妈”，心内倏然泛起难过，喉间像被什么东西哽住，说不出话。母亲一共养育了我们五个子女，我算是有点出息的——成了作家，我是母亲精神世界中的一豆烛光，是母亲心灵的安慰。可我身在北京，又是对母亲尽孝最少的一个儿子。甚至可以说，自从我到北京后，就没有对母亲尽过一个儿子的孝道。只不过隔几个月往家中寄点儿钱。

“孩子，你瘦多了……别那么拼命写，妈不指望你出名，只愿你身体好，没病没灾的……”母亲说着，侧过身，撩起肮脏的衣襟拭她那发红的眼角。

“妈，我不过就是瘦一点儿，可没什么大病……”我用谎话欺骗母亲。我努力克制着，不使自己在母亲面前落下泪来。

“真的？……”母亲转身再次注目端详着我。她长长叹了一口气，然后低声说，“你这次回来，一定要去看看你小姨。”

我说：“过三五天我就去看她。”

母亲说：“不，你明天就要去看她。她……怕是没多少日子可活了……”

我不禁呆住了。

母亲又说：“你弟弟妹妹都去看过她了。连你妹夫也去看过她了。可她最想念的还是你，每次来信都提你……苦命女人，妈的命够苦了，你小姨比妈的命还苦……”

“小姨……她得了什么重病……”小姨才四十多岁，我简直有些怀疑母亲的话，讷讷地问。

“三月份你弟弟妹妹们把她接来家中住了一个时期，轮流陪她到医院去检查过，也没查出什么大病来。可她就是一天比一天瘦，不想吃也不想喝的，人瘦得快剩把骨头了……人啊，就怕是苦在心里啊！同学老师的，你都不要先去看，明天一定要先去看你小姨。”母亲异常忧郁地说。

我轻轻“嗯”了一声。

可怜的小姨！可怜的女人啊！

一种凄凉一种悲怆，在我内心里弥漫开来。

我装作疲乏的样子，倒在床上，眼眶竟有些湿润了。近几年来，还没有一件事，比这件事更令我感到难过。

我本来没有姨。小姨不是亲姨。

我七岁时，母亲在铁路上做临时工，挑挑抬抬，搬石运铁，卸煤扬沙。哪儿的活顶脏顶累，临时工们就被指派到哪儿去干，男女平等。母亲每天下班都很晚，常常是黑着一张脸，带着一身尘土回到家里。

那时我们家还没有搬到“偏脸子”这一带，住在安平街。房子，比现在住的还小，还破，还缺少光明。屋里的地面，要比外面的地面低一尺。为了防止下雨天雨水灌进屋来，门槛儿上面横钉了一块木板，进屋的人得高抬脚。门槛儿内叠了两层碎砖，算是踏脚的台阶。第一次来我家的人，不是头被上门框撞起了包，便是踩空“台阶”，吓一大跳。虽然有窗子，但一半埋入了地下。窗框被下沉的房子扯得不成形状，无法打开。碎了的玻璃因为窗框无形，也就镶不上，用牛皮纸糊着。这是私人房产。房东并不因它全不像个房子样就将房钱压得便宜些。里外两间，外间夏天做厨房。冬天为了取暖，再将铁炉子搬进里屋去，我们五个孩子和母亲挤在里屋一铺炕上，外间便放大白菜、土豆、萝卜、水缸、粮食箱子、劈柴和煤桶，也就没余地了。

记得是冬季的一天，从白天到黑天，一直下着很大的雪。母亲那一天下班特别晚，带回来一个陌生人。

母亲的脸，照例是黑的。"低头，高抬脚，慢点儿落脚，再慢落一脚……"母亲先进得屋来，引着这人的一只手，提醒着，将这人引进屋来。亏得母亲心细，这人没被碰了头，也没被吓一跳。那人的脸比母亲的脸更黑，因而看不出年龄。从脸黑这一点却不难得出肯定的结论，那人是和母亲同样做临时工的，和母亲一块儿卸过煤。头戴和母亲同样的狗皮帽子，身套和母亲同样长过膝盖的大棉坎肩儿，脚穿和母亲同样的棉胶鞋。

母亲从炕上拿起笤帚，一边扫落那人身上的雪花，一边说："你瞧，我家就是这么个破烂样子，这几个都是我的孩子……绍生，快给我们倒洗脸水……"

那人的黑脸上唯独一双眼睛是干净的，眼神儿有点怅惘，有点拘谨。他一动也不动地站在门口，分明因为我家比他想象的还不如，一时有些不知所措。

我舀了大半盆凉水，轻轻放在他脚旁。

他见屋里没个能从容洗脸的地方，就一声不响地端起盆，转身走到外屋去了。

母亲便也摘下帽子，脱掉坎肩儿，跟到外屋去洗脸。

母亲又进屋来舀了两次水。

我们几个孩子，则在里屋面面相觑，彼此交换着惊奇的目光。

终于，母亲和那人又走进屋来了。

我们的惊奇顿增十倍。“他”竟是女的，一个大姑娘！

我们家住的地方，当时被铁丝厂占了，新盖起一幢三层楼房。邻居们都迁走了。因为房东想多要钱，在斤斤计较地和厂方耍赖皮，高楼下仅剩我们家东倒西歪的破房子，四周被还没有清除的建筑垃圾包围着。邻居们迁走后，已经好长时间没有外人迈进我们家的门槛了。没有人串门的家，对孩子们来说，是异常清冷寂寞的家。我们家在哈尔滨市又没有任何亲戚互相走动，生活得冷清寂寞就更令我们难耐。我们细小的心灵里是早都巴望着，随便有个什么人，能够知道在这座城市里，在这幢高楼后面，在这一堆堆建筑垃圾的包围之中，有我们一家人生活着。只要这个人看得起我们，我们就会将我们全家真挚的、充满敬爱感激的情意奉献给这个人。这大姑娘那一天变戏法似的突然出现在我们面前，不但令我们惊奇，而且令我们非常高兴。

她长得很俊美呢！起码我们是这么认为的。她将那件脏而笨重的棉坎肩脱在外屋了，也脱去了工作服，向我们展出一件半新的红底儿黑花的紧身小袄。她比母亲高半头，这在女人们来说，是很值得羡慕的所谓“适中”身材了。虽然穿着棉袄棉裤，还是看得出，她的身材很苗条，不胖也不瘦。也许是刚用凉水洗过脸的缘故吧，她的脸色看上去那么红润。眼边的煤灰却是未洗尽，一双温良的眼睛仿佛描了眼圈似的，显得又大又有神。

在我和弟弟妹妹眼里，她完完全全是个大人。而她这个大人，看上去也不过十七八岁。弟弟妹妹们一溜趴在炕上，傻呆呆地瞪眼瞧着她。

在我们不懂礼貌的盯视下，她有些发窘地侧着身，双手攥着搭在胸前的一条粗辫子，轻声问母亲："大姐，有木梳吗？"

"有，有……"母亲应着，赶紧拉开破桌子的抽屉，寻找出我们家中唯一一把断了好多齿的木梳。

她接过木梳，就拆散了辫子，梳起头发来。

"里边趴着去！就这么一张炕，都让你们趴满了！"母亲对着弟弟妹妹们吆喝。

于是弟弟妹妹们就一堆儿缩到炕角去了。

"坐炕沿上梳吧。"母亲轻轻地将她推坐在炕沿上。

我低声问："妈，我给你们热饭吃吧？我和弟弟妹妹们都吃过了。"

母亲说："我自己热吧。挑两棵白菜，洗一个萝卜，我做汤……"

母亲看了那大姑娘一眼，挨着她坐在炕沿上，推推她的肩膀，问：“你怎么不说话？”

她只是一下一下地梳着长发，也不抬头！

母亲又说：“如果，你是嫌弃我这个家，今晚我就只留你住一宿，明天我再替你想想办法，看能不能找个好住处安身……如果，你还肯将就我这个家，你就长久地住下来，住多久我也不会撵你搬走。有我吃的，就有你吃的；有我盖的，就有你盖的……”

她还是不吭声，还是不抬头。木梳，在乌黑的长发上缓缓地梳理着，将她那长发梳得顺溜儿极了。

我们见她这样子，都觉得大大地失望，猜想她准是不愿在我们这样一个家里长久住下。

我一边扒白菜洗萝卜，一边偷眼瞧那大姑娘，真希望她说一句“我住下”，或者点一下头。

她却像个哑巴，头垂得更低了。

母亲见她始终不回答，表情就有些尴尬，便缓缓地站起身，去切菜。

“大姐，你每月收我多少房钱？”她忽然抬起头，用极小的声音向母亲发问。

“瞧你问的，什么房钱不房钱的？”母亲停止了切菜，转脸瞧着她说：“房子不是我的，我能做二道房东吗？你要愿住下，我一分钱也不收你的！”

那张我认为非常之俊美的脸上，花朵绽放般地呈现出了一种心喜意悦的微笑，她复低下头说：“那……我愿长久住下……”仍继续梳头。

母亲乐了，说：“不过，孩子们面前，总得有个叫法。你叫我大姐，你年纪跟我的小妹子一般大，可惜我那小妹子死了。今后，就让孩子们叫你小姨吧？行吗？”

“嗯。”像个表示今后愿意听大人话的孩子的声调。她放下了梳子，开始编辫子。

母亲又对我们说：“都听见了吗？今后要叫小姨！”

“小姨！”弟弟妹妹们迫不及待异口同声地叫起来。几只猫崽子似的爬到她身旁，一迭声地叫“小姨”。

她半转过身，瞧着我们，又那么可爱地笑了。

我仿佛觉得我们家那小破屋子顿时满室生辉。在一片“小姨”的叫嚷声中，我那颗七岁的男孩子的心，竟充满了莫名其妙的激动和兴奋！从今往后我将有一个小姨了！并且是一个多么让我喜欢看着的小姨啊！我那把木头做的、涂了墨的驳壳枪，我那一小箱子小人书，我那十几颗花瓣玻璃球，我那只养在一个桌子抽屉里的小麻雀，所有我一切的宝贝东西，都抵不上这个小姨！我们与家庭成员之外的一个人建立了某种亲近的关系，这简直是生活对我们的赐予！

以往，母亲下班后，若是我们已经吃过了饭，她是绝不再动手做饭的，只胡乱吃几口我们给她留的饭就算了。那一天，虽然母亲下班很晚，虽然我们都看出她很疲劳，但她还是撑着精神，将两棵白菜细细地切了，拌了一盘。将萝卜同样细细地切了，做了小半锅汤。还抖尽了面口袋里的白面，放许多油煎了几张饼。母亲是从来舍不得一次用掉那么多油的。看得出，小姨和母亲一样，是个干起活来不藏奸不掖懒的。要不，她们为什么会把那一大盘拌白菜吃得干干净净，将那半锅汤喝得精光呢？

母亲和小姨吃罢饭，我默默收拾了碗筷去刷洗。我心里高兴，便会主动去做我不情愿做的事。小姨要抢着刷洗。母亲拦住她，说：“往后有你插手的时候，今天还不能劳大驾！”

小姨无声地笑了。我真是看不够小姨的笑脸！她笑起来真叫别人感到快乐！

母亲又说：“你今晚就和我挤一宿吧，明天把外屋收拾收拾，给你搭个铺。”

小姨微微点头。在我们眼中，她是个大姑娘，是个大人。在母亲眼中，她分明还是个小妹子，是个孩子，她在母亲面前显得那么乖顺。

母亲开始铺被窝儿，弟弟妹妹们都自觉地往一块儿挤，给我们的小姨腾出倒身之处。家里的被子都很旧了。白被头也都很脏了。母亲很勤劳，几乎每隔一个月就拆一次被褥，但仍不能使全家的被褥显得干净些。因为炕是脏的。炕脏因为三面炕墙是脏的，每天不知要往下掉多少墙皮。还因为我们的小身体一个个都是脏的。夏天，我们身上还能干净些，母亲常常将大盆放在外面，倒一大盆水给我们脱光了衣服洗澡。而整个冬季，我们是谈不上洗澡的。弟弟妹妹们毕竟都很幼小，一个个完全沉浸在意外获得了一个好看的小姨的幸福之中，并不为脏被褥感到羞耻。已经七岁了的我，却感到自己的脸发起烧来。羞耻感第一次在我的自尊心上打下了烙印，它不深也不浅。

我兑了半脸盆温水，放在小姨脚边，很礼貌地对小姨说："小姨，请你洗脚吧！"

"呀！……"小姨仿佛吃了一惊地看着我，又看着母亲。

母亲也说："你洗脚吧。"

小姨几乎是在恳求地说："我哪能成个小姐似的，都让孩子把洗脚水端到眼皮底下呢！大姐你一定得跟孩子讲，往后千万别这么样恭敬我啊！"

母亲平淡地一笑，说："谈得上什么恭敬呀，孩子不过是得了你这么个姨，从心里往外亲爱着你罢了。你看不出来？"

小姨说："大姐我又不是木头人，哪能看不出来呢！"又端详着我问："上学了吗？"

我回答："上了。"

"几年级？"

"刚上一年级。"

“那小姨往后可以帮助你学习了，小姨是高小毕业呢！”那美好的微笑中洋溢着几许自豪。

我也不禁笑了，说：“行。”

母亲接言道：“我们绍生学习可用功啦，是两道杠呢，考试还得了奖状呢。”

“你是该好好读书啊，你爸爸在外地工作，你妈妈一边干临时工，还要拉扯你们长大，不好好学习可对不起你妈呀！”

我默默地点了一下头。

小姨又对母亲说：“大姐，你可真不容易啊！”

母亲长长地叹了口气：“可不，真不容易啊！有时候我心里都觉得活得疲倦了呢！”

我一声不响地退到炕角，从书包里拿出课本，脱了鞋，默默地贴墙躺下，朝墙转过身去，捧着课本看。

母亲催促小姨：“洗脚吧，今天整整卸了一天煤，可是够累了啊！”

小姨说什么也不肯先用那盆洗脚水，到底还是母亲先洗过了，她才洗。洗完，她却仍垂着赤脚坐在炕沿上，迟迟不上炕脱衣。

母亲又催促。

小姨说：“我侄子看书呢！”

“我不看了。”我说着，将课本塞到枕下。

若是往常，我和弟弟妹妹们一钻进被窝儿，顷刻便会进入梦乡。但那一天，我们却毫无睡意。我竟也和弟弟妹妹们一样，趴在被窝儿里，目不转睛地盯着小姨看。看也看不够。

母亲再次催促小姨睡觉。

小姨低下头去，悄悄地说："大姐，等孩子们睡着了我再……当着这么多小侄子的面……怪羞人的……"

母亲逐个儿拍着我们的脑袋，大声命令："闭上眼睛，闭上眼睛！都给我闭上眼睛睡觉！"

我们这个闭上了眼睛，那个又睁开了眼睛，对这个小姨所感到的新奇，简直就使我们兴奋得无法入睡。仿佛生怕睡一觉醒来，小姨就不存在了。

"这些孩子，真不听话！"母亲佯装生气，看了小姨一眼，忍不住扑哧乐了，顺手拉灭了灯。屋里顿时伸手不见五指。黑暗中，只听到小姨窸窸窣窣地缓慢脱衣服的声音。

沉静了片刻，又听小姨和母亲悄悄说话："大姐，和咱们一块儿干活的那几个男人忒坏，总拿些不得入耳的话挑逗我。"

"你别理他们就是了。你越当真，他们越开心！没一个好东西！"

"我也不敢生气，怕得罪了他们，他们今后欺负我。"

"别怕他们，谁敢欺负你，大姐饶不了他！别看你大姐是个老实人，但不受人欺。你是我妹子，欺负你就是欺负了我……”

就这样，小姨在我们家中住下了。就这样，我们有了一个不是亲的，可比亲的还亲的小姨。

往后我才从母亲口中断断续续知道，小姨不但是个高小毕业生，还是个共青团员。她是离哈尔滨一百多里的双城县农民，家里生活也挺困难的。听别人说哈尔滨在招青壮临时工，就独自一人到哈尔滨来了。在搬到我们家之前，她每晚都在火车站过夜。

我们因为有了这个小姨，都有了许多明显的改变。首先是，我们不再房前屋后乱拉巴巴了。小姨帮我们在附近搭了一个简陋的茅厕。我们也变得爱清洁了，因为小姨很爱清洁。我们将两只破箱子从里屋的铺底下拖出来，搬到外屋，一头一只，当作床腿。黑夜我和母亲从外面拖回来两块建筑工地上抛弃的跳板，截断后，为小姨在外屋搭了一张很牢靠的“床”。白菜萝卜堆到了“床”底下。外屋四处透风，墙上挂着厚厚的霜。我和弟弟妹妹用锅铲将霜刮下来，又用破棉团塞进透风的缝隙。我们怕小姨晚上睡觉冷，还得将火炉从里屋搬到外屋。在间壁墙上凿了个洞，增加了两节烟筒，穿到里屋去。这样一来，里屋不但同样暖和，而且显得宽敞了。小姨没住到我家时，母亲想不到也没心思做这些事。我这个孩子更想不到。小姨住到我家后，我并未经母亲吩咐，却想到了应该做许多事。这一类事情做过后，我们的家也像我们一样有了些微改变。

春节前一个月，母亲忽然变得好像有什么心事。一天，母亲背着小姨偷偷对我说，她是怕爸爸春节回家探亲，会因为家里住了一个陌生女人而不高兴。明白了母亲的心事，我也暗暗为此忧愁。父亲是绝不需要一个小姨的，他不发脾气才怪呢！

母亲让我给父亲写了一封信。信中告诉父亲家中一切都很安好，并且希望父亲春节不要回来探家，夏天再回来。讲了好几条夏天探家比春节探家好的理由。

小姨自然不知，几乎天天都问母亲："大姐夫什么时候回来呀？"

母亲就说："今年春节回不回来探家还不一定呢。"

"大姐，你快写封信，催我大姐夫回来探家吧！大姐夫不是两年多没探家了吗？你就不想？"

母亲淡淡地说："不想。"

小姨笑道："大姐骗人。就算你不想，孩子们也不想？"

母亲说："也许孩子们早把他忘了呢！"

弟弟妹妹们一听，抗议地嚷起来："没忘，没忘，我们早就盼着爸爸回来探家呢！"

母亲便不再说什么。

父亲果然回信说他春节不探家了，我念完信，弟弟妹妹们都哭闹起来。我和母亲互相望着，默默无语。我的心情和母亲是一样的，既觉得心中安定了，又觉得很内疚。

小姨则谴责起父亲来："哪有这样的人，两年多没探家了，孩子老婆一大堆，说不回来，就不回来了！大姐，我替你写封信问问他，他心里到底还有没有这个家啊！"

母亲则装作生气地说："才不给他写信！他心里没这个家了，我们心里从此没他！"

小姨的父亲，一位老实厚道的庄稼人，从农村到城市来找小姨，想带小姨回去过春节。小姨不回去，她对父亲说："这个春节是我和大姐认识后的第一个春节，大姐夫又不探家了，撇闪得大姐和孩子们多冷清啊！这个春节我一定要跟大姐和孩子们一块儿过。"

小姨的父亲在我家住了两天，不好勉强小姨跟他回去，失望地走了。他临走，对母亲说他把小姨托付给母亲了。

我们的父亲虽然没回来探家，我们却过了一个很快乐的春节。快乐是小姨给予我们的。

我们也送灶王了，也供祖宗了，也吃年宵饺子了，也放鞭炮了，小姨还帮母亲炒了好几样菜，买了一瓶价钱便宜的色酒。

吃年宵饺子的时候，母亲在桌上多摆了一只小盘，一双筷子。

我说："妈，多了一个人的。"

母亲说："不多，那是你爸爸的。你爸爸已经好几年没和全家在一起过春节了，就当这个春节是他和我们一起过的吧！"

小姨看了母亲一眼，就斟满了两盅酒，一盅递给母亲，另一盅双手端起，对母亲郑郑重重地说："大姐，你替我大姐夫喝这一盅，大姐夫，我敬你一盅了！"说罢，一口喝干。顷刻，脸红得桃花似的。

母亲也一口喝干……

春节一过，天气渐渐暖了。转眼到了四月份，我们的日子不好过了。与我们一家共同生活的，除了小姨，还有一个无法计数的庞大家族——臭虫家族。它们是靠喝我们的血繁衍子孙后代的。我和弟弟妹妹被咬得夜夜在炕上翻滚，身上被咬起了一排排一片片的大疙瘩。小妹被咬得夜夜哭闹难眠。我苦中寻乐，编了个谜让小姨猜：

日落西山黑了天，
红孩妖精上了山，
有心想吃唐僧肉，
猪八戒的耙子挠得欢。

小姨显然是猜着了的，但并不说破，只像个医生似的，用棉花团蘸着盐水，给弟弟妹妹们擦身上的疙瘩。

小姨叹了口气，对母亲说："大姐呀，孩子们被咬得太可怜了，得想个法子呀！"

母亲用心疼的目光望着我们，说："想了许多法子，就是治不住啊！"

第二天，小姨托病没去上班。母亲走后，小姨对我说："跟我去，去办点事儿。"

我也不多问，就跟小姨离家了。

小姨先领我到储蓄所，从她的存折上取钱。

储蓄员奇怪地说："昨天刚存，今天就取！"

小姨说："有急用。"

"二十元都取了？"

"都取了。"

……

接着小姨又领我去租了一辆手推车，然后我推着车跟她到了杂货市场上，买了两个草垫子。

回到家里之后，她又亲自到工地上去要了一桶电石灰。然后，小姨指挥我们，将破烂家具都从屋里搬出，她就动手泡电石灰，并在电石灰中掺了好几包"六六"粉。我要帮她忙儿，她不许，怕烧坏了我的手。

小姨独自用块旧布缠了一柄"刷子"，将里外墙壁细致地刷了一遍。又烧了几大壶开水，往破家具的缝隙里浇。

母亲下班之前，我们已将家又收拾好了，炕上也换了新草垫子。由于墙壁潮湿，许多处刷过之后，不是变白了，而是变黄了，像一块块难看的黄斑。小姨真有主意，又跑到商店去买了好几张画，贴在那些地方。母亲下班后，一进家门，竟呆住了，半晌说不出话。

小姨的双手都被烧起了许多大泡，她瞧着母亲抿嘴笑。

母亲要给小姨买草垫子的钱。小姨说什么也不收。

母亲说："你积攒点儿钱不容易，家中还有老父母的，你得收下！"

小姨生气了，说："大姐你要逼我收下，我就搬走了！"

母亲只好作罢。

母亲擎着小姨烧伤的双手，簌簌地落下了眼泪。

那一夜，我们睡得十分香甜……

房东向街道告了母亲一状。说母亲财迷心窍，私自往家里招房客，做起"二道房东"来了。街道干部们听信了，就来到家质问母亲，母亲做了解释，然而他们不信。"哪有这么好心的人，非亲非故的，白将房子给人家住！"她们当着母亲的面儿表示怀疑。

母亲火了，顶撞道："你们不相信，就随你们的便好了！"

后来她们又当小姨在家时，来向小姨"调查了解"。

小姨回答她们："要说我大姐收留我是做了'二道房东'，那才是财迷心窍的人胡思乱想出来的呢！"

她们还不相信，毫无理由地认为肯定是母亲和小姨串通一气，预先商量好了的对词。于是便怂恿房东向法院起诉。

不久，母亲接到了法院的传讯。那是母亲生平第一次被迫跟法律打交道。

小姨毕竟是个农村姑娘，没经历过什么事，很不安，对母亲说："大姐，我还是搬走吧！"

母亲问："你有地方去？"

小姨说："还睡火车站。"我和弟弟妹妹们一听小姨说她还要去睡火车站，都急了，乱嚷嚷：

"小姨，你千万别搬走啊！"

"妈，无论如何别让小姨离开咱家呀！"

母亲看着小姨说："听见孩子们的话啦？不许你搬走！你一搬走，没影的事儿也成真事儿了！有理走遍天下，我才不怕法院！你要去睡火车站，就再别叫我大姐！"

母亲从法院回来时，一副胜利归来的骄傲姿态。

小姨问："大姐，赢了？"

母亲说："有理嘛，还能输了不成？"

小姨说："谢天谢地，你走后，我心里七上八下的……"

母亲说："没见过世面的！"

小姨又问："大姐，法院怎么问的？你都怎么回答的？"

母亲淡淡地说："学这些干啥，没意思的！法院的同志当着我的面告诉房东，第一，他起诉是毫无根据的。第二，不许他为难我们，更不许赶我们搬家，除非我们主动想搬。

还批评他只收房费，不修房子……”

小姨佩服地说：“大姐，你还真行！”

母亲说：“行什么，我是憋着口气上法院的啊！要不是人家告了咱们，我宁可忍气吞声。”

小姨反倒张扬起来了，愤愤地说：“大姐，我陪你找房东去，当面损他一顿，替你出出气！”

母亲说：“得理让三分，算啦！咱们再给房东加两元房钱吧，省得他往后再找麻烦，惹是生非的。”

小姨听了，瞧着母亲，半晌没言语……

过了“五一”，天气更暖和了。一冬天泼的脏水，在房前屋后的垃圾堆上结了一层层的脏冰。白天，被太阳晒化了，从垃圾堆上淌下来，不但泥泞了道路，还散着难闻的气味。

一天晚上，小姨背着双手，对母亲说：“大姐，你猜家里给我寄啥来了？”

母亲问：“是鞋吧？”

小姨摇头。母亲想了想，又问：“衣服？”

小姨说：“大姐你要总往穿的上想，永远也猜不着的！”

母亲笑了：“那是吃的东西？”

“也算是吃的，可马上吃不成啊！”小姨笑了将双手伸向母亲，“是菜籽，还有花籽呢！”就将手中的小布袋朝炕上倒，一小纸包一小纸包地排开，一边说，“瞧，这是小白菜籽，这是菠菜籽，这是油菜籽，呀，还有黄瓜籽和豆角籽呢，大姐你再看这些是花籽，扫帚梅、月季香、指甲花……十多种呢！”

母亲问：“你们家怎么想起给你寄菜籽花籽来了！往哪儿种哇？”

小姨回答：“我写信叫家里寄来的。我要和侄子们改造那些垃圾堆！”

母亲说：“亏你还有这份心思，到底是个姑娘的心！”

小姨说：“人活着嘛，就得想着法儿让自己活得舒畅！”

第二天是星期天。小姨就带领我们，平整了那几座垃圾堆，一畦畦一垄垄地种菜种花。

过了不久，那几座垃圾堆都变成绿色的山冈啦。

到了七八月时，豆角黄瓜已爬架子，花也开了。我们家那小破土屋的前后左右呀，就像座小花园似的了，红是红，绿是绿，紫是紫，黄是黄，五彩缤纷，赏心悦目极了，美丽极了。招引来了蝴蝶和蜻蜓，也招引来了铁丝厂里的女工们。她们三五成伙地在午休时和下班后来看花，要花。小姨很慷慨，对谁都满足，博得了那些女工们的好感。

怎么两个女人，带着几个孩子，仿佛被与城市隔离了似的，在高楼后边，在小小的破土屋里，竟会生活得这么有情有趣的呢？

那些女工们常常面对我们的花园发出这一类感叹。

每天晚上，我和弟弟妹妹们再也不囚在屋里子。垫块木板什么的，围坐在母亲和小姨身旁，听两个我们在这世界上最亲最亲的女人说话。欣赏着我们的绿，我们的花，我们的美丽，我们的“大观园”。我们几乎都没有享受过什么美好。而我们面对的美好，是一个农村姑娘，是我们的小姨带给我们的。在沁人心脾的馥香中，在生机勃勃的五彩缤纷中，我们弱嫩的灵魂体会着某种悟性，进行着幼稚而严肃的思考，思考着什么是人世间的美好，什么是感激，为什么需要感激……

在那种时刻，我更加认定，小姨是我所见过的最美的女人。

小姨和母亲谈得最多的话题，是“转正”两个字。还会有什么别的话题，会比“转正”更使两个做临时工的女人入迷呢？小姨和母亲几乎无时无刻不在向往转正。这种向往常使小姨喜形于色，常使母亲脸上洋溢出少见的对生活满怀信心的光彩。我知道——转正，这是小姨和母亲共同的幸福。

有天傍晚，我坐在小姨身边，伏在小姨膝上，摆弄着小姨的长辫子，拆开，编好，编好，拆开，觉着怪好玩的。

母亲望望我，又望望小姨，叹了口气，说：“我长这么大也没捡过什么，想不到如今捡到的比金子还贵重。”

小姨孩子般天真地问：“大姐你捡啥好东西了？快告诉我！”

母亲说："我给自己捡了一个妹子，给孩子捡了一个小姨啊！"

小姨注视了母亲良久，忽然偎依着母亲，低声说："大姐，我保你捡到了，就再也丢不了啦？"

母亲低声道："你嘴上这么说呗，你还能在我家住一辈子？今后就不结婚，不成家了？"

母亲又训斥我："真不懂事，老大不小了，还装孩子，一边玩儿去，别赖在你小姨身边！"

小姨光是笑。

我脸红了，不好意思起来。小姨却用一条手臂轻轻搂住我的脖子，不放我离去，说："绍生，你长大了，考上大学，将来当了干部什么的，不会不认小姨吧？"

我大声回答："我要不认小姨，天打五雷轰！"

小姨格格大笑起来。母亲也忍俊不禁地笑了。

我觉得小姨的手臂是那么柔软，我心里默默地说："小姨，小姨，我有多爱母亲，就有多爱你！"不由得将脸贴在了小姨的手臂上……

一天，母亲和小姨下班后，都闷闷不乐。原来，小姨转正了。而母亲，却因为精简临时工，被打发回家，第二天就不准上班了。看得出，母亲心中很难过，很失望，自尊心也受到了很大的挫伤。我心中也很难过，很忧郁。穷困的生活使我懂事早，知道母亲失去了工作对家庭的生活意味着什么。

小姨对母亲说："大姐，你太老实了！你哪天干活比别人干得少了？那么多藏奸掖猾的人都转正了，为什么偏偏一句话就把你打发回家了？这不是明摆着欺负人吗？我明天替你找他们讲理去！不让你转正，我也不干了！"

"我不许你为我去抱这个不平！"母亲很严厉地说。母亲还是头一次用那么严厉的语气对小姨说话。

小姨呆住了，怔怔地瞧着母亲。

母亲缓和了语气，又说："傻妹子，你从农村到城市来，好不容易找到个工作，如今又转正了，你父母该多为你高兴啊！你可千万不能为我抱这种不平，那样做兴许你也会被解雇了呀！你能转正，大姐我心里替你高兴啊……"母亲说不下去了。

"大姐！……"小姨忽然扑在母亲怀中，嘤嘤地哭了……

小姨转正后不久，便搬到厂内的职工集体宿舍去住了。对小姨的走，我们和母亲都依依不舍。但想到小姨毕竟是搬到一个比我们家更好的去处，就都不说挽留的话了。

小姨也对我们和母亲依依不舍。搬走那天，她又孩子似的哭了一通……

小姨虽然从我们家搬走了，却并没有忘记我们。几乎每个星期天，都必定到我家来。小姨仍是我们比亲姨还要亲的小姨。

父亲信中说那一年夏天探家，却一直到国庆节的前两天才回来。回来后，自然从我们口中听了许多“小姨”长“小姨”短的话，免不了就盘问母亲：“你打哪儿认这么个妹子？怎么就成了孩子们的小姨了？”

母亲回答：“这又不花你的费你的，也得受你管吗？”

父亲正色说：“当然要管，我可不许什么不相干的女人到我家里来影响我的孩子！”

母亲也正色说：“往好的影响也不许吗？”

父亲说：“只要我看她不顺眼，就不许她来！”

母亲说：“若来了，你还真将她撵出去不成？”

父亲说：“那是当然！”

母亲说：“你问孩子们答应不？”

父亲说：“哪个孩子还敢拦着我吗？”

母亲“哼”了一声，不再同父亲拌嘴，私下里吩咐我：“今晚去你小姨那儿看看她，告诉她这个月内别来，等你爸回西北去了再来。”

吃罢晚饭，我躲过父亲的眼睛，离开了家。

“为什么不让小姨见你们的爸爸呀？他三头六臂怪吓人的吗？”

小姨听我说明来意，奇怪地瞧着我问。

我诚实地回答：“妈妈怕爸爸不喜欢你，你去了，把你撵出来。”

“这么回事啊……”小姨想了想，说，“那你回去告诉你妈妈，我不去就是了。”

小姨还要留我玩。我怕回去太晚，父亲盘问，匆匆走了。

没想到第二天一大早，小姨穿了件非常漂亮的花布衫，一条绿色的裙子，笑盈盈地出现在我家门口。

母亲正要出屋，一脚门里，一脚门外，瞧见小姨，不禁一怔，意外地说道：“哟！你怎么来了呀！”

“我大姐夫千里迢迢地探家了，我来看看他呀！”小姨说着，就迈进了屋。

母亲也赶紧随后跟进了屋。

弟弟妹妹一见小姨，亲亲热热地乱嚷着：“小姨、小姨……”将小姨团团围住了。

父亲正在对着破镜子刮脸，从镜子里瞧见了小姨，也不转身，也不理睬，仍继续刮脸。

母亲说：“他爸，孩子们小姨来了。”

爸爸不得不“唔”了一声，还是不朝小姨看一眼。

母亲只好以自己的热情冲淡父亲的冷漠，将小姨轻轻按坐在炕上，接过她手中的提兜放在一旁，责备地说：“又给孩子们买东西！你挣多少钱啊？一次次地破费！”

小姨笑道：“大姐，这次可不是给孩子们买的，是给我大姐夫买的。”

父亲已刮完了脸，收起刮脸刀，还是一句话也不对小姨说，端着脸盆到外屋洗脸去了。

母亲又赶紧跟在父亲身后到外屋去了。

我们都不安地瞧着小姨。

小姨却快乐地和我们逗着笑着。

一会儿，我瞧见母亲在外屋推了父亲一下，将父亲推进屋来。

父亲被推进屋后，坐在炕沿上，不情愿地搭讪着对小姨说了一句："今天休息？"

"嗯。"小姨停止了和我们逗闹，瞧着父亲，微微一笑，说，"大姐夫，我看你也不像个脾气厉害的人呀！"

父亲说："谁讲我是个厉害人了？"

小姨说："大姐呗，她担心我来了，你会把我撵出去。"

父亲说："没影的事儿！"

小姨说："我寻思大姐夫也不会这么对待我嘛！"

小姨又问："大姐夫，你从西北回东北，坐几天火车呀？"

父亲说："三天三夜。"

"西北风沙大吧？"

"大得很，能把人刮跑了！"

"冬天也下雪吗？"

"下雪。"

"听说西北缺水？"

"再也没有比西北缺水的地方了！我们运水的汽车前边

走，老牛跟在后边，用舌头舔水箱。一跟跟出去十几里。渴得老牛见了水直淌眼泪。有的老牛活活渴死了，因为身体里没水分，牛皮都扒不下来……”

说起大西北，父亲的话匣子打开了，谁想拦也拦不住，滔滔不绝。小姨就瞪大着眼睛，像听什么新奇故事似的，聚精会神地听着……

那一天，父亲并没有把小姨从家里撵走。

那一天，小姨在我们家吃了午饭，又吃晚饭，一直待到天黑才回去……

小姨走后，父亲对母亲说：“她小姨人还不错，挺实在个农村姑娘。”

母亲没好气地说：“实在不实在，用不着你夸！”

父亲低下头，嘿嘿地笑了……

父亲回大西北去时，还将自己戴的一块旧手表送给了小姨。

小姨来到城里一年多后，脸儿变得白了，眼睛变得亮了，更爱笑了，性情更温柔了，身材更窈窕了，变得更漂亮了。

铁丝工厂的一些小伙子，常常拦住我嬉皮笑脸地问：“哎，小家伙，经常到你家来的那个大辫子是你什么人呀？”

我不无骄傲地回答他们：“是我小姨呗！”

“你问问她，让我做你的姨夫行不行？”

我听不出是不是好话，就骂他们。他们倒不恼火，反而哈哈笑。铁丝厂的几百名年轻女工，在我看来，哪个也比不上小姨好看。我认为，我当然有充分的理由在别人面前骄傲骄傲了。

记得那是第二年初夏的一个星期天，小姨又到我家来。她穿了一件崭新的府绸衫，一条咔叽布裤子，一双新皮鞋。那天她显得尤其漂亮。小姨从不过分打扮。即使花衣服穿在她身上，也显得朴朴素素的。

母亲一声不响，若有所思地看了她许久。

小姨被母亲看得有些难为情起来，勾下头低声问："大姐，你这么呆呆看我干啥呀？"

母亲说："我瞧你是越来越好看了。"

小姨缓缓抬起头，说："以前别人说我好看，我不信。现如今我自己也觉得我是好看些了！"

母亲说："自己夸自己，羞不羞？"

小姨说："本来嘛，城里洗脸，用温水，使香皂，人还能不变得白白净净的？"

母亲笑道："可也是呗！"忽然又问："你前次回家，莫不是回去定亲的吧？"

小姨倏地红了脸，大声说："才不是呢！才不是呢！"

母亲说："是不是的，我也管不着你！"

小姨说："怎么管不着？你是我大姐，我是你妹子嘛！"

母亲说："那我问你，你是想在农村找婆家，还是想在城里找婆家呀？”

小姨见母亲问得认真，低头沉思默想了一会儿，反问母亲：“大姐你说呢？”

母亲说：“当然是该在城里找了。你如今是城里人了嘛！工厂不是也替你将户口落下了吗？”

小姨点点头。

母亲说：“那就更该在城里找了！”

小姨说：“大姐我听你的。”

母亲又说：“只是我希望你若看中了什么人，能领来让大姐见一面，帮你参谋参谋。大姐毕竟比你多吃了几年咸盐，什么样的男人，打眼一看，就能看出人品好坏来的。”

小姨低下头，许久不作声。

母亲问：“你信不过大姐？”

小姨又沉默了一会，低声说：“大姐你说，一个男人对一个女人真好假好，怎么才能知道呢？”

母亲思索了片刻，问：“你八成是看中哪个男人了吧？”

小姨抬起头，连连分辩：“没有，没有。”

母亲说：“一个男人对一个女人真好假好，别人是没法看出来的，只有这个女人心里最清楚啊！”

小姨又低下头不说话，出起神来。

……

到了秋季，连日暴雨，松花江水位猛涨，高出市面几米。那一年的水患，是一九三六年后的又一次严重水患。幸亏防洪工作做得早，大水没有灌入市区。全市的成年人，不分男女，都被紧急动员起来，昼夜分批奋战在各处防洪大坝上。有许多日子，小姨没到我家来，母亲说，她必定是参加抗洪了。

中秋之夜，许许多多的人是在防洪大坝上度过的。

江洪终于被战胜了。

母亲说，小姨过几天就会来了。

我们和母亲都在殷切地盼望着。一个多月没见小姨，我别提有多想她。

江洪虽然被战胜了，秋雨却没有停止。

一天深夜，外面风雨交加，雷声不断。闪电透过低矮倾斜的窗格子，在我们的破屋子里闪耀出一瞬瞬的光亮。我们和母亲都已躺下了，但还没有入睡。忽然，我似乎听到了轻轻的敲门声。

我说："妈，有人敲门。"

母亲说："深更半夜的，哪会有人来！"

我肯定地说："妈，是敲门声，你听！"

母亲侧耳倾听了一会，果然是敲门声。

母亲却不敢下地去开门。

敲门声又响起了。

"大姐……"

我们都听出了是小姨的声音。

“快……”母亲一下子坐了起来。

我已迫不及待地跳下地去开了门。

果然是小姨，她没撑雨伞，也没穿雨衣，浑身上下淋得湿漉漉的。她的脸色那么苍白，衣服裤子沾满泥浆，显然是滑倒过的。

母亲也披着衣服下地了。

弟弟妹妹都醒了，我们和母亲愣怔地瞧着小姨。

“你……你怎么突然……”母亲吃惊极了。

小姨直挺挺地站在母亲面前，手中拎的包袱，像刚从水里捞出来的一样，沉重地坠着她的手臂。雨水顺着发缕，顺着苍白的脸颊，顺着贴住胸脯的衣襟往下淌，顷刻在她那双泥鞋旁淌了一片。她那双眼睛，仿佛也被雨雾罩住了，目光迷惘地定定地看着母亲。

“大姐，你……还收我……住下，行吗……”从她那两片冻得发紫的嘴唇之间，滞涩地输送出这么一句话。

“有什么不行的！快先把湿衣服换下来……”母亲立刻拉着她的一只手，将她引到了外屋。接着，母亲又走回里屋，打开破箱子，挑拣了几件自己的衣服，抱着被褥枕头，又到外屋去了。

“跟同宿舍的人吵架了？”我们在里屋听到母亲低声问。

“大姐……”随后听到了小姨的哭泣。

“受欺负了？都二十多岁的大姑娘啦，住集体宿舍不同于住在自己家里，事事要宽宏大量嘛！”

小姨的哭声很低很低，却令我听了心碎……

那一夜，母亲便陪小姨睡在外屋。

第二天，小姨病了。高烧中偶尔说一句我们听不清楚也无法理解的呓语。

第三天，雨停了。来了两个小姨厂里的领导，说是要向母亲了解一些有关小姨的情况。母亲将我们一个个从里屋赶出来，关上门，在里屋和他们说了半天。

母亲送他们走时，脸色很阴沉。从外面进屋，先站在小姨铺前，怔怔地瞧了一会儿熟睡中的小姨，慢慢转过身又独自发呆。接着母亲抓起块抹布，心不在焉地抹抹这儿擦擦那儿，忽然对我说：“绍生，你好好在家照看你小姨，我去请街头私人诊所的王老中医来。”

不大一会儿工夫，母亲将王老中医请来了，见我们守在小姨铺前，无缘无故冲我发起火来，大声训斥：“还不出去！”

我看得出母亲心里极烦，乖乖地退了出去。

王老中医走后，我和弟弟妹妹们还不敢进屋，就从土埋半截的窗子外面偷偷朝屋里窥视，见母亲正一手扶着小姨的肩，一手端着水杯，几乎是用命令的语调说：“红糖水，喝下去。”

小姨喝了那杯红糖水，母亲扶她躺下，坐在铺边，瞧着她的脸，冷冷地问："刚才你们厂里的领导来过了，你知道？"

小姨的头在枕上微微摆了一下。她好像接受审问的人一样，目光又诚恳又羞愧地望着母亲。

"几个月了？"

"三个多月了。"

"你竟骗了我！"

"……"

"你瞒过了我的眼睛，能瞒得过别人的眼睛吗？能瞒多久哇?！"

"……"

"说，是什么人的？"

"……"

"说话呀！"

"……"

"你哑巴啦？"

"大姐，我不能告诉你。我谁也不能告诉。"

"你……"母亲生气了，倏地站了起来。随即忍气坐下，又问：

"好，我也不想知道这个人的尊姓大名，那你们事到如今，为什么不结婚？"

"……"

“他……要撇了你？”

小姨的头又在枕上轻轻动了一下。“那么难道……是你不愿意?！”

“……”

“你给我说话！”

“大姐，我不能和他结婚了……”

“什么？你肚子里怀上了孩子，你倒说不能和他结婚了！”

“大姐，你别追问了！”小姨闭上了眼睛，两颗很大的泪珠，从她脸上滚落下来。

“我要问，问个一清二楚！你爹当初是如何把你托付给我的？难道你忘了吗？”母亲又动气了。

“你要不说，你就离开我家！我不能让人指我的脊梁骨，说我收留了个大姑娘，在我家生下个不明不白的孩子！”

小姨又睁开眼睛，噙泪望着母亲，说：“大姐，你放心，我病好点，就走……绝不连累你的名誉。”

“走？你往哪走？”

“没有去路，还有死路！”

小姨轻轻往上扯被子蒙住了头。我看见被子在微微耸动着。

“唉……”母亲长长地叹了口气，又是怜又是恨地说：“你呀你，你这都是为了什么呀！”轻轻掀开被角，用手掌心去擦小姨脸上的眼泪。

小姨始终不肯说出那个男人是谁。

小姨被厂里开除了。

母亲却并未因此而把小姨赶走。

小姨在我们家里生下一个小女孩。

女孩刚刚满月，小姨的父亲就从农村来了，将小姨和孩子一块儿接走回农村去了。

母亲那一天怀着无比的内疚对小姨的父亲说："大伯，我对不起你……"

小姨怀中抱着孩子，一步步走至母亲面前，双膝同时一屈，给母亲跪下了。她仰起头望着母亲，泪流满面，想说什么话，嘴唇抖抖的，却一个字也没说出来。

母亲扶起她，也想对她说什么，也是嘴唇抖抖的，一个字也没说出来。

母亲一转身走入屋里，再没出来。

是我将小姨父女送到了火车站。火车开走后，我望着远去的火车，感到我心中最美好的东西也被火车带走了。

回到家里，我发现母亲的眼睛哭红了……

不久，小姨来信，说她可能做村里的小学教师，我和母亲都为此减少了一些替她感到的忧郁。

几个月后，小姨又来了一封信，说是当小学教师的事不成了……

往后，小姨和我们家也就只有书信来往了。

我升初中那年，小姨又从农村来我家住了半个多月，带着孩子。

那女孩已经五岁了，一张小嘴很甜却面黄肌瘦的。母亲很疼爱这没父亲的孩子，有口好吃的，总要留给她吃。那正是三年自然灾害时期，家中也谈不上有什么好吃的。两掺面的馒头，就是很馋人的东西了。

小姨却明显地老了，仿佛有三十多岁了。穿的也是打补丁的旧衣服，满面愁容。半个多月内，几乎就没见她露过笑脸。

母亲曾私下里劝小姨再找个男人。

小姨瞧着她的孩子，凄然地说："大姐，我眼下没这心思，等把孩子拉扯成人再考虑吧。"

母亲说："傻话，那时哪个像样的男人还会讨你？趁现在还算年轻，赶快找个男人吧，也能帮你把孩子拉扯大。"

小姨沉默许久后，低声说："只怕找个不通人情的后爹，会给孩子气受。"

母亲急躁了："哪个又是孩子的亲爹呀！但凡是个有良心的男人，能把你们母子俩撇下了不管吗？"

"大姐，你别那么说这个人吧……"小姨几乎是在请求。

母亲便忍住许多要说的话不说了。

我们家的日子也很艰难，小姨不忍心分我们全家的口粮吃，半个月后就带着孩子回农村去了……

从那一年至今，已整整二十三年了。我下乡，上大学，落户北京，就再也没见到过小姨了……

回想起这些往事，我对小姨充满了深深的同情，并且对那个造成小姨一生如此悲凉命运的，仿佛只一度存活在小姨心灵中的男人，充满了强烈的憎恨。我从哈尔滨到北大荒，从北大荒到上海，从上海到北京，在生活的道路上匆匆地奔来赴往，几乎就将小姨忘却了。只有弟弟妹妹们在来信中提及小姨，才使我想起这个与我们的家庭虽没有任何血缘关系，却是除了母亲而外唯一使我们感到最亲近的女人。即使想起她，也是想起了那个抱着刚满月的孩子，双膝跪在母亲面前的，脸色苍白，两目盈泪的小姨。当时的离别情形，给我留下的印象是太深了。如今听母亲讲，小姨已是不久于人世之人了，我对小姨的思念，油然而增强起来。

第二天，我本想就到双城去看小姨，却来了两个中学时期最要好的同学。他们是到家里来请人去帮忙安装土暖气的，意外地见到我，自然就聊了起来，误了火车时刻。

第三天，我生怕再被什么人耽搁在家中，一清早便离家，赶上了去双城的郊区火车。

小姨家所在的村子竟是个大村，有百户人家以上。新盖的砖房不少，有些人家连院落围墙也是砖的，足见农民们的生活是比过去富裕多了。

我向几个村人询问小姨家住哪儿，都摇头说不知道有这么个人。我只好又说出“小姨”的名字，他们才恍然大悟，纷纷说：“原来你要找秀秀她妈呀！”一个姑娘便主动引领我。

路上，她问我：“你从天津来？”

我反问：“为什么你以为我从天津来？”

“秀秀在天津读大学嘛！你和她是同学？”她用一种猜测的目光看我。

我说：“我从哈尔滨来，秀秀是我表妹，她妈是我姨。”

“是吗？这我可从来不知道……”她那猜测的目光，就转而变成了研究的目光，上下打量我，要把我“研究”透彻似的。

姑娘引我走入一个破败的院落，说：“就住这儿！”那房子，很久未修缮了，与周围的变化极不协调。

我犹豫了一下，走了进去。

一位中年女人在炕间熬药，惊奇地扭身看着我，问：“你找谁？”

我说：“我从哈尔滨来，看我小姨。”

她“啊”了一声，说：“快进屋吧，我知道你是谁了，她天天念叨你呢！”

走入里屋，见小姨躺在炕上，一副气息奄奄的样子。她怔怔地瞧着我。

“小姨！”我情不自禁地叫道。

“是……绍生?！……”小姨便要挣扎起身，却是挣扎不起。

我立即走到炕边，轻轻按住被子，不使她动。

小姨拽住我的一只手，眼中落下泪来，说：“想不到我还能活着见你一面……”

那女人，是小姨家的邻居，受村人们的委托，天天来照料小姨的。我向她道过了谢，她就走了。

她走后，小姨用手轻轻拍着床边。她那只手很枯瘦，皮肤也很粗糙，呈黧黑色。她已病得连抬手的气力都几乎没有了，手臂像死肢似的贴在炕上，连手腕也看不出在动，只有僵曲的手指抬起，落下……这双手曾多么温柔地爱抚过我啊！

也许只有我才能明白她的意思，我轻轻走到炕边，坐了下去。

她那只手抓住了我的手，抓得那么紧，仿佛她全身最后的力量，都集中在她那只手上了，就像一个唯恐被单独留在家里的孩子，紧紧抓住母亲的手不放一样。

我心中一阵酸楚。

我注视着她的脸，想要在这张脸上寻找到我童年和少年时期的记忆，想要重见昔日的美。哪怕是一点点美的余韵，小姨她不过才四十多岁啊！这张脸曾在我还是一个男孩子的时候，使我初次懂得了什么叫羞愧，也使我初次懂得了什么叫美好。然而这张脸如今苍老得使我根本认不出来了，浮肿，灰黄，目光无神，头发稀少得可怜。

“我的样子……是不是……很……难看？……”小姨用微弱的声音问，无神的目光，凝视在我脸上。

“不，小姨，你别这么说。你……会好起来的……”我转过脸去，不忍再望着她。

“我会好起来？……也许……我想，我也不会就这么……就死了……”她微笑了一下，像阳光在枯叶上的一抹闪耀。

几只母鸡气宇轩昂地逛进屋里，仿佛它们才是这间屋子的主人，目中无人地东刨一下，西啄一口。

小姨又开口说：“你……替我……喂喂鸡……外屋粮箱里……有米……”

我便起身将鸡唤到院子里，一边机械地撒米，一边又想到了那个仿佛隐藏在小姨可悲命运的阴影之中的男人，并为自己也是一个男人感到罪孽深重。

突然听到屋里一阵响动，我慌忙走进屋去，见小姨倒在地上，地上一片水，毛巾和香皂浸在水中，脸盆却滚到了墙角。

我慌忙将小姨扶起来，抱在炕上。她的身体竟瘦得那么轻！衣服也湿了，她一手还抓着湿毛巾。

“我的样子……一定……很难看……我……想洗洗

脸……洗洗……头……”小姨那苍灰的脸上竟因羞愧出现了红晕。一个女人的自尊心，无比强烈地震动了我的灵魂。啊！我的小姨啊！

我不知说什么好，任何语言都不能准确表达我当时复杂的情感和思想。我默默捡起脸盆，捡起了香皂和小镜子。镜子，已经碎了。

我重新兑了一盆温水，放在炕边。我坐在炕边，将小姨的头枕在我的膝上，一声不响地给这个我小时候曾非常敬爱过的女人洗了脸，洗了头。我这样做，觉得我仿佛是在向这个女人偿还什么。可这又是多么微不足道的偿还！泪水，从小姨的眼角溢了出来，也从我的眼角溢了出来……

当我重新坐在床边，注视着小姨的时候，她又轻轻抓住了我的手，说：“想……听我告诉你吗？”

我低声问：“小姨，你要告诉我什么？”

“告诉你……当年……那件事……”

我一时不知如何回答，只微微点了一下头。

“我爱过。”小姨说。那声音里，有一种满足，一种我简直无法理解的幸福之情。

“我爱过。”她重复地说，“我……知道，你，你母亲，你们全家，包括秀秀，我的女儿，都恨他，恨我爱过的那个男人……可是，我不恨他。我一点儿也不恨他。他是爱我的。我多爱他，他多爱我……”小姨的话，竟说得连贯起来。

“他那样真心实意地爱过我，我死了也知足了。你已经是个大人了，你懂得，一个男人如果真心实意喜欢一个女人，会爱这个女人到什么程度……他是一个复员军人，参加过抗美援朝，还立过……一次二等功。当年，是个预备党员，是我们那批转正女工的领队。大家都说他人品好……你母亲要是见过他，也一定会说他是个好男人的。我和他当年真……孩子气啊！我们有意瞒着你母亲，一是怕她为我们的婚事操心，二是想使你母亲意想不到。所以我们决定，结了婚再双双去看你母亲，想让她光为我们高兴，半点也不必费心替我们张罗。我们真像两个孩子啊！我们不但瞒着你的母亲，还瞒着所有的人，偷偷相会，偷偷相爱……

“后来，他参加了抗洪。中秋节那一天，同宿舍的其他女工，都回家和家人们团圆去了。我一个人留在宿舍里，很孤单。他来了，我高兴得什么似的。我希望他陪我度过那一天，他却说不行，他得参加抗洪。我说：‘你不是已经参加过了吗？这一批没有你呀！’他说：‘你别忘了，我是预备党员呀！’我怪不高兴的，说他心里压根儿没有我。他呢，就光是憨厚地笑，笑得我也不忍心再生他的气了。他这个人话不多，从来也没对我说过他有多么多么爱我的话。但我知道，我感觉得到，他是非常爱我的。他整个心里只装着我一个女人。你母亲说得对，一个男人爱不爱一个女人，只有这个女人心里最清楚。我心里清楚，他是一片心地爱我。我见他衣服上缺了一颗扣子，就翻出一颗，要给他钉上。他不让我钉，我偏要给他钉上……你不知道他有多高大呢，我在他面前，就像一个孩子似的。当时我真是幸福哪！刚钉了两三针，外面就敲起了锣，有人喊：‘抗洪的马上出发了！车一刻不等啊！’他一听，就急急忙忙站起来，从衣服上揪下那颗没钉牢的扣子，塞在我手里，要往外闯。我一把扯住他的袖子，拿出两块月饼，揣进他的两个衣兜里。他临出门，亲了我一下……世界上如果有一个人能真心实意地爱我，和我白头到老，那一定就是他了，在我和他相好以前，我从没接近过别的男人。我一辈子就只爱过一个男人，就只爱过他。当时我已经把自己给了他，因为我就要是他的女人了，他就要成为我的丈夫了，所以我一点也不觉得在人前心中有什么羞愧。可是……他为了堵坝，淹死了……听人说，两块月饼死后还在他衣兜里，一口也没吃……

“他成了人人敬仰的烈士，被追认为共产党员，厂里为他开了追悼会，许许多多的人都痛哭了。许许多多的人都表示要向他学习。他的照片还登在了报上，他的事迹也登报了。防洪纪念塔落成的那一天，市长还在讲话中提到他的名字，说他的名字将永远活在全市人民心中，我当时哭得眼睛都肿了，可是没有一个人知道，我已经怀孕三个多月了，那孩子就是他的，因为许多别的人，凡是认识他的，不论男人女人，也都和我一样，在流泪，在哭……我站在人们中间，暗暗发誓，我要永远永远不对人们说出我肚子里的孩子是谁的……”

小姨讲述到这里，缄口了。她凝眸望着屋顶。她的脸像雕塑，毫无表情。而她的话语，却讲得一句连一句。仿佛这些话语，她已在心中对自己讲了不下几百遍了。这个女人用极低的声音说的这些话，充满了人世间最圣洁最真挚的情感！也许正是这种情感的作用，才能使她在气息奄奄的情况下，如此连贯地讲了这么许多话！

我和小姨都陷入了沉思默想。我的心灵像一条鱼，在这沉默之中，一忽儿潜入幽暗冰冷的渊底，不知自己身在现实还是身在幻境；一忽儿浮升起来，感受着阳光透过水波的温暖和辉照……

一种类似参加最亲爱的人的丧事的悲凉，在我心灵中弥漫！

小姨终于又开口说：“要是在今天，我还是当年的我，我也许，不会向人们隐瞒这件事。可是当初，我不能够，我怎么能够……他那么爱我，我那么爱他，我不能对不起他……你，把那个箱子打开……”

我起身打开了炕角的一个旧箱子。

“把箱里那个小铁盒……拿来。”

那是一个车床工们装工具的小铁盒。我将它捧到了小姨跟前。

小姨从手腕上捋下钥匙，打开了它。

“你看吧……”她说。那目光仿佛在告诉我——我没骗你，没讲一句假话，真的！……小盒里，放着一张叠起来的已发黄的报纸，上面，是一颗黑纽扣，带着一条线……

小姨又说：“多少年来，各种各样的人，总想从我口中问出这件事，我一个字也没吐露过。如今，再没人问我了，可我……可我……我倒非常想对人说，只对一个人说，让这个人明白。为什么呢？都隐瞒了那么多年了……我也不知道自己是怎么了……”

我说：“小姨，我明天就带你回哈尔滨！我妈妈非常非常想你啊！弟弟妹妹们都非常非常想你啊！”

“哈尔滨……”小姨脸上闪耀出一种光彩，她说：“我也想你们全家的人。明天吗？……”

我点点头，大声说：“是的，明天……”

“好……”她又笑了，喃喃地说：“我的病情，是瞒着秀秀的。这孩子正在准备考研究生，我怕……分了她的心……耽误了孩子……以后的前程。北京……离天津近……我……将秀秀托付给你了……”

我真想哭。可是我已经许久许久没有哭过了。这并不意味着我的心麻木了。不，人的种种心愿还在这心中深深隐藏。只是，我已经似乎不会再哭了。可是我当时多想哭啊！

天黑后，我在小姨身旁守到很晚，才去外屋睡下。我守在她身旁时，她似乎是知道的，却再也没有对我说什么，只是用她的手，轻轻抓住我的手，闭着眼睛，脸上呈现着那么一种获得极大安慰的表情……

第二天上午，小姨死了。她脸上仍保持着那种获得极大满足的表情，一种幸福的、安宁的、无憾无怨的表情……

我将那颗黑纽扣带回了北京，放在妻子装耳环的一个精巧的小盒里，摆在书架上。为了使自己能经常看见它，想起小姨。我知道，我将永远珍存它，却不会再打开那小盒，更不会将它出示给任何人看——那颗黑纽扣……

遗　失

墙上大钟的长摆缓慢地摆动。嘀——！嗒——！时间仿佛突然一下被它拉长了。嘀——！嗒——！长街上汽车拥挤地风驰电掣而去。

嗖！嗖！嗖嗖！时间仿佛突然一下被它缩短了。

嗖！嗖！嗖嗖！缓慢摆动的木钟长摆，风驰电掣的汽车群，时间差距失调了。

他的两腿，像木钟的长摆一样，缓慢地在人行道上迈动。汽车群在他身旁风驰电掣般地连续驶过。他转入人行横道，一声刺耳、令人心惊胆裂的刹车声里，他被一辆双轮摩托车撞倒了。他看见一男一女两个戴头盔的青年急忙下车来扶他。同时，一个交通警察走过来。“怎么回事？”连同他，三个人被带到交通岗亭前。警察问男青年。“没看见红灯。”男青年赔笑说。“眼呢？”警察向男青年伸出手，食指和中指快速地剪动。男青年掏出驾驶执照交给警察。“想什么呢？

嗯？”警察看执照。“没想什么，想别违章。”男青年仍然笑着。“耍嘴皮子没用。老人家怎么样？”警察问他，“撞坏什么零件没有？”他：“还好。”警察拉起他的左胳膊，摇了摇。又拉起他的右胳膊，摇了摇。

他：“还好。”警察：“腿呢？”他抬起左腿，踢蹬了几下。又抬起右腿，踢蹬了几下，“还好，还好。”警察转向男青年：“罚款。”女青年：“同志，不能怪他。”警察：“怪老头儿？”女青年：“当然也不能怪人家，我们有急事……”警察：“什么急事？嗯？救火去？”女青年红了脸：“我们，我们去登记，结婚。”警察：“去登记就闯红灯？撞人？生孩子不得把交通岗亭子给撞塌啦？嗯？罚款。”女青年央求地：“别罚了，多难听啊！饶了他吧！来，我们请你吃喜糖！”从背包里掏出两袋糖果，塞给警察：“吃！”男青年：“对对对，吃喜糖。”从背包里掏出一瓶香槟酒：“给。”女青年也塞两袋糖给他：“老先生，对不起您了，放我们过去吧。啊？”他接过糖，不知为何地向警察点点头。警察：“你倒装好人，啊？两包糖就允许违章了？嗯？撞死你，大概一箱糖就够了吧？哪单位的？”他：“我离休了。”警察：“离休了也有个单位管啊，哪单位？”他：“不用麻烦他们了。”警察：“好！想得周到，叫什么名？”他：“许，许天放。”警察：“住哪儿？”墙上的大钟长摆缓慢地摆动。警察的声音：“没事出来转悠什么？嗯？若是撞出个三长两短来，谁负责？嗯？你嫌我的地段出事故少是不是？嗯？不回家待着去……”

百货公司里，人头攒动，拥挤不堪。各柜台前都挤满人。他，许天放，好不容易挤进老年服装专柜前。一对老夫妻正和售货员吵架。老夫：“别说了，别说了，你就再拿个大号的，我试试不就得了吗？”售货员：“你们试过几次了？啊？差拨我们开心哪？”老妻：“你这同志什么态度？”售货员：“什么态度？”老妻：“看你那脸！”售货员对着立柱贴镜照了照脸：“脸是爹妈生就这样的，嫌不好看离远点儿。”老妻：“咋这么说话？”售货员：“你想教我语文？现在没空，下班有事，要不要这件？”老妻：“不要我们来干什么？”老夫：“别说了，别说了，我们不要了，走走。”老妻：“不，偏要买。再给拿件试试。”售货员：“你不刚说要这件吗？交款去吧。”老妻：“我要换一件，试试。”售货员应付别的顾客去了。老妻：“真不像话！找他经理去。”老夫：“算了算了，走吧走吧。”老妻：“不行，好不容易碰上这种风雨衣，喂！你过来！”售货员看也不看他们。许天放义愤起来，抬手招招售货员。售货员走近他：“您买什么？”许天放：“给这位同志再换件试试。”售货员愣愣地看着他：“有什么事？”许天放：“你应该热情待人。”售货员：“噢，晚上七点半以后，二楼会议室有业务课，希望您光临指导。”转身走了，又回头："经理办公室在八楼，你先挂号去吧！"许天放火起来，转向老夫老妻："真不像话！走，找他们经理！""走吧走吧。"老夫并不感激他的"见义勇为"，推着老妻走了。许天放落个没趣。售货员走过来，怔怔地看着他："还站这儿干什么？快跟他们去呀！"

他恼怒至极，却不得发作，想了想，懊丧地挤出人墙。

许天放漫步长街。近郊区的街道宽阔、清静；路边白杨林带下，林荫里坐着幼儿园的孩子们，在唱歌。

他停住脚步，欣赏他们。

唱着唱着，两个孩子为争一只小凳打起来，女孩哭了。

他忙过去哄孩子："别哭别哭，爷爷给你吃糖。""豆豆！"幼儿园老师赶了来："就是你！又打架！"他转头，看老师，愣住了："是您？登记了吗？"姑娘也认出他了，一笑："是您？"他点点头。

姑娘拉着孩子，唱歌一样："走了走了。"他望着姑娘领着孩子的长队渐渐走远了。

许天放回到宿舍楼，上楼梯。

他在自家门前掏出钥匙，开了门。

门板里面，信报箱里有封信。他拿去，走到书房，坐在沙发上，拿过剪刀，开了封，抽出信笺，戴上眼镜看，清亮的，听来还带着一丝稚嫩的儿子的声音：

"爸爸，我入学开课已经半个月了，这里校内设备确实很好，实验室各种仪器都是世界上第一流的，更坚定了我拿下硕士学位的信心。只是，介绍我来美的那位先生，不能像在中国对我当面许诺的那样，担负我的学费了。他希望我争取奖学金。目前，我的学习情况，根本不可能取得那项东西。因之，请求你，给我妹妹写封信，请妹夫给我以经济的援助（须寄美元，英镑或法郎亦可），以解困境……”他放下信笺，抬起头：“美元？！”他摘下眼镜，思索一阵；起身走到写字台前，拉了几下抽屉，转身在茶几上、沙发上、门后桌上，到处寻找什么。

终于，在床头柜里，他找到一把钥匙，拿着，回到书房，在写字台前坐下，开了抽屉，拿出个银行存折，翻开看了看，愁呆了。“美元？英镑？法郎……？”他无计可施地在写字台前呆坐半晌，最后，展纸、倒墨汁、提笔书写：贤婿鸿翔——他看着信笺，写不下去，执笔凝思，陷入回忆——就在这张写字台上，在他面前，放着一张大幅彩色照片，是一个五十多岁的老男人的头像。虽然镜头加纱，布光考究，甚至认真修过底片，仍掩饰不住那满脸皱纹老态显露、眼神倦惫的实际形象。

斜面房里。女儿伏首床头，号啕大哭；她室内墙上悬着她的大头照，是个年轻漂亮的姑娘。他鄙夷地敲着桌上的照片向她女儿大声喊叫：“他比你大三十一岁，做你的父亲都绰绰有余了！”女儿仰头和他对吵：“讲的是爱情！不是年龄！”他：“亏你说得出来，什么爱情？他哪一点值得你爱？看这个样子！”女儿：“爱情是感情，不是样子！”他：“认识不到两星期会有什么感情？”女儿：“我们就是一见钟情！死我也要嫁他！”他：“你死我也不同意！”女儿：“好，这是你说的！我就死给你看！”她在桌前坐下，拿起笔纸，一边哭，一边写。他瞪眼看着她。她写完了。把纸折叠起来，装入信封，卫生间洗把脸，出门去。他忙起身追去：“哪儿去？”女儿：“你管不着，我死就是了。”他拉住女儿，女儿挣脱手，跑出门去。他追出门，跨下楼梯，拦住女儿，推着女儿，回到房间，碰上了门。女儿推他，父女俩展开了夺门战。三夺两夺，他把女儿的信夺到了手，用脊背死死抵着门，掏出信纸，女儿“呜呜”哭着跑回自己房间，扑上床哭。

他看信纸，信纸上写着：

鸿翔：

永别了。我的父亲反对我们结合，逼我死。亲爱的，我的心，我的身，永远全部属于你。请在我墓前放一朵鲜花，我的灵魂将对它微笑，永远是你的娟娟。

即日。

他张大双眼，不知所措，无力地倚着门板坐在地上……

……他渐渐张开眼，四周一切都是白色，白色的墙，白色的床，白色的被褥，白色的活动着的人，他弄明白了：这是医院里。

女儿娟娟轻步进房来，满面春风，长裙素雅、可体，发型新颖，鬓角一朵浅紫花，颈上一条珍珠项链，手里提一大网兜食物、水果，肩上挂只咖啡色缀满闪光假宝石的小挎包：“爸，你好点儿了吗？”他呆望着女儿，不言声。

女儿把网兜放在床头上：“鸿翔说，他暂时不来看望你。希望你听医生的安排，尽快恢复健康。”女儿边把网兜里的食物一样样拿出，放进床头柜，边说：“需要什么这里没有的药，我们到了香港给你寄。不要完全依靠药，还是从饮食上加强营养才是根本。”食物放置完了，女儿走去洗了手。抽手绢擦了擦，解开小挎包，抽出一张照片，送到他眼前，“爸，别生气了，收着吧。想我的时候，看一看。”这是张她和鸿翔的结婚照。她珠冠长纱，胸前一朵红花，美胜洛神，鸿翔西装革履，老态龙钟。

他渐渐合上了眼。

女儿把照片放在了他的枕下，拉过把椅子，在他床前坐下，一手轻搭他胸上，轻声，亲切地说：“爸，我知道你舍不得我离开你，可是，你能把我永远留在身边？”他不言声，也不睁眼。

女儿：“爸，你还生气啊？”他紧闭了眼。

女儿：“爸，80年代了，爱情也得变！我知道你想要我嫁个大学生。大学生有什么好的？一个月 46 块钱，买 20 斤肉，不够他一人吃的，连我个宾馆服务员都不如，我嫁给鸿翔有什么不好？你有什么不放心的？”他翻个身，脸朝墙壁。

女儿愣怔了一刹那，用力扳他转过身来，语调有些凄楚：“爸，我们今儿下午的飞机，直达香港，我不放心你，变变你的生活吧。你攒钱干什么？以后，雇个小保姆。每月给她 50 块钱，把你侍候得周周到到的，吃光花光算了。”他的眼睛闭得更紧了。

女护士端着医药托盘走进房，来到床边，对女儿轻声说：“超过时间了，病人需要休息。”女儿：“爸。我走了，你好好养着啊。”他仍旧不言声，不睁眼。女儿：“爸，你给我个笑脸啊。”“……”女儿：“爸，你也得看我一眼啊！”他终于缓慢睁开老眼，无神地望着女儿。女儿望着他，缓步退至房门口，半举起手，小动作地摆了摆。似乎下了很大决心，转身出门。女护士将他衣袖捋起，一边打针，一边问：“亲女儿？”他闷气地：“嗯！”女护士：“我在门口听到她劝您的那些话，也挺有道理。”他的眼又闭上了。一颗硕大的泪珠，从眼角溢出。

他仍在执笔凝思。儿子的声音：“爸爸，汉斯先生又来电报了，催我快去美国。”他的声音：“你……不能等我出院再走吗？”他发呆的背影，一动不动。儿子的声音：“汉斯先生把那边的一切都给安排好了。”他的声音：“还要办出国手续呢，那是很麻烦的。”儿子的声音：“我已经都办好了。”“已经办好了？”他的语气恼怒了，“也不先征求一下我的意见？”——他放下笔，缓缓站起，慢步走到儿子的房门口。望着墙上儿子的照片。照片上英俊、故做深沉状的儿子望着他。

照片旁，挂着儿子的驾驶头盔。他走进房间，摘下头盔，像抚摸儿子的头，像仍注视着儿子。他的声音有些哽咽："我觉着……我怕过不了这一关。你妹妹走了，你再一走……我还有谁呀……”儿子的声音：“爸，我已经跟你们局的老干部科打过招呼了，我出国以后，他们会好好照顾你的，本来嘛，你为共产党干了一辈子，这是他们的义务。”他无声地叹气，挂上头盔，正了正，转身回书房。重提笔，瞅着写下的“贤婿鸿翔”四个字，发呆。他毅然揉掉信笺，另写：“鸿翔”。他又停笔思索，又揉掉信笺。再写：“鸿翔同志”。揉掉信纸，重写：“鸿翔先生”，笔涩难出。肘旁玻璃板下，鸿翔那张浮肿的老脸“死羊活眼”地望着他，他猝然撕碎这信笺，强制自己静下来，在第四页信笺上写下："娟娟”。墙上大木钟的长摆缓缓地摆动。他把信笺折好，连同儿子许愿寄来的信笺，一起装入信封，然后提笔在信封上写：“香港，新界……”他粘了信封，贴了邮票，拿着信，出门去。要锁门，又不见了钥匙。开门进屋，东找西找，写字台、床头柜、沙发底下，各处找遍，还是找不见。他定神，在沙发上坐下皱眉回忆，还是想不起放在哪里。他叹口气，出门去，敲隔壁房门。

门轻轻开了，探出个五十多岁的老保姆的脸："许局长，什么事？"他："你看见我的钥匙没有？"老保姆一惊："你的钥匙？"他："啊，我找不着了，你看见没有？"老保姆惊愕地张着眼，像遭到不白之冤，甚至意识到他居心不良，这使她觉得受了侮辱："许局长，我们一向很敬重您。"他还没意识到老保姆的话的含义，漫不经心地点点头。老保姆："可是我们从来没有过来往。"他又点点头。老保姆："我怎么会看到您的钥匙？"他忙连连点头称是，又解释说："我是怕进门的时候掉在门外了。"老保姆脸色严肃地："没看见。"当！关上了门。他深感荒唐，惭愧地在门外犹豫了一阵，然后，拧开自家房门，又关上，用力拉了两下，匆匆下楼去。老保姆两眼噙泪，抹写字台。

她家女主人唐三彩，不到四十岁，提着包要出门，停下来问她："阿姨，什么钥匙？"老保姆流泪了："我出来帮工也二十多年了，不信，你们可以……去调查！"唐三彩吃一惊："怎么了？出了什么事？"老保姆伤心地哭着："他问我看见他的钥匙没有，我……我不是那种人，我们是……穷归穷，穷志气还有！他是什么意思？"唐三彩疑惑地："钥匙？啊呀！阿姨，别别，别往坏处想，许局长的为人我们了解，你等等。”她出房敲许天放的门。屋里没有应声。她轻轻拧着门把手，推开门，探头向门里叫一声：“许局长！”没有应声。唐三彩推开门，进屋去，又叫一声：“许局长！”没有应声。唐三彩忙退出身，关上门。回到自己家屋，扔了公文包，坐在床上，定神思索一阵，起身去拨电话：“老干部科吗？王科长？我是唐三彩。对，给你说呀，许局长房门没锁就走了，上哪儿？不知道。你们快来看看吧，别出什么事儿！”许天放在邮筒前，看看开筒时间表。又看看手表。犹豫着，未投信入筒。

驰行的大公共汽车上，乘客拥挤，闷热使人脾气烦躁不安，少女们由壮小伙子撑开两肘保驾。许天放被挤在角落里，他转个身，换个姿势。试了几次，都被身旁的小伙子挤回原状，只得忍受。

售票员站在栏杆后大声呼叫：“看票了，看票了，月票拿出来，老头儿！那老头儿，说你哪！角上那个！”许天放挣扎着掏出月票。小伙子又撞他一下：“折腾什么？不会老实点儿？”许天放：“票。我的月票……”他总算摸出了月票，隔着人缝向售票员亮了亮。同时一阵惊疑，原来大门钥匙在月票夹子里，他忙叫：“下车！我下车，下车。别关门，下车！”他用力往外挤。身旁的小伙子不肯让道：“早干什么了！”汽车又开动了。许天放拼命往外挤，大声叫：“我下车！”售票员扬着脸，木头人一样。

许天放：“我下车！”身旁的小伙子狠狠地：“老家伙，大上班时间，不在家待着，出来挤个什么劲？”被他保驾的姑娘挑眉一笑：“一人发一包耗子药给他们，一次性处理得了！”许天放想发火，回过头，盯着他们：“说什么？”售票员又叫起来：“大泥洼到了。先下后上！那老头儿，快点儿！下不下你？”许天放用力往车门挤……他拿着信，径直走过邮局门外，完全忘了自己这次外出的目的。

许天放手里捏着信封，快步走上楼梯，待到了自家门口，惊呆了。房门大开着。唐三彩端着茶盘出门来，见了他，笑了笑：“许局长，回来了？哪儿去了您？”说着，径直进了他的家门。许天放也跟着她进了自家门。房里，电风扇开得“嗡嗡”响。老干部科王科长和干事黄米姑见他进门来，忙从椅子上站起，迎接他。态度真挚、自然、热情。王科长：“老局长，哪儿去了您？”黄米姑笑着：“我们来看看您。”许天放：“噢噢、好好，快请坐。”唐三彩给王、黄倒茶。边笑着问许天放：“您怎么不锁门就走了？”许天放把给女儿的信放在写字台上：“出去发封信。冰箱里有冷饮，小王、小黄，自己拿！啊，到我家了，不是在局里，随便些。自己动手，丰衣足食。”他去开了冰箱，拿出几瓶汽水，放在茶几上，又去拿出一盒冰砖、几瓶啤酒，“各取所需，啊，随便点。”王科长：“老局长，别客气，别客气。我们很随便，到老首长家了嘛，客气什么？

风扇就是我们自己开的。”唐三彩：“你们说话吧。许局长，以后有什么事，您吩咐一声，我们都是您的老部下，啊。”许天放：“会麻烦你们的，一定会。你也坐。”唐三彩：“不了不了，你们说话。”唐三彩出门去。许天放给王科长和黄米姑开汽水，开啤酒，倒进大杯里。往杯里放冰块：“你们有什么事？”王科长和黄米姑相视一眼，王科长机灵地：“就是来看看您。发现没锁门。怎么？没钥匙？”许天放自嘲地叹气一笑：“嗐，别提了，看来确实该离休了。钥匙就在票夹子里，硬是找不着。想发封信嘛，用不了多少时间，就去了。”黄米姑笑着：“这可……不大安全呀！”许天放：“没事儿，左邻右舍都是熟人。”黄米姑：“左邻右舍不怕，怕万一来个溜门撬锁的。”许天放：“是是，今天你们在我这儿吃饭，评评我的烹饪技术。”王科长：“噢，不不，坐会儿，说会儿话儿吧。”许天放：“哎，来到家了嘛，一定在这儿吃，我这就去动手，给你们表现表现。”黄米姑：“不，老局长，我们还要到别人家走走。”许天放：“忙什么？离休的人，有什么事，早天晚天，看看就是了，都不许动，我这就动手。你们坐！”许天放进厨房，动手点炉灶，切肉洗菜。动作熟练、麻利。看得出他情绪有点儿兴奋。有人进门来，是个工人，提着帆布工具袋：“老局长在吗？”王科长忙起身迎去：“贺师傅！”贺师傅：“是你们叫的？给老局长换锁？”王科长：“啊啊，是是。”贺师傅：“哪个门？”许天放从厨房走了出来：“老贺！你怎么来了？”贺师傅：“他们叫我来给你换门锁，哪个门？”许天放：“换门锁？”王科长忙抢话：“啊，不用了，贺师傅，锁没坏，麻烦您了。不用换了。”贺师傅：“啊，那我走了。”许天放坚决邀请：“在这儿吃饭吧，一起吃。”贺师傅：“不不不，你们吃。”边说边退出门。许天放：“咳，看你！”送走贺师傅，许天放又回到厨房，继续忙，锅上锅下，盆里盆外，不亦乐乎。王科长和黄米姑进厨房来告别：“老局长，我们走了。”许天放：“走？我已经做好了！马上就吃。”王科长：“不不，老局长，今天确实没时间。”黄米姑附和着点头：“以后再来！”许天放：“我是诚心诚意的！”王科长：“知道，知道，我们还不了解你吗？以后，有些零碎琐事，就别自己跑了，打个电话给我们。”许天放：“先不说这个，坐下吃饭。”王科长：“不不，就这么着。照应不到的地方，你别等着，随时打电话，啊？”许天放：“啊，其实我并没有什么事，一切都是现成的，也算是坐享其成，啊。”王科长：“好好，我们再见了。”许天放：“我说你们在这儿吃饭嘛！”黄米姑：“不不不……我们走了！”摇了摇手中的信封：“这封信我带去给你发了！”许天放送他们出门，挥手告别。返回家门，望着烟雾弥漫的厨房，望着厅间圆桌上的大盘菜、大瓶酒和餐具，挺身而立，怅然发愣……许天放独坐桌旁，望着它们，索然无味。

他抬头四面瞧瞧，仿佛要寻找一个人来和他共同消受这丰盛的美餐，各处却空无人影。一切都是死寂的，只有墙上大木钟的长摆在缓慢地摆动。

楼外街上传来磨刀人吹的号声，嘟——他慢慢站起身，把酒、菜，一件件，一盘盘送回厨房，塞进冰箱。桌上只留下了一小盘青菜，一碗米饭，一碗汤。他又坐下来，仍旧发呆。最后，他把它们也送进厨房，塞进冰箱，然后，锁上房门，拉了窗帘，在房里各处转了一圈，想寻点儿什么事干一干，却没有，一切都井然有序。

他脱去外衣，躺上床，强制自己合上眼。

墙上大木钟的长摆缓慢地摆动。

嘀——！嗒——！嘀——！嗒——！墙上大木钟声音洪亮，余音悠长地当当当当响了四下。

第四下余音完全消逝时，许天放霍地睁开眼，看得出，他早已醒了，闭着眼，完全是为了挨到这自我规定的时刻。

他起身下床，活动一下四肢筋骨，努力做出精力充沛的样子。洗脸刷牙，对镜子刮脸，一切活动完全是一天的早晨刚起床后的程序。然后回到书房，摘去电视机布罩，插了插销，按动按钮，电视机屏幕上映出一位年轻教授的面孔，他在讲课：“《关于逻辑学的科学基础》。我们在谈论逻辑学的时候……”他触动另一个按钮，屏幕上出现了又一位戴眼镜的教授："比如房屋的修理，旧汽车的喷漆、镀金，这些统属于社会性劳务生产的活动。其中的关键在于它是不是改变了产品的社会生产性，它们所创造的价值……"他又触动另一个按钮，屏幕上一片灰白，只有沙沙的响声。

他又连续触动了几个按钮，屏幕上同样不见画面，忽然，在一个按钮作用下，屏幕上出现了一片英文字母和数字计算符号组成的科技计算程式，一根细长的木棒在缓慢地指点着。

他拔了电源插销，罩上电视机布罩，回到沙发前坐了一会儿，突然起身走出去……

许天放走在湖边。夕阳已隐在远方的丛林后，天空是黄色的，丛林上空，压着几片晚霞。轻风徐拂湖岸柳丝。湖面上游船漫漂。他的两腿比他家墙上的木钟长摆更慢了三分，悠然自得。

然而，他的眉宇间总闪现着某种烦恼，这悠闲之态，显然系自我意志强制的表现。

柳荫下一对老夫妻坐在石头上。

老夫从旅行暖瓶里倒一杯热茶递给老妻。

老妻皱着眉："这么热的天，给人家喝这个，为什么不带瓶硝镪水来？"老夫抱歉地赔笑："我，我去给你买冰镇汽水来。"举起杯，一口口饮热茶。老妻："看，我在这儿干火冒烟，你倒品滋品味地享起清福来了。"老夫："就去。"把一件风雨衣递给老妻："垫在石头上坐着，别受凉。”老妻拉过风雨衣，铺在石头上，唠叨：“忙活了一天，骨头都要散架了，还得出来陪你，也不是十八九、二十岁年轻的时候了，有那份闲心……”许天放认出在百货公司“老年服装专柜”前见过他们。那老夫似乎也认出了他，目光警惕地注视着他。许天放眉头厌恶地抖动了一下，走开了。前面岸边柳下有几个钓鱼的，他走了过去。

一个须发皆白的老头儿在钓鱼。撑竿上挂着鱼护，里面有一条小鲫鱼。老头儿的旁边，站着个满头白发的老婆儿，一手拉着不满十岁的小孙子的手，一手抚摸着孙子的头，孙子的头扎在老婆儿腿裆里呜呜哭。老婆儿责骂老头儿：“你就不能给他玩儿一会儿？什么值钱的东西？”老头儿：“好不容易才钓了这么一条，还活着，留着！”老婆儿：“回去不也得破肚开膛地弄死它？没见你这种老东西！孙子宝贝儿，不如你条破鱼！”老头儿没奈何，强忍着气，抬起了鱼竿，从鱼护里捉出那条小鲫鱼，把鱼钩伸进鱼嘴里，挂好，把鱼竿推给老婆儿，气狠狠地：“拿去吧！”老婆儿接过鱼竿，推着小孙子：“快快快，别哭了。”小孙子两手把着鱼竿，小鲫鱼在水面上拍打着。小孙子咯咯笑起来。老婆儿：“噢，看我们小孙子马林会钓鱼了，噢，看这么大条鱼！噢，气死梁半斤！噢！”鲫鱼每拍打一下，她便赞美一声。老头儿心疼得歪了鼻子，抽旱烟。许天放脸上显出笑，却毫无缘由地转身走去了。许天放站在公园游船码头旁广告牌前，目光被“青年美术辅导班”的招生广告吸引。

“青年美术辅导班”报名处——一所小学校的教室里。登记的女青年抬起头，断然地：“不收老头儿！”许天放从笔筒般的衣兜内拿出各类十几支画笔，恳求地：“看，我真下决心了，你们商量商量，收我吧。”女青年：“得问问张老师——张老师！”一位中年教授走来。女青年：“你看，这老头儿，要不要?！”许天放连忙给张老师递上一个矜持中含有几分讨好的笑脸：“照顾照顾……”张老师为难地：“啊呀老同志，我们是辅导青少年，师资有限，借小学的教室，时间不长，学校一开学，就结束了。”分明是婉言拒绝。

许天放尴尬地，万分遗憾地，瞧着手中笔，苦笑。张老师：“从前学过吗？”似乎动了恻隐之心。“没有，没有。”许天放诚实地回答。张老师不禁笑了：“难得您老有这份童心，给他登记上吧，不收您学费了，算您个旁听生。”“行行，学费还是要交的……！”男女青年窃笑了。

许天放守候在报名处门外，拦住一个走出的少女：“我看看你的听课证。”少女仰起头，把听课证举在他眼前：“喏！”他仔细地看过少女的听课证，又看看自己手里的旁听证，欣慰地：“一样，都是一样的。”

辅导班课堂。许天放在少男少女中“孤独一枝”，手中拿着笔，瞅着宣纸发呆。他左瞧右瞧。左边的少男画了一只雄赳赳气昂昂的大公鸡；右边的少女画的则是双鸭戏水。

他那表情，羡慕至极，甚至可以说不无忌妒。他终于鼓起勇气，笔端饱蘸墨汁，悬在纸上，却并未想好要画什么。一滴墨落在纸上，立刻渲染了开来，他似乎受了启发，添画着什么。

张老师背着手踱到他身旁，观看：“您老这画的是……”“蜘蛛。”他停了笔，虚心地笑着。张老师：“我先教您老画鳜鱼怎么样？”“我听您的。”少男少女们窃笑。张老师：“真难得您老又有信心又很虚心。您看，鳜鱼画起来挺简单。关键在一个神似，神似难啊……”他聚精会神地看着，听着。

许天放在家中作画。纸团堆满了一花篓。他终于画成一幅，用摁钉摁在墙上自我欣赏——一条似像非像、有所谓抽象风格的鳜鱼。公园里，许天放叉腿站在画架前，一手端着水彩调色板，一手执笔，胸有成竹，旁若无人，落笔潇洒，俨然一位艺术大师似的。围观的男女老少一群人。画面上——大色大块浓浓淡淡涂得也看不出是什么。连点儿神似也难看出。一个小伙子对自己的女友玄乎地：“现代派，这是追求！”许天放端详一会儿画面，煞有介事地眺望远处的什么……“哟，许局长！……”唐三彩出现了，牵着她的孙女圆圆，踱向前看，“您这是……”“写生。”许天放又抹将起来，那神态一丝不苟。围观者中，湖边钓鱼的那一对老夫老妻低声议论："看人家！哪像你，成天到晚就知道打牌钓鱼……""看人家干吗？各人有各人的活法！"唐三彩："您真有内秀！这么多年，我可没想到！"许天放："哪里哪里，我是桑榆已晚了啊！"唐三彩真挚地："今后您收我圆圆做个弟子吧！"许天放："行，行。晚上到我家去，送你一幅国画！"

晚，许天放家。唐三彩惊讶不已地站在客厅门口——四壁挂满各种形态的鱼，地上也是。唐三彩想进屋没处落脚。许天放小心翼翼地移开地上的两幅画："进，注意点儿脚下！"唐三彩站在屋中间，双脚前后左右都是鱼，不敢挪地方，旋转着身子"欣赏"。唐三彩："真……多呀！那是条什么鱼？"许天放："鳜鱼。"唐三彩："那一条呢？"许天放："鳜鱼。"唐三彩："那横幅的呢？"许天放："也是鳜鱼。作画，讲究神似。你要哪条？"唐三彩沉吟着，犹豫着。许天放鼓励地："要哪条都行。别不敢开口。"唐三彩完全是为了回报他的热情："我……就要那条最小的吧！"

细雨蒙蒙，润地无声。许天放撑着伞，腋下夹着画夹，手中拿着一捆笔，匆匆走着。

小学校门口，传达人员拦住了径直往里走的许天放："找谁？"许天放亮出学员证："我是美术班的。"传达人员："学生开学了，美术班结束了，学员证就交给我吧。”那人从他手中拿走了学员证，给了他两毛钱，转身进入传达室。

许天放一时呆呆地站在那里发怔。

小学生琅琅的读书声……

许天放推开收发室小窗，轻声问:“寒假还办不办？”“不知道。”“张老师呢？”“哪个张老师？”“教画的那个。”“不知道。”窗外大雨哗哗。许天放呆呆地坐在家里沙发上，仿佛萎缩了许多，他的目光在他那些画上依次移过。墙上大木钟的长摆缓慢地摆动。嘀——嗒——！嘀——嗒——！室内灯光微弱。电视机屏幕上放映连续剧《血溅津门》。

画面：日军在关卡前盘查行人。

许天放半卧在沙发上，眯缝着眼，聚精会神地看。

电视屏幕画面：日军把一个青年农民扣留了。继续搜查其余的人，如狼似虎，凶狠无比。

许天放凝视屏幕，进入回忆：一九四一年夏季的太原车站——一九四一年时的许天放，是个青年。学生打扮。手里提着用手帕包着的一个馒头。站在街头电线杆旁，焦灼地瞅着车站的大钟。画外音:“四点钟，他出来见你。”马路对面，电线杆旁，有个女学生，不时地偷瞟他一眼。他也偶尔瞟她一眼。画外音：“日本朋友要求很严，时间要准。不允许第二个人参加，这关系到他的生命安全。日军兵营里反战活动很困难。”许天放注视着从车站里走出的每个人。画外音:“他说他不知什么时候就会被捕，因为日军互相监视太严密。”车站上的大钟，时针指向四点整。许天放在电线杆旁逍遥自在地抖动着一条腿做掩饰，警惕的眼光注视着每个人。车站里走出个日军军官，持着军刀，穿着长靴，用军人的步伐，顺路直对他走来。画外音：“是他吗？那位朋友被捕了？”日军军官昂首阔步地走来，目不斜视。许天放面色紧张。画外音：“怎么办？打暗号不？”日军军官顺路直走来。许天放极力镇静自己，却不由自主地又瞟了对面的女学生一眼。女学生向他走来。日军军官向他走来。画外音：“一个军官会参加反战同盟吗？……怎么办？”许天放闪过走近的女学生，走下马路，成45度角拐弯，在日军军官前面，向前走去。日军军官飞快地瞟了一眼女学生。许天放沿街走去，后面是日军军官的皮靴声。许天放在一个巷口拐弯。日军军官紧跟来，大步超过他。回头瞅了一眼他提的手帕包馒头。许天放紧跟着日军军官。

画外音：“是哪位朋友被捕了？受刑不过暴露暗号了？他是日特？”许天放破釜沉舟地超过日军军官。大步前走。日军军官又超过了许天放，同时狠狠地瞟了他一眼，大步向前走去。许天放汗流浃背，紧紧跟上。日军军官突然停步，猛地转回身，直盯着许天放。许天放也抬眼直盯着日军军官。两双眼直直地对峙着。日军军官抽动指挥刀，同时眼光下视，一小片纸在刀鞘旁落下地。

日军军官插上刀，转回身，一如既往，步伐坚定地走去。许天放弯腰拾起纸片，闪身走进小巷。

坐在沙发上的许天放露出心有余悸的微笑。电视屏幕上游击队和日军厮杀。日军逃窜。许天放的笑容渐渐改变了。似乎这画面的紧张、惊险，都很无聊。隔壁传来喧笑声，隐约夹杂着叫好声、鼓掌声。许天放起身走到电视机前，连续触动按钮。屏幕画面上映出了足球赛实况，蓝黄两队正在激烈厮拼。蓝队进攻，黄队退守。解说员口若悬河地滔滔品评：

“再传，好，射门！噢，太棒了。在足球运动史上，只有球王贝利于一九六一年在伦敦欧洲足球杯赛上曾经踢出过这样漂亮的闪电式的快球，在那以后，球迷们再也没看过这种闪电式了。现在奥地利队 5 号得球，马上传给……进攻？哎呀！”许天放回到沙发前坐下，伸长脖子，聚精会神地看着。黄队踢进一球。观众台上掌声爆起摇动旗帜。蓝队带球进攻失误。许天放为之惋惜。蓝队又得球进攻。射门。守门员跃起把球托出门上，飞向观众台。广播员解说，评论：“一号守门不愧是名将！判断准确，动作及时！”许天放为之兴奋，拍着沙发扶手叫好。他的眼、头，随着屏幕上两队的攻守、进退而左右转动，而兴奋！而沮丧！而欢呼！突然，他猛醒到他的兴奋竟没有对象可交流，一种空虚感，毫不迟疑地向他袭来。他起身去开大灯。室内通亮。更显得室内空旷无当。

他颓丧地关了大灯。室内重归昏暗。

他勉强地继续向屏幕看去。屏幕上双方争夺激烈。观众欢呼，广播员解说。

许天放却不再出现反应的表情和动作。他发现：屏幕上观众的欢呼声原来并不很响。似乎是很遥远的。那阵阵欢笑和赞叹、叫好声之所以那样响，竟是来自隔壁邻居家。

他起身走到电视前拨动音响标针，使电视的声音完全消失。侧耳听一听，完全证实了他的发现，最热烈的声音确实来自隔壁邻居。笑声、叫声、闹声阵阵传来。他耐不住了。起身，出门，敲隔壁门。开门探出头的是那位年过半百的老保姆，一见是他，不由得瞪起惊恐的大眼：“您？什么事？”“一块儿看个电视！”他不由分说便往门里挤。“啊？”老保姆逃命一样奔到电视机前人堆后角落里躲起来了。唐三彩发现老保姆神态反常，忙问：“什么事？”老保姆：“他，他来了！”唐三彩：“谁？”许天放：“我，来和你们一起看电视！”他的出现及他的这一宣告，不啻是送给主人一个大闷葫芦。先是男主人为之一怔，看了看他：“看电视？噢，噢，许局长！”后是女主人唐三彩，在一刹那不解的慌乱之后，也忙随着丈夫机灵地站起身：“许局长，坐这儿！”他谦让：“不必不必，你们都原窝坐着，我在这儿！”低头寻座位。各处都坐着这家的成员。男女老少。“哪能，许局长，坐我这儿！”啪！男主人拉亮了灯，给他让出了自己在正中位置的座椅。于是整齐完好的“观众席”出现了骚动和碰撞，你推我挤。男主人硬拉他坐在正中，青年们把自己的椅子尽可能拉得离他远一些。唐三彩：“阿姨，快给许局长泡茶！”许天放：“哎哎，别忙活了，看球，看球！”唐三彩：“不忙活。是他刚从福建带回来的武夷茶，原想给你送点儿过去，又想，咳，隔壁邻居的，办这些礼道，倒显得见外了。”许天放：“是是，看球看球。”老保姆战战兢兢地给他捧来茶。

男主人接过茶杯，放在他面前小凳上：“许局长，尝尝！”许天放：“哎哎，看球看球。”男主人：“您近来身体怎么样？”许天放：“可以可以。还可以。”男主人：“机关里呀，没有什么大变化。”许天放：“嗯嗯。”男主人：“大家在办公室里，经常念叨您。”许天放：“嗯。”唐三彩：“许局长，您尝尝这茶！”许天放：“嗯嗯。看球，黄队赢几个了？”广播员：“好球！三天连过三关，直插禁区，守门员还没醒过味来，毫无准备，真是迅雷不及掩耳，太棒了！”许天放：“嗯？进了？”他身后响起谨慎的凳椅碰撞声、脚步活动声。他回头看，几个青年悄悄提着椅凳，留恋地望着电视屏幕退出房去了。他忙挽留：“哎哎，你们看吧。别走，继续看！”唐三彩：“他们明天都上班，早点儿睡，养精神！”广播员的声音：“好，又一个，真叫绝，观众们，朋友们，我们是在香港万国体育馆，通过卫星向大家转播世界足球邀请赛的实况……”男主人：“我们一直都想去看看您，可是这一改革，上下班制度严格了，大家自觉要求效率……”唐三彩：“你也别说得那么好，许局长领导的时候，哪点儿差？不也有很多要求条条？许局长，如果您哪天不愿做饭烧水的，尽管过来吃，过来喝，这说了，人老退休是国家政策，一辈子的功劳抹不掉。我们有阿姨——阿姨呢？阿姨！”阿姨老保姆怯生生地走来：“什么事？”唐三彩：“以后，许局长缺什么就送过去！”老保姆：“知道了。”许天放：“不用不用，我自己能做！”说着，向老保姆点点头。老保姆忙躲了。

广播员的声音：“好球！又进了，真是令人大开眼界……”许天放看看周围，空荡荡，再看看男主人和唐三彩那勉强做出的热情，顿觉歉疚不安。不好意思地：“我，我打扰了你们，真不该！”唐三彩：“许局长，看您说哪里话，想请您过来一起看，还不好意思呢！”许天放：“不不，我，你们看吧，我——”唐三彩：“咳，看吧看吧，在这儿看吧。”许天放：“不不，我该休息了，休息了。”男主人顺水推舟：“许局长作息时间一向是很严格的。”他终于告退了。男主人和唐三彩把他送出门。他回到自己家。电视屏幕上映出的球赛在激烈进行。但没有声音。他呆呆地站在墙前，谛听隔壁的声响。果然，像配合电视屏幕画面一样，欢呼、嬉笑，又在隔壁热烈地响起来，传过来，一浪高一浪。他无计可施地站在房中间。发愣。不知什么时候，球赛实况转播完了，电视屏幕上跳动着小黑点儿，沙沙响。他无奈地拔了电源插销，开了灯。墙上大木钟不慌不忙地敲响十二下：当！当！……他三间房里各处巡视了一遍，然后脱衣上床。“寿终正寝”的姿势，规规矩矩地躺好。拉线关了灯。只有墙上大木钟长摆发出的缓慢的响声：嘀——嗒——！嘀——嗒——！他所居住的这座大楼，在他的窗口的灯光消失以后，便没有一个窗口还亮着灯了。

只有路灯还亮着，那等距离而各有不同亮度的灯光串成的线，纵横交错地把城市分割成不同形状的小块，像一张经过修补的闪光的网铺在大地上。其间一盏红灯，那是派出所门上悬挂着的。至于商业区的霓虹灯，更显寂寞，因为街上没有一个人，乘凉的人们都早入梦乡了。

啪！许天放拉亮了灯，室内顿时光照刺眼。他顺势把光胳膊压在眼上，以求适应突然出现的亮度。过了一会儿，他挪开胳膊，慢慢睁开眼，坐起身，下了床，房内各处看了一遍，又抬头看了一遍，然后抬头看墙上的大木钟，时针指着凌晨一点零七分。他轻声叹口气：“又来了！”他走到沙发前坐下，抬眼观察房内的家具：床、床头柜、地毯、沙发……似乎这是个他很陌生的地方。他站起，走到另一间房，开了灯。这是女儿娟娟住过的房间，如今连一点儿痕迹也不见了。一派人去物非的景象。他走进去，愣愣怔怔地站了一会儿，又转动着身子重新看了一遍，似乎很陌生。

极轻极低的画外音："也许……如果，当初我的态度再坚决一点儿，反对得再激烈一点儿呢？或许，她不至于和他结婚吧？……但是，谁知道。也许会真的出现意外的结果……"他轻轻地叹息了一声，走出去，进了书房，顺手拉亮了灯，书房里的摆设，似乎是他所熟悉的，然而他的眼神同样显得陌生。他在沙发上坐下，发愣。他起身走到写字台前，拿起电话话筒，伸手想拨号码，想了想，又放下了。站着，发愣。墙上大木钟的长摆声越缓慢，越显得响亮：嘀——嗒——！嘀——嗒——！他又关了书房的灯，走出，顺路也关了另一间房的灯，然后终于回到寝室，重新上床，关了电灯。他所居住的这座大楼又没有一个窗口亮着灯光了。

但那响亮的木钟摆声却不停歇，并且传出室外，响彻整个大城市的夜空。街上，一个清洁工在扫马路。动作节奏恰能和大木钟的长摆声相和谐：沙——沙——两者组成的声音和节奏，催人昏昏欲睡。嘀——嗒——！沙——！嘀——嗒——！沙——！啪！他又拉开了电灯，光胳膊同样压在眼上，过了一刹那，他忽地坐起来，下床，叹口气，上厕所，开了灯站在马桶前，一动不动，没有一点儿声响。

在缓慢的大木钟长摆声里，他窗口的灯光亮了熄，熄了亮，大街上，一辆洒水车喷着高高的、银色的水帘，缓缓驱行。

便道上，一个人头戴着帽，像和洒水车比赛一样，用力蹬自行车，车上捆绑着布包、钓鱼竿。十字路口，路灯下站着个人，旁边停着辆自行车，车上同样捆绑着鼓鼓囊囊的布袋和钓鱼竿，见他来了，高兴地招手。

东方天空，在大木钟的五响报时声里，染成红色。

当大木钟第五响的余音完全消逝时，他挣扎着勉强地睁开了眼，下床，刷牙漱口、洗脸。他从墙上摘下电镀长剑，然后东一头西一头挨房挨屋地找钥匙。折腾了好一阵。终于在枕下找着了，他便急匆匆锁门，出门去。他像获得了某种解放，却又很难明晰这某种解放的内容是什么，但仍旧挺了挺胸，振作精神下楼去……

公园的早晨是明媚动人的，雾笼翠柳，霞映红花……早晨的公园是生气勃勃的，湖水中有早泳的，岸边柳下有钓鱼的，花坛、树丛、小径、亭阁各处有练嗓子的、遛鸟的、跑步的……许天放在一片树林里舞剑。他不甚熟稳，有点儿笨拙，却很认真，一招一式的花架子，累得汗透衣衫……

大街上，汽车风驰电掣地疾驶……便车道上，上班的人们骑着自行车，像潮水滚滚流淌。小巷一角的一家早餐馆里，许天放喝豆浆，吃油饼，和周围景象相比较，他吃的速度不显过慢。

他上楼梯了，脚步的速度却突然变慢了。他一步挨一步地上楼梯……他开了门，走进屋，站住了。东瞧西瞧，三间房里，仍旧空盈盈，寂静无声，他茫然若失。

他几乎是硬着头皮走进书房，挂了剑之后，不知该不该在沙发上坐一坐，犹豫片刻，进寝室，叠了床铺，抹了床头，各处收拾一番，最后，索然无味地又回到书房。终于在沙发上坐下了。

还是发呆！不知该干什么。他起身，走去开阳台门。阳台上，挂着只鸟笼子，空的。角落里的大养鱼玻璃缸，干的。

栏杆上摆着几盆花，早枯萎了。他到厕所里放了半喷壶水，提到阳台上浇花。一盆还没浇完，放下了喷壶，双手掐腰站着，望着远方的楼顶，还是发愣！

“我在想什么？”他喃喃地问自己。

电视屏幕上播放电视大学科技讲座课，教授讲得很认真。沙发上，许天放在垂头而睡。墙上大木钟的长摆缓慢地摆动。嘀——嗒——！嘀——嗒——！当！当！大木钟声调悠长地敲响了十一下。他渐渐睁开了眼，隔壁传来剁饺子馅的咚咚响声，他想起了吃饭，起身懒洋洋地走进厨房，看了看，开了冰箱，站了一会儿，拿出一小碟菜、一个面包，放在沙发前茶几上，然后坐下，瞅着饭菜。

幼儿园大门外树荫下，一个女孩在哭，连声呼唤：“妈妈！妈妈！”老师——那个曾在摩托车上撞倒过许天放的漂亮机灵的姑娘——搂着她的头，焦灼地举目远望。许天放向她小心地赔着笑脸："交给我，你放心，她就住在我隔壁！"老师埋怨地："说得好好的，叫他们今天早半个钟头来接……"许天放："不信你问她，认不认识我，圆圆，认得我吗？啊？"圆圆点点头。许天放："爷爷带你回家好不好？"圆圆仰头看老师。老师："所有人家都接走了……"许天放："我替她妈妈接吧，你尽管放心！"抱过了圆圆。

许天放领着圆圆上楼梯。许天放敲他隔壁的门，圆圆用一双小手拍着门板叫："奶奶！奶奶！"屋里却没有声响。许天放："好，圆圆，先到爷爷家，等奶奶回来，啊，哎！走！"他急急忙忙在各衣袋里乱摸，终于找到了钥匙。

厨房门紧闭着，许天放在大动干戈地煎炒烹炸，长案上已经摆着几大盘做好的菜。书房里，圆圆坐在沙发上，她面前的长茶几上摆满各种糖果，冰激凌、汽水、花生米、瓜子、饼干……许天放端着两大盘热气腾腾的菜走来，放在圆圆面前："哎，看！这是什么？"许天放搓搓手在圆圆对面小凳上坐下，得意地看着满茶几大盘小碟的菜，拿起一只大空盘，从每只盘里搛出几筷菜："圆圆要吃什么呢？啊！喜欢肉呀？这是莲子，哎，吃虾呀？啊？哎，来点儿。牛肉呢？牛肉好吃，啊，再来点儿芹菜，不吃芹菜不好，它帮助消化，再来点儿炒鸡蛋，啊，有营养，还有鱼，啊呀，尝尝爷爷做的大鳜鱼，啊呀！真好吃，还来点儿什么呢？哎，一小块羊肉，哎，圆圆跟爷爷一起吃饭，吃得饱饱的，饱饱的……"他拿着的盘里菜堆成山。

“好。”许天放把菜小心地放在圆圆面前，“吃吧！”圆圆噘着小嘴：“我不吃！”许天放：“不吃？吃吃，在爷爷家，什么都可以吃。”圆圆：“我不吃！不！不吃这个。”许天放：“要吃什么？啊？”圆圆：“吃大苹果！”许天放：“大苹果？噢，大苹果，大苹果！”他忙起身去开冰箱，冰箱里没有苹果，有香蕉。“吃香蕉好不好？圆圆？”他拿起香蕉，送到圆圆面前。“不！苹果，大苹果！”圆圆叫。“噢噢！”许天放看看墙上的大木钟，时针指在六点过七分。“圆圆，喏，你坐在这儿。等着爷爷，爷爷去给你买苹果，好不好？”“不！”哇一声，圆圆哭了。“噢，别哭别哭，爷爷不去，钥匙呢？”“圆圆！”唐三彩破门而入。“奶奶！”圆圆从沙发上爬下，扑向唐三彩。

唐三彩看看茶几上，明白了八九分，不好意思地向许天放点头：“许局长！”许天放：“我把她接回来了。”唐三彩：“看麻烦您，圆圆，快谢谢许爷爷！”圆圆：“谢谢许爷爷！”许天放：“不谢不谢。”转向唐三彩：“以后，你们忙，我就去接她。”唐三彩：“这可劳苦您了，她妈妈班上严得很，改革了，头都不敢抬，小锅饭难吃呢！我们阿姨今天又休假，她们老师又一刻也不等。我忙完班上再赶了去，人影也没了。”许天放：“噢噢，坐吧坐吧，和圆圆一起吃顿饭。”唐三彩：“不啦不啦，抬脚就是家！”

许天放："在这儿吃吧，我已经做好了。"唐三彩："不啦，我还得忙他们的饭。"许天放："要不就把圆圆留在这儿，我陪她吃。"唐三彩："不啦，不啦。她妈进门就得搂着她转！"许天放悲哀了："是啊，如今，都是独生子女，一个儿，珍贵。"唐三彩："也不像话。越少越宝贝。圆圆的老师刚结婚半个月就闹离婚，哼，这样结一次半个月，半个月结一次，一辈子连一个孩子也不能生，要不怎么这几天老叫早接孩子？她忙着跑法院呢。"许天放："半个月就离婚？为什么？"唐三彩："谁知道，说是两口子雇了个小保姆，干了不到十天，把他们的金项链、新衣裳啦，都偷跑了，他们报了案，公安局把那个小保姆抓住了。哪想到，小保姆说，她男人头天晚上就强奸了她，气恨不过，才偷了他们的，是报复！圆圆的老师信了，就闹着离婚，你说这事！"许天放怔怔地坐着，走神了。唐三彩领着圆圆轻声告别，他也不再挽留了。

下午五点，太阳还毒烈。许天放领着男女五个小孩走出幼儿园大门，他倍感幸福，孩子们围着他走。许天放开了自家房门，五位小天使拥进了房。许天放从冰箱里搬出各种吃食，西瓜是早切好了的，摆满书房茶几上："来来来，都吃，在这玩儿？玩儿！"他又进厨房，开启水蜜桃罐头，倒进大盘里。啪！书房里传来一声响，接着传来哭声。他忙端着盘走进书房，一只盘子打碎，花生米撒满地，一个女孩吓哭了……许天放忙安慰女孩："别哭别哭，爷爷有的是盘子，旧的不去新的不来，快，别哭，吃水蜜桃，啊呀，可甜呢，可凉呢，好吃，快！"男孩子们动手了，女孩子也不甘落后，你抓我抢。许天放："哎哎，先洗手！洗手！"沙发上，茶几上，孩子们围嘴上，到处溅着糖水。一个男孩："还要！爷爷！还要！"许天放："好好好，先洗手去。都洗手去！"孩子们却不动，一片喊叫声："还要！……"许天放又进厨房开罐头。啪！一声巨响由书房传来，许天放端着罐头进书房看，写字台上台灯被打落在地，电话机话筒挂在柜旁晃悠。书籍纸张撒满地，两个男孩在写字台上夺一支笔。许天放笑了："大闹天宫！好！"房门开了，进来一位年轻母亲："许局长，你带毛毛来了吗？"许天放顿显愧疚："今天没接他，我估计你会去接呢。""噢！"年轻母亲满脸不快，急转身出门去。许天放追出门喊："你在这坐一会儿，我去给你接吧。"楼梯下传来年轻母亲的声音："不用了，我走得快！真是！"

又是下午五点。许天放慢步走进幼儿园。迎面走来了那位年轻漂亮的女老师，向他点点头，脸上作出笑意："来接孩子？"许天放："稍微早了一点儿是吧！"老师："不早。哎，孩子们的家长对您的帮忙都很感激，叫我转告他们的谢意。"许天放："没什么，反正我也没事，也是个活动。"老师："可是，他们说，以后不要再麻烦您了。"许天放：

“呃？”老师：“免得家长来扑个空，有时还得往你家跑，没准头！”许天放：“噢！”老师：“您帮忙这一段，我也得谢谢您！”许天放：“咳，没什么没什么。”他不知是否该马上离开这里。

许天放找话掩饰窘态，关心地：“听说，听说你离婚了？”“还没判决呢！”老师狠狠瞅他一眼，转身去了。

许天放就像根木桩站在院子里……

许天放失魂落魄地回到家，开了门，进了房，坐在沙发上，四处看，不知该干什么。突然，他眼睛一亮，门板后信箱里有一封信，他起身走去，看了看，是香港寄来的。他在写字台后坐下，剪开信封，抽出信笺看。

女声（画外音）：“爸爸，五日来信收到了。哥哥的信，给鸿翔看了。鸿翔的意思是，应该鼓励哥哥自己克服困难，如果寄钱去，会造成哥哥的依赖性，反而对他不利。80年代的中国青年，应该自觉培养一种能在逆境中克服困难的坚毅精神，有了这种精神，就等于拥有了巨大的财富，在美国找一个临时性劳动职业并不难……”许天放不再往下看了。画外音也停了。他呆坐了一阵，把余下的几行字匆匆掠了一眼，拿起剪刀，把信纸剪成两段，把开头的一段折好，装进信封，吃力地描写英文字母：“AMERICA（美国）”……

他坐在沙发上翻影集。第一页上是他和妻子年轻时的婚后照。我们一眼便看得出来，他的妻子正是那个在太原车站电线杆下向他急急走来的姑娘。

他久久地注视着照片，嘴唇嚅动了一下，似乎想对她说什么，却没有说出来……

各种尺寸，木框的、金属框的、只用两页玻璃夹着的，他妻子各种着装、各种姿态、各种表情、各种背景的相片。这些相片，展示了他妻子从少女到少妇三十多岁各个时期的芳容倩影。

许天放触目都可看到照片上的她。

他在三间房里走来走去，或坐或立，故意低一会儿头，再猛地一抬头，眼前便是她。他似乎得到了一种可触及的真实感的安慰。他坐在沙发上，凝视着放在写字台一角的妻子照片。照片上他的妻子若兰微笑着。他的画外音："我把咱们儿女都抚养大了，他们都走了……现在我离休了。我每天一个人按时吃饭，按时起床，按时活动。你放心，我不会消沉……"然而他流泪了……

初秋的天空格外晴朗，阳光也显得清爽宜人。王科长和黄米姑敲唐三彩家门，门马上开了，唐三彩把他们迎进屋。唐三彩："已经三天了，不出门，天天晚上自己说话，一会儿开灯，一会儿关灯，有时还听见哭……"王科长和黄米姑颇为吃惊。唐三彩："我看老头儿是太孤单了……"王科长和黄米姑轻敲许天放的门。门开了——许天放苍老了许多。王科长神色不安地："老局长，我们来看看你……"许天放勉强一笑，默默让进他们。屋内很凌乱。黄米姑瞪大了惊愕的眼睛扫视着全屋的若兰的照片。许天放一言不发地拿起暖瓶，要给他们倒水。王科长接过暖瓶，觉出是空的，对黄米姑："到唐大姐那儿灌壶水……"黄米姑赶紧从王科长手中接过暖瓶走出去。王科长口气轻松地："最近怎么样？"许天放面无表情地点了点头，目光迟滞地让王科长在沙发上坐下。"是不是病了啊？"王科长挨着他坐在沙发上。许天放不抬头，不回答。"睡眠怎么样？"许天放木雕泥塑一般。"我看，去做保健检查吧，啊？"许天放的表情神态没变化，黄米姑回来了。王科长起身走到黄米姑跟前，又看了许天放一眼，低声地："要个车，去医院。"黄米姑惊愕……

许天放躺在病床上。头上、胳膊上、胸前都贴着电磁片，乱七八糟的电线像把他捆绑起来一样。旁边小桌上，医生在操作仪器，许天放闭着眼，任其摆布。

另一间房里，王科长和一位医生交谈，医生频频点头：

"幽闭抑郁症。他还比较典型。"王科长："怎么治疗呢？"医生："治疗！这种病，靠药物是难以奏效的！"王科长："怎么办？这些老同志，革命一辈子，风风雨雨，坎坎坷坷……"医生："是啊是啊，所以……反正药物没用。关键是要改变他的生活状况。调整他的内心世界，有个亲近的人经常跟他交流交流感情才好……"王科长扶着许天放上楼梯，到了他家门口。黄米姑闻声开了门，也伸手扶许天放。

许天放抬眼看看屋里，站住不动了。屋里，墙上桌上、写字台上、茶几上，所有若兰的照片，统统不见了，到处擦洗得一尘不染。许天放怔怔地想了想，走到沙发前坐下，垂着头。王科长也在他身旁陪坐。黄米姑给他杯里泡了茶，也给王科长泡一杯，然后又挨着王科长坐下。

王科长向黄米姑使了个眼色，然后端起杯，喝口茶，轻松随便，却是坚决诚恳地："老局长，我看——我有个想法，根据你这个实际情况，呃？给你找个老伴吧——怎么样？"许天放的眼皮抬了抬。在他眼前出现了一些老妇女的头像：在百货公司"老年服装专柜"前和售货员吵架，在湖边嫌老头儿茶热、催老头儿去买冰的那位；满头白发、在湖边哄孩子"钓鱼"玩儿，把老头儿气歪了鼻子的那位；还有他平时接触过的、见过的五十多岁、六十来岁、高的、矮的、花白头发的、满脸皱纹的……各种各样的老妇人，在许天放眼前徐徐转动，其间还有隔壁唐三彩家那位阿姨老保姆，向他瞪着惊恐的眼……

"不！"许天放坚决地说。

沉默。许天放和悦一些："医生诊断得不对，我不是什么幽闭抑郁症，我自己了解自己，我是……"又沉默了一阵，黄米姑小心地："许局长，要不，我们帮您物色个小阿姨怎么样？每个月不过花个五六十块钱！可您生活上会得到照顾啊！"许天放略抬了抬头，渐渐地，他眼前出现了幼儿园圆圆那位漂亮的老师，狠狠地瞅他一眼，说：“还没判决呢！”许天放明确地：“谢谢你们的好意，其实我不需要什么人的照料。”王科长和黄米姑相视着……

墙上大木钟的长摆缓慢地摆动着。许天放呆坐在沙发上。有人敲门。他不无厌恼情绪，但还是起身去开门。一个三十六七岁的男人，穿着入时，全身整洁，连笑也充满某种特有的活力，向他略点点头：“局长！”态度恭敬诚挚。“嗯！”许天放似乎想应酬地笑一笑，没笑出来。“我到丹麦去了一趟，刚回来。”来人说，“身体好吗？”许天放：“嗯……”“我一直忙。以前给您做秘书，也体会些领导工作忙，可没想到当上了个处长，这么忙法……”来人并不是抱怨，而是领会了的语调。许天放不作声。来人给许天放杯里泡了茶，恭敬地轻轻推到他面前。许天放喃喃地：“没离休前，总以为，少了自己，各方面都不行。现在明白了，少了谁，地球照样转。还转得更……好些……”“也不能这么说，机关的同志还是很怀念您的。”许天放：“我那时，在同志们面前，也太严肃了点儿……”来人从提包中拿出个塑料薄膜小袋，托在掌上，送到他面前，虔诚地：“局长，我带个小玩意儿给你。是我一点儿心意，挺有意思，无论掉哪儿了，只要是在它直径十米的范围之内，吹一声口哨，它就会有反响。还会说几句呢！人家外国人就是聪明！手巧，什么都能想到。”许天放抬眼皮看了看。来人：

“你不缺什么大件的东西。我知道你有个丢三落四的习惯，特别是好丢钥匙。你把要紧的钥匙拴在这上头，就可以放心了。”许天放又抬眼皮看了看，来人把小玩意儿在手里掂了一下，翻过来，正面贴着个西方女郎的头像，金发碧眼，长长的假睫毛，艳红的嘴唇，做出卖弄风情的媚态，她使许天放想起电视广告里模特儿做作的姿态。

当啷！小玩意儿上拴了几把钥匙，扔在写字台上。墙上大木钟的长摆缓慢地摆动。嘀——嗒——！初秋傍晚的轻风拂动着窗帘。许天放毫无目的地开阳台门走出去。阳台上鱼缸里积了浅浅一点儿雨水，生了青苔；花盆里的枯花，叶子黄了，过早地报告秋季的来临，鸟笼一半被雨水淋得变形了。他无意关心这些，倒是楼下路边杨树叶子任秋风翻动的景象，诱得他下决心要出门走一走，他反身回房找钥匙。

他站在书房中央，嘟起嘴巴吹口哨。吱！他有点儿惊喜，决心再吹。就在这时，大衣柜前，写字台旁的地上，发出嘟一声悦耳的音响。他精神为之一振，又吹了三声，都响了。在那里，断定在那里，又响起两声：嘟，嘟！他大步跨去，弯腰捡起了那拴着几把钥匙的小玩意儿，忽然，它发出了女性温柔而亲昵的声音：“亲爱的，谢谢，别把我丢了。”他把这小玩意儿放在掌心，惊喜不止地仔细看着，那个金发碧眼的含笑女郎在望着他。他一步倒退到沙发前坐下，把这小玩意儿——钥匙坠，放在茶几上，对着它，尖起嘴，用力吹了一下：吱——嘟、嘟、嘟——“亲爱的，谢谢，别把我丢了！”许天放脸上露出了信任的笑容。他把钥匙坠放回写字台上，自己回到沙发上坐下，尖起嘴：

吱——！嘟、嘟、嘟——“亲爱的，谢谢，别把我丢了！”许天放霍地站起，奔到写字台边，伸手拿起这小玩意儿——钥匙坠，翻弄着，看，出奇地看，爱不释手……

许天放所居住的大楼没有一个窗口有灯光。许天放睡在床上，黑影里，尖起嘴：吱——！嘟、嘟、嘟——声音来自枕边，“亲爱的，谢谢，别把我丢了。”年轻时的许天放，伴着年轻的若兰，徜徉在无边无际的草原上。轻风吹动她浅蓝色的长裙，吹动她的头发。草地是柔软的，铺满各色鲜花，前面有百灵鸟时起时落地飞翔……

天际飘来音乐，令人陶醉，令人神思驰骋……周围飘落着蒲公英种子羽状的小伞，数不清有多少，纷纷扬扬……他们携着手向前走，向前走，向前走……前方是无垠的大草原，有绿色的森林……纷纷扬扬的蒲公英种子里出现了飞舞的彩蝶，数不清有多少，围绕着他们，飞舞，飞舞，飞舞……他的声音：“活着，而且觉得自己年轻，多好啊！”若兰幸福地笑着，舞动着双臂向前跑了……转瞬间，若兰消失了，在她消失的地方出现了一棵枇杷树，许天放含笑在树下躺下了，头枕着突出地面的树根，像枕着她的腿，仰望着枇杷树那茂密的枝叶……渐渐地，入睡了……

他进入了梦乡，梦见许多彩蝶纷纷扬扬在他眼前飞舞，一束枇杷花在他脸上擦过，他醒了，睁眼不见枇杷树……他跃起来，茫然地四顾。草原上响着他的声音："若兰！若兰！若兰！……"声音轻弱却随风飘向天际，以至那晴朗的天外……忽然，若兰出现了，站在他面前，举着一束枇杷花，挑逗地在他脸上抹了一下："就不怕把我丢了呀？"墙上大木钟缓慢地敲响五下：当！当！……许天放慢慢张开眼，一夜梦中的景象，余味笼罩着他，他眼睛里闪现着一种新生的光。他从枕头下摸出"她"——钥匙坠，举在眼前，尖起嘴：吱——！嘟、嘟、嘟——"亲爱的，谢谢。别把我丢了！"他看着金发碧眼的女郎发了一阵怔，马上起身下床，开了书橱下层小门，取出影集，翻弄着。从中摘下一张若兰的小照片，拿起剪刀比着钥匙坠，剪下四边……

若兰的照片贴在了钥匙坠上，代替了金发碧眼的女郎，在许天放手掌上向他甜甜地微笑。

许天放尖起嘴：吱——！嘟、嘟、嘟——"亲爱的，谢谢。别把我丢了！"许天放眼圈噙泪喃喃地："我怎么会把你弄丢呢？啊？怎么会把你弄丢呢？"他找出一只塑料膜小袋，小心地把钥匙坠装进去，小心地装进胸前小口袋里。

许天放进厨房，点灶烧水，刷牙漱口、洗脸，对镜照了一下，又刷了肥皂，刮脸，重又洗了脸，对镜子照了一番。回寝室换了件新上衣，把钥匙坠放进胸前小口袋里，回到镜前端详了一番，自我满意地点点头，尖起嘴：吱——！嘟、嘟、嘟——“亲爱的，谢谢。别把我丢了！”许天放慷然慨然地：“怎么会呢？走，现在咱们一起吃早饭去！”他拿着钥匙坠，拉开了门，像身旁就有若兰同行：“走。”估计她已出门的时间，他才走出门，关上，用钥匙锁上门，看了看甜蜜微笑的若兰：“咱们去散步！”他把“她”装进胸前小口袋里，神情明朗、舒畅，挺起胸脯，一步步下楼梯……

许天放走在公园树林里，精神十足，目视前方，全不顾身边是否有人走过，尖起嘴：吱——！恰好那对在“老年服装专柜”前吵过架的老夫妻从他身旁走过，闻声见状，大为惊疑，不解地回望他。而他昂首阔步地走去了，留下了嘟、嘟、嘟——的响声……

许天放回到家，从上衣胸前小口袋里掏出钥匙坠：“若兰，请你打开门吧！”他用钥匙开了门，停了一会儿，然后自己才进门，关上门，说：“咱们锁上，啊？”他锁上门，小心地走进书房，小心地把钥匙坠——“她”，他的妻子若兰，放在写字台上，摆正了：“看着我，给你画一幅，不，先写上你的名字！”说着，忙摊开文房四宝……

一幅工整的隶书大字“若兰”被许天放贴上墙——一幅工整小字《滕王阁序》被许天放挂上墙……一幅形象生动的鳜鱼水彩画被许天放挂上墙……他下了凳，往后退着，欣赏：“怎么样？啊？你喜欢吗？”没有声音。他尖起嘴：

吱——！嘟、嘟、嘟——“亲爱的，谢谢。别把我丢了！”许天放微笑着走在楼梯上：吱——！许天放微笑着走在公园里：吱——！许天放微笑着走在马路上：吱——！数不清有多少人，在不同地方，驻足回视他，莫名其妙地瞧着他的背影，如坠五里雾中……同时，无处不响着那温柔而多情的女声：“亲爱的，谢谢，别把我丢了！”许天放在作画。墨池旁录音机磁带转动着，过一阵便响起一声：“亲爱的，谢谢。”许天放如痴如醉地写、画，在房里舞剑、抹桌椅；在阳台上浇花、洗鱼缸、往笼里放鸟；在厨房里做饭……尖着嘴吹小曲《我们的希望》。

“亲爱的，谢谢。”唐三彩把耳朵贴在许天放门上。这次她真的吃惊了，蹑足轻步地回了自己家。她拿起电话拨了号码：“喂！老干部科……”

有人敲门。许天放精神抖擞走去开门，边说：“亲爱的，看看谁来了？”他开了门，门外是王科长和黄米姑，他们简直是提心吊胆地先观察了他一眼。许天放很高兴：“噢，你们，请进。”他们随他进了书房。王科长：“许老，最近……怎么样啊？”“好，好。”许天放要给他泡茶。王科长：“别麻烦了，不渴。”许天放竟也不勉强。王科长：“生活上有什么困难没有？”“没有，没有。”王科长：“一个人生活，有时是会感到孤独寂寞的，最近心情还愉快吗？”“愉快……会有什么不愉快的呢？”“今天，气温……突然回升了……”“是，秋老虎……”“您，精神还……可以吧？”“精神……可以的，可以的。”许天放抬眼看了看房内的陈设，神态说明他很满意。

王科长和黄米姑也用眼光陪他扫视了室内一遍，的确，清洁了，墙上的字画也布局讲究，平添了某种生气，仿佛有位能干的女主人在主持家务。

黄米姑大着胆子起身把三个房间连同厕所各处看了一遍。结果是：一切井然有序。她又用极关心的微笑掩饰着疑惑开了阳台门，走上了阳台。阳台上也显出某种生气：枯萎的花，经过修剪，叶子又绿了，抽出了新枝，有了花苞。鱼缸里水清草绿，两条大金鱼悠然游动。笼里，鸟在跳跃，鸣叫。她回到了书房，向王科长投去疑惑的眼光。“还是泡杯茶吧。”许天放说着，动手给他们泡茶。“不用了，不用了。”黄米姑拦住他，在王科长身旁坐下，仔细打量他。他脸上气色很正常，脸刮得很干净，神态自若。许天放微笑着问黄米姑：“你们很忙吧？”黄米姑：“也不算特别忙，倒也闲不住。”许天放：“是啊是啊，改革，大家都忙。只有我，闲着。”王科长：“我们想，天气凉了，秋高气爽，您，是不是，出去旅游旅游？呃？想出去走走不？”许天放：“旅游？不不，我在职期间，开会、参观、交流经验，大半个中国都旅游过了，省下这笔钱，让给别的同志去吧！趁年轻时候多走走，既开了眼界，也可多了解信息。是不是？”黄米姑吞吞吐吐地："听人说，您……近来……经常地……吹口哨？……"许天放看她一眼，又瞥了一眼写字台上的钥匙坠，目光中流露出某种微笑，令人莫测高深。黄米姑："吹口哨当然说明您心情愉快，我们得知，很高兴。不过，这是怎么回事？"她紧张地笑了。许天放只是笑笑，不做一字的回答。王科长用肘触了一下黄米姑："多到室外散散心好。吹口哨嘛，只要能使心身愉快，也可谓老少皆宜。"许天放还是笑着，不接话茬儿。王科长："那么，如果您没什么事，我们就告辞了，啊？"站起身："还是那句话，您有什么困难，给我们打个电话，啊？""一定，一定。"许天放走去开了门。送别了王科长和黄米姑，他回到家，关了门，从写字台上拿起钥匙坠："亲爱的，他们走了，我们又回到自己的王国了！"他定了定神，尖起嘴：吱——！嘟、嘟、嘟——"亲爱的，谢谢。别把我丢了！"他笑着，看着甜蜜微笑的她，窃窃私语般地："我知道，我都知道，你没有看出来吗？他们来的目的是什么？啊？他们想找你！咳！叫他们找去吧，我会把你告诉他们？"他笑出声来了。笑得那么天真。

墙上大木钟长摆缓慢地摆动。许天放在厨房里兴致勃勃，吹着口哨《我们的希望》，烧好两小盘菜，端进书房，摆在沙发前长茶几上，茶几上早摆着"她"——他的妻子，钥匙坠。旁边放着一双筷子，一个小碟。

许天放又回厨房端来两碗饭。回书房时，房门上投信孔里落进一封信，啪的一声响，说明很厚重，他放下饭碗，忙去信箱里取出。原来是两封信。信封上都写着中、英两种文字。一封特厚，一封极薄，显然是女儿和儿子寄来的。

他回书房沙发上坐下，看看妻子，微微一笑："他们的信，来，若兰，咱们看看。"他戴上眼镜，撕开厚信封，抽出信笺，里面裹着一张彩色照片：是娟娟和她老丈夫鸿翔的合影。他脸上不由得蒙上了一层阴影。他展纸看信。

女声（画外音）："爸爸，我和鸿翔走遍了欧洲各国，只剩卢森堡还没去。鸿翔经过旅游，身体明显好转，能吃能睡，体重增加了六磅，你应该高兴了。看看照片就知道了。"许天放没急于看照片，只略带鄙夷地斜了一眼，继续看信。

女声（画外音）："这次旅游，使我大开眼界，虽然欧洲是一片大陆，各地各国风景人情却各不相同。英国菜比意大利菜好吃；德国城市的树墙，人工痕迹太明显；法国人对女人特别尊重，但风度不及英国人的绅士派头足。"许天放渐渐皱起了眉，无心再看下去了。

女声（画外音）："你从照片上不仅可以看到鸿翔和我，还可以领略一下欧洲各大城市的风光……"许天放厌恶地随手摊了摊那一摞照片，上面是娟娟各种姿势、各种表情、各种服装，陪在老鸿翔身旁的景象，至于"风光"，实在看不出有什么可领略的，凯旋门，埃菲尔铁塔，都极远极小极模糊。

他看“她”——他的妻子若兰一眼，若兰只是甜蜜地笑着。许天放用信纸把全部照片覆盖起来，似乎怕被她看到这些见不得人的东西，脸色阴沉：“唉，若兰，就是你也做不了咱们女儿的主啊！——”他拆开儿子的信，只是一张纸，寥寥几行华体字。

男声（画外音）：“爸爸，我还在校，功课很繁重，关于学费之事，我很着急。幸好最近在美结识了一位中国朋友，他将于近期回国，望你交给他人民币一万元，他有办法换成美金，也有办法带到美国来。此事不宜声张。另外，我已决心长期留驻美国……”许天放吃一惊，喃喃地：“长期留驻美国？”

男声（画外音）：“当然，你年事渐高，应该及早考虑晚年的归宿问题，我认为，鸿翔是香港商界有声誉的财佬，妹妹有责任赡养您……”许天放捏着信纸，呆了。

许天放两手插在风雨衣口袋里，走进银行储蓄所。片刻，他走出银行，左手提着个皮包，右手仍插在风雨衣口袋里。目光呆滞，脚步蹒跚……他回家开门，走进寝室，拿钥匙坠，开一只木箱的锁，忽然对着钥匙坠上的“她”——若兰，久久地凝视着，眼圈充溢着泪水……

许天放两眼暗淡无神，两手插在风雨衣口袋里，走在长街人行道上，走在寂静无人的小巷里，走在夜色幽暗的小街上，走在秋色荒凉的郊外草坡上，走在不知名的瓦砾废墟上，走过一片公墓旁……不吹口哨，不说话。

许天放上楼梯回到自家门前，一个三十四五岁的男人，等在他门外。见他开门，凑上前："你是许天放老先生？"许天放看他一眼，没言声。"我是……你看这。"他从衣袋里摸出一张照片递给许天放看。照片是两个人的合影，来人又把照片翻过，给他看。照片背面两行草写的字迹。

男声（画外音）："爸爸，来人便是我前信中所提的朋友，请放心将款交他。忙，不多写。"许天放点点头，开了门，引来人进了房，径去寝室开木箱。忽然，停住了，两眼直呆呆地瞅着钥匙坠上的"她"——若兰。

若兰对他甜蜜地微笑着。画外温柔的、坚定的女声："我对他们没有什么祈求，只要你别把我弄丢了就行。你又要求他们什么呢？随他们好了，何必烦恼呢？"许天放抖动着手，把一把钥匙艰难地插进锁孔，开了箱，从中拿出他从银行提回的皮包，交给来人。来人："您老已经准备好了？这么多钱，我也没带个包。"许天放无所谓地："连包一起拿走好了，里面是一万元。""对对，许愿也告诉我是带一万元。"许天放："你不点点吗？"来人："不，不用了，那还能错？"许天放："您费心了！"送走来人，许天放回到书房，坐在沙发上发呆。画外音："美国究竟有什么东西勾引得儿子不要老子？……"墙上大木钟缓慢地一声声敲响了。当！当！当！

（回忆）晚。许天放在看电视，女儿下班回来。女儿一边脱外衣，一边问："爸，您开工资了吧？"许天放："开了，在抽屉里。"女儿走到桌前，拉开抽屉，取出钱，点数一遍，说："爸，我这个月发了四十元奖金。明天我存上二百吧！"许天放："存二百？就剩下几十元，不吃饭了？"女儿莞尔一笑："爸，您别急嘛，我心中有数。"许天放："你哥早就说了，要给他买一台小型录音机，学外语用。"女儿："哥不是借别人一台用着吗？"许天放："借的总是借的！"女儿："不买。让他用自己的奖金买！听他们同事说，这个季度他们奖金也不少呢！"许天放："我也要买双鞋。"女儿看看他的脚，他脚上一双旧皮鞋已龟裂了。女儿："爸，你又不出门儿上班，在家有双鞋穿就行呗！"他有些不高兴，想说什么，却什么也没有说，扭回头去看电视。女儿走到他身后，双手搂住他脖子，俯头撒娇说："爸，您不高兴啦？其实，我不攒，您也是替我和哥哥攒……再存二百，就两万啦！"他终于微笑了："自从你掌握经济大权，你爸都瘦了！"许天放仍坐在沙发上。他老泪纵横。

墙上大木钟长摆缓慢地摆动。

嘀——嗒——！许天放两手插在风雨衣口袋里，眼神麻木地缓步走在人行道上，身旁汽车一辆跟一辆在公路上飞驰。嗖！嗖嗖！许天放拐弯走上人行横道。一声刺耳、令人惊心动魄的刹车声里，他身后的一个行人为了躲车，狠狠地撞了他一下，把他撞了个趔趄，行人立刻搀住了他，向他抱歉地一笑，走了。交通警察走过来，看了看他："怎么回事？啊？没看见红绿灯？呃？噢！又是你！……"许天放两手插在风雨衣口袋里缓慢地回到宿舍大门外。唐三彩风风火火地从楼梯上跑下来，迎着他："许局长，你上哪儿了？快回家！你家被盗了！"不由分说，搀着他，拉着他上楼梯。

楼梯口、楼梯上、他家门外，围满了男女老少的邻居。房门大开，两个警察在门里保护现场。人们给许天放让开路，唐三彩把他推进门里，自己留在门外，向警察叫："他回来了。"三间房里一片狼藉。一个警察："您快清点一下，看看都丢失了什么东西！"许天放看看各处，急忙在身上各处搜寻什么，顿时惊慌失措，忙抬起头，尖起嘴，用力地吹了一声口哨：吱——！那么响！吱——！吱——！他连声吹。警察大惑不解："您……这是干什么？"许天放失魂落魄地："找钥匙！"吱——！众人皆大惑不解。唐三彩："哎呀，还找钥匙干什么?！先看看丢了哪些东西啊？"许天放不理，尖起嘴，吹个不停。吱——！他的书房。吱——！他的寝室。吱——！他的另一间空房。吱——！他的厨房。吱——！他的厕所。吱——！公园里，游人惊疑地四望。吱——！早点小饭店。吃饭的人停下吃喝张望。吱——！十字路口交通岗亭，行人止步回望。吱——！夜色中的城市，空寂的街道。吱——！医院病房。口哨声虚弱了，许天放躺在病床上。

内科医生办公室里。王科长焦灼、痛苦地问医生:“到底怎么回事?”医生:“他是典型的迷幻型神经官能症。”警察坐在许天放病床旁,手里拿着记录夹:“你还记得前天在人行道上撞了你一下那个人吗?”许天放毫无表情,闭着眼。警察:“是他作的案。他是你儿子托付从美国回来给他带钱的那个人勾结的扒手。他们合伙干的。”许天放毫无表情。警察:“那天他故意撞你,偷了你的钥匙。”“钥匙?”许天放突然睁开了眼,差点儿坐起来,“我的钥匙还在吗?”警察按他躺下:“你的存折还在,他们没敢去取款。”许天放:“钥匙!我的钥匙在哪儿?”警察:“钥匙,这……作案后,他们把钥匙扔了……没法找到了……这不算什么损失。您以后再配几把就是了……”许天放的脸抽动了一下,无泪无声地哭起来。他的嘴唇嚅动着,凑拢,吱——!极微弱的口哨声。我们分明是听到了,却不能相信是从他口中吹出来的。仿佛来自极远处,来自草原尽头,来自海天之际,来自深山峡谷——一个极幽怨的女声:“你到底把我丢了!”吱——!天穹广阔,白云悠悠。那呼唤的口哨声渐渐消失在广宇……

鹿心血

一九七二年冬，按照上级命令，我们在乌苏里江边增加了一个哨所。守卫它的，是我们连的六名知识青年——我是其中的一个。

哨所并不隐蔽，用一破两半的圆木构造。我们的任务是——巡逻十里长的一段江面。

连队隔半月给我们送一次面粉和蔬菜。北大荒冬季只能吃到白菜、萝卜、土豆——“老三样”。不但战士要吃，干部也要吃，哪一级都要吃。吃了就要唱：“我们的同志，在困难的时候，要看到成绩，要看到光明……”难得吃顿肉。我们不像孔夫子那么娇气，三个月不知肉味就牢骚满腹。

我们都巴望哪天能捉一个特务。

却没捉到过。

捉到过一个形迹可疑者，一个“二毛子”。我们大大地兴奋了一次，轮番对他进行审讯。结果非常遗憾，他不是特务，是九连的马车老板，到江边来下套子套野兔。这令我们也大大地沮丧了一次，没收了他的兔套。兴奋是一种情绪付出，不能白白兴奋一次。

江边地带很荒凉，生长着灌木丛和杂草，野兔出没其间。捉不到特务，我们就转移愿望，套野兔。总得有个愿望才行。什么愿望都没有时，烟钱的开销就太大了。

却没获得过一根兔子毛。套住的野兔被狗叼走了。雪地上清清楚楚留下的踪迹告诉我们，狗跑过江面，消失在彼岸的土堤后。土堤后是一个村庄，可以望见各式各样的屋顶。这一带江面不宽，早晨甚至可以听到他们那个村庄的鸡啼。毫无疑问，这条“强盗狗”准是江对岸的！它竟可恶地连我们的兔套也一块儿叼走了。

我们恨透了这条狗。发誓逮住它，惩罚它。不弄死它，也要弄它个半死。我们设诱饵，埋“子母套”。

一天傍晚，我们听到了狗叫声。当时大家闷坐火炉四周，正无事可做，无话可聊。狗叫声在我们内心引发了一种近乎亢奋的激动，同时跳起来，好像哨所里着火了似的，争先恐后冲到外面。

我们循着狗叫声跑到一片灌木丛那里，包围被套住的狗观看，大为开心。那狗比我们想象的要小，也不如我们想象的那么凶猛。长腰身，长腿，垂耳。深栗色的毛，闪耀着旱獭毛般的光泽。狗脸很灵秀，很可爱。一条漂亮的纯种苏联猎狗。钢丝套子勒在它后胯上。由于它经过了一番激烈的挣扎，已使套口收得很紧很紧，勒入皮肉，仿佛就要将它的腰勒断了。这狗的充满痛苦的眼睛里，流露出人类的悲哀而绝望的目光，恐惧地瞧着我们。它不断啮牙，发出阵阵低呜。但那低呜绝不意味着进攻的企图，是防范的本能。它太痛苦了，不久便连防范的本能也丧失了，一动不动地蜷伏在雪窝中，不再龇牙，也不再发出低呜。它浑身颤抖。不知是由于痛苦，还是由于恐惧。

观看这么漂亮的一条猎狗这么可怜的样子，我们都有点儿暗发慈悲了。它毕竟是狗，不是狼。它不过叼走了我们套住的野兔，并没咬伤我们的哪一个伙伴。如果它是一条中国狗，不是猎狗，只是一条普普通通的狗，我们都会立刻放掉它的。我们都暗暗地、深深地为它不是一条中国狗而遗憾。苏联，这一点似乎使问题的性质很不同了。一种古怪的心理，使我们这几个很喜爱狗的中国小伙子，对这条苏联狗压制了我们天性中的善良和怜悯。

一个伙伴踢了它一脚，恨恨地说："我们走，让它在这儿受罪吧！它不被勒死，也会被冻死，或者夜里被狼活活吃掉！"另一个伙伴反对："让狼吃掉？那未免太可惜了！弄回哨所去，宰了，够我们吃几天狗肉的！"第三个伙伴立刻表示赞同："对！狗皮归我了！寄回上海，给我父亲做件皮坎肩儿！纯种苏联猎狗皮坎肩儿，不够时髦，也算稀罕了！"

我们虽然都喜爱狗，但对吃狗肉还是很向往的。连里的老职工请我们吃过狗肉，这种口福给我们留下了深刻记忆。在长久不知肉味的情况下，对吃狗肉的向往就会超过对狗的喜爱。谁叫它叼走我们套的野兔，使我们的肠胃受到亏损呢？谁叫它自己又被套住了呢？肠胃的亏损是很实际的亏损，我们有权补回来。它不仁，我们也就不义了，一报还一报，我们都认为吃掉它不算多么缺德。“好，听大家的！”班长终于发话。于是我们将它拖回哨所。一到哨所，马上分工：有人劈柴添火，有人化冰烧水，有人磨刀准备剖膛破肚，有人拌油盐酱醋调作料，有人剥蒜。

天，那会儿完全黑了下来。已看不清江对面的景物。土堤后的夜空时时闪烁着细小的火星，那是晚炊的烟霭。烧木柴，烟囱里冒出的那烟都会夹带着那种细小的火星。天越黑火星越显眼，怪神秘怪好看的，使我们想起了小时候过年玩儿的“滴答花”。淡淡的木脂油味飘过江来。那种细小的火星和木脂油味，常常引诱我们想偷越江界，登上土堤，看看堤后的苏联村庄。

狗在哨所外，也许快被勒死了，也许快冻僵了，也许预感到了无法逃脱的可悲下场，一声不叫，仿佛期待着我们结果它的生命。水烧开了。磨刀的伙伴满意地用手指试刀锋。忽然，我们听到江对岸有人呼唤。先是一阵老头儿的沙哑的呼唤声。接着，是一阵老妪的气急的呼唤声。“娜嘉！娜嘉！

娜嘉！”在这黑沉沉的宁静夜晚，隔江传来的呼唤声听得真切，因为真切，呼唤声中的焦急和不安，使我们不难领略。班长在团部俄语培训班受过培训。于是我们就问他，呼唤的是什么意思？班长回答：“娜嘉，这是苏联女孩名，他们在呼唤孩子。”他们呼唤孩子，与我们毫不相干。持刀的伙伴向我摆了一下头，我就走到外面去，将那条半死不活的狗拖进哨所。

它却突然叫了起来。呵，我从未听到过任何一条狗在任何一种情况下发出那么悲哀的叫声。那简直就不是一条狗在叫，而是一个身陷绝境的人在回应对自己的呼唤。我至今一回想起这件事，那条苏联猎狗当时那种悲哀的叫声，犹在耳畔。我是难以将这一种狗的哀叫声用文字描绘出来的。那是文字无法描绘的。狗最具有人的灵性和人的情感。在某种情况下，比如在彻底绝望的生死关头，人会发出像兽一样的号叫，狗会发出像人一样的声音。无论前者抑或后者，都是震颤人心的。那条苏联猎狗的叫声，太像太像一个就要被杀害了的孩子听到父母呼唤后的哭喊了！

那声音几乎使我们每一个人的心跳都为之停止了。

在这狗的一阵悲哀的叫声过后，江对岸苏联老头儿和老妪的呼唤声更接近我们了。显然他们循着叫声，沿江对岸的土堤一面继续呼唤一面奔跑过来了。听呼唤声，他们是站在正对我们哨所的地方。在他们和我们之间，隔着冰封的乌苏里江。人的呼唤声和狗的应叫声，震颤着比冰封的江面要宽阔几倍、十几倍、几十倍的夜空。也许一阵枪声都不足以对我们、不足以对边境地带的这个无月无星、黑沉沉的夜晚产生如此强烈的震颤力。

我们都一动不动，呆呆地倾听着。

班长首先走到了哨所外面，我们也一个个走到了哨所外面。

连风也没有一丝。一个一切都仿佛静止了的夜晚。一个极其寒冷的夜晚。静止的一切使人感到犹如被寒冷冻住了。声音是不可能被冻住的。冻不住的声音——人的呼唤声和狗的回应声，以一种穿透这犹如被冻住了的黑沉沉的夜晚和犹如被冻住了的大自然中的一切的力量，震颤着我们的心。

没有月亮也没有星星，冰封的江面是锡箔色的，能见度达不到十米。我们虽然看不见那站立在对面土堤上的一对苏联老人，但我们确信，他们也许比我们想象的还要衰老，甚至可能是两个老态龙钟、步履艰难、行将就木的人。只有老到这种程度的人，才会发出那么竭尽全力、苍凉凄楚、每个字的音调都颤抖着的呼唤声。

“娜嘉！娜嘉！”我们不必问班长就早已明白了，他们是在呼唤这条狗。

“不他妈的发慈悲！”一个伙伴将哀叫着的狗拖进了哨

所。这是一句气冲冲的话。人在极想却又很难硬起心肠的时候，往往会说出类似的话。实际上是对自己发泄的气恼。

我们又都跟着走进哨所。持刀的伙伴，将刀朝地上狠狠一掼，走到他的铺位，仰躺下去了。刀子深深扎入地面。班长沉默着。“我声明啊，我不要狗皮了……”那个来自大上海的伙伴喃喃地说，蹲到炉前去了，拨出一块炭火吸烟。沸水冒出雾般的蒸汽。哨所小小的空间，充满蒜汁的辣味。班长拔下刀，盯着那狗。它一被拖入哨所，就不叫了，它也瞧着班长。它眼角挂着泪。它无声地哭了。我生平第一次亲眼看到，狗是怎样默默地哭的。谁如果不相信狗在悲哀时会哭会流泪，谁就缺少人性！

狗的主人也哭了。他们的呼唤声告诉我们，他们是哭了。他们是边哭边呼唤。班长朝狗弯下身去。“班长……”我一把抓住了班长那只拿刀的手腕子，用目光苦苦向班长哀求。班长用另一只手掰开我的手，轻轻推开了我。他并非想杀狗，是用刀去割钢丝套。好一会儿，才将钢丝套弄断。刀锋变成了锯齿。

狗慢慢站了起来。由于我们放了它，它似乎意识到自己的命运发生了转机，不像先前那么惧怕我们了。它那双狗眼有点儿疑惑地望着我们，本能的戒心使它不敢移动地方。它仿佛在暗暗揣度，我们对它发的慈悲，究竟是应该信任的善意，还是不应该信任的人的狡猾或计谋。它被套伤得很重，后胯毛脱皮绽，血肉模糊。

班长低声说：“医药箱！”我立刻拿来医药箱。他又说：“给狗上点儿药，包扎一下。否则，它的主人会非常恨我们的。”我帮着班长毫不吝啬地往狗的伤处倒红药水，撒消炎粉。之后，又仔仔细细地给它缠了几圈药纱布。它竟非常温顺，一旦意识到我们不再想伤害它，便很驯良地听任我摆布它了。

班长在一张纸上写上几行俄文。写完，念给我们听。他写的是：我们并不想伤害你们的狗。希望它不再到江这边来。

我献出了一个牛皮纸信封，班长将这封“国际信件”让狗叼住。我推开哨所的门。我们望着那狗慢慢走了出去，消失在黑暗中……从此，我们套住的野兔再没丢过。一场大雪覆盖了那条狗留在我们大地上的踪迹，也覆盖了它留在我们记忆中的形象。

新年前几天的一个夜晚，我们熄灭马灯，都已钻入被窝儿了，忽听有什么东西在外面扒门。“熊……？”我低声说出一个字。熊才胆敢扒有人住的宿舍的门。大家顿时紧张起来，一个个下意识地拿起立在床头边的枪。扒门声后，是一阵狗的焦急的低呜。“娜嘉！”班长仿佛具有什么特殊功能，首先听出了是那条苏联猎狗的声音。我们没听出来，因为我们已把它忘掉了。班长穿着衬衣衬裤，赤脚蹦到地上，迫不及待地打开了门。果然是“娜嘉”！“娜嘉！”“娜嘉！”我们也都纷纷掀起被子，蹦到了地上。虽然我们曾向它的主人声明，希望它不再到江这边来，但它的出现，却使我们感到非常高兴，也感到非常意外，非常惊诧。“娜嘉”身后拖着什么，被门槛儿卡住了。班长赤脚从外面搬进来一辆小爬犁。我们怀着极大的好奇心围了上去。“娜嘉”像我们的老朋友似的，逐个往我们身上扑，柔软的舌头不断亲昵地舔我们的手。

爬犁上绑着一个小帆布口袋。班长打开口袋，我们愣住了——两只野兔、一只野鸡、一瓶酒、一封信，还有一大包用旧俄文报纸包的什么。班长打开报纸——许多油滋滋的小饼，还是热的呢！

“娜嘉”伏在我们对面，两条前腿并拢，将头舒服地枕在前腿上，转动着它那双少女般温存的眼睛，得意而友好地瞧着我们。班长拆开信默默看着。我们都非常急切地想知道信上写了些什么，催促班长念给我们听。信上写的是：非常感激你们对“娜嘉”所发的慈悲。上帝会替我们报答你们。我们无儿无女，“娜嘉”如同我们的孩子。它是一条好猎狗，就像一个有教养的好孩子。我老了，它是因为没有人再带它去打猎，熬不住寂寞，才干出蠢事。尽管它非常聪明，却无法理解什么是边境线。它叼回来的东西，我们一直冻在仓库里，从没产生过想吃掉的念头。请相信，在我们的村子里我们是两个受人尊敬的老人。我们让“娜嘉”将野兔和野鸡带给你们，物归原主。你们就要过你们的新年了，酒，是我们表示谢意的一点儿礼物，馅饼，是我年老的妻子亲手烤的，但愿你们爱吃。我们祈祷仁慈的上帝降福于你们……

班长的俄文水平很高，全团数一数二。否则，他也不会被任命为边防哨所的班长。以上用中文念出的那封信，相当准确地表达了俄文原信的意思。我如今怎么居然还能够记得这封信的词句，那是连我自己也解释不清的。人的头脑对某些造成深刻心理冲突的事往往会保持格外长久的记忆。

那封我们一句话也看不懂的信，在我们每个人手中传了一遍。传回班长手中时，被他投入火中烧了。

他说：“野兔和野鸡，是我们套的，我们留下。馅饼是他们的一番真诚心意，我们也留了。至于这瓶酒，我们有纪律，不许喝酒，只好由‘娜嘉’再带回去。”我们都表示赞同。

“娜嘉”离去后，我们披着大衣，围着火炉，有滋有味地吃了一顿馅饼，又吸着烟聊了许多。最集中的话题，是每个人的母亲顶善于做哪一种好吃的东西。这类“精神会餐”我们时时举行，但那一次，除了食欲的刺激外，我们的心理上还感受到了一种很不寻常的补给。只是大家都有意避开这一点，只字不谈。

以后，“娜嘉”经常越过江面，到我们哨所来。我们每个人都与它产生了特殊的感情。我们都开始喜爱上了这条漂亮的苏联猎狗。我们在江边巡逻时，它总是从容而矜持地跟随在我们身后。大概它以为是在跟随我们散步。中国的边防士兵（尽管我们是非正规的），带着一条从苏联那边跑过来的猎狗，巡逻在边境线上，旁人（无论我们的人抑或他们的人）肯定会认为简直匪夷所思。

我们也常带它追逐野兔野鸡。那时，它才真正显示出一条出色的猎狗的本领。它的速度快极了，而且是那么灵活，善于在全速追逐过程中突然转变方向，由追逐变为拦截。再狡猾的野兔一旦被它发现都难以逃脱。它完全取代了我们的兔套。它给我们带来了多少快活啊！“咱们的‘娜嘉’……”我们甚至开始用这种大言不惭的话谈论它了。有时，它也会留在我们哨所过一夜。看得出来，它也对我们这几个中国小伙子有了特殊的感情，对我们的哨所有了特殊的感情。

春节前，连队的马车给我们带来了从城市寄给我们的包裹。我们中有上海知青、北京知青、天津知青，也有哈尔滨知青。我们打开的包裹凑在一起，东西就很可观了：糖、饼干、香肠、肉松、巧克力、麦乳精、烟、茶、果脯、瓜子……

班长说：“我们每人拿出一份，放在一起，‘娜嘉’来了，叫它带过去。”我们都认为这是理所当然的事。于是人人拿出最得意的一份，塞了满满一书包。班长又说：“这件事，只能我们六个人知道。如果有第七个人知道，就证明我们之间有了出卖者。”我接着班长的话说：“都发誓！”我们发了誓：谁如果对第七个人讲了这件事，那就连“娜嘉”都不如。不是一个可怕的誓言。但对我们来说，却是一个内涵有分量的誓言。那天，“娜嘉”没有来。第二天，也没过来。第三天，仍没过来。我们都一心一意盼望着它过来。它却似乎明白了什么是国界，似乎再也不会过来了。我们一天比一天失望。

塞满了各种好吃的东西的书包，挂在柱子上，渐渐落满了灰尘。一个月后，东西少了。又过了半个月，更少了。有一天，书包空了。班长将空书包扯下来，甩到了铺位底下。

白天，我们在江边巡逻时，常常不由自主地站住，向江对面呆望，幻想着“娜嘉”突然出现在对面的土堤上，越过江面，奔向我们。

夜晚，哨所外一有什么动静，我们就会以为是“娜嘉”来了。班长好几次光着脚跳到地上，急急忙忙打开门。门外却只刮进寒风。

我们终于悟出了一个道理：“娜嘉”毕竟是一条苏联狗。我们毕竟不是它的真正主人。一旦悟出了这个简单的道理，我们便不再谈论它。我们不再谈论它，却并不意味着我们根本不再想它。

乌苏里江开化了。

我们担负着巡逻任务的这段江面，变得比冰封时宽阔多了。江水天天上涨，对面的土堤矮了。江面时刻漂浮着巨大的冰排。冰排重叠堆砌，在江中形成一座座小冰山。它会猝然崩溃，带着毁灭性的冲击力，被湍急的江流疾推而去。

一天傍晚，我和班长巡逻完，并肩往哨所走。这季节，春天虽然到了，乌苏里江虽然开化了，但气候并未明显转暖。大地上的雪，白天融化，夜晚冻结。江边罩着一层滑溜溜的冰壳。一脚踩下，发出嘎吱嘎吱的碎裂声。风，还是挺硬挺刺骨的。我们都穿着大衣。

乌苏里江在落日的余晖和晚霞的辐射下，托着千百块冰排，汹涌向前。江波闪耀着金色的粼光，冰排镀着赭红的釉彩。那情景十分壮丽，仿佛一股势不可当的岩浆流，将大地切为两瓣。冰排互相撞击，发出阵阵奇特的骤响。

班长发现了什么，指着前面说："你们看！"江边伏着一个人。

我们跑过去才看出，不是人，是狗。是"娜嘉"！它肯定勉强挣扎才游上岸，一上岸，便丝毫力气也没有了。它几乎和江边的冰冻在了一起。它的湿毛成了冰铠甲。我和班长用枪托将它四周的冰层捣碎，才抱起了它。我脱下大衣裹住它那半僵的身躯，朝哨所猛跑。

一闯进哨所，我就将“娜嘉”放在火炉旁，让它卧在大衣上。

班长立刻往炉子里添木柴。炉子一会儿就烧红了。“娜嘉”的冰铠甲融化了，流淌下来的水弄湿了我的大衣。另一个伙伴用他的大衣替换下了我的大衣，为使“娜嘉”更暖和些。它在瑟瑟发抖。

班长用自己的枕巾擦它湿漉漉的毛时，才发现它身上绑着一个小皮袋。班长解下皮袋，倒出里面的东西——全是银器：银手镯、银酒盅、银烟盒、银烛台，共十余件。还有一封信。小口袋是皮的，防水，信没湿。

班长立刻将这封信念给我们听：“‘娜嘉’两个月前被军犬咬伤。它总算活过来了。我的老伴却又病倒了。我恳求你们收下这些在你们看来也许分文不值的银器，让‘娜嘉’带回一点儿鹿心血。我知道你们那边有养鹿场，鹿心血能治好我老伴的心脏病。不要使一个老年人的恳求落空……”

“娜嘉”那张漂亮的脸毁了，好像被撕碎了又拼缝起来的玩具狗的脸，变得那么丑陋。它还失去了一只耳朵。身上，也有几处脱毛的伤痕。班长说：“银器我们绝不能收留，但我们无论如何也要想办法弄到鹿心血！”我们一时都被难住了。养鹿场离我们这儿很远。鹿心血又很珍贵，绝不是什么人以什么理由就能从养鹿场买到的。班长问：“谁在养鹿场有熟人？”伙伴们都没吭声。我相信他们是诚实的。我犹豫了一下，说：“我有一个熟人，不过……”班长打断我的话：“现在别谈什么‘不过’了！”说着，脱下自己的大衣抛给我：“马上动身到鹿场去，一弄到手就赶回来！”这就是说，这个夜晚，我要孤单单在荒野上来回走五十余里。大家都默默瞧着我。我一句话也没再说，一边穿大衣，一边往外走……我在养鹿场的那个熟人，是我的同班同学。但我们的关系并不友好，甚至可说很僵。他曾借我的一块瑞士表戴过，未还，说丢了。可别人告诉我，没丢。因此我要他非赔我不可。他却说我的表是旧的，只赔半价。我那块表分明是新的，刚买不久便被他借去戴了。我们闹翻脸……

我来到鹿场时鹿场早已吹过熄灯号，一片黑暗。我擂开了宿舍门，请开门的人替我叫醒王佳宾。不出我所料，他根本不愿见我。我毫无办法，在外面一声声高喊他的名字。喊了半天，他才出来，披着大衣，提着裤子，气汹汹地说：“不就是一块表吗？地主逼债，也不会在深更半夜！”嘴里还骂骂咧咧。我紧紧抓住他的一只大衣袖，生怕他再退回宿舍不出来，低声下气地说：“老同学，我并不是为了那块表才深更半夜来找你啊！”他怀疑地看了我一会儿，问：“那你为什么事来找我？”我说：“求求你，无论如何帮我搞点儿鹿心血。”他说：“鹿心血？又不是鹿粪，鹿场遍地都是。我搞不到！”“你一定有办法搞到！求求你啦……”听他回绝得那么干脆，我急了，用双手抓住他胳膊不放。他说："就算我能搞到吧，可我为什么非帮你的忙呢？"我说："只要你能搞到，那块表我不让你赔了，一分钱也不让你赔！从此我再也不对你提一个'表'字。"他犹豫着。我又说："帮我这次忙吧，我今后一定报答你！我妈妈的心脏病很严重，你不能对我太冷酷无情啊！"我自己都相信了自己的谎话，自己都被自己的谎话感动了。他终于答道："好吧，算你走运，我前几天刚弄到一点儿，是为别人买的。看在老同学的分儿上，给你！"我喜出望外，一下子搂抱住了他。他推开我，退进宿舍，片刻出来，交给我一个信封——鹿心血装在里面。我解开大衣扣，将鹿心血揣进棉衣兜，转身就走。他叫住我："那表，真的没丢。我不过是想考验考验你……看你对我的交情怎么样……"我说："没丢，表也归你了！"大步奔跑起来……我一身热气，满头大汗回到了哨所。一进哨所，就掏出信封，高举着说："同志们，让我们喊一声'乌拉'吧！"谁也没睡，大家都在等我回来。伙伴们顿时把我围住了，只有"娜嘉"似乎睡了，一动不动地蜷缩在炉旁。黎明时分，我们将鹿心血放在银烟盒里，将银烟盒与其他银器都装入小皮口袋，将小皮口袋绑在"娜嘉"身上。"娜嘉"，它冻病了。我们舍不得让它在冰冷的江水中再游一次，但谁也不能代替它。乌苏里，这条古老的江，无论在冰封时还是在开化时，总有一条看不见的，但又是神圣不可侵犯的界线，将它划分开。对两岸的人们来说，逾越这道界线，甚至是比生死还要严峻的。

我们轮番将“娜嘉”抱到江边。班长拍拍它的头，说：“娜嘉，全靠你了！”它仿佛听懂了班长的话，勇敢地跃入冰冷的江中，朝对岸游去。隔夜间，江水又明显上涨了，江面比昨天更宽阔了，江流比昨天更湍急了。“娜嘉”被湍急的江流冲得沉浮而下。我们在岸上不眨眼地盯着它，追随着它奔跑。班长边跑边喊：“娜嘉，前进啊！娜嘉，前进啊！……”快到江心时，我们都看得出来，它再也游不动了。当一块大冰排靠近它时，它的两只前爪攀住了冰排，下半截身子还在江水中，就那么随冰排漂去。可怕的事情发生了，另一块更加巨大的冰排，与那块冰排相撞在一起，将“娜嘉”钳在两块冰排之间。我们连它的叫声都没有听到。只见它那两条攀在冰排上的前腿，猝然失去了支撑力。它那深栗色的半截躯体，瘫在银色的冰排上。“娜嘉！”“娜嘉！”“娜——嘉——”我们呼喊着，目光追随着那两块冰排，沿江岸拼命奔跑。江面愈来愈宽阔……江流愈来愈湍急……两块冰排钳着“娜嘉”，急速驰向地平线，驰向乌苏里江遥远的、遥远的尽头，宛如两块巨大的璞玉衔着一颗微小的玛瑙。班长低声说：“娜嘉，它完了……”我们都默默地哭了。冰排，冰排，千百块冰排，各种形状的冰排，被黎明的朝晖涂上赭色釉彩的冰排，连接不断的冰排，从我们眼前带着毁灭性的冲击力，漂过、漂过……奔涌而去……在我见过的所有狗中，它是一条最具有人性的狗。它叫“娜嘉”——一个好听的苏联女孩的名字，中文意思是——“希望”……

白发卡

没姐姐，对男孩儿说来，是一大缺憾。这如同先天的色盲，世界在他眼里，少了某种颜色。当然，她须是一位好姐姐。

如今年轻的母亲们，其实在同时扮演她那一个男孩儿的大姐姐的角色。如今的男孩儿们，在对他们的年轻的母亲撒娇任性之时，何尝不包含着稚弟长姐之间尔嗔我谑的亲情呢？人在自己的情感领域内，缺少什么，便会找补什么，这是本能。

我是有一个姐姐的。不过我无缘见她一面。只见过她的照片。在我九岁时见过她九岁的照片。照片已发黄。发黄的照片上，清丽的女孩儿注视着我，目光中有缕淡淡的感伤。母亲告诉我，姐姐一出生体质便弱。我出生不久她就死了。

她死前对母亲说：“妈，让我看一眼小弟……”母亲抱我给她看。

“长大是什么样的男人呢？”她喜爱地望着我笑。

那笑凝固在她脸上……

母亲像讲一件很久很久以前的事。从此我再看那发黄的照片，仿佛看被夹扁的枯花。

“你呀，”母亲叹了口气，指点着我，“你命里就不该有姐。要不怎么你一生下来，她便死了呢！”从此我不敢再看姐姐那张遗照，觉得我的出生是一种罪过……

从此我对死以及有关的联想异常敏感。一听教堂的钟声就不禁肃然而且恓惶……

我的母亲城是当年俄式教堂最多的城市。在我们那条街，在我们那个几户人家合居的院子旁，就有一所教堂。不算大，可也不算小。每逢举行宗教仪式的日子，苏联移民从四面八方云集而至。教堂里住着一位神父和一名中国老花工、一名干杂役的“玛达姆”（女士）。有一时期还住过一位主教。据说是位真正的主教，大个子、大胡子。教堂院子有半个足球场那么大。临街是绿栅栏。栅栏由一块块锯成同样拼花的木板组成。

因是木板的，我们北方人又叫作“板障子”。院内有葡萄架。它旁边有一口压水井。常可望见穿黑袍的神父在葡萄架下持卷而坐，大概是默诵《圣经》。有时可望见老花工汲水浇花，“玛达姆”在井旁洗碗。院子里的花多极了，但并无什么娇嫩名贵的品种。无非扫帚梅、夜来香、指甲花、鸡冠花、菊花之类。一到夏季，散紫翻红，争奇斗艳，续色至秋，将偌大个院子装点得五彩缤纷。除了花，满院子种的全是向日葵。花盘盛开之际，黄灿灿一片，令人陶醉……

院子正面，是一排居室。左侧，是做祷告的地方。右侧，“板障子”那边，就是我们的院子了。爬山虎爬过“板障子”，将千百朵紫色的喇叭花赏心悦目地赠予我们……

教堂还养了一头奶牛。“玛达姆”每天推着两桶奶走街入院。当然，最先欢迎她的是我们院子的人。没有零钱时，“玛达姆”便在小本上记笔账。从不催账，以表示对邻居们的友好。

我在教堂的钟声里不知不觉长大。我们和他们只发生过一次冲突。那一年全市展开消灭麻雀的“人民战争”。从大人至孩子，敲锣、击鼓、放鞭炮，站立在房顶上、树丫上，挥舞绑了布的竹竿，惊得麻雀们满天空乱飞，不敢栖落。飞着飞着掉下来，累死了。教堂成了麻雀们的“巴黎圣母院”。院子里房顶上落了许多许多。于是街道委员们与神父进行交涉。反反复复强调麻雀乃“四害”之一，每年吃多少多少稻谷以及消灭它们的伟大意义。神父和“玛达姆”阻挡在院门口，无论如何不让人们入院，用生硬的中国话固执地说：“不行，不行，上帝会不高兴的……”但是那些小伙子们，哪管上帝什么态度，翻过“板障子”跳入院内，各显神通，纷纷爬上教堂顶……神父和“玛达姆”，只有妥协的份儿，唯有遁入教堂，跪在耶稣像前，替麻雀们的灵魂祈祷。那一次被大人们称作“歼灭战”的战绩并不辉煌，全市也就消灭了一百多只麻雀而已。麻雀不比鹰隼，小，猫在一个地方不飞出来，便可逃过劫难。“歼灭”它们又谈何容易呢？倒是教堂院子里的花，被我们折走了一大半，还没成熟的向日葵的葵盘，被拧去了不少，一株株如同被砍掉头颅，身躯不甘倒下的士兵。教堂的铁皮脊顶，也被踩陷多处……

一天早晨，我没听见教堂的钟声。

我很奇怪，因为那钟声，乃是我对家以外的世界最初的感知，最初的了解。它伴随着我一年年长大。对我来说，早已成了生活的一部分。我问母亲：“妈，今天怎么没敲钟啊？”母亲回答：“‘玛达姆’病了。”我接连几天没听见教堂的钟声。那院子里从早到晚静悄悄的，再也望不见一个人影。同学们说，那院子里已没人住了。一天深夜，神父和“玛达姆”坐着一辆有篷的马车走了，还带走了那条鬈毛的老狗。奶牛则送给了老花工。老花工也走了，不知到哪里去了……同学们都说，是因为“歼灭”麻雀那一天，人们硬闯入他们的院子，使他们感到被欺负了，含怨而去的。

我觉得他们气量太小。就因为那么一件事，便值得撇下他们的上帝吗？相信上帝的人不是都气量很大、善于原谅人的吗？何况不就那么一次嘛！何况我们院子的大人孩子，都没有闯入他们的院子啊！无论如何，走时也该向老邻居们告别呀！

我对母亲说："妈，不是'玛达姆'病了，是那院子里没人住了。所以没人再敲钟了！""是吗？"母亲停止针线活儿，抬起头，似乎颇有几分诧异地瞅了我一眼。

我看得出来，关于"他们"离去的真正原因，母亲心中是一清二楚的，只是不愿让我知道罢了。"妈，他们究竟为什么啊？真为了歼灭麻雀的事儿吗？""也许……是吧……""不是！"母亲又停止针线活儿，又瞅了我一眼。母亲目光变得严厉了。语气也相当严厉："做作业去！一个小孩子，别凡事儿刨根问底儿的！跟你有什么关系？也不许再向别人去问！"不久，所有的苏联人，包括那些已经和中国人结了婚的苏联人，已经做了中国孩子的爸爸或妈妈的苏联人，一批批地离开我们这座城市，回国去了。火车站天天有依依惜别乃至抱头痛哭的人们。苏联人开的杂货铺、药店、卖乳品的小亭子，几天内全都关了门……

连我们这些半懂事的孩子，也开始明白，真正的原因，显然与歼灭麻雀无关。好像都曾被大人们严厉地叮嘱或告诫过，在一起玩儿的时候，我们从不谈论此事。

九月以后，教堂的院子荒芜了。一片凋零，一片萧瑟，一片枯黄。只有掩蔽了甬路的杂草，顽强地体现着生机。

那一年冬天来得特别早。一场大雪后，连院子里的杂草也被压倒被覆盖了。旧雪蒙新雪，一层又一层。整个冬季，院内雪积两尺余厚。雪面无踪无迹，平洁如毡。但见这儿那儿，有杂草的一簇簇尖叶戳透。一群群肥胖的麻雀啄食草籽，证明它们活得还挺惬意。雪厚得几乎和房屋和教堂的窗台齐平了。房屋和教堂仿佛沉陷下去了，显得矮了许多。久旷无人的那个院子，仿佛是一处隔世纪的遗迹。在我看来，尤其神秘。我觉得那里依然有人住着，至少有一个人——上帝本人。一到天黑，院子一片死寂，令人感到鬼气森森……

大人们开始谈论那个院子，说它闹鬼。有人说半夜听到过女人的哭声，也有人说那不是女人的哭声，而是婴孩的哭声，等等。于是我们一些住在附近的孩子，都被家长们提醒，无论白天晚上，都不许靠近那院子。春节后，街上有一户人家的男孩儿失踪了。有一天，院子的大门被撞开，几名荷枪的警察，踏着没膝的深雪，进入那一排房子和教堂搜查。他们出来时都很沮丧，因为什么线索也没有。几天后那失踪的小男孩儿出现在我们面前，跟我们一块儿在冰上抽尜儿玩儿。我们问他怎么失踪了好几天，他说他根本没失踪过——因为他爸爸狠狠打了他一顿，他一赌气，谁也没告诉，跑到他姨家去了。他发誓说他爸爸若再打他，他就真的“失踪”……

雪化了，天气一天比一天转暖了。春天翩翩漫漫地来到了，也来到了那久旷无人据说闹过鬼的院子。倒伏的枯蒿底下，钻出了翠绿的新草的嫩芽儿。一场连绵春雨润过大地，满院里最先开放的是扫帚梅。预先无人规划地垄，它们开得很野，轰轰烈烈开一大片。惹得我们一些孩子，隔“板障子”望着，总想采撷一大把，但只是想而已，没人敢涉足院内。尽管院门半敞着……

转眼到了七月。夜来香也开了。晚上，习风送爽，在我们的院子里，都闻得到馥郁的香气。

于是大人们说，也不知那院子该归哪方管，要是能搬来户人家住多好！走动熟了，讨把花儿必定是可以的。眼见那些花儿开野在院子里，无人侍弄，怪可惜的……

仿佛上帝要遂大人们的心愿似的，几天后，真的搬来了一户人家。

那一户人家东西不多。几件漆色很深、样式很古很沉重的家具，还有书架和书，书很多。

傍晚，又开来两辆小汽车。从没见过小汽车开到过我们那条老街上。半条街的人聚拢了瞧稀罕。男人们，甚至端着饭碗，边吃边瞧。女人们则交头接耳，窃窃私语。

第一辆小汽车里钻出三个孩子。两个男孩儿一个女孩儿。两个男孩儿看上去六七岁，长得一模一样，可能是双胞胎。那女孩儿十四五岁，穿一件粉红色“布拉吉”。一头乌黑柔发披散着。左耳上方，别一枚白发卡。我还从未见过那么美丽的女孩儿。不，也许该说我从未见过那么高傲的女孩儿。不知是因为美丽而显得高傲，还是因为高傲而显得美丽，反正当时我自惭形秽到了极点，不由自主地往大人们身后缩，虽然她并未向人们望一眼，更没注意到我的存在……

三个孩子穿得都非常整洁、非常体面。我们那条街上所有的男孩儿、女孩儿，就是在节日里，也不可能穿得那么整洁，那么体面。

两个男孩儿一推开院门，便朝他们的新家奔去。那一位美丽且神情高傲的女孩儿，那一位宛如从童话故事里走到现实中来的小公主，怀抱着一只雪白雪白的长毛的大猫，矜持地、从容不迫地也往院内走。

“别跑！小心摔倒啦！”她喊，嗓音甜极了。

第二辆小汽车里，也下来三个人。两个年纪相仿的女人和一个六十多岁的男人。两个女人，年龄都在四十五岁左右，都穿旗袍，一个穿玄紫色旗袍，一个穿藕荷色旗袍。穿藕荷色旗袍的，比穿玄紫色旗袍的，体态丰腴些，肌肤也白皙些。而穿玄紫色旗袍的，身材却略高些。两个女人，一个显得神情肃穆，不苟言笑的样子；一个显得品性和善，心慧德贤的样子。神情肃穆的是穿玄紫色旗袍的女人，心慧德贤的是穿藕荷色旗袍的女人。看得出她们当年准很漂亮。

那个六十多岁的男人，头发剪得极短。剪得极短的头发，全白了。长得很瘦，瘦得形销骨立，但精神矍铄。他穿一套灰中山装，尽管已是七月暑天了，领钩却扣着。黑布鞋，白袜子，是个朴素之中透着尊严的器宇轩昂的瘦男人。

两个女人先下车。穿藕荷色旗袍的女人挽着穿玄紫色旗袍的女人。她们像那个高傲的少女似的，仿佛对街两旁的观望者们视而不见，几乎没停顿地便往院子里走。六十多岁的全白了头发的瘦男人后下车，跟随着她们。观望者们使他困惑，也使他不自在。走了几步，忽然觉着不对人们有所表示，说几句什么，是很不得体似的，迟疑地站住，转身向街道左边的人们恭恭敬敬地鞠了一个九十度的大躬。

“街坊邻里们，”如同江湖义士，他一抱拳，不卑不亢地说，“今后，我们就在此住上了！欢迎诸位来舍下做客。街道上有什么应尽的居民责任或义务，倘我们一时意识不到，不够自觉，希望大家给予提醒、督促、批评。我们保证会虚心接受，坚决改正的……”虽然他的话说得很庄重，虽然他的表情看上去很诚恳，但是他那种抱拳的姿势，和他整个人很不对劲儿，很别扭。

人们却都没笑，也许都不忍笑他。六十多岁了，头发全白了，话又说得那么庄重，表情看上去又那么诚恳，何况我们那条街上住的都是些本性善良的老百姓，怎忍心笑他呢？

跑前跑后的孩子们停止了骚动，端着饭碗的男人们停止了咀嚼，交头接耳的女人们停止了窃窃私语，评头论足的老太太们停止了指指点点。所有大人和孩子已看出他们是一户不寻常的人家，而他是一位身份和地位不寻常的人物。大家都显出在注意倾听的样子，认为是一位不寻常的人物在发表讲话。

人们的静默使他不知所措。

“就这样吧！我的意思是……千万别把我们当成……当成一户特殊的人家……其实……其实……”他语无伦次。他想再说什么，却又不知应该继续说些什么好。那一时刻，他仿佛是一名在课堂上自己举手争得了发言机会的小学生，而一旦被老师叫起来，其实又并没做好回答问题的必要思考和精神准备，显得很尴尬。

这时两辆小汽车开走了。

两个女人一听他开口说话，同时站住了，放下彼此挽着的手臂，一齐转过身，站在院子里听。听他自己将自己弄到语无伦次的境地，穿藕荷色旗袍的女人急急走回来，走到他身边，挽住他的手臂，迫使他跟随她走入院子。她的目光，始终不看人们，看他一人，如同在她眼中，只有他一人存在。穿玄紫色旗袍的女人，将院门掩上了，并且支了顶门杠。他在院子里频频向人们回头，脸上歉意地、无可奈何地、企望获得宽宥地笑着。

晚上，那葳蕤的院子，在旷久的昼凄夜森之后，终于有了灯光。灯光虽被树影遮蔽，仍隐约可见。那一排神父们住过的房子，房顶上高高的砖砌的烟囱冒烟了。

纳凉的、爱扯闲话的男人和女人们，聚在街对面路灯下，望着院子，继续对那一户人家做种种猜测、判断、评论。这条街很久没发生一件值得人们聚在一起说说的事儿了。

老百姓总是希望隔些日子便有一件值得他们说说的事儿发生的。那一户人家在好几天内一直成为人们的话题。而好几天内，竟没有谁见到那一户人家的大人或孩子走出深广的院子，甚至也没有谁发现他们在院子里活动过。这应更值得成为话题了。

一天，母亲吩咐我到小杂货铺子去买火柴。我刚一走进，立刻退出，呆站门外，没勇气再走进。因为那时铺子里只有一个人在买东西，那个人就是那一位骄傲的公主！她还穿着粉红色的“布拉吉”，她发上还别着那枚白发卡。我一眼看到的只是她的背影。但我肯定是她！除了她，我们这条街上，哪个十四五岁的女孩儿，会有那么美丽的背影呢？她们站立着的时候，不是偏着头，就是曲着一条腿，将鞋跟儿踮起。而她，站立得笔直，笔直得接近标准的立正姿势，从背后看尤其显得那样。如果她穿的不是“布拉吉”，是军服，从背后看简直是一位时时刻刻不忘军容的女军官、专门操练女兵们的女军官。她怎么会是这样的呢？难道她从小在军营长大的吗？难道她从几岁起就开始接受严格的军体操练了吗？

我感到她使我敬畏。此前我从未对我们那条街的任何一位比我年龄大的少女产生过哪怕稍微一点儿的敬畏心理。我和男孩子们，经常学她们爸爸或者妈妈的腔调，在她们背后喊她们的小名。或者，搞些恶作剧，将一段像毛虫的草莓扔在她们身上；将带刺儿的草籽揉进她们的头发，使她们吓得尖叫、气得跺着脚骂我们，这是我们最开心的事。不知为什么，我觉得我对她永远不敢，永远。我觉得她吸引我，犹如一朵芳香奇异的花，吸引住了一只小蜜蜂。我渴望接近她，渴望引起她的注意，渴望获得她对我的好感，从而让她喜欢我。这一种渴望怂恿我，对我说一切都是可能的，我抗拒不了它。我因此而羞耻。

我的背心两天没洗了，很脏。我的短裤也脏。我的旧布鞋，被脚趾顶破了。所以我一发现她，立刻退出小铺子。我躲在小铺子门后，迅速脱下背心，翻过来穿上，并且将后面穿在前面。也以同样的方法重穿了一次短裤。我还将一双鞋换了脚。换脚后就看不到钻出鞋外的脚趾了。但每只鞋上都有一个洞，像一只圆圆的眼睛。我认为这总比脚趾钻出鞋外雅观得多。经过这一番“推陈出新”，我才觉得我可以“展现”在她面前了，不再会被她视为一个小乞儿了。我鼓起十二分的勇气，努力抑制住内心的激动，装出一副若无其事的样子，悄没声儿地进入了小铺子。

卖货的胖女人，大声问我：“你买什么呀？”我们那条街的孩子，没有不认识她的，背后都叫她“河马大婶”。她也差不多全认得我们。有时我们帮她卸货，她一高兴，会赏给我们每人一块糖。

我礼貌地说：“大婶我不急，您先卖给她吧！”她看我一眼。不经意地看我一眼，目光继续瞧向货架子。她一手拿着精致小巧的钢笔，一手拿着小本儿，瞧一阵，往小本儿上记几笔。忽然我明白了我自己是怎么回事儿。明白了我为什么渴望接近她，渴望引起她的注意，渴望获得她的好感。当她看我而我也正看着她时我明白了。她的脸形和她的眼睛很像照片上我那死去的姐姐！于是我不再因自己心里的念头感到羞耻。我开始觉得一切不但可能而且合情合理。

“哟，这孩子，什么时候学得这么礼貌了呀？还‘您您’的啦！”“河马大婶”似褒似贬地说，“你买什么就快买吧，人家也是不着急的！”“我妈叫我买……”我翻起眼睛做思索状，“我忘了。我得想想……”买完火柴，我不就得离开了吗？我可不想很快离开。

“河马大婶”看出我明明在装相儿，却无法看透我心里那些异常活跃的念头。她将胖身体伏在柜台上，一只手臂伸出柜台外，抓住我的胳膊，将我扯向她，低声说：“你这个小家伙究竟想干什么？想偷点儿东西吧？”她又看我一眼。这一次，分明地，我有几分引起她注意了。

我脸火辣辣地发烧。我感到受了奇耻大辱，挣脱“河马大婶”的手，被激怒地抗议地说：“你血口喷人！我什么时候偷过东西了？”“哟，哟，一句话就担载不了啦？也值得发这么大脾气？大婶不过跟你开开玩笑嘛！今天没货卸，喏！”她抓了几颗糖撒在柜台上：“给你。不买什么东西，快走吧！省我还得时不时地留心着点儿你！”我觉得她最后那句话，仍然包含有侮辱我的意思。我更生气了，愤慨地说：“我才不吃你那破糖呢！我买一包火柴！”“这孩子，不识好歹！早说买火柴，我也不至于跟你这小家伙磨牙费口呀……破糖？破糖你没馋巴巴地向我讨过？”“河马大婶”嘟囔着，一只肥厚的大手在柜台上一撸，将那几块糖收了起来。她也有些生气了，脸不是脸鼻子不是鼻子地接了我的钱，抛给我一包火柴。

和“上帝”住在一个院子里的“公主”，没再看我，也没再看“河马大婶”，似乎根本没听到我们之间的唇枪舌剑，依然那么笔直地站立着，但她的一条腿，居然也弯曲了。她穿双红色的半新的皮鞋。我们那条街，没谁家的女孩子穿得起皮鞋。在学校里，我也没见过穿皮鞋的女生。我见过的女孩子，认识的或不认识的，有一个算一个，穿的都是那种千篇一律的、带扣襻的女便鞋。我觉得女孩子穿皮鞋，不神气也显得几分神气，不高傲也显得几分高傲。我暗想我的姐姐要是活着，我到处捡破烂儿卖，也要为她攒钱买一双皮鞋！也要买红色的，和她脚上穿的一个式样的。使我感到惊讶的，当然主要不是她穿的皮鞋，而是，她的一条腿，不但也弯曲了，她的一只脚，居然也将鞋跟儿踮起，鞋尖着地。这一种姿态，是我所司空见惯的女孩儿们的姿态啊！我们这条街的女孩儿，大抵都这么站立过的啊！“公主”，却原来你也不过是个普通的女孩儿呀！就凭这一点，我忽然觉得她和其他十三四岁的女孩儿，也许并没什么两样。我忽然觉得我对她的敬畏是很自卑的了，我忽然觉得她在我心目之中非但不再那么神圣也不再那么神秘了，尽管她和她的全家，都跟“上帝”住在一个院子里……

然而这并没有抵消我渴望接近她、渴望引起她的注意、渴望获得她好感的念头。恰恰相反，那念头竟更强烈了，也更使我暗自激动了。虽然我似乎明白了我自己是怎么回事儿了，但我却对自己无可奈何。一个九岁的男孩儿要将自己内心里的念头隐藏得很深很深是十分困难的事。更多的时候，他们无所顾忌地暴露自己内心念头的冲动，以及那一种冲动带给他们的情绪方面的愉悦，远比深藏它隐蔽它的自得要巨大。

我接了火柴，不走，“河马大婶”不拿好眼神瞪我；走，又很不甘心。我觉得我挺依恋这个小小的弥漫着酱醋味儿的杂货铺子。

这时，她向我转过了身，不，并不是向我，是向“河马大婶”转过了身。因为她的目光并没望向我，连眼角的一点儿余光也没恩赐给我，而是望向“河马大婶”。只望向“河马大婶”。她全家似乎有一个共同的毛病：望着谁的时候，眼里只有谁，仿佛别人全都不存在似的。那个穿藕荷色旗袍的女人，她家刚搬来那一天，不就是眼里只有她的父亲，仿佛街两旁的人们根本不存在吗？那位六十多岁的全白了头发的瘦男人，是她的父亲吗？那么，那个穿藕荷色旗袍的女人是她的母亲喽？穿玄紫色旗袍的女人又是她的什么人呢？那一对儿双胞胎男孩儿是她的弟弟们吗？又为什么和她长得毫无相像之处呢？她的家有着这些确实足以使人犯猜想的地方，也就难怪我们这条街上的人们议论他们了！

她两眼只望着“河马大婶”，走到这边柜台来，问：“酱油多少钱一斤？”不待“河马大婶”开口，我抢先回答：“有一毛四一斤的，有两毛六一斤的；一毛四一斤的是普通酱油，两毛六一斤的是高级酱油。炒菜你买一毛四一斤的就行，拌凉菜你最好买高级酱油，高级酱油里有维生素！”她望了我足有两秒钟，显出很惊诧的样子。她显出很惊诧的样子时，她那双明澈极了的眼睛，不是睁大，而是微微眯起来，使她的脸上呈现出一种又像是怀疑又像是刮目相看的表情。这一种表情使她的脸更加动人亦更加迷人。

那两秒钟对我来说真正是一段幸福又美妙的时光！我觉得我的心就如快乐的蝴蝶，围绕着她上下翻飞。我真想大声喊叫释放我的满足。

她的目光从我脸上缓缓移开。而我的目光中肯定包含有某种乞求，乞求她不要那么快地就将目光转向别处。我想这一种乞求直接从我的心里输送到眼睛里，然后全部地投射给她了。我想我那时的模样一定很特别。也许还很古怪。故此才会使她的目光缓缓从我脸上移开后，又不禁再次眯着眼睛看了看我，接着质疑地望着“河马大婶”。

“河马大婶”向我伸长了肉嘟嘟的短脖子，瞪了我片刻，指着我对她说：“你看他倒替我告诉你了！比我想告诉你的还详细！这孩子，怎么今天在这儿……在这儿……”她仿佛不知应该夸奖我几句，还是应该挖苦我几句。她有些困惑不解。“那么咸盐呢？”“面儿盐三毛五一袋儿，大粒儿盐一毛七一斤。熬汤用大盐就行，用面儿盐太费了！炒菜当然用面儿盐方便，那多省事啊！”她又微眯着眼睛望了我足有两秒钟。“河马大婶”从旁连连说：“对，对！他说得对！”她朝我点点头，笑了。我觉得眼前顿时一亮。整个光线阴暗的小铺子刹那间辉煌如宫殿！她将她那支精巧的钢笔用细长的手指夹着，就用那只手摸了摸我的头，随即在小本儿上记些什么。我差一点儿要抓住她的手，使它长久地按抚在我头上。我觉得她已经开始喜欢我了。而这一切居然如此简单……“小孩儿，那么你知道醋的价钱吗？”“零打的醋一毛九一斤。瓶醋三毛六。”“你……你怎么全知道哇？”“在我们家，买油盐酱醋什么的，我包了！能不知道吗？”她笑了笑，又摸了一下我的头：“在我们家，从今天起，我也包了！”“别摸我头！再说我也不是小孩儿！”我一拨楞脑袋，“你还想知道哪些东西的价钱？”“你别生气。那么，你知道那几样咸菜的价钱吗？”“咸萝卜一毛三一斤，是最便宜的。萝卜丝贵五分，一毛八一斤。有辣的和不辣的两种。咸黄瓜二毛四一斤……”我说着，她记着。“喏，拿去！”“河马大婶”对我套起近乎来，给我两支铅笔，好像第一次认识我似的，端详着我说，“毕业了，就到大婶的铺子里来当名小伙计吧！啊？愿意吗？”我心想，毕业了，我还要考中学，考大学，将来当工程师呢！谁稀罕到你这小小的杂货铺子里来当伙计！但已不由自主伸手接了她给的铅笔，没好意思说出口。

有几样咸菜因为贵，我从没买过，不知道价钱，就跃上柜台，向货架探身子细瞧。

“河马大婶”忽然拍着巴掌大笑，笑得我莫名其妙。

“你呀你呀，你怎么把背心穿倒了呀？还穿反了呢！短裤也穿反了呀！”她的肉嘟嘟软绵绵的手，摩挲着我的脊背。摩挲得我怪痒的。将背心穿倒了的我，像小人书上画的那些外国贵夫人一样，脊背袒露一大片，我刚走入铺子里时，留心到了这一点，一遍遍提醒自己，千万别让她们看到我的后身。此刻我得意忘形，结果“乐极生悲”。

和“上帝”住在一个院子里的高傲的“公主”也笑起来，笑得非常开心。“河马大婶”的笑是那种具有不可抗拒的感染力的笑。看着她笑，听着她笑，本不想笑的人，往往也忍不住非笑不可。某些女人大笑的时候，尤其某些胖女人大笑的时候，仿佛是向别人施魔法似的。高傲的“公主”中上“河马大婶”的魔法，笑得咯咯嘎嘎的，笑得弯了腰，最后竟笑得淌出眼泪，蹲了下去。

她们笑得我周身灼热。我默默地从柜台上蹦下来。我默默地瞪着她们。我觉得，因她的存在，因她先前那种无声的妩媚的微笑，而使小铺子里所后发的奇异的辉煌，立刻暗灭了。她们的笑声，使我窘得快要哭了。在我听来，她大笑的声音很难听，比“河马大婶”那种响亮的鹅鸣般的笑声还难听！

我一转身跑了出去。

我垂头丧气地往家走，心里比考试得了个零分还难过。她们的笑声仿佛一直追随着我。我感到路上我遇到的孩子们在笑我，大人们在笑我，所有人都笑我。

在所有人的笑谑声中，我觉得我像一只穿衣服的猴子。

“哎，那个小孩儿！你慢点儿走，等等我！”她在背后叫我。

她胆敢还叫我小孩儿！

我加快了脚步。

“公主”，你在我眼里今天算是彻底完了！其实你没丝毫特别之处！其实你不穿一件那么漂亮的粉红色的“布拉吉”，不穿那么一双红色的皮鞋，不别那么一枚白发卡，你一定丑得很！比这条街的哪一个十三四岁的女孩儿都丑！如果我姐没死如果我姐仍活着她比你可爱得多而且绝不会像你那么咯咯嘎嘎地笑，也绝不会装出副高傲的样子，我才不愿搭理你呢！

我一边加快脚步一边暗暗诅咒她鞋跟儿掉了脚崴了刮起一阵大风眯了她的双眼使她栽入路旁的水沟里弄得一身泥水，等等，等等。“小孩儿，你不要你的火柴啦？”我这才想起我那包火柴，只好站住等她。“公主”，让你笑个够吧！我坚定地站着，不惜“牺牲”我袒露的脊梁，不向她转过身去。“你干吗生那么大气呀？”她左手拎着一个兜子，装着许多从铺子里买的东西。右手提着一个大酱油瓶子。她打了三四斤酱油。她先把瓶子小心地放下，腾出手从兜子里掏出我那包火柴给了我之后，用请求的口吻说：“小孩儿，帮我提着酱油瓶子行不行呀？”嗬，你还有求得着我的时候哇！

我说：“那你得谢谢我！”她说：“你还没表示愿意帮我哪。”我说：“先谢！”她沉吟片刻，轻声说：“谢谢你啦！”我替她拎起酱油瓶子，咬牙切齿地说：“你敢再叫我小孩儿。我揍你！”她愣了愣，什么都没敢再说。大概因为我的表情告诉她，倘她说出半句我不高兴的话，我会把她的酱油瓶子摔碎。我和她一路闷走。她不时怯怯瞥我一眼。她瞥我时，我则狠狠瞪她。我瞪她，她目光赶紧避开。

走了二三十步，她鼓起勇气，惴惴不安地说：“要是你实在不愿帮我，你就放下吧。我自己也能提回家的，就是腕子没劲儿，多歇几回呗。”显然，她以为，即使她什么话都不说，我还是可能随时无端地把她的酱油瓶子摔碎。我说：“你们丫头片子全都是这毛病！求人家帮忙，又不放心人家。”我的语调很友好。在我自己听来，说得那么温柔。其实我心里已不生她气了。人也不能老生别人的气啊！

她又瞥我一眼，又微笑了。这一次我没瞪她，却脸红了。觉得脸上比在小杂货铺子里被她和“河马大婶”笑时更灼热。我相信我注视她的目光也是友好的、温柔的。

她又说：“不过叫你小孩儿，你就要揍我。那你为什么可以骂我呢？”我说：“我没骂你呀！”她说：“骂了就骂了，还不承认。难道丫头片子不是骂人的话？”听起来她仿佛是在和我理论，实际上她的口吻低声下气儿的，再加上她那一副忍气吞声、似乎不敢得罪我的模样，使我感到，在我面前她仿佛是个弱者！

于是我心里不安起来。我才不愿她在我面前显出那般模样哪！她一显出那般模样，我就不知该怎么办才好了。我倒宁愿她维护着她那股高傲劲儿。

我解释地说：“丫头片子怎么是骂人的话呢？那不是骂人的话。对女孩儿家是完全可以这么叫的！我们这条街都这么叫！”为了证明我没骗她，我问一个在路旁独自跳格子玩儿的五六岁的小女孩儿：“哎，你说，你是不是丫头片子？”小女孩儿懵懂地瞅着我，不吭声儿。我蹲在她跟前，悄悄地说：“你要说是，我给你两个玻璃球儿。”

那女孩儿眨眨眼睛，无所谓地大声说：“是。是丫头片子，咋了？”说完，也不在乎我兑不兑现许诺，继续跳格子玩儿。我走回她身旁，得意扬扬地问：“你听见了吗？”她默默点了一下头。我又问：“从来没人叫过你丫头片子吗？”她默默摇了一下头。我一时没什么话可说，憋了半天，终于憋出一句话：“那可就怪啦！”走着走着，她忍不住似的，又开口道：“你把我当成一个女孩儿家？”我说：“你不是女孩儿家，是男的吗？”她说：“我不是这个意思。再过两个月，我满十四岁了！从今天起，我妈妈要求我替她当一半儿家了！”我说：“那有什么，我早就替我妈当一半儿家了！”她说：“你几岁了？”我吞吞吐吐地说：“再过两个月，我满十五岁了！”她不由得站住了，注视着我的脸，几乎是愤愤地说：“你撒谎！”我悲哀地叹了口气：“九岁……”“我比你大五岁，你倒把我当成女孩儿家！”轮到她得意起来，追问道：“你说，你是不是个小孩儿？”我低下了头。“你说，你该不该叫我姐？”这是我巴不得的事。我立刻抬起头，心甘情愿地愉愉快快地叫了一声：“姐！”她的脸倏地红了。她左右瞧瞧，见我们身前身后没人，低声说：“我并不是让你叫我姐！我的意思是，我可以是你的姐！我不是这个意思……”我似乎有点儿明白，但是我宁愿自己一点儿都不明白，于是我就装出一点儿都不明白的样子，一个劲儿摇头。“好啦好啦，别摇头了！”

她郑重地说，“反正不管你明白没明白，不许当着别人的面儿叫我姐！”我堪受信赖地回答：“行！”我兴冲冲率先往前走。我觉得我和她之间已经有一个秘密存在着了。我觉得她已经给予我一种特权。这使我内心充满了骄傲。突然，我一步没走稳，仆倒了。酱油瓶子脱手而出，在路上滚，碰到路旁的石沿，碎了……我爬起来，转身望她，见她僵立在离我几步远的地方，呆呆地瞧着碎了的酱油瓶子。我觉得我一下子变成了世界上最不幸的一个人，如同一个百万富翁一下子变成了一个穷光蛋！绝望之际，我仿佛感到阳光骤然消失，黑暗刹那间降临。我撒腿便往家里跑。她叫喊些什么，我一句也没听清……从此我上学总是朝相反的方向绕道而行，轻易不经过她家院门口，不得不经过时则迅速跑过。

后来临街的“板障子”锯矮了，锯得只有一米高了，从街上就可以无遮无掩地望见院子里的情形了。好像她家的人有意要向我们这条街的人证明，他们是没什么秘密需要遮蔽的。院门也改造了。原先包了铁皮的严严实实的大门不见了，变成了和“板障子”一般高的一扇小门，只不过门的上边是锯成月牙形的。

后来那个六十多岁的全白了头发的瘦男人，开始出现在院子里拔草，修剪葡萄架，挖排水沟，将各种各样茂茂盛盛的拥挤着开野了的花儿移栽成行。

于是院子里的花草树木重新生长得井井有条值得驻足观赏了。

后来我用“拉小套”挣的钱和卖碎玻璃所获得的钱，买了一瓶酱油，而且是一瓶那种含有维生素的高级酱油，大瓶的。我双手捧抱着瓶子走入她家院子，非常谨慎地往前走，唯恐再不小心摔一跤，一番苦心全白搭。那个瘦男人坐在葡萄架下抽烟斗，发现我，站了起来，随即向我走来。

他刚走到我跟前，我抢先开口说：“这是还给你家的！”他奇怪地打量着我，那目光却是和善的。不待他问什么，我放下瓶子便跑。“哎，小孩儿，你搞错了吧？”“没错！问问你外孙女就明白啦！”我边跑边回答，头也不回。傍晚，我正在家门口劈柴，一抬头，发现粉红色的“布拉吉”出现在我们院里，正跟赵家的大娘说什么。赵家的大娘朝我家指了指，她向我家走来。

我躲入煤桦棚，从板隙窥视着越走越近的她，恨透了。这也太过分了！我都还你家酱油了，再说事情也过去那么多天了，你还至于非找到我家来告一状不可吗？我们这条街没有第二个像她这么耿耿于怀牢记细碎之仇的女孩儿家！别看长得有模有样，为人竟这么刁！小狐狸！

她在家门口站住了。我家门开着。窗也开着。

她敲我家开着的门，静静地等了一会儿，又敲我家开着的窗。

这是在装礼貌吗？虚伪的东西！

“屋里有人吗？”早问一声不就免得你敲门敲窗的了吗？

“谁呀？”正在往锅里贴饼子的母亲，沾着两手苞谷面，从厨房走到窗口，疑惑地瞧着她。“大妈，真对不起，我不知道您在做饭。您先忙吧，我过会儿再来。”她显得有些局促了。大妈？——什么话！我们这条街都叫张大娘、李大婶、王大嫂，从来没听到过谁管谁叫大妈的！看来她和她一家，以前根本就不是我们这座城市的人家！母亲说：“我已经完事儿了，盖上锅盖了。姑娘，你打听人家？”“大妈，我不打听人家。我是隔壁那个院子里的。我们刚搬来。我们是近邻呀！我姥爷说，远亲不如近邻……”这小狐狸，嘴可真甜！真会说话！一口一个“大妈”。我母亲已经用喜爱的目光瞧着她了。“是啊是啊，远亲就是不如近邻嘛！姑娘，你多大了？”“再过两个月十四了。”“还不到十四？真是个好姑娘。说起话来像位大姑娘似的。大娘就喜欢你这样稳稳重重的姑娘！快屋里来坐会儿！你们家要是有什么需要大娘帮忙的事儿，你只管开口就是，千万别不好意思……”母亲走出来，想拉她过屋。无奈两手沾着苞谷面，向她伸了几次手只好作罢。

“大妈，我不进屋了。改天我一定来您家玩儿。我姥爷让我问问您……”她指指她家的院子和我们的院子相隔的一排“板障子”，“这挺高的，是不是挡了您家阳光？如果你们愿意，我们可以把它锯矮些。还有那些爬山虎，都爬到你们这边来了，我姥爷发现招毛虫了，怪讨厌的，想把它们拔了。锯矮了以后，你们喜欢什么花儿，我们那边儿就种什么花儿。我姥爷还说，也可以开个小门儿，两边儿来往方便……”“好呀，好呀，好呀！”母亲一迭声说好。

“大妈，我还想问问您，您家有一个九岁的小男孩儿吗？”“有哇，怎么……”“有个小男孩儿，把我的酱油瓶子摔碎了……”“我叫来你认！”我屏息敛气，心想小狐狸哇，你到底还是打算告刁状！“这孩子，刚才还在，哪儿去了呢？等他回来，大娘一定问他！”“大妈，我不是告状。”她急了，“其实一点儿也不怨他。他好心好意帮我提酱油瓶子，自己还摔了一大跤，怎么能怨他呢？可他，他今天上午还给了我家一大瓶酱油。我姥爷问明白情况，批评了我一通，让我一定要找到那孩子，把那瓶酱油退给他，还要谢谢他。我们全家都为这件事儿挺不安的。我姥爷说，如果不找到那个男孩儿，不把酱油退给他，我们可就太不对了。”我真希望母亲说那男孩儿一定是我儿子！

母亲却摇着头说：“那就不是我儿子了。一大瓶酱油一元多呢，他想还，不向我要，也不可能有一元多钱呀！姑娘，告诉你家大人，大妈替你们全院儿都问问。”母亲居然不知不觉地接受了她的叫法，由“大娘”而自称起“大妈”来了。“大妈，那就给您添麻烦了。我走了。大妈再见！”“再见，姑娘，有空儿一定来玩儿啊！”“唉！大妈您快进屋去看着锅吧！”母亲随了几步，满面慈祥地目送着。我缓缓坐在煤桦棚子里的木柴堆上陷入了思考。拿不定主意是否应该告诉母亲，那个孩子正是我。而且，她家的院子里种什么花儿才好呢？既然她家给了我家这种权利，这种权利似乎主要应归属于我。母亲她对此是不会太认真的。而这一权利对我却很重要。相当重要。

星期天。我家吃过早饭不久，她和她的姥爷，还有她的两个弟弟，带着锤子、锯子、钉子盒什么的来了。我从窗口一看见他们，赶快将门闩上。迎出屋的母亲大声唤我出来给他们当帮手，我不答应。母亲敲门，我不开。“这孩子，聋啦！你在屋里搞什么名堂哪？！”母亲生气了。我终于出现，母亲瞠目而视，仿佛不认识我了。

我上下穿得很整齐：白小褂，蓝裤子，白胶鞋。我将平时舍不得穿，甚至连过节也舍不得穿的全套少先队队服换上了，并且系了红领巾。我是学校里的队鼓手，只有学校举行隆重活动或什么庆典仪式的时候，我才如此这般。我早晨当然洗过脸了，可不知为什么，我觉得根本没洗干净，又洗了一遍脸。用香皂。一年三百六十五天，我洗脸很少用香皂。手太脏时，也不过用肥皂。我还照着镜子梳了半天头发。我头发硬，平时不梳。蓬乱得太不像样子，就用手指拢拢。那一天怎么梳也梳不倒，用毛巾沾着水揉湿了，才总算勉勉强强梳平。

不但母亲对我瞠目而视，他们也一样。尤其她。“怎么，你……你今天有队日活动？你预先可没跟妈说一声。”母亲大出所料地嘟囔道。“不过队日就不能穿这身衣服了？”我振振有词地回答，装出非常自然的样子。其实，在母亲和他们的瞠目而视之下，我的感觉，比那天反穿背心引起她和“河马大婶”大笑不止时强不了多少。她当然一眼认出了我。她的姥爷也是。母亲说：“没有队日活动，你穿上队服干什么？快脱了去，换身破衣服，帮着干活！”我执拗地说：“不，我今天就想穿队服嘛！”她的姥爷指着我，刚想说什么，被她及时扯了一把，以一种莫测高深的目光制止了。母亲更生气了：“这孩子，今天抽的什么风！”举手似要打我。她急忙说：“大妈，弟弟要穿，就让他穿吧！弄脏了我替他洗。”她一边说，一边向她的姥爷直丢求援的眼色。他明白了她的意思，也说：“哪个孩子不喜欢穿得体面些呢？让孩子穿吧！我们小晶不是愿意替他洗吗？我这外孙女，是说话算话的！”他看了他的外孙女一眼，挺郑重地问：“是不是？”她笑了。笑得又大方又愉悦，还朝我眨了眨眼睛。既不像有些女孩儿家受到几句夸奖就扬扬得意，也未显出丝毫害羞的样子。

母亲望望她，望望她的姥爷，望望我，不再说什么了。然而母亲的表情告诉我，过后是一定要对我追究个为什么的。

她看着我说：“小弟弟，这不等于我完全支持你。大妈的话毕竟是有道理的。你也得向大妈表示一点儿妥协呀，起码把红领巾摘下来行不行？”我觉得母亲对她的评价是对的。她说话真像位大姑娘，尤其她跟大人说话的时候。我第一次听一个十四岁的女孩儿家说话用“毕竟”和“妥协”这样高等的词儿。何况她两个月后才十四岁。我觉得听她说话，仿佛是在听语文成绩优秀的学生造句子，并且不得不承认她造了些好句子。

我默默地顺从地解下了红领巾。

母亲用一根手指戳我的额角说：“哼，你要天天都能把自己弄得像个孩子样子，我倒省心了！”母亲是街道居民小组长，负责我们这条街上居民义务方面的一切事，具有等同于“甲长”的地位和权力。当时她正急去开居民小组长会议。

母亲匆匆走后，我们立刻开始拆除那排经历了许多风蚀雨淋的“板障子”。而首先要做的，是斩断那瀑布一般泻过这边来的“爬山虎”。那面的院子荒芜已久，这一种生命力极强的植物，已经像一张乱毛蓬蓬的皮，和木板长在了一起。花儿依然开得很烂漫，但毛虫隐蔽在茂密的叶子底下。

她说她怕毛虫。

她的两个弟弟说也怕。

她的姥爷倒没说怕，但说看见毛虫就皮肤过敏。

我也怕。我怕毛虫甚于怕任何可怕的东西。但是我毫无惧色地声明我一点儿也不怕毛虫。我说小小毛虫有什么可怕的，我自告奋勇地承担了这一项“特殊任务”。

他们负责将我斩断的“爬山虎”用木棍挑到预先挖好的坑里，埋得严严实实，踩得平平坦坦。

我们合力推倒了“板障子”。

当她的两个弟弟协助她的姥爷锯木板时，她悄悄对我说：“挽起你的裤筒儿。”我说：“干这种活儿，用不着挽裤筒儿。”她说：“让我看看你腿，那天摔破了没有？”我说：“没有。真的没有。”她说：“听话。我一定要看。”她的表情，她的口吻，好像是如果我不听她的话，我在她眼里就不是一个好孩子了。我听话地将两条裤筒都挽了起来。我两腿那天都摔破了，结了两块厚厚的痂。“当时流了很多血吧？”“嗯。”“当时很疼吧？”“嗯。”“当时你哭了吧？”“嗯。”“一边跑一边哭？”“嗯。”“你为什么要跑呢？”“我也不知道。”“你为什么要还一瓶酱油呢？”“我也不知道。”“你哪儿来的钱呢？”“拉小套儿挣的。还有，捡些碎玻璃卖。”“拉小套儿？那是怎么回事儿？”“火车站、大桥前，拉车的人上不去坡，我帮着拉。你见过两匹马拉的车吗？有一匹马是驾辕的，另一匹马是拉边套儿的。拉小套儿就像拉边套儿的马，帮着拉上一个小坡五分钱，帮着拉上一个大坡有时能挣一毛钱呢！”“你为什么非要这样呢？”我真的不知为什么。我只有不好意思地憨笑。

“碎玻璃也能卖钱？”“能呀，一斤碎玻璃能卖四分钱呢！”“那，上哪儿去捡呀？”“垃圾站啊、建筑工地啊，有时能捡到，有时捡不到。我常捡碎玻璃卖。卖两斤就能买一本作业本。”“你为买那瓶酱油，捡了很多吧？”她用她细长而娇嫩的手指轻轻触摸我腿上的伤痂。我看得出并且相信她那绝对是情不自禁。她似乎想要通过她的触摸使它消失。“我得帮着干活儿了！”我难为情地放下了裤筒儿。“你真是个古怪的小孩儿。你觉得你自己古怪吗？”她低声问，显得严肃。

我摇摇头，拿起锤，钉“板障子”去了。男孩儿天生是男孩儿的朋友。她的两个弟弟没用谁吩咐，便主动成了我的助手。她则成了她姥爷的助手。他锯，她压住木板。

“你几年级？”双胞胎中的一个问我。“二年级。你们呢？”“才一年级。”另一个回答，瞧着我那种目光，似乎对我这个比他们高一年级的小学生不无恭敬。“那，你是二年级入的队吗？”“二年级？那也太晚了！”“你一年级就入队了？”“当然！”“那，你是几道杠？”我想回答是“三道杠”，可担心谎话说过了头，反而被怀疑。

“一道杠”呢，又觉得太渺小，有些说不出口。犹豫了一下，谦虚地说：“我本来被推选当‘三道杠’来着。可我认为自己还没那么好，就接受了个‘二道杠’……”我轮番回答他们的话。他们对我也愈发显出恭敬的样子。我戴红领巾，并非为了别的，而是为了向他们的姐姐表明：我可不是这条街的野孩子。我是少先队员！

“我姐姐是一年级入的队！”“我姐姐以前是‘三道杠’！”“她还当过全校的大队长呢！”“她以前每年都是‘三好’生！”他们开始向我赞扬他们的姐姐。仿佛她是他们的重型武器，一展示出来，就足以从心理上彻底将我打败。

我半道“杠”也不是！我还没入队呢！校队鼓手中，有好几个不是少先队员的。红领巾是学校特批给我们的，只许我们在需要的时候戴，平时是没资格戴的。我当然是被他们从心理上打败得稀里哗啦了！我故作镇定，问：“那她现在呢？”“现在……现在……”“现在我们不是搬到这儿来了嘛！”“对，现在我们不是搬到这儿来了嘛！她就得在新的学校从头开始争取了。”我不由得回头看了她一眼，很怀疑不是她的弟弟们说的那样，认为肯定另有原因。

她的目光接触到我的目光，迅速避开了。她那样子很不自然，甚至有几分愠怒。她大声训斥两个弟弟：“多嘴多舌的，别人会把你们当哑巴吗？”他们的姥爷，好像根本就没听我们几个孩子在说些什么，头也不抬，专心致志地锯木板。她的两个弟弟，都一声不吭了。显然，他们的姐姐，在他们心目中，是具有特殊位置的。一旦严厉起来，他们是有些惧怕的。我觉得锯条被腐朽的木板夹住所发出的紧滞刺耳的声音，似乎更响了。

一排新的“板障子”终于竖起在我们眼前，和她家临街的“板障子”一样矮。一扇小门的上端，也锯成了美观的月牙形。这么一来，站在我家门口，不，就是站在屋里，也可以从窗口望见她家院子里的情形。在我们全院，除了我家，谁家也不可能和她家举步相通。因为别人家与她家院子相隔的，是他们房屋的后墙。只有我家这儿，相隔的是一排“板障子”。

她姥爷的衣服，已被汗湿透了。他掏出手绢擦擦脸上的汗，问他的外孙女和两个外孙：“这样好吧？”她默默无言地微微点了一下头。而她的两个弟弟齐声回答：“好！”他又问我：“你说呢？”我也回答：“好！”他说：“你们都觉得好，我就更认为好了。”沉思片刻，他念念有词起来：“满园芳菲着人意，栽情篱下不羡山。”我完全不懂他的之乎者也。而她，分明是懂的。起码懂一部分。不知为什么，她显得忧郁了。

他又自言自语：“种什么花儿好呢？”我抢先说：“种蝴蝶花吧！蝴蝶花顶好看啦！”她的两个弟弟紧接着说：“种百合！种百合！姥爷您不是说过，百合的根又好吃又能治病吗？”他的目光转向他的外孙女，目光中尽是深蕴的慈爱，似乎，还有些别的。我觉得好像是一种无奈的歉疚。他能有什么对不住他的外孙女呢？

“你说呢，小晶？”她凝眸思考了几秒钟后回答：“姥爷，栽菊花吧。您不是很喜欢菊花的吗？而且，您也不必像陶渊明似的‘采菊东篱下’了，您每天‘望菊东篱下’，不是更好吗？”他点点头：“是啊。季节迟了，想种别的花儿也来不及了。只有从院子西边移些菊花栽过来了，不过……”他又一次将脸转向我：“这一定要征求一下你妈妈的意见，啊？咱们刚才的意见，都算个人意见，你妈妈的意见，应该是最后的意见。因为她是居民小组长嘛！咱们都在她的领导之下嘛！这就叫民主集中啊！”他说得十分郑重，郑重得都有点儿使我感动了。我从来也没有认为我的母亲这么值得尊重。从来也没人对母亲表示过如此郑重又非常真诚的尊重。一个孩子，感到自己的母亲被人尊重，这孩子能不对那个人产生好感吗？我觉得我一下子喜欢起这个头发全白的瘦老头儿了。我想母亲也肯定会认为自己实在不值得任何人这么尊重她。她能当上居民小组长，纯粹由于她的热心肠。我从来也没有觉得她“领导”过谁。我们这条街的男人、女人，绝对不会有谁承认受过我母亲“领导”的。如果他们听了他的话，准会哈哈大笑的。如果他们一旦感觉到我母亲居然是“领导”他们的，母亲肯定再也当不成居民小组长了。

我的队服为我作出了从未作出过的“牺牲”。白胶鞋面目全非，变成了黑胶鞋。我的奉献是巨大的。这奉献完全是为了她。我觉得她心里是明白的。我一点儿也不后悔，相反我很愉快，甚至对她充满感激，感激她明白我……

她的姥爷收拾起工具，第一个从那扇小门通过，走到她家的院子里去了。他回望了一眼那扇小门。那种样子，如同一个刚刚学会穿墙术的人，念着咒诀不知不觉地穿过了一堵墙壁，但又不相信是真的，回望那堵墙是否存在似的。

“孩子们，过来呀！我不是已经过来了吗？”他朗声说，看样子对那扇小门很满意。说罢，大步向当初神父住的屋子走去。仿佛那一向就是他住的屋子。

接着他的两个外孙走过去了。

她也走过去了。

只有我留在锯矮了的“板障子”这一边，一动没动，呆呆地望着那边。“板障子”锯矮了仍是“板障子”，我仍觉得我要通过那扇小门必须获得她家人的允许，觉得它是为了她家人到这边来方便，而不是为了我到那边去方便。尽管她的姥爷已经说了：“孩子们，过来呀！”但我认为他那是对她和她的两个弟弟说的，觉得其实并没包括我。我也为那扇小门付出了劳动。刹那间我内心充满委屈，眼泪汪汪。

她见我没跟过去，走回来了。她站在“板障子”那边，替我打开小门，瞧着我笑。

“先生，请！”她做了一个优美的邀请的姿势。

我也噙泪而笑了。通过那扇小门后，我也忍不住回望一眼。倏忽我觉得我是通过了一扇奇异的门，觉得自己顿时长大了好几岁似的。我再看她时，连自己都觉得，已不可能是一分钟前的目光了。我自己对这一种变化有点儿慌乱和不知所措。我脸又红了。

她脸也红了。

大概是因为我的目光。还因为我的样子。

井旁晒了几大盆水。

她家那个穿玄紫色旗袍的女人从屋里走出来，捧着一捧衣服，走到葡萄架前，放在木椅上。她穿的还是玄紫色旗袍，还是那种神情肃穆、不苟言笑的样子。她看了我一眼，一句话也没说，威严地转身向房屋走去。一眼，仅仅一眼，我觉得那女人已将我掰开了揉碎了认认真真地研究了一番。

“她是你什么人呀？”“小姑。”“她不太欢迎我是不是？”“你怕她？”“有点儿。”“我和弟弟们也怕她。不过她是个好人。除了爸爸妈妈和姥爷，她就是我们最亲最信赖的人了！”她说完，命令两个弟弟将两大盆水端到葡萄架内。“我得给他俩洗洗澡。你要是闲得慌，就替我浇花吧！”她从葡萄架内探出身对我说。于是我拿起喷壶浇花。一会儿，她的两个弟弟洗得清清爽爽的，换上了干净整洁的衣服，离开葡萄架也走向了房屋。

“你看，他俩用了两盆水，还剩下两盆水。一盆是为我晒的，一盆当然是为你晒的喽！我小姑并没有只想到了我们，也想到了你呀！你承认不承认她是好人？”她浑身湿漉漉地站在我面前，十分认真地问我。我说：“承认。”“帮帮我。”于是我和她共同将一大盆水移入葡萄架内。“该你了！”她说。

“我……我……我回家洗。”我想逃。她揪住了我的后衣领。“水都为你晒了，你却回家洗！用凉水洗呀？激出病来，我们全家又会感到对不住你了！你这小孩儿，怎么能这样对待别人的好意呢？快脱衣服！”她揪住我不放。我说：“我自己洗……”她说：“你得让我替你彻底搓搓泥呢！”我只好脱，但是没脱裤衩。她说：“小小孩儿，你还害羞吗？”我说：“我不害羞呀。”她说：“真的？”我说：“真的！”她就一下子将我的裤衩扯到了脚腕儿。我简直害羞得没法儿，恨不能遁入地下。“转过身去。”我乖乖地转过身。“双手撑着柱子。”我乖乖地双手撑着柱子。“你还说你回家洗！你还说自己洗！瞧瞧，瞧瞧，你自己能搓到后背吗？你真是个脏孩子，不搓，能算洗了一次吗？”她从我身上搓下了“成绩”。“转过身来。”我乖乖地服从命令。“站稳。”“……”“抬起胳膊……双手放在我肩上。”我乖乖地将双手放在她肩上。那一时刻她的神情忽然变得比她的小姑还肃穆。而我感到自己变得像一具石头人一样全身僵硬。我闭上了眼睛。我只能闭上眼睛。如果不，我不知自己的目光该看哪儿。看哪儿我都觉得不对。也许只有看着她的脸是最自然的。但她的脸是我当时感到最不该看的。我真的想逃……

她用毛巾包住的手，搓我的肩胛窝儿，搓我的胸，搓我的肋。她搓的都是我怕痒的地方。我强忍着，忍着，终于忍不住，哈哈笑着跳开了。

“你！”“你搓痒我了嘛！”她也忍俊不禁了。

她将毛巾往我肩上一搭，嗔道：“我又不真是你姐，我不干了！吃力不讨好儿。你自己搓吧，要冲的时候叫我一声。”她背对我，坐到栏杆上去了。我也转身，背对她。尽管完全多此一举。一只蜜蜂飞入葡萄架，寻找不到出口，嗡嗡地着急。“姐，我搓好了！”话一出口，我后悔莫及。我惊讶于自己把一个“姐”字叫得那么自然，仿佛我每日里叫过无数遍。她缓缓地缓缓地回首一顾。我赶紧用毛巾遮我最害羞的部位。我看出她的惊讶一点儿也不逊于我。“我……我本想叫你……叫你小晶姐姐来着……”我讷讷地说。依我童稚的逻辑想来，叫“小晶姐姐”，是礼貌、是亲近，是任何一个女孩儿家不论乐意或不乐意，都满不在乎地认可的。而叫“姐”，只叫一个“姐”字，则是郑重得多的一件事了。如果她们不乐意不认可，她们是有正当的理由发脾气的。

对我的嗫嚅之词，她的表情毫无反应。她只是开始默默地用木瓢舀水从头到脚地浇我。最后她开口说：“闭上眼睛闭上嘴。”她端起盆，将剩下的水都浇在我身上。“好了，你自己擦吧。”她说着，从地上捡起我的湿裤衩，连同我脏了的队服卷在一块儿，离开了。我问：“那我穿什么呀？”她一指栏杆，上面搭着一套衣服。我只好穿上。那是一套从未被穿过的新衣服。肯定是她哪一个弟弟的。我穿着很合身。她站在一簇扫帚梅花前，见我怯怯地走过去，盯着我，问：“你刚才叫我什么？”我说：“我叫错了。我再也不那么叫了。”她说：“我没问你对错。我只问你刚才叫我什么。”我说：“叫你‘姐’了……”“你喜欢叫我‘姐’？”“喜欢。”“要是有一天，你听了别人的什么话，不这么叫我了，我该怎么惩罚你呢？”“那……你就恨我！”“只恨你就行了？”“我也恨我！”“还不行。”她摇摇头。“可是我不会因为听了别人的什么话就……”“你会的！你肯定会的！”不知为什么，她显得那么不信任我。“我不会！”我嚷了起来。“那，你以后就叫吧。”“姐！”她笑了，但那分明是一种苦笑。看见一个女孩儿家苦笑，一个像我这样年龄的男孩子也准会为之伤感的。苦笑有时比哭泣还能触痛人的心灵。

“没有谁高兴和我们家的人主动来往。没有哪一个男孩儿高兴叫我‘姐’，除了我的两个弟弟。你会对我，也对我们家的人变心的。反正你会的。”“我不会。我发誓我不会。我……”我抽泣了。我从未被人如此不信任过。而这样一种固执的不信任，竟又是当面表示的。我受不了这个。我觉得被严重伤害了。“得啦得啦，别哭哇。这也值得哭？你还总不承认你是小孩儿！我也没说你什么呀！”她开始哄我，像哄一个受了委屈的小弟弟一样。并且，用手心轻轻替我抹去脸颊上的泪。“帮姐把这一盆水抬过去。”我破涕为笑。“现在该轮到姐洗了。你替姐当个哨兵，不许人走过来。我那两个弟弟也不许！”于是，我就忠实地当哨兵。葡萄肥大的叶片很密，将葡萄架遮挡得像一幢绿色的童话里的小房子。

我倾听着那“小房子”里哗哗的洗濯声，觉得宛如有一条小山泉在流淌。我抬头仰望天空，觉得天空从来没有那么高远、那么蔚蓝。我举目观览满院子的花儿，觉得一切花儿都美丽无比。我想母亲她是说错了，原来我命中注定必有一个姐姐！我觉得我是一个幸运的男孩儿。我的命运简直值得我为它歌唱！我的目光望向那一排锯矮了的“板障子”，望向“板障子”那边我的家，甚至觉得连贫穷也不那么令人沮丧了。

教堂钟楼内悬着的大钟静止着，似乎期待有人去敲，又似乎在向打算敲它的人声明：请别滋扰我。我更喜欢不被敲响的时候。镀铂的铁十字架，在日照之下熠熠生辉。我仿佛觉得银色比金色更加辉煌夺目，并且具有金色所不具有的圣洁感。十字架宛若一个大的加号，要将天和地加在一起，而那结果该等于什么呢？葡萄架内的洗濯声终于停止了。我看见从那童话般的绿色的小房子里姗姗踱出一位全身发着清丽气息的天使。她对我说：“小孩儿，你已经知道我的小名了，现在我想知道你的。”我对她说：“跟姐儿。”“跟姐儿？”她说，“我喜欢这个名字。”“是的。”我说，“我也喜欢。”“跟姐儿，我家的人你都认识了，现在跟我去见见我妈妈好吗？”“好。”于是我第一次走入了神父住过的那一排房屋。那一排房屋分为四间。第一间最小，她的两个弟弟住。第二间最大，有二十多平方米，几排书架贴墙而立，整整齐齐摆满了书。正中是一张很旧的、圆形的桌子，未铺桌布，还有一张铁架床。她告诉我这原是神父会客的地方，现在她的姥爷住，全家人也在这儿吃饭。第三间她自己住。除了一张单人床，和床头一个箱子，再也没有什么。第四间她的母亲和小姑合住。屋顶本都倾斜了，地板有些角落已塌陷。墙皮处处剥落，好似患了红斑狼疮病的人的皮肤，并且留下了正方的、长方的挂过画框的痕迹。积年累月的灰尘使那些痕迹十分清楚，清楚得像木匠用墨绳弹出的线条。而那些镶在宽边的框子里的画，全都反放在门后。我问她为什么不继续挂着。她告诉我画的全是耶稣被出卖被钉在十字架上以及他的母亲为他哀伤哭泣的情形。说她家的人都不喜欢那些画。住进来的最初几天，因为画没取下来，她家的人没有不做噩梦的。包括她的姥爷。我问也包括她吗，她点了点头。问她做什么样的噩梦，她摇了摇头，那意思是讲给我听，我也不会理解。屋子很阴暗，散发着潮气。因为这一排人住的房舍是背阳的。而朝阳的那一排是教堂。也许由于耶稣活着的时候受的苦难太多了，他的信徒们宁愿将朝阳的房舍让给他住？

她的双胞胎弟弟、姥爷正同她的母亲和小姑在她们的屋子说话，说的恰是我。她告诉她的母亲有客人来了，他们便都走到她姥爷住的较大的屋子来了。

她的姥爷也叫我“小孩儿”。

他说：“小孩儿，随便坐。我们应该算是朋友了对不对？我们不把你当客人，你也别把自己当客人。今后，只要你高兴来，我们就欢迎你。”她的母亲打断了他的话：“看您，对一个孩子说这么多干什么？把人家都说得腼腆了！”又瞧着她问：“就是这孩子？”她点点头：“他小名叫跟姐儿。”她家的人，除了她，都不由得互相望了望。分明地，我的小名使他们纳闷和奇怪。

她的小姑什么也不说，沉静地坐着，注视着我。我觉得她又开始研究我了。

“孩子，你坐呀！”她的母亲和蔼地说。那天这端庄的女人没穿藕荷色旗袍。她下穿一条黑绸过膝长裙，上穿一件短袖立领的白衫子。我觉得她不论穿什么都仪态大方，她的端庄是天生的。我觉得一个孩子即使真是一个野孩子，在她面前也会努力做出规规矩矩的样子。而我正是那样努力的。

“跟姐儿，我们小晶本该谢你，你却还来了一瓶酱油。我们又不知你是谁家的孩子，可真让我们惭愧呢！”“妈，那瓶酱油，是他用帮别人拉车挣的钱，和捡碎玻璃卖的钱，三分五分攒起来买的。”她家的人，又都是面面相觑，似乎都觉得这件事儿对于这个“小孩儿”来说，未免太“原则”了点儿。刹那间，我感到她的小姑的目光中，有某种研究以外的成分介入了，但很快又被摒除。她的目光使我感到如芒在背。

她的母亲又说："跟姐儿，我们小晶认识了你这样一个……一个有性格的孩子，我们全家都高兴。"她说："他已经叫我姐了！"显出自得的样子。于是她小姑的目光，投射到她身上，似乎对她也不例外，更要掰开了揉碎了进行一番一丝不苟的研究。

她的母亲沉吟地望了她片刻。我觉得这一位和蔼的端庄的女人，这一位心细而慧的母亲，是在掩饰她一时不愿表露的惊讶。她惊讶什么呢？这一位女人这一位母亲？

我不由得低下了头。"按年龄，他叫你姐，也应该的。"她的母亲说，"那瓶酱油，一定要让人家的孩子带回去。跟姐儿，你带回去行吗？"我抬头望着"姐"，我的目光在对她说："不！"她领悟了我的目光。她说："妈……"她的小姑严厉地说："小晶，要听你妈的话。你妈的话是对的！"她看看我，很不高兴又无可奈何地噘起了嘴。"女士们，我可以对此发表点儿见解吗？"一直在看书的她的姥爷，合上了书本。于是两位女人的目光都望向他。他站起来，双手按在桌上，微微向她们倾着身子说："这孩子，他已经是咱们小晶的朋友，当然也是咱们小苇和小芰的朋友。"他将脸转向两个外孙问："是不是？"他们回答得像一个人的声音一样齐："是！"他的目光又望向两位女人："而你们却总是酱油酱油的！倒好像你们是在合审一桩关于一瓶酱油的案子。并且以为只有你们才能作出最公正的裁决似的！本人认为，让人家孩子把那酱油带回去不妥。酱油归我们。不过我倒主张，为了对这孩子表示谢意，也为了平衡我们自己的心理，我们应该送给这孩子什么别的，也算是送给孩子们的小朋友的礼物吧！我说小晶、小苇、小芰，你们支持姥爷的提案不？如果支持就为姥爷鼓掌！”她和她的两个弟弟立刻大鼓其掌，都无声地笑，都感激地望着“见义勇为”的老“辩护律师”。

这老头儿说起话来慷慨陈词，而且说着说着，一只手臂便舞动起来，做出些有力度也有风度的手势，双目炯炯有神，面容表情多变，生动至极，大有一旦开口，不论就什么问题，一口气儿能讲上两个小时乃至半天的神采。我暗暗猜测，也许他从二十来岁起就是位了不起的演说家了。我看出小晶姐弟们，在他开口说话时，都对他很着迷、很崇拜。我觉得他慷慨陈词的时候我也对他很着迷。我觉得我更喜欢这个全白了头发的瘦老头儿了。

“跟姐儿小朋友，对我的提案，你自己满意吗？”他将脸转向我，目光平和多了。我说：“怎么着都行。”小晶哧哧地笑了。她的母亲也笑了。她的姥爷对我一摆手，长叹一口气，颇扫兴地坐了。那意思是说：你这孩子，你怎么把我“出卖”了？你可真叫我不满意哇！结果人人开心大笑。我受感染，随着笑。“您啊，您总是那么爱激动！您自己说，您下过多少次保证了？因为自己的脾气付出了多大的代价，您自己最清楚啊！我们哪儿是什么合审呢？不过闲聊罢了。跟个孩子，从一瓶酱油聊起不算过分嘛！”当母亲的慢言细语地说，并笑问当小姑的：“对不对？”当小姑的肃穆地点了点头。“我激动了吗？我激动了吗？我觉得我一点儿也没激动呀。”当姥爷的极力替自己辩白。可连他自己也苦笑了。不苟言笑的小姑终于又开口道：“其实我和您的想法一样。小苇，把你这套衣服，送给你们的这位小朋友，你舍不舍得啊？”那双胞胎男孩中的一个爽快地说：“舍得！但他得永远做我们的好朋友！”他们一齐望着我，期待我的回答。

我说：“嗯。”“那咱们现在就出去玩儿！我们带你去看教堂！”他们一跃而起，一人拉我一只手，扯我跑出去。

我们爬上教堂的窗台，站立着，几乎将脸贴在玻璃上往里瞧。玻璃全是彩色的，不透明，但却是掺了胶的颜料涂的，而不是烧成的。我的两个新朋友教我怎样靠指甲达到目的。那是一桩需要灵巧和细致的事。先用锐利的指甲在玻璃上划十字，像用刀在罐头的封铁盖儿上划十字那样，然后用最薄的指甲，将颜料膜小心地掀起，于是玻璃上便有透明的一孔了。

我顾虑上帝会生气，问他们这样做行吗。

他们说，据他们所知，上帝一般不生小孩儿的气。上帝对小孩儿一向是很宽容的。不过他们提醒我，一定得划十字。

看够了，还得用唾沫将颜料膜粘上。否则，他们不能担保上帝绝对不会生气。

中午耀眼的阳光，将玻璃的彩色映在教堂的地板上，如同幻灯将幻灯片映在墙上，五彩缤纷，瑰丽奇异，使空寂寂的教堂笼罩于迷幻的色辉之中。在布道台的上方，我看见了一个几乎全身赤裸的、长着短而黑的连鬓胡子的、瘦骨嶙峋的男人，被钉在十字架上。那铁钉分明是真的，并且还有血迹。我想那人肯定也是真的。虽然我相信他早已死了。我吓得呀的一声，不由得用双手捂住眼睛，结果从窗台跌下来。

“你怎么了？”两兄弟仍站立在窗台上，奇怪地问我。

我反问：“那个人就是上帝吗？”他们告诉我那不是上帝。上帝凡人看不见，但他能清清楚楚地看见地上一切人的行为，也能看透一切人的内心。那是上帝的儿子耶稣。世人谋害了耶稣，所以上帝让世人永远面对自己的恶行忏悔，并以此为条件宽恕世人的罪。

“那是真的耶稣吗？”小苇说：“那当然是假的。但你不可以认为是假的。”小芰说：“从上帝的眼睛看，那木头雕的耶稣是真的，而我们这些人都是假的，所以他不过把我们当成他的羊群。”他们还鼓励我看耶稣降生的油画。我却再也不敢爬上窗台了。他们便嘲笑我胆小。他们替我用唾沫将划破掀开的颜料膜贴好，也蹦下了窗台。小苇问我，如果让我成为耶稣，我是否愿意？

我连连摇头说我一点儿也不愿意，并且坦率地承认我经受不了钉子钉穿手脚挂在十字架上的痛苦。我想，我的母亲肯定也绝不愿意当耶稣的母亲。见我遭受那样悲惨的折磨，她准会疯的。

他说他愿意。他说他才不在乎钉子钉穿手脚挂在十字架上那点儿痛苦哪。他说他要是能成为耶稣，他要让出卖他爸爸的人永远跪在他面前忏悔，并且永不宽恕。

他的想法令我十分吃惊。

我正要问谁出卖了他们的爸爸，他们的爸爸现在怎样，小芰瞪着小苇厉声说："你乱讲些什么！今后再听你乱讲这些话，我非告诉姥爷、妈妈、姑姑和姐姐不可！"小苇自知失言，缄默不语了。

我回家前，"姐"交给我一块头巾，说是她的母亲送给我母亲的。"姐"还剪了一大束各种各样的花儿给我，让我回家后插在瓶子里。经过葡萄架前，我不由得站住了。犹豫一阵，我轻轻踏上两级木阶，走了进去。葡萄架内铺着木板，木板还吸着水渍。我仿佛又听到"姐"在葡萄架内的濯洗之声，仿佛又听到"姐"搓痒我时，我自己爆发的大笑和"姐"的悦耳的笑声。我觉得这童话般的绿色的小房子，从此我是不会忘记它了。我抚摸着老葡萄盘枝错节的藤蔓，在心里说：葡萄架，你做个证吧！从今往后，我有"姐"了！而这对我很重要！也许以前不，但现在是。我发现她那白色的发卡掉在地上。我捡起了它。那一枚月牙形的发卡，它一端的尖角断了，却还能用，只是不美观了。它很轻。可能是塑料的，或是有机玻璃的。我因它的断损而惋惜。我想“姐”肯定不是由于它断损了便丢弃了。我想她一定是在洗澡时遗失了它。我本打算马上转回去还给她，但我最终又改变了主意。我相信我能将它的尖角重新磨出来，相信我能使它美观如初。

母亲知道我已经接受了别人送的一套新衣服，大为恼怒。“你自己那套队服呢？准被你糟蹋得不成样子了！要不人家怎么……”“没有！姐替我洗得干干净净，晾在她家院子里呢！”“姐？哪个姐？哪来的一个姐？”“就是……就是你也喜欢的那个……那个……她叫小晶，她妈妈还送给你一块头巾。”“头巾？在哪儿？”我将头巾从箱子里取出交给母亲。“你！你不但自己……你还替我接受了！你好胆量呀！我平时怎么教训你的？我今天非揍你不可！”母亲寻找扫床的笤帚。我往墙角躲。然而母亲高高举起的笤帚并未落在我身上。母亲一把将那块头巾从我怀里扯过去。“人家真心诚意，我怎么能……”“住嘴！”母亲她真生气了。“你叫我现在怎么办？唵？衣服，头巾，都给人家送回去，伤了人家的一份情意！不送回去，这礼尚往来的，咱们这有什么值得回还人家的？你说！你说呀！”我知道我家没有任何值得回还的。我了解母亲是个多么重视“礼尚往来”的女人。我唯有一声不吭，任凭母亲数落和训斥。“老梁家的！梁组长！”幸而这时街道主任来了。她是主任，母亲是组长，她是母亲的“上级”。母亲一向对她客客气气的。她话声刚落，人已进门。“哟，打孩子呀？”“没有，没有。你坐，你坐。我不过在说说他。这孩子，这几天越来越不服管了！”“跟姐儿，不服大人管可不行啊！这孩子今天怎么穿得这么体面哇？衣服真合身呢，你给做的？”“衣服嘛，是呀是呀，主任你有事？”母亲支吾地应酬着，搪塞着。主任朝窗外望了望，意味深长地说：“那儿，咋变样了？”母亲也朝窗外望了望，回答：“可不嘛，一上午工夫，就变样了！”主任说：“变样了也好，也好。”母亲说：“主要对我们这边好，眼界敞阔了！抬头望见些红花绿草的，比原先一排‘板障子’挡眼可不强多了嘛！”“还开了小门呢……你家的主意？”“哪儿呀，也是人家那边想得周到。”“上午开会，我也没机会跟你交代，我就是特意为了那户人家向你交代来的。对那户人家，你应该……跟姐，你先出去玩儿会儿。”我装出一副巴不得的样子离开了，但没出家门，不过挺响地关了一下门，然后隐蔽在外屋炉台旁，侧耳聆听。

“主任，那户人家，很不一般吗？”“岂止不一般啊！”“唉……”我听到母亲喟叹了一声。接着只说：“这一户人家，这一户人家，这一户人家啊！”“唉……”我听到主任也喟叹了一声，压低语调说：“都叫人不知道该怎么对待他们才好是不是？细想想，冲着那三个孩子，怪让人同情的。但咱们街道干部，也不能因为咱们心眼儿好就乱同情哇！那老头儿在北京有大人物不显山不露水地保护着。吩咐了，不管安顿到哪儿，居住条件要相对宽绰些。不必安排什么工作，每月生活费不低于二百五十元。据说那老头儿是研究庄稼的，对咱们国家的农业发展有过贡献。上边儿的指示精神是十个字：不照顾不妥，不监督不行。你听明白了？”“听明白了。”“听明白就好。第一句话是上边儿的事。第二句话是咱们的责任。该对你交代清楚的，我都对你交代清楚了。上边把监督的责任布置给我了，可我为人民服务的工作已经不少了，也不能整天拎个小板凳，光坐在街对面，望着他家的院子进行监督哇！我今天算是正式把这个责任布置给你了。我还有事儿，我这就得走，改天再来多坐会儿。”“哎，主任，主任你先别走，这……监督，责任重大。我恐怕不合适，你还是另布置给别人吧！”“你别这么说呀。你是组长，你们的院子又和他们的院子紧挨着，布置给你不合适，让我布置给谁哇？我一来，我一见你们两边之间的‘板障子’都拆了，成了这样了，我就想布置给你最合适了！得了得了，你别推辞了！还谦虚个什么劲儿啊！别拽着我。我得走了，我得走了！”街道主任一边说，一边已从里屋急急迫迫地走出来。分明地，她唯恐母亲将她再扯入里屋去。

“这……我……主任，主任你听我说……”母亲跟在她身后，有话难讲。扯住她不是，任她扬长而去，又不愿意……

母亲再回到家里时，见我已在屋内，诧异地问：“刚才叫你出去玩儿会儿，你没出去？”我说：“出去了呀。”“那你怎么又在屋里了？”“我刚回来嘛！”“刚回来？从哪儿回来的？我怎么没碰见你往回走？”母亲不信。我说：“我见你正从门送人出去，我就跳窗进来了。”母亲沉着脸，久久地望着我，样子使我心怯。我嘟囔：“你要是还生气，我把这身衣服和那块头巾去还给人家好了！”我开始脱衣服。“谁让你还了？我让你还了吗？”母亲又有些生气，“还给人家，叫人家怎么想？你诚心诚意送给别人的东西，别人接受了，过后再还给你，你高兴吗？”母亲说完，不再理睬我，转身打开粮食柜，拎出半袋子小米，说：“只好把这半袋子小米送给人家了。”那是农村的亲戚送给我们的。那几年粮店里没有小米供应。小米是城里人所珍视的。

我高兴地拎起袋子就走。母亲喝住了我：“现在别去！晚上，天黑以后再送过去。送过去赶快就回来。记住，不许总过那边儿去！免得人家烦！”我知道母亲说的不是心里话，但我装出懂事的样子点点头。母亲看见插在阔口瓶子里，摆在桌上的那束花，愣了愣，转身从窗口望向“姐”家的院子。我也随着母亲的目光望去，见“姐”在院子里晾衣服。我说：“是‘姐’送给我的。”母亲说：“又送给你什么了？”我说：“花儿呗。”母亲说：“你再给我记住，别‘姐’‘姐’的！是你那么叫的吗？你可以叫她‘小晶姐姐’，但你不能叫人家‘姐’！会让人家觉得你是在套亲近似的！”我大声说：“不会！‘姐’不会！她家的人都不会！”母亲发火了，说：“你还‘姐’‘姐’的！再跟我顶嘴，我剪断你舌头！”母亲样子挺凶地瞪着我。

我也不服气地瞪着母亲。

那一时刻，我把街道主任恨透了。其实街道主任是个心眼儿挺好的女人。如今想来，更准确地说，我当时所恨的，是那女人告诉母亲的一些话。而那些话代表一种铁一般的事实。当年的我，只能认为那是铁一般的事实。我所恨的，更是那铁一般的事实。我觉得我明白了，为什么“姐”全家人，看去似乎全是些乐观的、开朗的、和和气气的人，但在他们从大人到孩子每个人的眸子里，都有一种去不掉的巨大的忧郁。我似乎明白了他们为什么对我又欢迎又存有几分戒心，我明白了“姐”的小姑审视我时的目光，明白了小苇和小芨在带我看教堂时说的令我吃惊的话，明白了她的姥爷在搬来那一天对围观的人们的古怪表现，明白了他们为什么要将“板障子”锯得那么矮……

我明白了这么多，我心里很替他们一家，替“姐”也替我自己难过，眼泪渐渐盈满我眼眶。

天刚黑，没等我过那边儿去送小米，“姐”过这边儿给我送队服来了。“姐”替我洗得十分干净，叠得平平整整，还熨了。我那双白胶鞋，“姐”不但替我刷了，还替我擦过了白粉。

“姐”没说几句话就走了。

母亲客气地留她玩儿会儿，她说她要温习功课。我感到母亲的客气是不真诚的。我感到“姐”不留下玩儿是借口。但母亲一定要让她带走那半袋小米却是真诚的。“姐”领会到了母亲的真诚，推谢一阵，也就接受了。

母亲是从内心里喜欢她，这可以从母亲目光和表情中显示出来。母亲的目光中，甚至糅合着一种怨天叹命的感伤。或许母亲由她而怀念起九年前失去的唯一女儿。我想母亲是巴不得听她亲亲昵昵叫自己一声“妈”的。

母亲说：“替妈送送你小晶姐姐！”可是当我和她走出屋时，屋里又传出了母亲的话：“送到那小门儿就回来吧，妈还要你帮着干点儿活儿哪！”她一跨过那小门儿，便反身将小门儿带严了。隔着“板障子”，她对我说：“别送了。大妈不是就叫你送到这儿嘛！”“小晶！小晶！该回来了，你姥爷让你帮着查本儿书！”她家门口，她小姑在呼唤她。“唉，回来了！”她应着，匆匆地转身去了。我想，她的小姑，肯定也像我的母亲叮嘱我一样叮嘱过她。突然一阵闷闷的雷声自远处滚过来，惊得我浑身一悸。我抬头望天穹，没有月亮没有星星。一个美好的白天不总是连着一个美好的夜晚。

却原来这是一个漆黑的时刻。风乍起，树抖瑟，那院子里花影倾草姿伏。紧接着她家的、我家的、周围人家的窗子全黑了。断电了。

仲夏的凄雨连绵不绝，忽骤忽淅下了十来天。许多街道和院落积水成泽。小学校宣布临时停课。当久违的太阳从满天空阴霾氤氲又湿又厚的云堆后逼射出第一道光芒，大地早已被泡得泥泞不堪了。

那些日子我从早到晚待在家里烦闷得很。我想“姐”和小苇小芰他们肯定也这样。我经常隔窗呆望她家院子，希望“姐”趁雨止的间隙朝我家这边儿跑过来。然而我的希望似乎只不过是我的幻想。“姐”一次也没过来。小苇小芰也没有。我甚至一次也没发现他们的身影在院子里出现。风从那边儿刮过来，雨从那边儿飘过来，水泽从那边儿淌过来，浮着些残花断草、落红败绿。教堂的十字架看去好像是炭质的，好像吸足了雨水而膨胀了，从而失去平衡，倾斜了。

太阳终于露面的那个清晨，我推开窗子又朝“姐”家院子望，但见两行碎砖从“板障子”的小门那儿一直铺至她家门口。两行碎砖宛如盲文课本上的文字，“写”的是什么呢？

小门旁挖了一条排水沟。我家这边儿的水，被引到她家那边儿去了。我说：“妈，你看！”母亲走到窗前，望着，却什么也不说，什么也不表示。我觉得人间怎么可以变得这样冷漠！母亲怎么可以变得这样对什么都视而不见无动于衷呢！我愤慨了。我又大声说："妈你看到了吗？"母亲语调平板地说："看到了。"我说："看到了你什么都不说！"母亲说："你让我说什么？"我说："你说你想说的！"母亲说："唉，这一家人啊，可真是的……"我说："妈你说的这叫什么话呀！"母亲说："你出去，捡些砖头，把咱家这边儿，也铺上两行砖。也要从小门那儿，一直铺到咱家门口。"我照母亲的话做了。然而不过等于泥泞的大地上又多了两行盲文。我自己"写"的。

我觉得我"写"得很认真。"写"下了很多。首先是为"姐"写的。其次是为小苇小芰"写"的。也是为"姐"全家人"写"的。我认为我"写"得明明白白。正如他们所"写"的我"读"得明明白白。

然而我没再推开过那扇小门。"姐"和小苇小芰也没有。我没有是因为他们没有。不受到正式邀请我到她家门口，一定会使她家的三个大人都感到唐突，倘他们首先过来我便不会再有什么顾忌。被火烧伤了面容的人其实是不愿被谁探望的，我觉得"姐"一家人都是被火烧伤的。烧伤的是心。这样的心恐怕是格外敏感的吧？也许他们所做的并非他们情愿的吧？

第二天赵家套住一只猫。赵家堆放杂物的棚子闹过黄鼠狼。套子本不是为了对付猫而是为了对付黄鼠狼的。那只猫被吊在棚檐下，四爪绝望地挠住板壁。它那样已经坚持了很久。眼看它即将坚持不住了。它坚持不住的时候它就死定了。全院的女人和孩子围着看。女人们肯定地说那是只野猫。孩子们用石头打它。对一只野猫连女人和孩子也是不怎么恻隐的。家里鸡被咬死和晒的鱼被叼走过的人，尤其不恻隐。纵然明知那全是黄鼠狼干的，看见一只野猫被吊死他们也会认为反正是除了一个和黄鼠狼差不了多少的祸种。

我一眼便认出那是“姐”家的猫。

“它不是野猫！”“你怎么知道不是野猫？”“它是我姐家的猫！”“你姐？你哪个姐呀？”“就是，就是……新搬来那家的姐。”“这孩子，倒挺有人缘儿。我们还不知那家姓什么呢，他已经认个姐啦！”女人们取笑我。孩子们也取笑我。我转身往家跑。我气喘吁吁一跑入家门就叫嚷：“妈，妈，你快去救救它吧！”母亲正补衣服，一愣，忙问：“救谁？”“救猫！它被套住了！快吊死了！”“这些个人，套住一只猫干什么？”“都说是野猫！可它不是野猫。是‘姐’家的猫。是小晶姐姐家的猫。妈，快去救吧！求求你了，再晚一步它就死了！”母亲略一迟疑，放下针线，随我急急忙忙奔出家门。母亲不顾人们会对她怎么看，将那只猫救下了。猫爪子挠破了母亲的衣襟。将母亲的双手、双臂挠出一条条血淋淋的道子。它已经快死了。母亲将它抱在怀里，对女人们说：“这只猫可不是野猫，从来不咬鸡叼鱼的。这是那院儿人家的猫，是一只规矩的猫。我证明。”街道组长证明不是野猫，女人们也就没什么话好讲了。孩子们也不敢继续施虐了。

母亲让我陪着，第一次通过那小门，给“姐”家送猫去。地面仍很泥泞。铺在“姐”家院子里的两行砖，虽几乎被泥泞吞噬了，却毕竟赖以踏脚，起着“桥”的作用。

“姐”一家人的感激自是不必细述。看来那猫是“姐”一家人的宠物。为母亲的和为姑的，找出红药水、紫药水、碘酒、药布、棉球儿，一人托着我母亲的一条手臂，内疚之至地替母亲处理伤痕。“姐”和小苇小芠，听我讲猫遇难的情形，惊魂荡起，目定神呆。他们的姥爷，一忽儿踱到猫跟前，像与人说话似的对猫说：“你啊你啊，你还没被人们认识和了解，四处乱跑什么呢？要不是你这位救命恩人及时救你，你就一命呜呼了！我们把你关在屋里，提防你离开家，那纯粹是出于对你的爱护哇！这下你总该明白了吧？”一忽儿踱到母亲跟前，对两位女人说：“轻点儿，轻点儿，这儿，还有这儿！你们舍不得药水儿怎么的？组长，这件事真让我们内疚啊！您看，我们是否应该写一份保证书，向您，也向街坊邻里们保证，我们的‘咪咪’，也就是我们这只猫，再也不犯自由主义的错误。”母亲笑道：“一只猫，也不曾讨人嫌，不期然地被套住了，差点儿送了命，它有什么错啊！你们写的什么保证呢？倒是我想向你们保证，要论咱们这条街上的人家，都是些好人家。都不知道猫是你们家的，以为是只野猫呢！若知道，用不着我出面，谁都会解救它的。”“我相信，我相信。我完全相信人民。完全相信您组长。”他的话使母亲大不自在。母亲又说：“咱们两家，更是近邻。按年龄，您是我们跟姐儿爷爷辈儿的人，对我还何必‘您您’的呢！”他连连点头：“是近邻，是近邻。您是一组之长，我们一家的……情况，您显然也会多少知道些了。只要您看得起我们，我们是愿意在您和街坊邻里的监督之下，老老实实地生活的。”“爸，您这几天怎么了呀？当着些孩子的面儿，您胡乱说的些什么啊！”“姐”的母亲，责备地打断了他的话。“好，好，我不说。我什么都不说了！还是不说为好，是不是？可是不说，那怎么能使别人正确地认识我们，了解我们的思想动态，从而正确地对待我们呢？”“爸！”“伯父，求求您保持一会儿沉默吧！”“姐”的小姑也干涉了。“小苇、小芠，和姐出去玩儿！”“姐”抱起猫走出去了。小苇小芠看我一眼，一声不吭地跟随出去。我也跟随出去。我对小苇小芠说：“其实我顶爱听你们的姥爷说话了。我喜欢他。可就是根本听不懂他说的话是些什么意思！越听不懂越觉得有意思！”“有意思吗？”小苇瞪着我问。“真听不懂？”小芠瞪着我问。“姐”不问，却也目光定定地瞪着我。我觉得她的目光，不知为什么竟有些像她小姑看我时的目光。

“我要去看耶稣啰！”我突发一声喊，向教堂跑去，迅速爬上一个窗口。其实我并未往里看。我不愿再用指甲在涂了颜料的玻璃上划十字，更怕窥视耶稣那受苦受难的样子。我将脸贴在一块玻璃上而已，完全是为了躲避“姐”瞪我时那种目光。我和母亲回家时，“姐”的母亲一直送我们过了小门。隔着锯矮了的“板障子”，“姐”的母亲悱悱然开口：“组长，我有件事，想求你，可又觉着，我们好像没资格似的。”母亲以鼓励的口吻说：“你只管讲吧！邻里之间，什么资格不资格的啊！只要我能办到，我不会推三拒四的。”“实际上呢，我是替我父亲求你。广播里和报上不是宣传，全市第二次扫盲运动就要开始了吗？我，还有孩子们的姥爷、小姑，都没什么工作，我们想为街道尽点儿义务。我们想，想担任扫盲教师。”“……”见母亲未马上表示什么，她犹豫了，似乎不知还有没有必要讲下去。我说：“这一件事，正好我妈妈自己就能做得了主！”她才接着说：“我父亲，这几天情绪不太好。整天出出进进，心烦意乱的样子，还常为一点儿小事儿犯急躁，无缘无故大发脾气。我想他是因为无事可做郁闷的。我怕他长此下去，总有一天会郁闷出病来……”她眼睛蒙上了一层泪。“这……这一件事，不像孩子说的，是我自己就能做得了主的事。”母亲似有难言之隐。“那就全当我没提出过这个请求。反正，我父亲并不知道我有这一想法，也就无所谓失望不失望的。”但她自己，显然已是极度地失望了。我看出来了。我想母亲也一定看出来了。并且，她那想掩饰也掩饰不了的极度失望的表情后面，隐蔽着窘迫。

母亲隔着那门，拉起她一只手，轻轻握着说："你放心，尽管的确不是我自己就能做得了主的事，但我一定会尽力而为的。我想，大概是可以的吧？""组长，那可就太谢谢你了！你能这么待我们，不论事成不成，我都……我们都……"泪从那女人眼中一下子溢出，顺着她的脸颊往下淌。一回到家里，母亲劈面给了我一巴掌。"大人说话，你插的什么言？你怎么知道是我自己就能做得了主的事？唵？！"然而母亲当晚便为这件事找居委会主任去了。母亲回来时显得异常高兴。"快，你快去你姐家告诉一声，那件事，是没问题的事了！"我一听，扭身就往"姐"家跑。"姐"一家正在吃晚饭。我带给"姐"一家人的，似乎是上帝亲口赐予信徒的福音，使"姐"一家人一个个激动不已。"姐"的姥爷，询问地望着他的当了母亲的女儿。她幸福地微笑着，承认说："爸你不会生气吧！是我一时动念，就向组长提了。也没先跟您商量一下。""我不生气。我不生气。我怎么生气呢？我是那么不通情理的人吗？我高兴。我很高兴！"他端着碗的手剧烈地抖了起来。倏忽他老泪纵横，一滴又一滴落入碗里。

我看不得一位我所喜欢的全白了头发的老人这般样子！尽管这是一件值得替"姐"全家高兴的事，但我内心里却难过极了。我觉得我的鼻子发酸。我觉得连我自己也快要落泪了。

我一言未发，转身便走。我低着头走至葡萄架那儿，听到“姐”叫我。我站住，回头一看，原来“姐”一直默默跟在我身后，送着我。她走到我跟前，注视我。月光下，她那双眼睛好亮，似乎眼中也蒙着一层泪。蒙着泪注视着你的眼睛所表达的含意是最深也是最让人难忘的。如果一个女孩儿那样子注视着你的时候，纵然你不过是一个像我一样仅仅九岁多的男孩儿，你也会甘愿为她去死！她问：“你哭了？”我说：“嗯。”“为姐？”“嗯。为你们全家。”“你真好！”她用双手捧住了我的脸，“你妈妈也好。”我说：“我妈妈当然好。她是这么对我说的——快，你快去你姐家告诉一声。”“真是这么说的？”“真是这么说的！”“你闭上眼睛。”我闭上眼睛。仿佛，我听到葡萄架内又有洗濯之声。姐吻我额头。吻了很久。我静静地闭着眼睛。闭着很久。我很久地闭着眼睛期待着第二次很久的一吻。我觉得我和这一个夜晚和这一个院子融为一体。那两片柔润的温馨的嘴唇为什么不再吻我呢？我睁开眼睛，已只有我自己伫立在葡萄架旁。母亲本人，既是第二次扫盲运动的最基层的组织者，亦是扫盲对象。因为在第一次运动中，她只顾以忘我的热忱组织别人，自己竟没有被“扫”。母亲当然觉得这是政府的一名街道干部的惭愧。所以将实际上的组织工作交代给了我。

我对这一件事的热忱不亚于第一次运动中的母亲。我根本没有想到我是为政府尽什么义务。我的热忱完全源于我对“姐”一家人的情感。

叔叔辈和婶婶辈的男人女人，十之七八已在第一次运动中“扫”过了。这第二次该“扫”的，则是爷爷辈和奶奶辈的男人女人。再加上第一次的“漏网之鱼”，或虽被“扫”过但并没有获得“毕业证书”的“留级生”们，我们那一条街，总共三十多人。

我的“组织工作”，就是晚上六点半左右，挨家挨户通知他们，七点钟准时在“姐”家里上课。这项“工作”，对人们自己有益，所谓“组织”，无须动员，每天督促一遍而已。七点钟，上课的人们，自带着各式各样的坐物，三三两两陆续走入“姐”家院子。有些人图近，就经由我们那个院子，通过我家和“姐”家之间的小门到达。

若论义务热忱最高的，那便是“姐”的姥爷了。黑板是他做的。

为此他拆了自己一个书架，将自己视为财富的书扎捆起摞放着。母亲很被他的热忱感动，也很替他那个好端端的书架惋惜，说：“这又何必呢！其实上次用过的那块黑板，刷遍墨，还是可以用的。”他却说：“赋闲受禄，平时不能为政府做任何事，内心不安啊！总算有了个机会，怎么还能为区区一件小事儿，托烦于政府方面呢？”他似乎早已对政府没了什么“意见”，他似乎内心里只剩下“赋闲受禄”的不安了。母亲对他也有这种感觉，并且直言不讳地将这种感觉对居委会主任说了。她们合计着，在必要的时候，给他以必要的鼓励和表扬。我暗中听了，非常非常替“姐”全家高兴。

每天，“姐”全家都早早吃了晚饭，将那椭圆形大桌子的四腿儿折起，靠墙侧立。腾出空间供人们排位。而他，则必提前十几分钟，翔立门首，对每一个到来之人，躬身示敬，说同样一句话：“劳您大驾了，欢迎光临，欢迎光临。”虔诚之至。那样子很像如今大宾馆门前的迎宾侍者。当然是像那些笑容可亲使人宾至如归的侍者。

“姐”家的三位大人，都担任了扫盲教师。榜样的力量是无穷的。在他的热忱的影响和虔诚的感召之下，“姐”的母亲和小姑，对这一请求到的机会十分珍惜，认真负责，不遗余力。最能考验这一家三位大人耐心的，是那些老头儿和老太太。眼花的、耳聋的，若要教他们认得并会写一课字，真比启发弱智儿童还艰难。然而他们经受住了这一考验，一个比一个耐心，其责任感简直可歌可颂。仿佛在他们自家三个人之间，都暗暗下了决心，最终要评出一个模范似的。他们还制定了任课表，责任标准。因为他是长者，“姐”的母亲和小姑都礼让他三分，任由他一人每星期独揽三天的课时。每天两小时。几天下来，他嗓音哑了。然而他那些日子却愉快得像个老小孩儿似的，整天含着“喉片”，也不肯发扬风格让出一节课时。

我和“姐”和小苇小芠，聚在我家完成作业。小苇小芠趴炕上，我和“姐”共占一张吃饭的小桌。“姐”每天都检查我作业完成的质量。我作业本上5分渐多，3分没有了，小测验的成绩也明显上升。老师在班上表扬了我，说我只要戒骄戒躁，本学期是有希望入队的。我想老师要是知道我有一个曾是“三道杠”的“姐”，对我的进步也就不会奇怪了。

“姐”家那边儿，读字声时断时续，声声入耳。每每的，“姐”会驻笔而听，常常听得入了神。当发觉我在注视她，便嫣然一笑。那刻我总想亲她一下，就亲她脸腮上梨窝浅现的笑靥。

三位扫盲教师决定改编教材。这一建议是“姐”的姥爷提出的。统一的教材，头几课是“马克思、恩格斯、列宁、斯大林、毛泽东”“社会主义在前进”“帝国主义已腐朽”，等等。不但要教会那些耳聋眼花的老头儿、老太太认、读、写，还要使他们明白：马、恩、列、斯是人名，属于哪个国家，何谓帝国主义，何谓“腐朽”，实属不易。十几天后，他们仍读为“马格思”“恩克思”“马恩斯”，“思”“斯”不分。

三位扫盲教师颇感心有余而力不足，认为改编教材势在必行。他们改编后的教材，头几课成了“人有两只手，双手能做工”“一片土，几亩地”“三头牛、五匹马、一群羊”，等等。

实验几课，效果好多了。经向母亲“请示”，经母亲向居委会主任汇报并周旋，被批准了。

国庆节前，“姐”家院子里的鸡冠花和菊花散紫翻红，金黄交映银白，一片烂漫；向日葵籽开始变黑了，沉甸甸的葵盘全都谦恭地垂下了头，好像一排排站立着的祈祷者；玉米棒子也可以掰下来煮着吃了。上课的人们回家时，三位教师常慷慨地送给他们每人几棒煮熟的嫩玉米，带回给他们的孩子尝个新鲜。

我们这条街的“扫盲”成绩在全区评比中获优秀。居委会主任从区里捧回了奖状。看重这份儿街道集体荣誉的人们，包括我的母亲和居委会主任，并没有低估三位扫盲教师的作用。国庆那天晚上，纷纷聚到“姐”家表示庆贺。“姐”全家敬烟敬茶，热情款待唯恐不周，尤其“姐”的姥爷，显出受宠若惊的样子。当礼花从江畔腾空升起，将夜空装点得美丽辉煌之时，与“姐”和小苇小芰在葡萄架前仰面观望的我，觉得生活是那么幸福与美好，世上的一切不幸和悲哀，似乎全都可以包容，使之转化为理解和相互的爱。

秋天是最辉煌的季节也是最短暂的季节，短暂得仿佛首尾被夏与冬克扣了似的。

不知什么人向区里告了一状。状告居委会主任和母亲不但放弃了对有问题的一家人的监视，不但重用他们担任扫盲教师，而且包庇他们篡改扫盲教材，将“革命内容”几乎彻底删掉。揭发内容引起区里的重视。

区里派人来调查。调查结果揭发属实。于是召开街道大会，宣布取消扫盲优秀街道荣誉，定为一起带有反动性质的严重事件。

区委会主任被撤换了，连母亲这个街道小组长也被改选了。

“姐”又不到我家来了。“姐”一家人再也没离开过他们的院子。到小杂货铺子买东西的，不再是“姐”了，而是小苇或小芰了。我偶尔在街上看见他们，叫他们，他们却从不望我一眼，仿佛根本没有听到我叫他们，低着头急急地走，甚至反而跑起来。

我希望在“姐”家的院子里望见“姐”，却一次没望见过。我希望在街口迎住一次去上学或放学回家的“姐”，却一次没迎住过。我奇怪“姐”怎么可能连学都不上了呢？后来我终于发现，原来“姐”家宅后的“板障子”，被起开了一块。往旁一推，便可以钻过一个小孩儿。我没有勇气到“姐”家去。我不知面对她的姥爷和母亲时，我究竟应该说些什么。也不知她的小姑，又会以怎样的目光看我，以怎样的态度对待我。自从“姐”一家人搬来后，我童稚的心灵，在不知不觉中渐渐变得异常敏感了。

一天清早，我背着书包期待在“姐”家房后。守候很久，终于，那块木板一活动，去上学的“姐”挤了出来。

“姐！”“姐”吃了一惊。一见是我，神色稍定。

“你……你在这儿干什么？”她努力装出一副自若的样子。

“姐，我想你！”刹那间，“姐”泪眼汪汪。

“我……我在这儿等着，就是想看见你，告诉你，我没变……反正我没变！我这不是还叫你‘姐’吗？”“姐”双泪成行，潸潸而下。嘴唇微微动了一下，想再说句什么，却什么话也没说出来，只是情不自禁地向我走近。我不由得扑向“姐”，双臂搂抱住她，哭了。“别哭，别哭，让人听见……”“我不管！”接着我咒骂了一句脏话。自己也不知是在骂谁。因为不但是小孩的我，连我母亲也不知究竟是我们这条街上的谁人向区里揭发的。或许根本不是我们这条街上的人，而是别的街上的人，别的街道小组长，别的居委会主任，因嫉妒而为。

“姐”立刻用一只手捂住我嘴，怕被别人听到。“姐”也哽咽地哭了。泪珠儿落在她脸上。我和“姐”痛痛快快地互相搂抱着哭了一场。“姐，这是你丢的，我捡着了，我替你磨得和原先一样了。”我从兜儿里掏出白发卡，还给“姐”。这时我才发现“姐”头上戴的，仍是那一种白发卡，仍是月牙形的，和我手中的一模一样。我不免有几分失意。“姐”接过细看了看，说：“给你玩儿吧，我还有一整盒呢！”我更感到沮丧。“难道它一点儿也不贵重吗？”“它是塑料做的。

我姥爷在国外的朋友托人捎给我妈妈的。妈妈全给我了。塑料在国外不是什么值钱的东西，便宜得很！”“那……它不值得我替你捡，也不值得替你把它磨得和原先一样了？”“姐”看出我的失意。想了想，又将我手中那个白发卡要去，别在发上，而将从发上取下的那个给了我。“我要一直戴着这个。你要一直保留着那个。谁也不许丢！这你该高兴了吧？”我笑了。我陪“姐”绕一段路，避过我们那条街才分手，各自去上学。从那一天起，天天如此。

人心里只要还保留温馨，生活似乎就一如既往。不久，母亲便忘记了自己曾是街道小组长，被撤换了的居委会主任再到我家串门儿，也不絮絮叨叨地诉说自己曾为居委会工作付出过多少精力了。我们这条街的人们，不再谈论被取消的“扫盲”优秀街道荣誉了。实际上也没有谁真的对“姐”一家人进行过什么监视。

冬天来了。一场大雪，仿佛不但将秋天和夏天彻底盖住了，甚至也将秋天和夏天发生过的一切事彻底盖住了，并冻结在厚厚的雪被之下。人们都好像是在这一个冬天刚刚出生似的，都将以前的事遗忘了。

春节，母亲和前居委会主任还相约了偷偷去“姐”家拜年。我和“姐”和小苇小芰，从那一天开始，又踩着她们留在雪地上的脚印，无忌地通过那小门，来来往往聚一起玩儿了。

六月，我升三年级了。

而“姐”小学毕业了。

忘记了什么的是本能地想要忘记的人们。有些事现实并没有忘记，而且继续着。

以优异成绩小学毕业的“姐”，升中学竟成了个问题。附近的中学以种种堂而皇之的理由拒收“姐”这样的学生。人数招满、重点中学、需校务会议研究，等等等等。

“姐”最后成了全市最乱的一所中学的学生。那所中学以收容被其他中学开除的，或连续三年考不上中学而又超过了中学生年龄的学生闻名于市。

“这怎么行！这万万不行！像小晶这样的女孩子，绝不能到那样一所中学去读书！”母亲得知消息，当天晚上就到“姐”家去，对她的母亲、小姑和姥爷晓以利害。

“是不行，是不行！你们当家长的，可要对孩子负责，千万不能依了她！那儿收的，尽是家长没法儿管的恶小子、坏姑娘，有些简直就是小流氓！小晶，听大妈的，宁可在家里叫你姥爷教你，也不能成了那儿的学生啊！你姥爷在大学里教授都当过几十年了，还愁教不了你中学的课程吗？”“姐”却执拗地说：“没事儿的。好歹那也算是一所中学啊！只要我对别人友善，不至于所有的同学都合谋了欺负我。妈，姑，姥爷，你们全放心，我不会学坏的！难道你们还信不过我这一点吗？”谁也没能动摇“姐”的决心。她到底还是成了那一所中学的学生。我觉得“姐”所以那么执拗，我看得出来，“姐”内心里其实是怀着某种大的轻蔑在对抗。我认为也许只有我才看出了这一点。我虽看出了却对谁都没说，包括母亲。我觉得我一旦说了，“姐”肯定会不高兴的。“姐”是个不愿被人轻易看透的女孩儿家，尤其她内心里产生的不是柔情而是与柔情截然相反的东西时。

雨季又到了。

一天晚上，前居委会主任冒着雨蹚着深及膝部的水泽来到我家。她神色慌慌，将母亲从里屋扯到外屋，窃窃耳语了一阵。我扒着门框偷听，什么也没听到。却见母亲脸色大变，端着半盆洗碗水团团转，不知该往哪儿放。母亲在我心目中是个面临天大的事也能镇定得住自己的女人，我还从未见她被惊骇到这等程度。

“我的天，我的天，我的天……”母亲口中喃喃着，竟双腿一软，瘫坐于地，半盆洗碗水全扣在身上。

前居委会主任捡起盆，拿着也慌得不知往哪儿放。

我赶紧将盆接过。

她扯起母亲，说：“我俩快去看看吧！”母亲说：“快去，快去……”她们相拉着往外便走。

我预感到肯定发生了什么可怕的事，而这可怕的事肯定和“姐”有关。一阵不安悸过我全身，我的心怦怦激跳。我叫道：“妈，我也去！”母亲似乎没听见。而那拉着母亲往外便走的女人，猛回头对我怒斥："你去干什么！"……后半夜母亲才回家。我一直睡不着，胡思乱想。一闭上眼睛，头脑中就出现可怕的幻象："姐"被汽车撞了，踩了被刮断的高压线，被猝遭雷击所倒下的电线杆子或大树所伤，或不小心掉进了掀开盖子的下水道口……我急迫地问母亲："妈，姐究竟怎么了？你告诉我呀！"母亲分明哭过，两眼红肿。"你给我听着，"母亲一字一句地说，"从今天起，一个月内，不，两个月内，不许到你姐家去！不许见她！如果你胆敢不听我的话，我非剥了你的皮不可！"第二天，在学校里，我们那条街的男孩儿女孩儿，见了我，都以异样的目光望我。女孩儿们目光之中皆有几分真实的同情，有些男孩儿的目光中却有几分幸灾乐祸。

一个五六年级的男生，拽住我书包带，嬉皮笑脸地问我："哎，你那个漂亮的姐怎么了？"我说："没怎么！"他说："没怎么？装不知道？那让我告诉你吧，被几个小流氓截住，给这么的啦！她再漂亮，从今往后也没脸见人了！"

我突然血涌如沸，发了疯似的扑向他，和他一块儿摔到地上，在泥泞中翻滚。我咬他手，咬他脖子，抓他脸，薅他头发，抠他眼睛……我脑中一片空白，只有一念，那就是置他于死地，哪怕和他同死！

他一定以为我真疯了。尽管他年级比我高，然而他害怕极了。他扯着嗓子喊救命！在几个高年级男生的帮助下，他才最终得以逃脱……我从书包里掏出削笔的小刀，高举着，对所有胆怯地望着我的女生们大叫："谁再敢说我姐半句，我杀了谁！"他们和她们四散而去。操场上只剩下我。上课铃在那时响起……

我愣了一会儿，撒腿就往家跑。

母亲正做什么东西。见我泥鳅似的出现在面前，并没吃惊，也没生气，什么都没问，只是用双手默默替我抹去脸上的泥水。"妈，姐到底怎么了呀？同学们说，同学们说……我不信，我不信！妈，求求你，让我去姐家看她一眼吧！"母亲说："你是不应该信。你们同学的话，都是混账的话。妈这就带你去看姐，看她最后一眼。"母亲说着，将她做的那东西，别了一个在我又是泥又是水的胸襟上。另一个别在她自己胸襟上。我这才看清，那原来是两朵小白花儿，白纸剪的。

我说："妈，最后一眼不行！反正不行！我根本做不到！妈这你明白！"母亲说："是的，孩子，妈明白。但你也应该明白，你又失去了一个姐。你命里不该有姐。这是你的命。"母亲将头扭向一旁，抽泣了。"姐"全家人都变得懵懵懂懂的，连那只大难不死的猫都变得懵懵懂懂的。而小苇小芆以猫见了熟人那种欲疏还近的目光恍惚地望着我。他们的姥爷，低垂着头坐在椅子上，一动也不动。因他低垂着头，我看不到他的脸。他那一头白发，似乎在无言地诉说着一种巨大的悲哀。

"姐"的姑将我和母亲引到"姐"的小房间。"姐"仰躺在她的窄床上，盖着白褥单。褥单之下，“姐”的身形笔直。她的脸像白褥单一样白。乌黑的刚洗过的发际，别着那一枚月牙形的白发卡。我知道那正是我捡着又还给她的那一枚。因我磨过它许多许多天。正如我能在许多许多支同样的铅笔中，认出我用过的那一支……

“姐”闭着双眼，“睡”得那么安静。她的母亲跪在她的床前，背对着我们，双手攥着“姐”的一只手，脸伏在“姐”胸上。“组长和跟姐儿来了……”她的姑低声说。她一直还称母亲“组长”。那女人跪着一动未动，如同一具雕像。“去说句话吧……”母亲将我朝“姐”床前轻轻推了一下。我说：“姐，我看你来了……”我觉得“姐”虽在“睡”着，却分明听见了我的话。我觉得“姐”的长睫毛似乎动了动，脸上也似乎呈现出一种微笑。我获得了一种情感的慰藉。目光一直望着“姐”，我蹑足退出房间，母亲也跟出了房间。离开“姐”家我认为某件可怕的事正在过去。尽管可怕，然而确实在过去。上帝做证，我怎么也没想到“死”字。因为在那之前，“死”字对九岁的我无异于一个生僻到我根本无须用到的字。然而“姐”正是那一天早晨死的。她家院子里，葡萄架前那一口深井淹死了她。那一天云如泼墨，雨下得大极了。我病了。发高烧。说胡话。我觉得我在炕上躺了很久很久。仿佛那一年的六月不是那一年的六月，仿佛是第二年、第三年甚至第四年的六月……

有一个傍晚母亲向我俯下身，瞅着我的脸，急急迫迫地说："跟姐儿，跟姐儿，你好些了吗？你姐家的人又要搬走了，你总该去向小苇小芟告别一下啊！"我目光恍惚地仰视着母亲，渐渐明白了母亲告诉我的是怎样的一件事。我一骨碌爬起来，赤着脚跑出家门。雨仍在下。街上，"姐"家院门前，泥泞的路，碾出两行深深的轮沟。我大叫："小苇！小芟！……"雨中死寂的一条街，不见一个人影。那院子里，一切在雨帘之中，显得凄迷朦胧……

前年，我又回到我的母亲城一次，并怀着一种凭吊的心情，踟蹰于我家曾住过的那条街。实际上它已不复存在。

一片居民新村使我感到极其陌生。所见面孔也全陌生。在这条街住过的人家，都不知迁往何处去了。

也许不能迁走的，仅仅是当年一个九岁的男孩儿，和一个十四岁的少女之间的故事。在"上帝"住过，"姐"一家人也住过的地方，一座塔楼拔地而起。恰十四层。我甚至不能断定那便是保留在我记忆中的那个院子所在的地方。如果是，钢筋和水泥，该把我童年的一段亲情也浇筑在地下了吧？并用一座十四层的塔楼镇住？

而我写出它，则纯粹是为了自己的心灵。

在一个人灵魂中扎下根的，必长出叶子。于读者，便是所谓"小说"了。

于我却是心溃之血！

图书在版编目（CIP）数据

遗失 / 梁晓声著．-- 石家庄：河北教育出版社，2022.10

（年轮典存丛书 / 邱华栋，杨晓升主编）

ISBN 978-7-5545-7169-9

I. ①遗… II. ①梁… III. ①中篇小说 - 小说集 - 中国 - 当代 ②短篇小说 - 小说集 - 中国 - 当代 IV. ① I247.7

中国版本图书馆 CIP 数据核字（2022）第 156178 号

年轮典存丛书

书　　名　遗　失

　　　　　YISHI

作　　者　梁晓声

出 版 人　董素山

总 策 划　金丽红　黎　波

责任编辑　王艳荣　姬璐璐

特约编辑　张　维

出　　版　河北出版传媒集团

　　　　　河北教育出版社　http://www.hbep.com

　　　　　（石家庄市联盟路 705 号，050061）

印　　制　天津盛辉印刷有限公司

开　　本　787 mm × 1092 mm　1/32

印　　张　13

字　　数　249 千字

版　　次　2022 年 10 月第 1 版

印　　次　2022 年 10 月第 1 次印刷

书　　号　ISBN 978-7-5545-7169-9

定　　价　48.00 元
